Peter Gerdes
Der siebte Schlüssel

LEDA

Alles frei erfunden.

Peter Gerdes
Der siebte Schlüssel
Kriminalroman

1. Auflage 2007
2. Auflage 2010
ISBN 13: 978-3-934927-99-5

Leda-Verlag, Kolonistenweg 24, D-26789 Leer
info@leda-verlag.de
www.leda-verlag.de

Satz: Heike Gerdes
Lektorat: Maeve Carels
Titelillustrationen: Andreas Herrmann
Druck und Gesamtherstellung: Bercker Graphischer Betrieb GmbH & Co. KG
Printed in Germany

Peter Gerdes

Der siebte Schlüssel

Ostfriesland kriminal roman

LEDA

Für Schnucki, JoJo
und den Heuhaufen

Mein herzlicher Dank gilt Heike, die zuweilen noch verrücktere Einfälle hat als ich.
Und natürlich Maeve, der Unbestechlichen.

1.

Keuchend leckte er sich das Blut von den Lippen. Es schmeckte metallisch. Na toll, dachte er und verzog sein Gesicht. An Eisenmangel sterben werde ich also schon mal nicht.

Sterben aber würde er, und das ziemlich bald. Jedenfalls sah alles danach aus. Soweit von sehen überhaupt die Rede sein konnte, denn es war Nacht und ziemlich dunkel, abgesehen vom grauen Schimmer der tief hängenden Wolken, hinter denen sich ein Dreiviertelmond verborgen halten musste. Womit der Schimmer erklärt war, nicht aber die sattgelben Blitze, die in unregelmäßigen Abständen zuckten und ihm bizarre Schatten vor die stolpernden Füße warfen. Ohne jeden Donner.

Mündungsfeuer? Schalldämpfer?

Mit zitternden Fingern zerrte er sein Taschentuch heraus, um sich das Blut abzuwischen, was ihm gleichzeitig vollkommen sinnlos und unverzichtbar erschien. Sein Schlüsselbund rutschte aus der Hosentasche und fiel rasselnd zu Boden. Keine Zeit jetzt, sich danach zu bücken. Er ließ das Taschentuch stecken und versuchte schneller zu rennen, aber es war ihm klar, dass das nicht ging. Laufen war einfach nicht sein Ding, und aus seinem Körper hatte er sowieso schon das Letzte herausgeholt. Selbst die adrenalingespeiste Panikreserve ging bereits zur Neige. Lange würde seine Flucht nicht mehr dauern.

Mit voller Wucht knallte er gegen eine Wand aus Stahl. Es dröhnte hohl. Seine Brille flog in hohem Bogen davon, und die Blitze, die jetzt über seine Netzhäute zuckten, waren weiß und rot. Der metallische Blutgeschmack verstärkte sich, ergänzt um Noten von Bleimennige und Rost. Offenbar ein älterer Container, aber allemal härter als sein Schädel.

Als die weißen und roten Blitze vor seinen Augen langsam verblassten, wurden die gelben Blitze wieder heller. Sie kommen näher, dachte er, während er sich vor Schmerzen krümmte, nach Luft rang und einen Anfall von Übelkeit niederkämpfte. Gleich können sie mich sehen, und dann haben sie mich. Noch nicht, sonst müsste ich zumindest das

Pfeifen der Querschläger schon hören können. Noch nicht, aber bald. Und das war's dann wohl.

Jetzt hörte er doch etwas. Querschläger aber waren das nicht. Überhaupt keine Schüsse, auch keine schallgedämpften. Viel zu regelmäßig war das Geräusch. Und auf keinen Fall stammte es von einem Maschinengewehr.

Vielleicht eine Maschine? Oder mehrere?

Das Geräusch näherte sich schnell. Eine Art Wummern, das man mehr mit dem Zwerchfell erspüren konnte als mit den Trommelfellen, die vom pumpenden Pochen seines Blutes ohnehin halb betäubt waren. Es erinnerte entfernt an die Propellerschläge eines Helikopters. So laut aber war es nicht, und man hätte auch den Luftdruck fühlen müssen. Also kein Heli.

Er wischte sich mit beiden Händen über das bärtige Gesicht, durch das rinnende Blut und über seine brillenlosen Augen. Der Schmerz hatte nachgelassen. Im fahlen Schimmer des verborgenen Mondes glaubte er undeutlich eine Gasse zwischen den Containern zu erkennen. Hatte er etwa doch noch eine Chance?

»Scheißegal«, zischte er und stürzte los. Aber es war eher ein Taumeln als ein Rennen, und schon nach wenigen Schritten rasselte sein Atem wie ein kaputtes …

He, das war's! Jetzt wusste er, wonach das Wummern klang. Nach schweren Motorrädern.

Das Geräusch näherte sich jetzt rapide. Er spürte, wie das Blut auf seinen zum Keuchen geöffneten Lippen Blasen warf und ihm das Gesicht mit prickelnden Spritzern überschauerte. Sein Spurt war längst zu einem schlurfenden Trab verkümmert. Der Tod war wieder ganz nah.

Er sah den dunklen Spalt und schlug einen Haken. Jede Chance war besser als keine. Schließlich verkrochen sich auch waidwunde Tiere in dunklen Löchern. Häufig genug, um darin zu sterben. Aber daran dachte er in diesem Augenblick nicht, nur daran, dass dieser Spalt breit genug für ihn war. Und er schien zum Wasser zu führen. Nun, warum nicht. Verzweifelt genug war er.

Die Schwärze vor ihm erblühte zu einem sattgelben Oval, das sich rasend schnell näherte. Wieder dröhnte es hohl, obwohl er diesmal eindeutig keinen Container gerammt hatte. Etwas hob ihn aus, ließ ihn schweben. Über allem lag das laute Wummern. Jetzt war es da.

Ein lautes Klatschen. Ein Rauschen, ein Plätschern. Dann war es auf einmal ganz still.

2.

»Und? Was haben wir?«

Der schmächtige Kriminalbeamte richtete sich auf, knickte seinen Notizblock zusammen und legte die hohe Stirn in Falten. Ausdruckslos musterte er den großen, massigen Mann, der sich vor ihm aufgebaut hatte und ihn auffordernd musterte. »Guten Morgen, Chef.«

»Ja, ja. Moin, Kramer. Und? Was ist nun?« Frühmorgens um halb sechs, unausgeschlafen und ohne Frühstück im Bauch. Hauptkommissar Stahnke klang genau so, wie er sich fühlte.

Der schmale Mann zuckte die Achseln. »Unklar. Heute Nacht um viertel vor drei hat ein junger Mann über Notruf Schreie und laute Geräusche am Containerterminal gemeldet. Eine Funkstreife war ganz in der Nähe und traf wenige Minuten später hier ein, konnte aber zunächst nichts entdecken. Vor allem keinerlei Personen auf dem Gelände.« Kramer referierte auswendig, ohne seine Notizen eines Blickes zu würdigen. »Danach haben sich die beiden Kollegen erst einmal den Anrufer vorgenommen.«

»Was ist das denn überhaupt für einer? Einsamer, verirrter Zecher mit Hang zu rosa Elefanten?« Stahnke blinzelte in die Sonne, die sich bereits über den Horizont gewagt hatte. Immerhin war Juli, die Tage waren lang, und sie waren heiß. Vermutlich wieder ein Jahrhundertsommer, hieß es. Den letzten hatte es erst vor drei Jahren gegeben. Ziemlich kurz, diese Jahrhunderte im Zeitalter des Klimawandels.

»Weder noch.« Kramer quittierte den schlappen Scherz

seines Vorgesetzten nicht einmal mit dem Zucken eines Mundwinkels. Das tat er nie. »Bei dem Anrufer handelt es sich um den männlichen Teil eines gemischtgeschlechtlichen Pärchens. Er war einigermaßen nüchtern und scheint sich seiner Sache recht sicher zu sein. Zweiundzwanzig Jahre, Marinesoldat, gehört zur Besatzung eines Schnellbootes, das zur Reparatur hier im Hafen liegt. Na ja, und an Bord konnten die beiden ja nun schlecht. Immerhin war es eine laue Nacht, nicht wahr, so was bringt auf Ideen, und hier im Bereich des Binnenhafens ist um diese Zeit gewöhnlich nicht allzu viel los.«

Wohl wahr. Die Boomzeit des Emder Hafens war schon eine Weile her. Der Erzumschlag war wegen der nachlassenden Nachfrage, des schwierigen Emsfahrwassers und der niederländischen Konkurrenz praktisch zum Erliegen gekommen. Ohne die Autoverladung am VW-Kai im Außenhafen wäre hier jahrelang fast überhaupt nichts mehr gelaufen. Inzwischen ging es zwar wieder aufwärts, das alte Niveau aber war noch weit entfernt. Immerhin bemühte sich die Emder Hafenwirtschaft um Anschluss an die aktuelle Entwicklung. Zum Beispiel in Sachen Marineschiffbau. Und Windkraftanlagen. Und Container.

»Dann fühlten sich die jungen Leute also in ihrer Zweisamkeit gestört?«, vermutete Stahnke. »Frechheit aber auch. Oder hatten die beiden etwa schon selber ein Feuerwerk entzündet?«

Kramer hob die Augenbrauen: »Wie bitte?«

»Nichts. Vergessen Sie's.« Stahnke winkte ab. »Und kommen Sie vor allem mal auf den Punkt. Denn wenn alles nur ein Hirngespinst wäre, stünden wir jetzt ja wohl nicht hier.«

»Nein. Vielmehr ja, richtig. Ein Hirngespinst war es wirklich nicht.« Kramer wies auf einen mattrot gestrichenen, rostigen und schon ein wenig verbeulten Container, den untersten eines hohen Stapels. »Wir haben Blutspuren gefunden. Dort, etwa in Kopfhöhe, und dann auch am Boden. Eine richtige Blutspur. Als ob ein Verletzter hier entlanggelaufen wäre.«

»Von wo nach wo? Und wo ist er jetzt?«

»Das wissen wir noch nicht. Die Kollegen sind ja noch an der Arbeit.« Kramer wies auf die Kriminaltechniker, die in ihren dünnen, weißen Kapuzenoveralls auf dem Gelände herumstapften wie Astronauten auf dem Mond. Einem Mond voller Container.

»Unklar ist auch, ob es einen Kampf gegeben hat. Oder ob gar geschossen worden ist. Vielleicht war es ja auch nur ein Unfall mit Personenschaden.«

»Vielleicht.« Stahnke seufzte, stemmte die Hände in die Nierengegend und streckte das Kreuz. Sein Rücken schmerzte, und er begann zu wippen und zu trippeln, um die verspannte Muskulatur zu lockern. Der Gedanke, womöglich für einen schnöden Unfall aus dem bei dieser Hitze ohnehin sehr knappen Nachtschlaf gerissen worden und fast dreißig Kilometer weit gefahren zu sein, setzte seiner Laune weiter zu. Wenn schon, dann sollte es wenigstens ein richtiger Fall sein. Darauf hatte er doch wohl moralisch wie dienstgradmäßig Anspruch.

Nachdenklich blickte er sich um. Die Umgebung war ihm, mal abgesehen von den Containerstapeln in seinem Rücken, sehr vertraut. In Emden geboren und aufgewachsen, hatte er sich oft in der Hafengegend herumgetrieben. Zum Entsetzen seiner überängstlichen Mutter ebenso wie zur stillen Freude seines Vaters, der selber eine Vorliebe für alles Maritime gehabt hatte. Die Große Seeschleuse, deren inneres Tor direkt gegenüber auf der anderen Seite des Neuen Binnenhafens zu erkennen war, die Liegeplätze der Bugsierschlepper rechts davon, daneben die Yachtanleger, dort, wo früher die Festmacherboote in Lauerstellung gelegen hatten – das waren geradezu Plätze seiner Jugend. Links vom Schleusenhöft lag jetzt ein Dreimaster, ein Restaurantschiff; dann kam der Erzkai, früher das Herz des Hafenumschlags, heute weitgehend verwaist. Nur noch drei der hochbeinigen Verladebrücken waren übrig, die restlichen hatte man mangels Auslastung demontiert. Dahinter, schon jenseits des Emsdeichs, ragte eine gigantische Fünf-Megawatt-Windkraftanlage empor, ein Versuchsmodell für den Offshorebetrieb. So etwas hatte es damals natürlich noch nicht gegeben.

Ach ja, damals. Da hatte er natürlich Kapitän werden wollen, was denn auch sonst, aber dann hatten sich die Dinge doch anders entwickelt. Na, immerhin hatte er zwischenzeitlich schon einmal rund um die Seeschleuse ermittelt. Erfolgreich. Vielleicht ein gutes Omen.

Unter seiner linken Schuhsohle knirschte es leise. Stahnke erstarrte in der Bewegung. Die größte Gefahr für eine Spur am Tatort war ein unvorsichtiger Polizist, das wusste er, und deshalb hatte er sich auch gehütet, irgendetwas anzufassen. Aber auch mit den Füßen konnte man Schaden anrichten.

Er drehte sich leicht in der Hüfte und peilte an seinem Bein entlang nach unten. Da lag tatsächlich etwas. Schien aus Metall zu sein. Und aus Glas, denn es blitzte auf in den Sonnenstrahlen, die soeben zwischen den aufgetürmten Containern hindurch ihren Weg bis auf das Betonpflaster des Stellplatzes gefunden hatten. Das Ding sah aus wie …

»Eine Brille«, sagte Kramer.

Als er sich bückte, hatte er Latexhandschuhe an den Fingern und eine Plastiktüte in der Hand. Kramer tat immer das Richtige und war immer auf alles vorbereitet. Unheimlich. Geradezu unmenschlich, fand Stahnke. Vermutlich deshalb siezte er seinen Kollegen nach all den Jahren der Zusammenarbeit immer noch.

»Zum Glück stehen Sie nur auf einem der Bügel. Wenn Sie vielleicht mal eben das Bein heben könnten?«

Stahnke trat einen Schritt zur Seite. Tatsächlich eine Brille. Dort, wo sie lag, hatte sich ein Büschel Gras durch einen Spalt im Beton ans Licht gezwängt. Gerade genügend Halme, um das Metallgestell und die beiden ovalen Gläser vor seinen Blicken zu verbergen. Und vor denen der Kriminaltechniker auch. Das tröstete ihn ein wenig.

Das Brillengestell glänzte silbrig. Es war ein bisschen zu flott gestylt, um intellektuell auszusehen. Und es kam Stahnke vage bekannt vor. Vermutlich ein gängiges Modell, das er schon einmal in der Werbung gesehen hatte.

Einer der Overallträger näherte sich. Der Hauptkommissar kannte ihn nicht. Seine und Kramers Abordnung von Leer nach Emden war erst ein paar Tage her, zu kurz, als dass er bereits jeden in seiner neuen Dienststelle kennen konnte. Zudem war es eine Abordnung auf Zeit, da lohnte es sich wahrscheinlich gar nicht, sich jedes einzelne Gesicht dauerhaft einzuprägen.

Ein Lächeln aber konnte wohl nicht schaden. »Moin. Na, wie sieht's aus?«

»Moin.« Der Overallträger war ebenso groß wie Stahnke; die untere Hälfte seines Gesichts war hinter einem dunklen, kurz gestutzten Vollbart verborgen. In seiner behandschuhten Rechten hielt er einen Kugelschreiber, an dem ein Schlüsselbund baumelte. »Wir sind der Blutspur gefolgt. In beide Richtungen. Sie führt zu einem Pkw, der außerhalb des Terminal-Geländes abgestellt ist. VW Polo, dunkelblau, Oldenburger Kennzeichen. Unverschlossen. Zündschlüssel steckt.«

»Irgendwelche Schäden am Fahrzeug, die auf einen Unfall hindeuten?«

Der Bärtige schüttelte den Kopf. »Nein. Aber es gibt Blutspuren am Türgriff auf der Fahrerseite. Dem Augenschein nach auch im Inneren. Bei unserem Verletzten dürfte es sich also wohl eher um den Fahrer gehandelt haben.«

Stahnke fuhr sich mit der Hand durch die weißblonden, stoppelkurz geschnittenen Haare. »Und er kam bereits blutend hier an.« Das klang merkwürdig, aber er hütete sich, diesen Gedanken auszusprechen. Manche Fakten wirkten für sich genommen genauso sinnlos wie umherliegende Kettenglieder. Wenn man aber erst die ganze Kette kannte, war plötzlich alles völlig logisch. Also bloß nicht zu früh mit dem Bewerten anfangen.

»Und das da? Noch mehr Schlüssel?« Er deutete auf die rechte Hand des Overallträgers.

»Ja. Haben wir dort drüben gefunden, im Verlauf der Blutspur. Könnte also dem Opfer gehört haben.«

»Oder dem Täter.« Stahnke stöhnte innerlich auf. Offenbar konnte er es einfach nicht lassen.

»Wohin führt denn die Blutspur?«, schaltete sich Kramer ein.

»Na, zum Auto«, sagte der Bärtige. »Hab ich doch gerade ...« Er stutzte, als er Kramers nachsichtigen Blick bemerkte. »Ach so, Sie meinen die andere Richtung. Zum Hafen.«

»Wie bitte?« Jetzt stand Stahnke auf der Leitung. »Hafen, das ist doch wohl das alles hier, oder nicht?«

»Ja. Nein.« Der Overallträger begann herumzufuchteln. Das Schlüsselbund klimperte hell. »Natürlich. Ich meine, die

Blutspur führt auf der anderen Seite zum Wasser. Dorthin, zum Kai. Dort bricht sie ab.«

»Zum Wasser«, murmelte Stahnke. Es mochte ja Hochsommer und tagsüber brütend heiß sein, aber in das bedrohlich dunkle Wasser des Emder Binnenhafens sprang doch keiner freiwillig. Jedenfalls nicht an dieser Stelle und nachts. Und schon gar nicht einer, der durch Blutverlust geschwächt war. Es sei denn …

»Vielleicht hat dort ein Boot gelegen«, sagte Kramer. »Vielleicht hat jemand auf ihn gewartet. Hat ihn aufgenommen, in Sicherheit gebracht und versorgt. Per Handy herbeitelefoniert. Das würde erklären, warum der Verletzte überhaupt hier seinen Wagen verlassen hat.«

»Ja, würde es«, sagte Stahnke. »Wenn's denn stimmt. Tut es vielleicht sogar. Vielleicht. Wahrscheinlicher aber ist wohl etwas anderes.«

»Nämlich?«

Stahnke wandte sich wieder dem Bärtigen zu. »Wir brauchen Taucher. Und benachrichtigen Sie die Kollegen vom Wasserschutz. Die Schlüssel können Sie hierlassen.«

Der Overallträger nickte, ließ das Schlüsselbund in die Plastiktüte gleiten, die Stahnke ihm hinhielt, und sprintete davon. Auch er schien eine Wasserleiche für das Wahrscheinlichste zu halten.

Kramer hantierte immer noch mit der Brille herum. Der Bügel, auf dem Stahnke gestanden hatte, ließ sich nicht mehr richtig einklappen, und jetzt wollte das ganze Ding nicht so ohne weiteres in die Klarsichttüte hinein. Der Oberkommissar aber ließ nicht locker.

Diese Brille. Wo hatte Stahnke die schon einmal gesehen? Das Gefühl, sie zu kennen, wurde zur Gewissheit. Wer trug solch ein Ding? Irgendein Kunde von ihm? Oder ein Kollege? Ein Promi vielleicht?

Dann schwante ihm etwas. »O Gott«, murmelte er.

»Was?« Kramer ließ von der Brille ab, die er allen Widrigkeiten zum Trotz fast schon eingetütet hatte. Er wusste Stahnkes Gesichtsausdruck zu deuten. »Was ist denn?«

»Schauen wir uns doch mal dieses Auto an«, sagte Stahnke

und setzte sich in Bewegung. Kramer musste rennen, um mit seinem lang ausschreitenden Vorgesetzten Schritt zu halten.

Ein Tor gab es nicht; das Gelände mündete einfach in eine Asphaltstraße, die hier einen fast rechtwinkligen Bogen beschrieb. Sie führte vom Jarssumer Hafen zur Borssumer Schleuse. Von dort war es nicht weit zur Autobahnauffahrt. Diesen Weg hatte auch Stahnke bei seiner Ankunft genommen.

Auf den parkenden Wagen, der etwas weiter vom Straßenrand entfernt stand als üblich, hatte er vorhin nicht geachtet. Als er ihn jetzt in Augenschein nahm, war das wie ein Schlag in die Magengrube. Ein dunkelblauer Polo. Das Kennzeichen begann mit OL-RR. Die Heckscheibe trug eine kleine zweistellige Nummer aus weißer Klebefolie. Eindeutig ein Redaktions-Dienstwagen der *Regionalen Rundschau*.

»Was ist?«, fragte Kramer erneut. »Kennen Sie das Auto?«

»Nicht direkt«, sagte Stahnke. »Aber ich fürchte, ich weiß, wer es gefahren hat.« Er sog seine Lippen zwischen die Zähne und zwinkerte, weil seine Augen zu brennen begannen. Nur nicht die Fassung verlieren jetzt. Dann atmete er heftig aus.

»Kramer, bitten Sie mal Oldenburg um Amtshilfe. Personenüberprüfung. Marian Godehau, Journalist. Redakteur bei der *Regionalen Rundschau*. Die Kollegen sollen seinen derzeitigen Aufenthaltsort feststellen. Und lassen Sie auch die Schlüssel ins Labor bringen.« Er drückte ihm die Tüte in die Hand.

Kramer blickte überrascht; er kannte den Journalisten ebenfalls, wenn auch nicht so gut wie sein Vorgesetzter. »Und was sollen die Kollegen sagen oder tun, wenn sie Marian Godehau finden?«

Stahnke schüttelte den Kopf. »Schätze, das wird nicht passieren.«

3.

Der Bahnhof von Emden musste einer der hässlichsten der gesamten Republik sein. Jedes Mal, wenn Stahnke ihn sah, drängte sich ihm dieser Gedanke auf. Und das kam in jüngster Zeit oft vor, denn die Emder Polizeiinspektion lag genau dem Bahnhof gegenüber, nur durch einen weitläufigen Parkplatz getrennt.

Wie Stahnke vom Binnenhafen hierher gekommen war, wusste er nicht. Die Autofahrt musste er wie in Trance absolviert haben. Schalten, blinken, lenken, Gas geben und bremsen, alles mit dem Unterbewusstsein. Das hielt sich ohnehin für den besseren Fahrer.

Marian Godehau tot.

Vermutlich tot, korrigierte er sich, als er einparkte. Aber höchstwahrscheinlich, da brauchte er sich keinen Illusionen hinzugeben. Die Spuren sprachen eine allzu deutliche Sprache.

Er hatte einen Freund verloren.

Einen Freund? Stahnke schüttelte leicht den Kopf, während er ausstieg und die Zentralverriegelung seines Wagens betätigte. Freunde, richtige Freunde waren sie eigentlich nicht gewesen, Marian und er. Der Schnüffler und der Bulle. Aber Kumpel. Zwei Schnüffler eben, genau genommen. Es gab einiges, das sie verband, Erlebnisse, die sie mehr oder minder gemeinsam durchgestanden, Fälle, die sie zusammen zum Abschluss gebracht hatten. Miteinander – zuweilen aber auch gegeneinander.

Anfangs hatte Stahnke nicht viel von Godehau gehalten, hatte ihn rücksichtslos für seine Zwecke benutzt und damit in Gefahr gebracht, hatte ihn bei sich verächtlich einen fusseligen Schmierfinken genannt, einen langweiligen Gutmenschen, einen weltfremden Weltverbesserer. Godehau wiederum hatte Stahnke zunächst für einen absoluten Spießer gehalten, einen obrigkeitshörigen Bürokraten, dem alles zuzutrauen war, solange es durch irgendeine Vorschrift gedeckt blieb. Oder auch nur durch das mutmaßliche Staatsinteresse. Ein Apparatschik eben.

Dann aber, mit den Jahren, hatten sie einander besser kennen und schätzen gelernt. An ihrer Verschiedenheit hatte sich nichts geändert. Oder jedenfalls nicht viel. Aber sie hatten beide gelernt, den anderen wichtig und ernst zu nehmen. Irgendwie hatte sie das beide weitergebracht.

Ein Lernprozess also. Wie langweilig. Aber egal, so etwas verbindet. Irgendwann einmal hatte es sogar zum Du gereicht. Dabei war Stahnke damit überhaupt nicht freigiebig.

Aber da war noch etwas. Vielmehr jemand. Nämlich Sina.

Als er Sina Gersema kennengelernt hatte, war sie Marian Godehaus Freundin gewesen. Und damit für Stahnke automatisch tabu. Eine Sichtweise, für die Sina ihm fast den Kopf abgerissen hätte, als er sie ihr gegenüber später einmal erwähnte. »Wie siehst du eigentlich Frauen? Als Besitz? Bin ich vielleicht ein Stück Vieh, oder was?« Zu diesem Zeitpunkt war Sina bereits nicht mehr Godehaus Freundin gewesen. Sondern Stahnkes. Weil sie es so gewollt hatte. Womit ihre eigene Frage eigentlich gegenstandslos gewesen war.

Alles lange vorbei. Sina ging längst wieder eigene Wege. Weil sie es so wollte. Stahnke wurde das Gefühl nicht los, dass Godehau und er nur Stationen auf Sinas Weg gewesen waren, einem Weg, der sie wohin auch immer führen mochte, aber auf jeden Fall weiter. Und weiter weg. Während er, Stahnke, eher auf der Stelle trat. Was Sina nicht reichte.

Durchgangsstationen waren sie gewesen, Godehau ebenso wie er. Auch so etwas konnte verbinden.

Stahnke betrat das Gebäude und nickte dem wachhabenden Uniformierten flüchtig zu. Der Gegengruß klang zackig, fast herausfordernd, und wurde von einem neugierigen Blick begleitet. Klar, die Emder Kollegen wussten noch nicht so recht, was sie von ihrem Neuzugang zu halten hatten. Zumal der Ruf, der ihm vorauseilte, zumindest zwiespältig war. Schrulliger Einzelgänger mit merkwürdigen Methoden, launisch und unberechenbar. Schätzte Spekulationen mindestens ebenso sehr wie Spuren. Aber hohe Aufklärungsquote. Immer mal wieder in der Zeitung. Widersprüchlich. So einer lief jetzt hier rum. Da wollte natürlich jeder gerne wissen, woran er war.

Auf der Treppe nahm Stahnke zwei Stufen auf einmal. Seit

er ein wenig abgespeckt hatte, machte ihm das wieder Spaß. War gar nicht so schwer gewesen. Weniger Fleisch und Wurst, mehr Fahrrad, abends keinen Dosenfisch mehr und nur noch gelegentlich Wein. Alles eine Frage des Durchhaltens. Schlank war er dadurch zwar noch lange nicht, aber wenigstens nicht mehr fett. Stattlich eben. Ein Wort, das ihm gefiel.

Oben war Tumult. Vier, nein fünf Uniformierte balgten sich mit einem Festgenommenen. Der Kerl inmitten der Beamtentraube schien über Bärenkräfte zu verfügen, denn die Polizisten bekamen ihn einfach nicht unter Kontrolle. Im wohligen Gefühl seiner neu erfahrenen Körperlichkeit reckte Stahnke die breiten Schultern. Handfeste Hilfestellung war sicherlich keine schlechte Art, sich auf der neuen Dienststelle einzuführen.

Der Kollege direkt vor ihm schrie auf, presste beide Hände auf seine Nase und drehte sich zur Seite. Blut quoll zwischen seinen Fingern hindurch. Höchste Zeit, dem Treiben hier ein Ende zu machen. Stahnke stieß in die Lücke.

Zuerst glaubte er, die Polizisten kämpften mit einem Bündel wild zappelnder, peitschender Schlangen. Dann erkannte er, dass es nur die dicken roten Rastazöpfe des kämpfenden Kerls waren, die um seinen wie rasend hin und her zuckenden Kopf herumschleuderten. Als Nächstes fiel ihm auf, dass dieser unbezähmbare Bursche alles andere als ein Riese war, sondern auffallend klein und dünn. Als Letztes bemerkte er, dass es sich überhaupt nicht um ein männliches Wesen handelte, sondern um eine Frau. Eine kleine, dünne, punkig gekleidete junge Frau.

»Nun mal halblang, Mädel«, sagte Stahnke, so väterlich es eben ging. »Sei vernünftig, so bringt das doch nichts. Wir können doch über alles …«

Der Blick, der ihn traf, kam aus eisgrauen Augen und schien doch zu lodern. Das Nächste, was ihn traf, war die Sohle eines schweren schwarzen Arbeitsschuhs, stark profiliert und verdammt hart. Weder hatte er den Tritt kommen sehen, noch hatte er ihn angesichts seiner winzigen Gegnerin in dieser Höhe erwartet. So war sein Kinn ungeschützt. Das schmale, dreieckige Gesicht mit den flammenden eisgrauen Augen verschwand aus seinem Blickfeld, als sein Kopf in den Nacken flog. Sterne zuckten über den ergrauten Deckenanstrich.

Auf dem Hosenboden sitzend fand er sich wieder. Der Kollege mit der lädierten Nase, die inzwischen aufgehört hatte zu bluten, hatte sich neben ihn gehockt und ihm die Hand auf die Schulter gelegt.

»Na, geht's wieder?«

Leiden verbindet, dachte Stahnke, während er eine undefinierbare Antwort knurrte. So hatte er sich ja nun nicht einführen wollen. Aber egal, Hauptsache Fühlung nehmen.

»Was ist denn das für eine?«, fragte er, sobald es wieder ging. Das schlangenköpfige Mädchen kämpfte immer noch, aber inzwischen hatte einer ihrer Widersacher ihre Handgelenke zu fassen bekommen und ihr die Arme auf den Rücken gedreht. Ein weiterer stand mit Handschellen bereit, während die beiden restlichen versuchten, den wild ausschlagenden Trampelschuhen auszuweichen. Ein Ende der Kampfhandlungen war absehbar.

»So 'ne Umweltschützerin«, sagte der mit der Nase. »*Greenpeace*, *Robin Wood* oder noch was Heftigeres. Wurde in der Fußgängerzone erwischt, nachdem ein Ladenbesitzer sie angezeigt hatte. Hat Kaugummis in Pelzmäntel geschmiert. Ob die wohl weiß, was für einen Schaden sie damit angerichtet hat?«

Die Handschellen klickten, begleitet von schrillen Schreien. Immer noch zuckten die Schlangenlocken.

Stahnke suchte den eisgrauen Blick. Ob diese junge Frau wusste, was sie tat? Für ihn war das keine Frage.

Ächzend erhob er sich, die helfend angebotene Hand des Nasenmannes ignorierend. Erst als er stand, ergriff und schüttelte er sie. »Stahnke, übrigens. Fachkommissariat eins.«

Sein Gegenüber versuchte ein Lächeln, das den Nasenbereich aussparte. »Ich weiß. Coners, Conny Coners. Hiesiger Leiter der Schutzpolizei."

Stahnke wischte sich mit der freien Hand über Stirn und Augen. »Ach, eigentlich kennen wir uns auch schon, nicht?« Es hatte eine Begrüßung beim Dienststellenleiter gegeben, mit Schnittchen und Saft, in kleinem Kreis. Da musste Coners mit dabei gewesen sein. Natürlich hatte sich Stahnke wieder einmal weder Gesicht noch Namen gemerkt.

Coners grinste und winkte ab. »Klar haben wir uns schon

gesehen. Aber da trug ich keine Uniform, war also praktisch verkleidet. Außerdem, richtig kennenlernen kann man sich ja sowieso erst bei der Arbeit, oder?«

Er fasste sich an die Nase, Stahnke rieb sich das Kinn. Beide lachten gleichzeitig und schallend los. Die Schlangenhaarige schrie und wand sich immer noch.

»Diese Umweltschützer sind hier sehr aktiv in letzter Zeit«, sagte Conny Coners. »Haben wohl Emden als geeigneten Schauplatz für ihre Aktionen entdeckt. Ausgerechnet. Dabei ist hier die Welt doch noch in Ordnung, vergleichsweise.«

Stahnke nickte versonnen, obwohl er am liebsten den Kopf geschüttelt hätte. So waren sie eben, die Ostfriesen. Für sie war Natur nichts Schützenswertes, dafür gab es hier einfach zu viel davon. Umwelt war zum Nützen da, nicht zum Schützen. Wenn überhaupt, dann musste der Mensch vor der Natur geschützt werden, zum Beispiel durch Deiche. Dass die Natur ihrerseits einmal bleibenden Schaden nehmen könnte, ging vielen Menschen hier einfach nicht in den Kopf. Oder es war ihnen schietegal.

»Aber Sie sind ja auch schon fix bei der Arbeit, wie ich höre«, fuhr Coners fort. »Früh aus den Federn heute Morgen, was? Und, gibt es schon verwertbare Erkenntnisse?«

»Ja und nein«, sagte Stahnke. »Eindeutige Hinweise auf eine Bluttat, aber keine auf den Täter. Dafür auf das Opfer.«

»Ach. Wer ist es?«

»Ein Journalist.« Stahnke zögerte kurz, sah dann aber doch keinen Grund, das Vermutete für sich zu behalten. »Einer aus Oldenburg. Wir haben Dienstwagen, Brille und Schlüssel gefunden. Wagen und Brille weisen auf einen gewissen Marian Godehau hin.«

»Marian?!«

Der Schrei kam unverhofft. Stahnke starrte Coners einen Moment lang mit großen Augen an, bis ihm bewusst wurde, dass es natürlich nicht sein Kollege gewesen war, der da so schrill geschrien hatte. Sondern die junge Frau mit den Schlangenhaaren.

»Marian«, schrie sie noch einmal. »Was ist mit Marian? Was habt ihr mit ihm gemacht?« Mit einem Schmerzlaut brach sie ab. Einer der Polizisten hatte ihre gefesselten Hände hinter ihrem Rücken nach oben gerissen. Die junge Frau knickte in der Hüfte ein.

»He, lasst das«, rief Coners, ehe Stahnke reagieren konnte. »Immer schön sinnig, klar? Und Sie, junge Frau, beruhigen sich jetzt endlich. Was soll denn die ganze Schreierei, das bringt doch überhaupt nichts. Außer ein paar Stunden in der Arrestzelle. Da kommen Sie nämlich hin, wenn Sie nicht endlich Ruhe geben.«

Die Schlangenhaarige schwieg tatsächlich. Ihre grauen Augen funkelten. »Was ist mit Marian?«, fragte sie leise.

»In mein Büro«, sagte Stahnke. »Bitte.«

Die Polizisten schauten ihn erstaunt an, ehe sie sich zum Gehen wandten, die junge Frau rechts und links untergehakt. Stahnke konnte nur vermuten, dass Coners hinter seinem Rücken genickt hatte. Ihm war es recht. Auch geliehene Autorität war schließlich Autorität.

4.

»Kann man in diesen Dingern überhaupt laufen?« Stahnke zeigte auf die klobigen schwarzen Treter, aus denen spindeldürre Beine ragten wie Streichhölzer aus Kastanien. Dicke, rote Schnürbänder hielten die viel zu weiten Schäfte halbwegs zusammen. An den Außenseiten der Schäfte prangten weiße Embleme, die handgemalt aussahen. Sie erinnerten an die »Echt Leder«-Gütesiegel. Er schaute genauer hin. »Echt Leiche« stand da.

Die junge Frau reagierte auf seine onkelhafte Gesprächseröffnung mit Schweigen und einem weiteren finsteren Blick. Die vollen Lippen blieben aufeinander gepresst, die ungezupften Augenbrauen zusammengezogen. Arme verschränkt, Beine übereinandergelegt. Abwehrhaltung wie aus dem Bilderbuch.

»Wie ist denn Ihr Name?« Vielleicht ging es ja auf die korrekte Tour besser.

»Was ist mit Marian?«, fragte sie zurück. Es klang, als spucke sie ihm die Worte auf den Schreibtisch.

»Marian Godehau, Journalist aus Oldenburg.« Stahnke vermied es, ihre Frage zu beantworten; schließlich antwortete sie ja auch nicht auf seine. Außerdem wollte er sich angewöhnen, an Marian als an einen Betroffenen in einem Fall zu denken. Schließlich musste er sich irgendwie unter Kontrolle halten. »Sein Dienstwagen steht im Hafen. Containerterminal.« Er blickte sie auffordernd an. Dabei fiel ihm Kramer ein, der so auffordernd blicken und schweigen konnte wie sonst niemand. Ob er bei den Oldenburgern schon weitergekommen war?

»Und wo ist er?« Die junge Frau strich sich die roten Haarschlangen aus dem Gesicht. Für einen Moment schien die Abwehrhaltung zu bröckeln, dann wurden die Arme wieder fest verknotet. Ihre Halskette, die eher an den zusammengefädelten Inhalt einer Krimskramsschublade erinnerte als an richtigen Schmuck, klimperte leise. Im Zentrum der bunten Kleinteile baumelte ein glänzendes Vorhängeschloss. Verschlossener ging es kaum noch.

»Gute Frage.« Stahnke neigte sich nach vorn, wobei er zum wiederholten Male zufrieden feststellte, dass sein Bauch bei dieser Bewegung die Schreibtischkante nur noch leicht touchierte, und stützte die Ellbogen auf. »Ich hatte gehofft, Sie könnten mir vielleicht etwas dazu sagen. Immerhin scheinen Sie ihn ja zu kennen.«

Ihre Kiefer mahlten, ihre Lippen zuckten. Aber noch war sie nicht zur Kooperation bereit. »Ich brauch Ihnen gar nichts sagen«, stieß sie hervor.

»Zu«, sagte Stahnke.

»Was?«

»Zu. Es heißt ›zu sagen‹. Nach ›brauchen‹ steht der erweiterte Infinitiv mit ›zu‹. Neuerdings ist diese Regel zwar etwas aufgeweicht, Rechtschreibreform und so, aber …«

Stahnke verstummte erstaunt. Sein Gegenüber hatte zu weinen begonnen.

»Ach herrje, was ist denn? Was, äh … haben Sie etwas?« Seine befangene Hilflosigkeit störte ihn mächtig. Nach all den Dienstjahren immer noch nicht wasserdicht! Peinlich, peinlich.

»Nee.« Sie wischte sich mit dem Handrücken übers Gesicht. »Es ist nur … Marian sagt das nämlich auch immer.«

»Genau.« Gegen seinen Willen musste Stahnke schmunzeln. »In Sachen Sprache kennt er keine Verwandten. Da ist er absolut pingelig. Richtig altmodisch. Sonst kann's ja gar nicht alternativ genug sein, aber wenn es um die deutsche Sprache geht, lässt er sich von keinem Konservativen übertreffen.« Er fischte ein halbvolles Päckchen Papiertaschentücher aus seiner Schublade, reichlich verknittert und etwas angestaubt, aber noch brauchbar, und warf es der jungen Frau über den Schreibtisch hinweg zu. »Hier.«

Die Schlangenhaarige ignorierte es. Überraschung hatte den Ärger aus ihren Zügen verdrängt. »Sie kennen ihn wirklich, was? Sogar richtig gut.«

»Das will ich meinen«, bestätigte Stahnke. »Nach so vielen Jahren.«

»Wer sind Sie?« Jetzt angelte sie doch nach dem Tempopäckchen. »Wie ist Ihr Name?«

Die Fragen stelle ich, dachte Stahnke. So heißt es doch immer. Ach, drauf gepfiffen. »Stahnke«, stellte er sich vor. »Hauptkommissar Stahnke. Herr Godehau und ich …«

»Ja, ich weiß«, unterbrach die junge Frau und schnäuzte sich, ohne den Blick von ihm zu wenden. »Er hat mir so allerhand von Ihnen erzählt. Aber sind Sie sonst nicht in Leer?«

»Richtig. Zeitweise nach Emden abgeordnet. Emden gehört inzwischen organisatorisch sowieso mit zur Inspektion Leer dazu. Aber jetzt Sie. Wie heißen Sie, und woher kennen Sie Marian Godehau?«

Sie biss sich auf die Lippen, gab sich dann aber einen sichtbaren Ruck. »Ich bin Lina. Aus Oldenburg. Marian und ich, wir sind zusammen bei den *Wächtern*.«

Sie musterte ihn, als erwarte sie Nachfragen. Aber Stahnke nickte nur. Die *Wächter* waren ihm ein Begriff. Dabei handelte es sich um so etwas wie die deutsche Variante der *Sea-Shepherds*. Eine dezentral aufgebaute Organisation mit verschwörerhaften Strukturen, die ähnliche Ziele verfolgte wie *Greenpeace*, aber weit weniger Skrupel zu haben schien. Jedenfalls ging es bei *Shepherd*- oder *Wächter*-Aktionen nicht so mediengerecht märtyrerhaft zu wie bei den Regenbogenkriegern, sondern richtig ruppig. Walfänger zum Beispiel wurden nicht einfach nur behindert, sondern gerammt. Bisweilen, so hatte er zumindest mal irgendwo gelesen, sogar versenkt.

»Lina. Und wie weiter?«, fragte Stahnke stattdessen.

»Snuck«, sagte die junge Frau. »Angelina Snuck.«

Stahnke konnte nicht anders, er musste einfach losprusten. Wie sie da saß, ein kleines, knochendürres Häuflein Mensch mit diesen klumpigen Schuhen, in flatterweiten Jeans und Sweatshirt, dazu mit dieser krakenhaften, signalroten Frisur, die ihr schmales Gesicht wie mit Schlangenarmen zu umfassen schien – und dann dieser Name! Unglaublich.

Dann erinnerte er sich seines eigenen Vornamens, den er so gut wie niemals nannte, weil er ihn einfach nur peinlich fand. Und seine eigene körperliche Erscheinung war ja auch nicht gerade normgerecht, den jüngsten Verbesserungen zum Trotz. Nein, er hatte wirklich keinen Grund zu lachen. Genau genommen waren sie beide typmäßig Außenseiter. Leidensgenossen. Leiden verbindet, dachte er wieder einmal.

Wider Erwarten wurde Lina nicht wütend. Vielmehr lachte sie ebenfalls. »Ja, beknackt, nicht wahr? Aber wer kann schon etwas für seine Eltern.«

Ihr Lachen erlosch wie ausgeknipst. »So, jetzt sind Sie wieder dran. Was ist mit Marian?«

Stahnke spürte einen Stich quer durch die Brust. Fast hatte er schon verdrängt, worum es hier eigentlich ging. »Wir haben seinen Wagen gefunden, wie gesagt. Und seine Brille. Außerdem eine Blutspur. Noch wissen wir nichts Genaues.« Er schluckte. »Aber ich mache mir Sorgen.«

Ihre geweiteten Augen schienen durch ihn hindurchzublicken. »Am Hafen«, murmelte sie tonlos. »Also doch. Also doch. Ich wusste es.«

Ehe Stahnke nachhaken konnte, läutete sein Telefon. Blöd, das passte jetzt gar nicht. Aber schon hatte er im Reflex nach dem Hörer gegriffen. »Ja?«

»Kramer hier. Bin noch am Containerterminal. Die Oldenburger Kollegen haben sich über Handy bei mir gemeldet. Marian Godehau ist weder in seiner Wohnung noch auf seiner Arbeitsstelle. Derzeitiger Aufenthaltsort unbekannt.«

Stahnke drehte sich auf seinem Schreibtischstuhl herum.

Die Wanduhr, die aussah, als hätte sie eigentlich gegenüber auf einem der Bahnsteige montiert werden sollen, zeigte halb zehn. »Haben die bei der *Rundschau* denn überhaupt schon Dienstbeginn? Vielleicht ist er ja gerade auf dem Weg dorthin oder trinkt irgendwo einen Kaffee.«

»Wäre im Prinzip möglich. Aber nicht heute.« Natürlich hatte Kramer mal wieder an alles gedacht. »Eigentlich fängt die Reportage-Abteilung tatsächlich erst um zehn Uhr an. Für heute aber war eine Besprechung aller Ressortleiter mit der Chefredaktion angesetzt, zu der auch die Reporter gebeten worden sind. Um neun. Herr Godehau ist nicht erschienen. Hat sich auch nicht abgemeldet. Was sofort auffiel, denn Herr Godehau gilt als äußerst zuverlässig.«

»Na gut«, sagte Stahnke, »einen Versuch war's wert. Vielen Dank auf jeden Fall.« Dann fiel ihm noch etwas ein: »Und der Wagen?«

»Den Dienstwagen meinen Sie? Der gehört der *Rundschau*.«

»Na klar tut der das«, knurrte Stahnke. »Aber wer ist zuletzt damit gefahren? Die *Rundschau* hat eine eigene Werkstatt, da wird darüber Buch geführt, wer wann welchen Wagen fährt. Fragen Sie da mal nach.«

»Jawohl. Mach ich.« Man konnte förmlich hören, wie Kramer errötete. Dabei war Stahnke froh, dass sein Kollege mal nicht an alles gedacht hatte. Das machte ihn geradezu menschlich. Jedenfalls ein bisschen.

Das stimmte Stahnke milde, und er wechselte das Thema. »Und sonst? Wie sieht es momentan am Hafen aus? Sind die Taucher schon da?«

»Bereits im Einsatz«, sagte Kramer. »Bisher aber noch ohne Resultat. Kein Wunder bei dreißig Zentimetern Sichtweite unter Wasser.«

»Nochmals danke.« Stahnke schwang sich auf seinem Drehstuhl zurück, um den Hörer aufzulegen und sich wieder seiner Gesprächspartnerin zuzuwenden.

Aber der Stuhl auf der anderen Seite seines Schreibtisches war leer.

5.

Der Schwarze schlich vorsichtig um den Container herum und achtete darauf, in Deckung zu bleiben. Nicht, dass das wirklich nötig gewesen wäre; seine Anwesenheit an diesem Ort wäre bestimmt niemandem aufgefallen. Er hatte Übung darin, nicht aufzufallen.

Die Aktivität auf dem Gelände hatte sich an die Kaimauer verlagert. Und aufs Wasser. Zwei Polizeifahrzeuge, eine schwimmende Arbeitsplattform und ein großes Schlauchboot waren im Einsatz. Gerade gingen zwei Froschmänner wieder auf Tiefe, und ein Helmtaucher machte sich zum Abstieg bereit. Lächerlich sahen sie aus in ihrem Aufzug, lächerlich und doch vertraut. Bisher hatten sie allesamt noch nichts entdeckt.

Sie würden auch nichts entdecken, jedenfalls nicht das, wonach sie suchten. Das wusste der Schwarze genau.

Ein schmaler, drahtig wirkender Mann stand am Wasser, so dicht, dass seine Schuhspitzen über die eisenbewehrte Kante ragten, und ließ die Taucher und ihre Helfer nicht aus den Augen. Er schien die Aktion zu leiten. Ein energischer, gewissenhafter, sehr verlässlicher Mann, das spürte der Schwarze genau. Aber nur der Stellvertreter des eigentlichen Leiters, dieses großen, etwas chaotischen, intuitiv agierenden Kerls, der vor einiger Zeit das Gelände verlassen hatte. Das konnte er unbesorgt, denn der Schmale war ein guter Stellvertreter.

Der Schwarze fühlte eine gewisse Verbundenheit. Schließlich war er ja selber auch eine Art Stellvertreter. Auch er bemühte sich, seinen Job immer möglichst gewissenhaft zu erledigen. Wobei Gewissen eigentlich kein Begriff war, den er auf sich beziehen würde. Aber solche Spitzfindigkeiten waren nicht seine Sache.

Auch letzte Nacht hatte er seinen Job sehr gewissenhaft erledigt. Zur vollsten Zufriedenheit. Das hatte er jedenfalls angenommen. Bis sich dann herausstellte, dass er eine Kleinigkeit übersehen hatte. Es waren immer Kleinigkeiten. Konnte es nicht einmal genügen, dass etwas im Großen und Ganzen korrekt gelaufen war? Offenbar nicht.

Der Schwarze stellte fest, dass er leise vor sich hin knurrte, und rief sich zur Ordnung. Bloß nicht doch noch auffallen. Das hätte nun wirklich gerade noch gefehlt.

Der eigentliche Fehler war hier und jetzt ohnehin nicht mehr zu beheben. Die Brille war weg, so viel stand fest. Sie hatten sie gefunden. Ärgerlich. Also würde er die Sache anders regeln müssen, um seinen kleinen Fehler auszubügeln.

Bügeln! Der Gedanke erheiterte ihn. Lustige Metapher.

Unbemerkt machte er sich aus dem Staub.

6.

Stahnke saß an seinem Schreibtisch im Polizeihauptgebäude der Stadt, in der er geboren war, und hatte Heimweh. Heimweh nach Leer. Genauer gesagt nach seinem Büro in der Polizeiinspektion an der Georgstraße. Nach seinem kleinen, stickigen, im Sommer backofenheißen Büro mit Aussicht auf die Lagerhalle einer Installationsfirma. Wie oft hatte er dieses Büro schon verflucht! Aber es hatte einen Vorteil, einen ebenso anachronistischen wie unschätzbaren Vorteil: Es gehörte ihm allein.

Natürlich waren Einzelbüros im Zeitalter des Teamworks nicht mehr angesagt. Natürlich war es leichter, sich abzusprechen, Informationen auszutauschen oder spontane Brainstormings zu veranstalten, wenn man sowieso im selben Raum hockte. Mit diesem Argument hatte Kriminaldirektor Manninga ihn und Kramer schon mehrmals umsiedeln wollen. Aber Stahnke hatte sich stets mit Zähnen und Klauen gewehrt. Erfolgreich, schließlich konnten sie durch ihre Ermittlungserfolge nachweisen, dass sie auch dann als Team funktionierten, wenn sie in getrennten Zimmern hockten.

Außerdem gab es ja eine Zwischentür, die fast immer offen stand. Das hatte Stahnke als formales Hauptargument ins Feld geführt. Teufel, was hatte Manninga böse geguckt. Aber er war schweigend gegangen, und alles war beim Alten geblieben.

In Emden aber war alles anders. Hier hatte man ihnen einfach Plätze zugewiesen, zwei Schreibtische in einem Dreier-Büro. Verweise auf alte Gewohnheiten hatten nur Achselzucken zur Folge gehabt. Platz war knapp, freie Räume gab es nicht, also bitte.

Da hockten sie jetzt. Sie beide und der neue Dritte ihres neuen Teams. Kriminalkommissar Schmitz.

Dieter Schmitz sah aus, als hätte ihn jemand aufgepumpt. Sein Poloshirt Größe XXL konnte die Massen seiner schwellenden Schultern und Oberarme, seiner gut isolierten und gepolsterten Brust-, Rücken- und Bauchmuskulatur kaum bändigen. Auch die blau marmorierten Jeans machten den Eindruck, als sollten sie jeden Moment von Schmitz' Oberschenkeln und Hinterbacken gesprengt werden. Ganz oben auf diesem Schwerathletenkörper thronte ein pausbäckiges Babygesicht, gekrönt von einer blonden Frisur der Marke Topfschnitt. Allerdings musste der Friseur einen sehr kleinen Topf für seinen Rundschnitt verwendet haben, denn die verbliebene, steil aufwärts gegelte kleine Haarinsel oberhalb der kahlrasierten Flanken bedeckte kaum das Schädeldach.

Um seine Massen in Form zu halten, futterte Dieter Schmitz fast pausenlos. Brötchen, Schokolade, Gummibärchen, Energieriegel und Kekse verschwanden in automatenhafter Regelmäßigkeit zwischen seinen stetig mahlenden Kiefern. Erstaunlich, dass Schmitz trotzdem in der Lage war, Akten zu bearbeiten und Telefongespräche zu führen. Das Essen ging bei ihm einfach nebenbei – wie bei anderen Menschen das Atmen.

Mit einem kleinen Unterschied allerdings: Es ging nicht lautlos vonstatten. Dieter Schmitz schmatzte.

Er selbst schien das gar nicht zu merken. Oder es war ihm wurscht. Gerade hatte er wieder einmal eine Tüte Haribo aufgerissen und sich zwei Stückchen Lakritz mit farbiger Zuckerpaste in den Mund geschoben. Kraftvoll und routiniert zermalmten seine gut trainierten Kiefer die schwarzbunten Süßigkeiten, pressten und mahlten das Zeug in einer abgeflachten Kreisbewegung, lösten sich dann wieder voneinander, um neu anzusetzen. Dabei verloren die Lippen den wechselseitigen Kontakt. Und da war es wieder.

Schmitz bemerkte Stahnkes Blick, missverstand ihn jedoch. Auffordernd hob er das Tütchen mit fleischiger Pranke hoch, rundete fragend die Augenbrauen und stieß einen Laut hervor, der mit etwas Phantasie als »Auch eins?« gedeutet werden konnte. Weitere Schmatzlaute untermalten das höfliche Angebot.

»Ach nein, danke«, erwiderte Stahnke. Mit großer Mühe schüttelte er die Lähmung ab, die ihn befallen hatte. War das so etwas wie ein Schock, ausgelöst durch den Verlust, den Marians Verschwinden bedeutete?

Er sollte hier nicht herumsitzen, er sollte etwas tun. Irgendetwas.

»Ich hol mir lieber einen Kaffee.« Fluchtartig verließ er den Raum.

Der Kaffeeautomat gurgelte und zischte. Als die bräunliche Brühe endlich in den Plastikbecher schäumte, glaubte der Hauptkommissar sogar einen Schmatzlaut vernommen zu haben. Einen einzelnen. Aber einer Maschine nahm er das nicht krumm. Die konnte ja nichts dafür.

Das brachte ihn wieder auf diese Angelina Snuck. Dass er für deren außerplanmäßigen Abgang nichts gekonnt hätte, ließ sich beim besten Willen nicht behaupten. Natürlich war er sofort bei Conny Coners vorstellig geworden, und Coners hatte durchaus die Ruhe bewahrt. Hatte sich sogar für die Mitteilung des Namens und des mutmaßlichen Wohnorts der flüchtigen Person bedankt: »Wenigstens etwas, damit kommen wir bestimmt weiter.« Immerhin ging es um massive Sachbeschädigung und Widerstand gegen die Staatsgewalt, das konnte man nicht so einfach auf sich beruhen lassen.

Die Art, wie Coners ihn gemustert hatte, war aber alles andere als schmeichelhaft gewesen. Stahnke musste jetzt zur Abwechslung unbedingt einmal etwas Vernünftiges zustande bringen, und das möglichst bald. Sonst war er hier unten durch, ehe er überhaupt richtig angefangen hatte.

Den heißen Kaffeebecher zwischen spitzen Fingern, schlurfte er den Gang entlang. Um sich abzulenken, warf er einen Blick in die *Ostfriesen-Zeitung*, die aufgeschlagen auf einem Besucherstuhl lag. Regelmäßige Medienbeobachtung gehörte schließlich zu seinem Berufsbild. Morgen würde er im Regionalteil auch etwas über den Vorfall im Hafen lesen können. Noch hatte keiner der örtlichen Journalisten bei ihm angerufen. Vermutlich hatte ihn noch keiner auf der Rechnung. Schließlich war Kollege Heinemann, der etatmäßige Leiter des Ersten Emder Kriminalkommissariats, noch nicht lange schwer erkrankt, und sein Stellvertreter Gautier war erst kurz zuvor auf eigenen Wunsch nach Hessen versetzt worden. So war Stahnke mit seinen gut fünfzig Lenzen jetzt »der Neue« – zum ersten Mal seit Jahrzehnten.

Er überflog den regionalen Aufmacher. »Mysteriöse Wolke über Ostfriesland«, davon hatte er schon im Radio gehört. Irgendetwas Unsichtbares, aber mächtig Ausgedehntes war da vor einiger Zeit im Luftraum geortet worden, aber nicht gesichtet. Jetzt wurde gerätselt, worum es sich handeln konnte. Von militärischen Experimenten, meteorologischen Phänomenen oder umweltschädlichen Gasen war die Rede. Klang nach haltlosen Mutmaßungen. Stahnke tippte auf Sommerloch.

Wo Kramer nur blieb? Von dem waren wenigstens Informationen zu erwarten, wenn schon keine Ergebnisse. Aber der hielt nach wie vor am Hafen die Stellung und ließ ihn hier allein. Allein mit dem schmatzenden Schmitz.

Schmatzeschmitz. Ha! Stahnke musste grinsen. Fiese Spitznamen waren eine billige Rache. Aber besser als nichts.

Er schlürfte seinen heißen Kaffee und stellte fest, dass er immer noch auf dem Gang stand. Alles in ihm sträubte sich, in das ungeliebte Gemeinschaftsbüro zurückzukehren. Aber was gab es im Augenblick zu tun, das ihn mit Fug und Recht von seinem Schreibtisch fernhalten konnte? Wieder raus zum Containerterminal fahren? Sinnlos, Kramer hatte dort alles im Griff. Sein Kollege würde es bestimmt als Misstrauensvotum ansehen, wenn er jetzt grundlos dort auftauchte. Oder, noch schlimmer: Er würde ihn sofort durchschauen. Planlose Pseudo-Aktivität, nur dazu geeignet, eine trügerische, vielleicht widersinnige Hoffnung zu nähren. Nämlich die, dass Marian Godehau doch noch lebte, allen gegenteiligen Indizien zum Trotz.

Der Becher war schon halb leer. Oder noch halb voll? Nein, eher halb leer, das passte besser zu seiner Stimmung.

Dann aber fiel ihm doch noch etwas ein. Was hatte diese Angelina Snuck, diese schlangenhaarige Lina, noch gesagt, unmittelbar ehe das Telefon klingelte und sie sich kurz darauf auf Französisch verabschiedete? »Am Hafen« hatte sie gesagt, und dann: »Also doch.« Als habe sich eine böse Vorahnung bestätigt. Hm. Was sagte ihm das?

Vorerst noch nichts. Aber es brachte ihn auf etwas anderes. Kettenglieder, immer eins am anderen hängend. Zusammenhang. Sinnlose Kettenglieder gab es nicht, auch wenn das nicht immer gleich auf den ersten Blick klar wurde.

Marian war dienstlich im Emder Hafen gewesen, hatte offenbar eine Vermutung gehabt, der er nachgegangen war. Marian war Journalist, einer von der Sorte, die nicht auf billige Sensatiönchen und schlüpfrige Schlagzeilen aus war, sondern auf Enthüllungen. Ein Robin Hood im Blätterwald, sozusagen. Zudem war er nicht nur als sehr zuverlässig und sprachbeflissen bekannt, sondern auch als sehr pingelig. Er pflegte alles Wichtige aufzuzeichnen und seine Aufzeichnungen aufzuheben. Für Folgestorys und für alle Fälle. Und zwar nicht zu Hause, sondern an seinem Arbeitsplatz.

Das war's doch.

Stahnke leerte den Plastikbecher und warf ihn schwungvoll in den nächsten Papierkorb, wo er eigentlich nichts zu suchen hatte. Marian hätte das sicher nicht gefallen.

Das Klingeln seines eigenen Telefons stoppte ihn, als er gerade an der offen stehenden Tür des Großraumbüros vorbei flüchten wollte. Schmitz wies mit beiden Zeigefingern auf den lärmenden Apparat, stumm, die Backentaschen geschwollen. Stahnke grapschte nach dem Hörer.

»Kramer hier. Sie hatten recht. Der fragliche *Rundschau*-Dienstwagen wurde gestern Nachmittag von Marian Godehau telefonisch bestellt und um 18 Uhr abgeholt. Per Unterschrift quittiert, wie üblich. Tja.«

»Tja.« Stahnke stand einen Augenblick lang nur da, den Blick an Schmitz' mahlenden Unterkiefer geheftet. Eine unverbindliche Bemerkung wollte ihm nicht einfallen, eine verbindliche schon gar nicht. Schließlich hatte sich ja nichts geändert. Geahnt hatte er es sowieso, bewiesen war nach wie vor nichts. Also weiter wie gehabt.

Dann schnippte er mit den Fingern seiner freien Hand. »Wir sollten uns jetzt mal um die Schlüssel kümmern. Erst Fingerabdrücke abnehmen, falls welche drauf sind, dann ab dafür nach Oldenburg und checken, zu welchen Schlössern die Dinger gehören.« Als ob die Identität des Verschwundenen nicht schon klar genug gewesen wäre.

Eigentlich könnte er das Bund ja auch selber mitnehmen, fiel ihm ein. Falls das mit den Fingerabdrücken nicht zu lange dauern sollte. Das wollte er sagen, aber Kramer kam ihm zuvor.

»Schon erledigt. Das Schlüsselbund ist bereits unterwegs. Per Kurier.«

»Danke.« Stahnke legte auf.

Kramer war also doch noch der alte Perfektionist, gelegentlichen menschlichen Anwandlungen zum Trotz. Beruhigend.

»Ich muss los«, rief Stahnke seinem neuen Kollegen zu. »Nach Oldenburg. Recherche wegen Godehau.« Er winkte kurz und wandte sich ab, um seinen erleichterten Gesichtsausdruck verborgen zu halten.

Schmitz antwortete etwas, aber das konnte der Hauptkommissar nicht verstehen. Nur ein herzhaftes Schmatzen war zu identifizieren.

7.

Die *Regionale Rundschau* hatte früher anders geheißen, erinnerte sich Stahnke. Ein bürgerlich-konservatives Blatt aber war sie schon immer gewesen. Ein Abbild der Geisteshaltung ihrer Besitzer eben, die viel Wert darauf legten, alle Leitungsfunktionen mit Gleichgesinnten zu besetzen, um Überraschungen in der Berichterstattung bestmöglich vorzubeugen. Das nannte sich dann Pressefreiheit. Was die subalternen Positionen anging, war man etwas großzügiger, offenbar aus der Überzeugung heraus, dass die abweichenden Ansichten einzelner Redakteure ohne Richtlinienkompetenz auf Dauer keinen Schaden anrichten konnten, solange nur die Hauptrichtung stimmte. So kam es, dass auch ein Marian Godehau für diese Zeitung arbeitete.

Oder gearbeitet hatte?

Stahnke versuchte, sich aufs Autofahren zu konzentrieren. Auf der Ofener Straße ging es nur stockend voran, und je näher er dem Pferdemarkt kam, desto dichter wurde der Verkehr. Er ärgerte sich, diesmal nicht in Wechloy abgefahren zu sein und die Alternativstrecke genommen zu haben. Aber die blieb ihm ja noch für die Rückfahrt. Wenigstens fand er auf Anhieb einen Parkplatz fast genau vor dem Pressehaus. Zwar nur ein Kurzzeitplatz, aber allzu lange gedachte er sich ja ohnehin nicht aufzuhalten.

Die Eingangshalle war umgestaltet worden, seit er vor Jahren dienstlich hier gewesen war; jetzt war es nicht mehr so leicht, am Pförtner vorbei zu den Fahrstühlen zu stürmen, wie es eine Gruppe autonomer Jugendlicher vor Jahren einmal gemacht hatte, um die Monopolzeitung zu zwingen, auch andere Ansichten zu veröffentlichen als die ihres Verlegers und seiner Meinungs-Klone. Stundenlang hatten sie die Nachrichtenzentrale besetzt und das Blatt damit von allen überregionalen Meldungen abgeschnitten, ehe ein Mobiles Einsatzkommando die Tür aufgebrochen und dem Spuk ein Ende gemacht hatte. Marian hatte es damals empörend gefunden, dass die *Rundschau* nicht einmal über den Vorfall berichtet hatte. Angeblich, um keine Nachahmungstäter zu produzieren. Vor allem aber ging es wohl auch darum, zu zeigen, wer am längeren Hebel saß.

In anderen Zusammenhängen war natürlich durchaus über die Autonomen geschrieben worden. Nämlich immer dann, wenn es ins vorgefertigte Bild passte. Einmal hieß es, Mitglieder dieser Gruppe hätten bei einer Demo die Polizei mit Stahlkugeln aus Schleudern beschossen. Allerdings hatte sich der Berichterstatter vertippt, und so wurden »Stuhlkugeln« daraus. Darüber lachten die Leute heute noch.

Der Pförtner ließ Stahnke anstandslos durch, nachdem der sich ausgewiesen hatte; Polizisten schienen hier keine ungewohnten Gäste zu sein. Im vierten Stock empfing ihn eine Sekretärin. Ein bekanntes Gesicht, aber natürlich fiel ihm der Name nicht ein. »Guten Tag, Frau, äh, mein Name ist …«

Die kleine Frau grinste spitzbübisch. »Stahnke, ich weiß. Schließlich bin ich schon länger hier als die Teppichböden, und das will etwas heißen! Nennen Sie mich ruhig Fräulein Trudel, das tun hier alle.«

Marian Godehaus Ressortleiter ließ sich nicht blicken. Ihn hatte Stahnke schon von unterwegs angerufen, und er hatte seine Zustimmung gegeben. Nach einigem Zögern und mit von »schwersten Bedenken« geschwängerter Stimme. Aber die *Rundschau* hatte sich erst letzte Woche für eine Ausweitung der Kompetenzen der Polizei »angesichts der näher rückenden Bedrohung durch den internationalen Terror« ausgesprochen. Stahnkes zarter Hinweis auf einen möglichen Widerspruch zwischen Reden und Handeln hatte den letzten Widerstand des Ressortleiters gebrochen.

Woran Marian zuletzt gearbeitet hatte, konnte sein direkter Vorgesetzter erstaunlicherweise nicht sagen. »Er schreibt wohl an einer Serie über regionale Motorradklubs. Ansonsten …« Das Achselzucken war förmlich zu hören. Vom kurzen Führzügel hielt dieser Chef offenbar nichts.

Marians Büro war großzügiger, als Stahnke es in Erinnerung hatte. Vermutlich war es auch nicht mehr dasselbe wie vor Jahren. Man hatte Marian Godehau, der seine Ausbildung einst hier absolviert hatte und nach einem kurzen Intermezzo in Ostfriesland hierher zurückgekehrt war, seither zwar nicht zum Redaktionsleiter oder gar Ressortchef befördert, aber er schien in der internen Rangfolge deutlich aufgerückt zu sein.

Und, vor allem, es war ein Einzelbüro. Auch im Zeitungsgewerbe eine Ausnahme im Zeitalter der Großraumvolieren für dienstbar gemachte bunte Vögel. Geradezu ein Statussymbol. Stahnke spürte Neid – und ein absurdes Bedauern darüber, dass er Marian Godehau nicht beerben konnte. Er hasste es, wenn ihn solche Gedanken heimsuchten.

Der Schreibtisch war unverschlossen. Aus den Schubladen quollen ihm vergilbte, eng und kaum leserlich bekritzelte Notizblöcke entgegen. Ein Ordnungsschema war, zumindest auf den ersten Blick, nicht erkennbar. Stahnke stöhnte entsetzt auf.

»Was suchen Sie denn?«, fragte Fräulein Trudel.

»Irgendwelche Hinweise darauf, mit welchen Themen sich Herr Godehau in letzter Zeit befasst hat«, antwortete der Hauptkommissar. »Oder was er für die nähere Zukunft so auf dem Plan gehabt hat.«

»Gehabt?« Die Frau kniff misstrauisch die Augen zusammen. »Sie sagten, Marian würde vermisst. Stimmt das, oder verheimlichen Sie etwas?«

»Er wird vermisst. Genau das ist der Stand der Dinge.« Er zögerte kurz, dann fügte er hinzu: »Ich wüsste selber gern mehr, das können Sie mir glauben. Deshalb bin ich ja hier. Vielleicht gibt es hier etwas, das uns weiterbringt.«

Marian schien wirklich überall beliebt zu sein. Was Stahnke von sich selber nicht behaupten konnte. Diesmal aber konnte er jedes Neidgefühl unterdrücken. In diesem Punkt war die Schuldfrage wohl eindeutig.

Fräulein Trudel musterte ihn noch einen Moment lang, dann nickte sie. »Okay. Dann suchen Sie mal. Aber nicht in den Schubladen. All das Zeug da ist Jahre alt. Marian legt längst alles im Computer ab. Den Papierkram wirft er bloß aus lauter Nostalgie nicht weg.«

Stahnke lächelte sie dankbar an. »Da hätte ich ja lange wühlen können.«

Der PC sah recht neu aus, der Monitor war von beeindruckender Größe. Marian hatte mal etwas von »Bildschirmumbruch« erzählt, erinnerte sich Stahnke. Eine kostspielige Neuerung, die Redakteuren Mehrarbeit verschaffte, dafür aber eine komplette andere Berufssparte überflüssig machte und sich daher für den Verlag ausgezeichnet rechnete. Marian als einer der wenigen reinen Reporter hatte damit zwar kaum zu tun, die entsprechende Ausrüstung aber, eingekauft en gros, hatte man auch ihm hingestellt.

Der Hauptkommissar drückte auf den Power-Knopf. Der Computer begann brummend hochzufahren.

»Eigentlich soll ich ja bei Ihnen bleiben, falls Sie noch etwas brauchen«, sagte Fräulein Trudel. »In Wirklichkeit soll ich Ihnen natürlich auf die Finger schauen. Um die Pressefreiheit vor Ihnen zu schützen.« Ihre wegwerfende Handbewegung sprach Bände. »Andererseits habe ich noch eine Menge zu tun.« Es klang bedauernd. »Also, wenn Sie mich noch brauchen, mein Zimmer ist gleich da vorne, kurz vor den Klos.« Sie ließ ihn allein.

Erstaunlich, dachte Stahnke. In dieser Redaktion schien man andere, weit wichtigere Sorgen zu haben als die Pressefreiheit. Vielleicht, weil man zu genau wusste, wie es hier um sie stand. Wie auch immer, ihm konnte es recht sein.

Zahlenkolonnen flitzten über den großen Bildschirm, unverständliche Abkürzungen, dann Wortfolgen, die Stahnke ebenfalls nichts sagten. Was, wenn er es hier mit Programmen zu tun bekam, die ihm ebenso fremd waren? Allzu lange hatte er sich gegen die Neuerungen des Computerzeitalters gesperrt. Inzwischen hatte er zwar notgedrungen einiges nachgeholt, beherrschte die unverzichtbaren Benutzer-Grundlagen, aber sowie es komplizierter wurde, fühlte er sich furchtbar hilflos.

Als das Windows-Emblem erschien, war er erleichtert. Wenigstens arbeiteten auch die Computer der *Rundschau* mit dem vertrauten Basisprogramm. Also durfte er hoffen.

Das Nächste aber, was ihm der Bildschirm zeigte, ließ seine Zuversicht wieder sinken. Nämlich eine Eingabeaufforderung: »Benutzername« und »Passwort«. Ach herrje, passwortgeschützt! Hatte Marian Godehau etwa kein Vertrauen in seine Kollegen? Wollte er womöglich eventuelle polizeiliche Nachforschungen erschweren? Dann hatte er bestimmt nicht geahnt, worum es dabei gehen würde.

Vermutlich weder noch, entschied Stahnke. Marians Computer war schlicht und einfach Teil eines Netzwerks, da waren Passwörter eine ganz normale Vorsichtsmaßnahme. Behörden wie die Polizei hatten so etwas ja schließlich auch. Allgemeine Passwörter, mit denen man Zugang zu bestimmten Speicherplätzen bekam, und personalisierte, die man benötigte, um an die interessanteren Dinge heranzukommen. Ein allgemeiner Benutzername konnte hier zum Beispiel »Redaktion« sein. Vielleicht war dieses Wort sogar allgemeiner Benutzername und allgemeines Passwort zugleich. Aber was nützte ihm das? Am Hafenbericht oder an den Meldungen der samstäglichen Landwirtschaftsseite war er nicht interessiert. Was er wollte, waren Marian Godehaus Aufzeichnungen für den höchsteigenen Gebrauch. Und um dort heranzukommen, benötigte er auch dessen persönliches Passwort.

Er durchstöberte die bunten Ablagekörbe, die Stiftschale und den alten Becher mit Büroklammern und sonstigem Kleinkram, schaute noch einmal in alle Schubladen und unter die Schreibunterlage. Keine entsprechende Notiz, kein Merkzettel, nichts.

Ob Marian das Passwort etwa auf einem der vielen Spiralblöcke notiert hatte? Irgendwo zwischen längst veralteten Notizen, an einer Stelle, die nur er finden konnte? Dann gute Nacht.

Aber das war doch Blödsinn. Wer sein Passwort vergaß, der vergaß doch bestimmt auch die Stelle, an der er es hinterlegt hatte. Jedenfalls, wenn es eine dermaßen unübersichtliche Stelle war. Ein Zettel im eigenen Portemonnaie war da doch viel sicherer – in diesem Fall allerdings ebenso verschollen wie sein Besitzer.

Viel wahrscheinlicher aber war etwas anderes. Nämlich, dass Marian Godehau ein Passwort gewählt hatte, das er unter keinen Umständen vergaß. Und zwar ein richtiges Wort, keine Zahlen-und-Zeichen-Kombination, das war sich ein Vollblutjournalist wie er schuldig. Ein Wort, das sich bestimmt herausfinden ließ, wenn man Marian nur gut genug kannte.

Wie gut kannte er ihn wirklich?

Stahnke setzte sich und zog die Tastatur zu sich heran.

Benutzername: GODEHAU, klar. Ganz korrekt. Natürlich konnte man dort auch den Namen seines Papageis oder seines Goldfischs eintragen lassen, aber solche Scherze passten nicht zu Marian. Außerdem besaß er beides nicht.

Nun das Passwort. Hier war alles möglich. Aber Stahnke zögerte keine Sekunde. SINA tippte er ein. Und die Entertaste.

»Zugriff verweigert.«

Verwundert strich sich Stahnke übers Kinn. Er war sich seiner Sache absolut sicher gewesen. Aber vielleicht waren vier Buchstaben ja auch zu wenig und vom Programm her gar nicht zulässig. Also versuchte er es erneut. Diesmal Vor- und Nachname: SINAGERSEMA.

»Zugriff verweigert.« Wieder falsch. Auch in kleinen Buchstaben klappte es nicht. Der Bildschirm zeigte erneut die Eingabeaufforderung. Wie viele Versuche hatte man wohl?

Immerhin blieb der Benutzername GODEHAU stehen. Wenigstens damit hatte Stahnke also richtig gelegen. Aber was kam als Passwort sonst noch in Frage? Er hätte darauf wetten können, dass Marian nach wie vor auf seine, auf ihrer beider Exfreundin Sina fixiert war. Selbst nach all den Jahren. So stark, dass er auf jeden Fall ihren Namen …

Aber vielleicht verwechselte er da auch etwas. Denn der, der immer noch auf eine verflossene Beziehung fixiert war, war womöglich gar nicht Marian Godehau. Sondern er, Stahnke. Der hier vor dem PC hockte und munter von sich auf andere schloss.

Ärgerlich über sich selbst, versuchte er sich wenigstens bei der Passwortsuche von Sina zu lösen.

Was kam noch in Frage? Haustiere hatte Marian nicht, aber ein Boot hatte er einmal besessen. Den Namen des behäbigen Kutters kannte Stahnke noch: ARCTURUS.

»Zugriff verweigert.«

Aber das war ja klar. Denn noch beim Drücken der Entertaste war es ihm wieder eingefallen. Logisch. Wie hatte er nur so begriffsstutzig sein können! Dabei lag es doch auf der Hand.

Unübersehbar.

ANGELINA.

Und schon war er drin.

Angelina Snuck also. Lina, die kleine, dünne, aber hand- und trittfeste Umwelt-Aktivistin Lina. Ziemlich jung für einen wie Marian, der ja nun auch schon deutlich jenseits der Dreißig war.

Wieder so ein blöder Gedanke. Er hatte es gerade nötig! Wütend schüttelte er den Kopf. Schluss damit, hier ging es um andere Dinge.

Die Dokumente im Word-Verzeichnis waren vorbildlich geordnet. Es gab jeweils Ordner für die vergangenen Jahre, darin Sub-Ordner für die Monate. Außerdem Ordner mit Artikeln und Materialien für Marian Godehaus bevorzugte Themen: »Windkraft«, »Sperrwerk«, »Werften«, »Fischerei«, »Umwelt«, »Neonazis«, »Gammelfleisch«, »Genmanipulierter Mais« und so weiter. Und es gab einen Ordner »Neues«. Der musste es sein.

Stahnke klickte das blassgelbe Symbol an. Der Ordner enthielt nur ein einziges Dokument: »Mögl. Themen«. Als er es öffnete, musste er lachen. Da war er wieder, der gute alte Schmierzettel voller festgehaltener Ideen, Informationen und Fragen. Nur eben nicht im Notizblock, sondern im Computer. So ein PC war auch nichts anderes als ein Schreibgerät. Wenn auch ein recht teures und kompliziertes.

Er überflog die Notizen, die sich über mehrere Seiten erstreckten. Auch hier stand das Stichwort »Sperrwerk« ganz oben: »Absenkung. Stärker als zugegeben? Gründe: Pfusch am Bau? Überführung der nächsten Kreuzfahrtschiffe der *Leiner-Werft* gefährdet? Bauaufsicht. WSA. Deichacht.« Eins von Marians Lieblingsthemen, in das er sich in seiner Zeit in Ostfriesland verbissen und das er seitdem nicht mehr aus den Fängen gelassen hatte. Ein Multi-Millionen-Projekt, das angeblich dem Küstenschutz diente, tatsächlich aber vor allem der *Leiner-Werft* im Hinterland die Ablieferung von Schiffsneubauten ermöglichte, die für die Ems eigentlich viel zu groß waren. Von verkappten Subventionen war die Rede, von Steuergeldern, die in Unternehmertaschen flossen, von einer geopferten Flusslandschaft. Und als vor einiger Zeit tatsächlich einmal eine rekordverdächtige Sturmflut aufgelaufen und das Sperrwerk deshalb geschlossen worden war, war das Wasser in Emden in beängstigendem Tempo angestiegen und hatte am Ende nur wenige Dezimeter unterhalb der Deichkrone geschwappt. Für die stromaufwärts gelegenen Gebiete mochte das Stauwehr vielleicht einen zusätzlichen Schutz bedeuten. Für den Rest Ostfrieslands aber bedeutete es ein zusätzliches Risiko. Ein mächtig teures obendrein.

All das aber kam gegen das Totschlagargument »Arbeitsplätze« nicht an, obwohl die *Leiner-Werft* niemals eine Arbeitsplatzgarantie ausgesprochen und seither auch schon Arbeiter entlassen hatte. Die Kritik wurde beiseite gewischt, war aber nie ganz verstummt. Unter anderem dank Marian Godehau. Konnte sein Verschwinden damit zu tun haben?

Stahnke wiegte den Kopf, dann schüttelte er ihn. Keine der bisher gefundenen Spuren wies auf das Sperrwerk hin. Wenn Marian wirklich brisante neue Informationen gehabt hätte, dann vielleicht. Aber hier standen nur Fragen und Vermutungen.

Weiter. »Marineeinsatz im Nahostkonflikt« stand da. »Nordseewerke. Porträt.« Mehr nicht. Was hatte die Emder Großwerft mit dem geplanten Mittelmeereinsatz der Bundesmarine zu tun? Hm. Die Nordseewerke bauten U-Boote, waren auch am Fregattenprogramm beteiligt gewesen. Fanden dort jetzt eventuell Nachrüstungen statt? Aber »Porträt« wies eher auf eine softe Geschichte hin, eine über einen braven Seemann, der sich fürs Vaterland monatelang von Weib und Kind trennt, auf dass am deutschen Wesen die Welt genesen möge. Ach herrje, schrieb Marian Godehau etwa auch solchen Scheiß?

Weiter. »Emsbrücke. Abermals Erpressung. Wer zahlt? AP-Garantie?« Ach, das hätte Marian alles eigentlich auch unter »Sperrwerk« schreiben können. Der Plan, die Durchfahrt der noch relativ neuen Jann-Berghaus-Brücke bei Leer zu verbreitern, hatte nämlich ebenfalls mit dem Bau und der Überführung immer größerer und breiterer Kreuzfahrtschiffe zu tun. Natürlich war es eine Dreistigkeit, erst Aufträge anzunehmen und dann die Öffentlichkeit unter Druck zu setzen, das sah Stahnke genauso. Aber nachdem die *Leiner-Werft* mit dem Sperrwerk durchgekommen war, ergab es wohl keinen Sinn mehr, ihr überhaupt noch etwas abzuschlagen. Das Ding war gelaufen. Amerikanische Verhältnisse.

Dann: »Die Wolke. Wahre Hintergründe? Chemie? *COLaP* Delfzijl? Oder Militär?« He, darüber hatte er doch heute erst etwas in der Zeitung gelesen. Allerdings nicht von Marian verfasst. Sollte die Sache doch mehr Substanz haben als die üblichen Sommerloch-Monstrositäten? »Chemie« – das klang bedrohlicher als die Mär vom dackelfressenden Riesenwels im Zwischenahner Meer. Im niederländischen Delfzijl gab es eine Reihe chemischer Fabriken, darunter die *Chemical Organic Laboratories and Partners*, kurz *COLaP*, und schon oft war gemunkelt worden, dass Störfälle in diesen Werken auch im benachbarten Ostfriesland nicht ohne Folgen bleiben könnten. Schließlich war Delfzijl nur durch Unterems und Dollart von Emden getrennt.

»Handymasten: Neue Bürgerinitiativen. Pro und contra. Contra wg. Elektrosmog, pro wg. kürzlichen Störungen im Funknetz. Zus.h. m. Wolke?« Das sagte Stahnke wenig. Chemie klang spannender.

Das nächste Stichwort hieß »*Shepherds/Wächter*: Neue Schwerpunkte.« Das war alles. Keine Erklärung, keine Details. Warum? Wenn Stahnke Lina Snuck richtig verstanden hatte, dann war Marian Godehau jetzt selber für diesen Verein aktiv. Hatte er nichts weiter notiert, weil er die Pläne sowieso im Kopf hatte? Oder weil er wegen persönlicher Befangenheit darüber nicht selber zu berichten gedachte?

Oder hatte er etwa damit gerechnet, dass jemand in seinem Computer herumschnüffeln würde?

Die folgende Zeile ließ Stahnke zusammenzucken. Sie fing mit »Privatarmee« an. Himmel! »Rekrutierung und Ausbildung. Wer sind die Anwerber? Wo? Wachdienste Fassade. Security. Waffen?« Dahinter eine Handynummer mit dem Zusatz »Info«.

Stahnke stützte Kinn und Wangen in beide Handflächen und stemmte die Ellbogen auf den Schreibtisch. Waren das reine Spekulationen? Hirngespinste? Oder verfügte Marian tatsächlich über konkrete Hinweise? Die Handynummer schien dafür zu sprechen. Er zückte Zettel und Stift. Erst als er die Nummer aufgeschrieben und den Zettel eingesteckt hatte, fiel ihm ein, dass er sie ja auch direkt in sein Handy hätte eingeben können. Gut, dass Kramer nicht hier war, der hätte ihn mal wieder als Fossil belächelt.

Mit privaten Sicherheitsdiensten hatte der Hauptkommissar so seine Erfahrungen. Waffenkult, Uniformfetischismus, paramilitärische Kameraderie, Körperkult und Kampfsportbegeisterung – wer auf so etwas stand, war in einigen dieser Organisationen zweifellos an der richtigen Adresse. Neben Expolizisten fanden sich bei solchen Firmen auch Vorbestrafte. Körperverletzung und Eigentumsdelikte vor allem. Man blieb eben gerne im angestammten Metier.

Aber erfüllte all das, selbst wenn man es sich geballt vorstellte, schon die Definition »Privatarmee«? Eine echte Truppe, die sich mit massiver Waffengewalt über Recht und Gesetz hinweg-, womöglich sogar dagegen durchsetzt? Schwer vorstellbar. Vermutlich hatte Marian Godehau nur einen griffigen Ausdruck für kritikwürdige Missstände im Security-Bereich gesucht. Und ihn gefunden.

Was noch? Stahnke überflog die folgenden Zeilen. »Fischerei«, »Inselfähren«, »Kachelotplate«, »Rechtsradikale bei Kommunalwahlen / Dr. Schlachter«. Ein interessanter Themenfächer, aber nichts dabei, das auf den ersten Blick verwertbar gewesen wäre. Am besten konzentrierte er sich zunächst einmal auf die Bereiche »Sperrwerk« und »Chemie«. Sicherheitshalber aber druckte er sich das ganze Dokument aus. Man konnte ja nie wissen.

Als er die Blätter faltete und in seine Jackentasche schob, fiel ihm wieder ein, was der Ressortleiter vorhin am Telefon gesagt hatte: »Er schreibt wohl an einer Serie über regionale Motorradklubs.« Hm – übersah er vielleicht mal wieder das Nächstliegende? Natürlich waren Motorradfahrer in der Mehrzahl harmlose Zeitgenossen. Aber eben nicht alle. Ob Marian Godehau in dieser Szene an den Falschen geraten war?

Schnell hatte er den entsprechenden Ordner gefunden und angeklickt. Eine ganze Reihe von Artikeln schien bereits fertig oder in Arbeit zu sein. Etwas viel zum Ausdrucken. Aber es gab das Stichwort »Liste«. Wie vermutet, verbarg sich dahinter eine Aufstellung von Motorradklubs, überwiegend von solchen, die im Nordwestraum beheimatet waren. Samt Namen und

Adressen von Ansprechpartnern. Stahnke summte zufrieden vor sich hin, als er abermals den Drucker aktivierte.

Der Vibrationsalarm an seinem Oberschenkel hob ihn fast aus dem Drehstuhl. Ob Handys merkten, dass man gerade an sie gedacht hatte?

»Stahnke.«

»Kramer hier. Bin vom Hafen zurück. Bisher haben wir nichts gefunden.«

»Suche abgebrochen? Schon?«

»Nein, läuft noch. Nachdem die Suche durch Taucher im Kernbereich, den wir auf Grund der Blutspur ja recht genau bestimmen konnten, ergebnislos geblieben ist, haben wir den Radius stark erweitert. Der Wasserschutz hat jetzt die Leitung der Operation.«

»Gut.« Natürlich hatte Kramer richtig entschieden. Der Emder Hafen war zwar im Prinzip ein stehendes Gewässer, dennoch gab es dort unberechenbare Strömungen, hervorgerufen durch diverse Schleusen und das Schöpfwerk, das den Wasserstand regulierte. Außerdem gab es Schlamm, tiefen Schlamm. Ein Körper, der in dieses Wasser hineinfiel, konnte durchaus genau dort oder in unmittelbarer Nähe gefunden werden. Aber eben auch ganz woanders. Die erste Möglichkeit hatte man untersucht, ohne Erfolg. Jetzt kam Möglichkeit zwei an die Reihe. Und das konnte dauern. Klar, dass Kramer das nicht abwarten wollte.

Was aber hieß das nun für Marian Godehau?

»Nach wie vor gibt es alle Optionen«, sagte Kramer, als hätte er wieder einmal Stahnkes Gedanken gelesen. »Godehau muss durchaus nicht ertrunken sein. Ebenso gut kann sich da, wo die Blutspur am Kai endet, ein Boot befunden haben, rein zufällig oder aber bewusst dort platziert. Oder er wurde von einem Boot abgeholt. Möglicherweise hat er sogar seine Wunden notdürftig versorgt und sich auf dem Landweg entfernt, ohne weitere Spuren zurückzulassen.«

»Dafür sein Auto. Weil es sich ja verletzt so gut läuft. Ha!« Manchmal fand Stahnke es schön, getröstet zu werden. Aber nicht im Dienst. »Haben wir Hinweise auf Boote? Liegt dort gewöhnlich eins, oder ist dort zum Tatzeitpunkt eins beobachtet worden? Fakten, Mensch! Was nützt uns denn die ganze Rumspekuliererei ...!«

Der Hauptkommissar zog den Kopf zwischen die Schultern. Die einzig richtige Antwort auf dieses Bemerkung war: »Ausgerechnet Sie müssen das sagen.« Und was sollte er Kramer darauf wohl erwidern?

Kramer aber sagte stattdessen: »Nein, da am Kai liegt gewöhnlich kein Boot. Und ob dort nachts Bootsbewegungen stattgefunden haben, wissen wir auch noch nicht.«

»Wenn der Wasserschutz nichts weiß, fragen Sie den Hafenkapitän am Alten Binnenhafen. Oder bei einer der Seeschleusen. Vielleicht war ja etwas im Sprechfunk los. Fragen kostet nichts.«

»Mach ich«, sagte Kramer.

»Apropos fragen. Wie weit sind die Techniker mit dem Wagen? Gibt es Fingerabdrücke, ist das Blut schon untersucht worden? Gentest, damit wir endlich wissen, von wem es stammt?«

»Ist alles angeleiert. Die Oldenburger unterstützen uns dabei. Sonst noch Ideen?«

Auf Zufälle hoffen, lag Stahnke auf der Zunge, aber er biss drauf. Während er die Zungenspitze an den Innenseiten der oberen Schneidezähne rieb, merkte er, dass der Gedanke so falsch gar nicht gewesen war.

»Was ist mit unserem zufälligen Augenzeugen«, fragte er, »unserem unternehmungslustigen Mariner? Den sollten wir unbedingt noch einmal befragen. Vielleicht fallen ihm ja noch Details ein.«

»Stimmt«, sagte Kramer. »Den können wir über die Nordseewerke erreichen. Soll ich ihn hierher bestellen, oder gehen wir hin?«

»Wir gehen hin. In einer Stunde am Haupttor der Werft. Sie wissen, wo das ist?«

»Ja«, sagte Kramer.

»Ach ja, und dann faxe ich Ihnen gleich noch etwas rüber. Eine Liste von Motorradklubs. Schma... äh, Schmitz soll die mal durchgehen. Vielleicht liegt ja gegen den einen oder anderen etwas vor.«

»Ist gut«, sagte Kramer. Grußlos legte er auf.

Stahnke schaute auf die Uhr: Mittagszeit. Sein Magen hatte schon mehrmals geknurrt, aber darauf gab er schon länger nichts mehr. Und um Kramer musste er sich keine Sorgen machen, der kam allem Anschein nach auch ohne Essen aus. Einen leichten Anflug von schlechtem Gewissen verspürte Stahnke trotzdem.

Der Redaktionsflur war verwaist, auch die hilfreiche Sekretärin konnte er nirgends entdecken. Zum Glück war das Faxgerät nicht zu übersehen und leicht zu bedienen.

Der Pförtner unten blickte nicht von seiner Bildzeitung auf, als der Hauptkommissar den Fahrstuhl verließ und die Drehtür passierte.

Neben seinem Auto stand wartend ein Riese von einem Mann. Stahnke erschrak, aber dann erkannte er ihn. »Backe?«

Beene Pottebakker grinste über sämtliche Zahnlücken, und das waren nicht wenige. Seine abgewetzte braune Lederjacke knarrte, als er grüßend die Arme ausbreitete, als wollte er Stahnke umarmen, was er aber tunlichst unterließ. Zwar hatte der Hüne etwas gut bei dem Kriminalbeamten, seit er ihn einmal aus einer verzwickten Lage befreit hatte. Trotzdem vergaß er nie, dass ihr beiderseitiges Verhältnis in erster Linie ein ausgesprochen dienstliches war.

»Geht's gut, Chef? Immer auf Achse, wie ich sehe. Hab Ihren Dienstwagen gleich erkannt. Gibt's in Ostfriesland denn nicht mehr genug Verbrecher für einen wie Sie?« Sein ganzer Körper wippte, als er lachte. Seine braunen Cordhosen schlugen Ziehharmonikafalten.

»Reicht so knapp«, erwiderte Stahnke und kniff die Augen zusammen. »Hab Sie auch lange nicht mehr zu Gesicht gekriegt. Was ist mir denn da so alles entgangen?«

Backe lachte noch lauter. »Nix, Herr Kommissar, gar nix! Ich bin jetzt solide. Hab meinen eigenen Laden aufgemacht. In Groningen. In Deutschland bin ich kaum noch, und wenn, dann geschäftlich. Wie jetzt gerade.« Sein Lachen brach ab. »Wenn ich ehrlich bin – ich kann es selber kaum fassen.«

»Was? Das mit der Ehrlichkeit? Oder dass ich das jetzt glauben soll?« Stahnke fühlte sich Backe nicht nur verpflichtet, er fand ihn auch sympathisch, trotz seiner Drogenkarriere und seines Vorstrafenregisters. Aber dass dieser Mann so mir nichts, dir nichts ein gutbürgerlicher Existenzgründer geworden sein sollte, war wirklich kaum zu fassen.

Backe nahm Stahnkes Worte nicht krumm, sondern schüttelte nur milde den Kopf. »Wissen Sie, was Marian immer sagt? Jeder Mensch ist gut, man muss ihm nur die Chance geben, es auch zu sein. Lebensumstände und so, verstehen Sie? Bisher hatte ich die Chance wohl nicht, und, na ja, ich hab mir auch nicht gerade ein Bein ausgerissen deswegen. Aber dann hat sich plötzlich so einiges geändert. Wussten Sie, dass ich holländische Vorfahren habe? Sehen Sie, ich auch nicht. Bis dann plötzlich der Brief vom Notar kam. Erbschaft, kleiner Laden, bisschen Geld. Und nun hab ich sie auf einmal, die anderen Lebensumstände.«

»Laden? Was für ein Laden?« Backes Marian-Zitat hatte Stahnkes halbwegs verdrängten Schmerz ruckartig wieder freigelegt. Jetzt hatte der Hauptkommissar Mühe, sich auf das gerade Gehörte einen Reim zu machen. Er versuchte sich Backe in einem Feinkostgeschäft vorzustellen. Oder in einem Blumenladen. Ausgeschlossen. Höchstens … »Eine Fleischerei vielleicht? Oder ein Coffeeshop?«

Der Riese ließ sich die Laune nicht verderben. »Danke vielmals, aber nein. Es ist ein Antiquariat. Alte Bücher. Man soll's nicht glauben, aber das liegt mir. Vor allem der Einkauf. 'ner alten Frau ein Bein ausdrehen und so.«

»Hä?« Stahnke starrte Backes Schaufelhände an. Eine grausige Vorstellung.

»Ach, keine Bange, das sagt man nur so in der Branche. Es gibt so viele alte Leute, die ihren Kram loswerden wollen, weil der Mann tot ist und sie ins Heim müssen. Kinder gibt's entweder keine, oder sie haben kein Interesse an Büchern. Dann sehe ich halt zu, dass ich den ganzen Bestand billig bekomme. Manchmal einfach nur fürs Abholen. Dann wird sortiert. Die Kunden kommen fast von alleine. Der Laden ist gut eingeführt.«

»Na, dann sind Sie ja jetzt ein gemachter Mann«, sagte Stahnke. Als Backe nicht widersprach, sondern nur noch breiter grinste, räusperte er sich und fuhr fort: »Apropos Marian – wissen Sie, wo der steckt?«

Pottebakker schüttelte den Kopf. »Nee. Wollte ihn eigentlich in seinem Büro besuchen, wir kennen uns ja nun schon so lange. Aber der Pförtner sagte, er wär heute nicht da. Dafür Sie. Na, dann eben ein andermal.«

Er verabschiedete sich. Stahnke blickte ihm regungslos nach und registrierte, dass Backe kein Auto bestieg, sondern ein Motorrad. Der Helm, den er sich überstülpte, sah aus wie eine verchromte Schüssel, und die Maschine klang nach Gewitter.

Merkwürdig, dachte der Hauptkommissar, als er seinen Dienstwagen aus der Parklücke rangierte. Einer verschwindet, einer taucht wieder auf. Alte Freunde von früher, deren Lebenswege unterschiedlicher kaum sein könnten und sich dennoch immer wieder einmal gekreuzt hatten.

Konnte das auch jetzt wieder der Fall gewesen sein?

Aber so sehr er auch grübelte, eine plausible Antwort darauf wollte ihm nicht einfallen.

8.

»Kevin Stutz, geboren in Olpenitz, Schleswig-Holstein.« Kramer referierte seine Aufzeichnungen. »So, zweiundzwanzig Jahre alt sind Sie. Und schon Oberbootsmann? Respekt, mein Lieber.«

Der Oberkommissar hatte die Befragung übernommen, wofür Stahnke ihm dankbar war. So konnte er sich in seinen hochlehnigen Sessel schmiegen und den Konferenzraum, den die Werft ihnen freundlicherweise zur Verfügung gestellt hatte, auf sich wirken lassen. Die saalartigen Ausmaße und der gigantisch lange Tisch standen in groteskem Gegensatz zur Kopfzahl des Grüppchens, das ihn nutzte. Um überhaupt halbwegs normal miteinander reden zu können, hatten sie sich um eine der Tischecken geschart.

Der Marinesoldat lächelte geschmeichelt. Ein Primanergesicht auf dem Körper eines Kugelstoßers, dachte Stahnke und korrigierte sich sofort: Strebergesicht. Aber das mit dem Kugelstoßer kam hin.

»Ach, das ist doch die ganz normale Laufbahn.« Der Oberbootsmann winkte verlegen ab. »Erst Grundi in Glücksburg-Meierwik, dann Gastenlehrgang in Flensburg-Mürwik, danach Maatenlehrgang, auch in Mürwik. Dann ein Vierteljahr UA, also Unteroffiziersanwärter, tja, und wenn alles klappt, ist man danach Maat und nach einem weiteren Jahr Obermaat. Anschließend folgt dann die Laufbahn des Portepeeunteroffiziers. Bootsmann, Oberbootsmann und so weiter. Am Ende kann man sogar noch Fachoffizier werden.« Sein Lächeln wurde breiter: »Man braucht natürlich gute Beurteilungen, um es in der kürzestmöglichen Zeit zu schaffen.«

Stahnke verbesserte sich erneut: Penetrantes Strebergesicht.

»Grundi?« Kramer guckte ratlos. »Gastenlehrgang? Portepee?«

»Mensch, Kramer, da merkt man doch wieder einmal, dass Sie ein Ungedienter sind.« Stahnke zählte an seinen knubbeligen Fingern ab: »Grundi ist Grundwehrdienst, Gasten sind Mannschaftsdienstgrade und ein Portepee ist ein Mittelding zwischen Messer und Säbel. So etwas trugen früher mal die Stabsunteroffiziere. Richtig?«

»Richtig.« Das Strebergesicht strahlte, obwohl diesmal doch Stahnke die Eins kassierte.

»Und Ihre Fachrichtung?« Stahnke beugte sich vor, um die Schulterklappen des bulligen Mannes in Augenschein zu nehmen. »Ankersymbol mit Blitz, also vermutlich Funker, oder?«

»Nein, Ortungstechniker«, korrigierte der junge Mann eifrig. »Ich bin verantwortlich für …«

»Verantwortlich sind Sie unter anderem auch für die Geheimhaltung, Oberbootsmann Stutz«, schaltete sich der vierte Mann im Raum ein. »Das wollen wir doch nicht vergessen, nein? Keine Erzählungen, bitte. Beantworten Sie nur die Fragen, die im Zusammenhang mit Ihrer Zeugenaussage stehen.«

Stahnke betrachtete den Mann, der sich da zu Wort gemeldet hatte, fasziniert. Ein Kerl wie eine Anstaltspackung Testosteron. Breite Schultern, schmale Hüften, starkes, kantiges Kinn, glatt rasiert, aber mit tiefdunklem Bartschatten, glänzend schwarze, sauber getrimmte Haare und ein nussbrauner Teint, der abenteuerlich dunkel gegen sein blütenweißes, fast knitterfaltenfreies Uniformhemd abstach. So, genau so hätte er früher mal gerne ausgesehen. Jetzt nicht mehr, jetzt sah er sich und vieles andere anders. Früher aber hätte er viel darum gegeben, seine zahlreichen Ängste hinter solch einer Fassade verbergen zu können.

»Kap'tänleutnant Holm. Birger Holm.« So hatte er sich vorgestellt, mit verschlucktem Kapitäns-i, aber mit nachgereichtem Vornamen. Zackig und doch verbindlich. Dass er der Befragung seines Mannschaftsmitgliedes beiwohnen und auch eingreifen würde, wenn es ihm geboten erschien, stand für ihn außer Frage. Stahnke und Kramer ließen es geschehen. Warum auch nicht. Immer noch besser als ein Anwalt.

»Jawohl, Herr Kaleu.« Stutz versuchte im Sitzen Haltung anzunehmen, wodurch nunmehr nicht nur sein Gesicht, sondern auch sein Kugelstoßerkörper ausgesprochen hilflos wirkte. Er schien zu überlegen, ob eine Entschuldigung für seinen Beinahe-Lapsus angebracht sei, konnte sich nicht entscheiden und würgte daran. Peinlich berührt wandte Stahnke seinen Blick ab.

»Sie haben völlig recht, Herr Holm.« Kramer blieb souverän. »Außerdem geht es darum ja überhaupt nicht. – Herr Stutz, schildern Sie uns doch ganz einfach noch einmal Ihre Beobachtungen in Ihren eigenen Worten.«

Stutz nickte und ratterte los. Während er berichtete, wie er auf Landgang in der Emder Innenstadt eine junge Dame namens Anni kennengelernt habe, ihr nähergekommen und schließlich, lange nach Mitternacht, von ihr aufgefordert worden sei, sie doch bitte nach Hause zu bringen, beobachtete Stahnke unter hängenden Lidern hervor weiterhin Birger Holm. Braungebrannte, dichtbehaarte Arme ragten aus den kurzen Ärmeln des sommerlichen Diensthemdes und verharrten gekreuzt vor einer beeindruckend gewölbten Brust. Angespannte, kräftige Muskeln zeichneten sich unaufdringlich, aber deutlich ab, schwarz-goldene Rangabzeichen thronten auf ausladenden Schultern. Die breiten Streifen aus goldfarbener Litze glänzten wie frisch aus dem Uniformladen. Warum man diesen Mann wohl noch nicht für Bundeswehr-Werbeanzeigen abgelichtet hatte? Aber vielleicht hatte man das auch schon, Stahnke fehlte da der Überblick.

»Und diese junge Dame wohnt also in Borssum?«, fragte Kramer.

»Ja, genau. Sie sprach von einem VW-Block, in dem ihre Wohnung sei.«

»Ach ja. Aber kurz vorher sind Sie beide vom Weg abgekommen, nicht? Denn eigentlich hätten Sie ja hinter der Borssumer Schleuse geradeaus weitergehen müssen, nicht rechts ab.«

Stutz druckste, sein Strebergesicht errötete und schien anzuschwellen. Sein flehender Blick wollte sich an seinen Vorgesetzten klammern, glitt aber ab. Holm schien seine Rolle ernst zu nehmen.

»War ja auch eine selten schöne, warme Nacht«, bot Stahnke Hilfestellung an. »Ein Wetterchen zum Enkel zeugen, nicht?«

Stutz nickte eifrig und dankbar. Dann hielt er inne. Irgendetwas an Stahnkes Worten schien nicht zu stimmen, aber es fiel ihm nicht ein, was.

»Wie auch immer«, übernahm Kramer wieder. »Ehe es zum Zeugen kommen konnte, wurden Sie dann ja Zeuge, stimmt's?«

Jetzt war Stutz endgültig perplex. Dafür lächelte Holm. Der stand jedenfalls nicht auf der Leitung.

Kramer hatte ein Einsehen: »Beschreiben Sie uns doch bitte noch einmal, was Sie dann gesehen und gehört haben.«

»Jawohl.« Der junge Mann holte tief Luft. »Zuerst war da dieses Licht. Erst konnte ich nicht erkennen, woher es kam. Dann sah ich es zwischen den Containern.«

»Was für ein Licht? Taschenlampe? Scheinwerfer?«

»Ich hab gedacht, es wär ein Blitzlicht. Dass da einer fotografiert. Da hab ich natürlich geguckt, denn das wollte ich nicht.«

»Freundin in Olpenitz?«, warf Stahnke ein.

Stutz lächelte verkrampft. »Na ja. Ich mein', sie weiß ja, dass ich viel unterwegs bin, nicht?«

»Und? War es ein Blitzlicht?«, fragte Kramer.

»Ich glaube nicht. Kam mir dann jedenfalls nicht mehr so

vor. Vielleicht hat es ja nur wegen der Container geblitzt und geblinkt, weil es mal verdeckt war und mal nicht.«

»Das Licht hat sich also bewegt?«

»Ja, sicher. Zwischen die Container rein.«

»Aber Sie haben es zunächst als Blitzlicht wahrgenommen.«

Eifriges Nicken: »Ja, genau. Wie gesagt.«

»Aber wie können dann die Container-Zwischenräume die Lichtblitzeffekte hervorgerufen haben, wenn sich die Lichtquelle anfänglich gar nicht zwischen ihnen befunden hat?«

Große, runde Augen: »Wie bitte?«

Nein, Kramer würde nicht verzweifeln. Das tat Kramer nie, darum musste sich Stahnke keine Sorgen machen. Er konnte weiterhin den Kapitänleutnant aus den Augenwinkeln beobachten.

Holm lächelte wieder. Fein, ganz fein, aber unverkennbar.

»Welche Farbe hat denn das Licht gehabt, das Sie gesehen haben?« Kramer versuchte es von einer anderen Seite her. Brav, Kramer.

»Farbe. Ja, hell, nicht? Ich meine, buntes Licht war es keins.«

»War es weiß? Blitzlichter sind doch gewöhnlich weiß.«

»Ja … nee, weiß war es nicht. Jedenfalls nicht so richtig weiß. Etwas gelblich. Schon wie von Scheinwerfern, aber nicht von ganz starken. Die an den ganz modernen Autos sind ja sogar bläulich. So etwas war es nicht.«

»Also eher keine Autoscheinwerfer?«

»Glaub ich nicht. Vielleicht … ich bin nicht sicher.«

»Meine Herren, glauben Sie, dass es etwas bringt, wenn Sie Oberbootsmann Stutz so herumspekulieren lassen? Meiner Ansicht nach sind es doch Fakten, die eine Untersuchung weiterbringen, oder?«

Der Kapitänleutnant hatte seine Armbarriere gelöst und sich ein wenig vorgebeugt. Auch auf seinen Wangen waren jetzt Muskeln auszumachen. Das Lächeln war verschwunden. Oberbootsmann Stutz verstummte augenblicklich. Erwartungsvoll starrte er den Offizier an.

Räuspernd brachte sich Kramer wieder in Erinnerung. »Außer dem Licht haben Sie doch auch Geräusche wahrgenommen. Können Sie mir dazu etwas mehr sagen?«

Stutz' Blick blieb an seinen Vorgesetzten geheftet. Erst als der nickte, tat er es auch. »Es war so ein Brummen, ziemlich tief und rhythmisch. Ein bisschen wie von einem Motor, aber von keinem, den ich kenne. Mal lauter, mal leiser. Aber das kann auch an den Containern ...«

»Verstehe. Was sonst noch?«

»Dann hab ich natürlich genauer hingeguckt, aber so dicht waren wir ja auch wieder nicht dran. Ich meine, es hätte sich jemand auf dem Gelände bewegt, aber sicher bin ich mir da nicht.«

»Wie bewegt? Mit einem Fahrzeug oder zu Fuß?«

»Zu Fuß. Ein Fahrzeug habe ich nicht gesehen. Eben nur dieses komische Geräusch gehört.«

»Und dann?«

»Dann hat es geplatscht.«

»Mann!« Kapitänleutnant Holms Oberkörper schnellte nach vorne. »Was ist das für eine Ausdrucksweise? Sie sind Seemann, Mensch! Machen Sie gefälligst anständig Meldung!«

»Jawoll! Ich hörte das Aufschlagen eines Körpers auf die Wasseroberfläche.« Der Blick des Oberbootsmanns ging jetzt haarscharf an Holms linker Ohrmuschel vorbei. Stahnke kam er ängstlich vor.

»Eines menschlichen Körpers?«, hakte Kramer nach.

»Kann ich nicht sagen. Nur, dass es etwas von cirka dieser Größe gewesen sein muss.« Stutz atmete tief durch. Er hoffte es hinter sich zu haben. Offenbar wusste er wirklich nicht mehr.

Kramer klappte seinen Notizblock zu. »Name und Adresse Ihrer Bekannten haben wir. Vielleicht hat die ja mehr gesehen.«

Stutz nickte und schüttelte gleichzeitig den Kopf. Eine Schlingerbewegung, die ihm nichts auszumachen schien; immerhin war er Schnellbootfahrer. »Ja. Glaube ich aber nicht.«

»Wieso?«

Wieder ein verlegenes Lächeln: »Anni ist nämlich Brillenträgerin. Und die Brille, die hatte sie schon abgenommen.«

»Schon?«

Stutz grinste. Sein Gesicht rötete sich noch intensiver.

»Na schön.« Kramer entschied sich, den Brocken vorläufig

vom Haken zu lassen. »Fragen werden wir trotzdem. Ihnen einstweilen vielen Dank, Sie können dann gehen.«

Der Marinesoldat ging, nachdem er sich Kramers Erlaubnis vom Kaleu per Kopfnicken hatte bestätigen lassen. Eilig verließ er den Raum.

Auch die anderen Männer erhoben sich.

Draußen zückte Kramer das Handy. Er gab eine Kurzwahl ein und wandte sich seitwärts.

Stahnke blieb bei Holm, der zielstrebig das weitläufige Gelände der mit Abstand größten Emder Werft überquerte. »Was hat Sie und Ihre Schiffe eigentlich nach Emden verschlagen? Die Schnellboote der Bundesmarine sind doch in der Ostsee stationiert. Oder verstößt es ebenfalls gegen irgendeine Geheimhaltungsvorschrift, wenn Sie mir das sagen?«

»Wohl nicht.« Holm hatte sich, nachdem sie das Verwaltungsgebäude verlassen hatten, seine Uniformmütze aufgesetzt und den korrekten Sitz des Schirms mit der Handkante kontrolliert. Auch der Mützenbezug war blendend weiß und fleckenfrei. Zwischen den Werftarbeitern in ihren Drillichanzügen, Overalls und verschiedenfarbigen Schutzhelmen wirkte er wie ein orientalischer Prinz in Paradeuniform mitten im bunten Getümmel eines Basars.

»Dass wir demnächst im Mittelmeer eingesetzt werden sollen, stand ja schon in allen Zeitungen«, sagte er. »Und dass wir uns darauf vorbereiten, dürfte ja auch klar sein. Zu diesem Zweck haben wir in der Deutschen Bucht ein Manöver abgehalten. Dabei gab es ein paar Havarien. Die *Hermelin* hat einen ihrer beiden Steuerbordpropeller verloren, und bei meinem *Zobel* ist die Rudermaschine defekt.«

»Kuschelige Namen haben Ihre Schiffe«, sagte Stahnke. »Und auch irgendwie kostspielig, nicht?«

Holm zuckte die Achseln. Für Stahnkes Witze schien er ebenso wenig empfänglich zu sein wie Kramer. »Die meisten Namen sind Marinetradition, die gab es früher schon.«

»Ach ja, unser Militär und seine Traditionen. Da wird ja doch manches bruchlos fortgesetzt.«

»Wie meinen Sie das?«

Stahnke winkte ab: »Nicht so wichtig. Sagen Sie mir lieber,

wie Sie mit diesen Schäden bis in den Emder Binnenhafen gekommen sind. Schlepperhilfe?«

»Nein. Die *Hermelin* ist auch mit drei Schrauben noch voll manövrierfähig, und wir haben uns von der *Gepard* längsseits nehmen lassen. Ging sehr gut. War außerdem eine schöne Übung. So etwas kommt auch im Ernstfall mit großer Wahrscheinlichkeit auf uns zu.«

Stahnke stellte fest, dass Holm und er im Gleichschritt liefen. Seit wann? Er wusste es nicht. Auch nicht, wer sich da wem angepasst hatte.

Über ihnen ragte der mächtige orangefarbene Portalkran in den Himmel. Den konnte man schon von der Autobahn aus sehen, ebenso wie die höchsten Kirchtürme der Stadt und die Sende- und Empfangsanlage der Post. Sein Vorgänger war sogar noch gigantischer gewesen, eine vielbeinige Stahlkonstruktion wie aus dem Stabilbaukasten eines Riesenkindes, ebenso lang wie die größten Schiffe, die die Werft bauen konnte. Der neue Kran aber fuhr auf Schienen und erreichte ebenfalls jeden Punkt der Helling. Mehr Klasse bei weniger Masse.

»Ich wusste gar nicht, dass die Emder Nordseewerke auch Schnellboote gebaut haben«, sagte Stahnke. »Fregatten ja, und natürlich U-Boote. Aber Schnellboote?«

»Haben sie auch nicht«, erwiderte Holm. »Unsere beiden Boote sind bei Kröger in Rendsburg entstanden. Andere Schiffe derselben Klasse wurden bei Lürssen in Vegesack gebaut. Aufträge des Bundes werden ja immer nach Proporz aufgeteilt, damit sich keiner benachteiligt fühlt.«

»Vegesack, das ist doch bei Bremen. Warum haben Sie denn nicht den Hafen angelaufen?«

»Wollten wir erst auch. Aber Emden war näher, und die Lürssen-Leute haben ein Reparaturteam samt Ersatzteilen auf dem Landweg nach Emden geschickt. Die warteten schon auf uns, als wir aus der Seeschleuse kamen.«

Sie hatten den Liegeplatz der beiden Schnellboote erreicht. Sie lagen Seite an Seite, »im Päckchen«, wie Seeleute das nannten.

Solche Fahrzeuge »Boote« zu nennen, erschien Stahnke als schiere Untertreibung. Ihre Länge mochte zwischen fünfzig und sechzig Meter betragen, die Breite vielleicht sieben oder acht. Ausgewachsene Schiffe waren das, mit hohen, geschlossenen Kommandobrücken, peitschenartigen Funkantennen, Radarkuppeln und Signalmasten, deren bizarre Bestückung auf jede Menge weiterer elektronischer Ausrüstung schließen ließ. Und die glatten Decks starrten vor Waffen.

Die Kanonen auf den Vordecks sahen noch halbwegs vertraut aus, geradezu klassisch. Je ein einzelnes Sechsundsiebzig-Millimeter-Rohr ragte aus den halbkugeligen Türmen. Diese konventionellen Geschütze aber waren Relikte aus vergangenen Zeiten. Das, was den Gefechtswert dieser Schiffe ausmachte, befand sich auf den langen Achterdecks.

Wenn man nicht wusste, was sich darin befand, wirkten die länglichen, gerippten, marinegrau gestrichenen Kästen alles andere als bedrohlich. Vier davon trug jedes der beiden Schnellboote, je zwei schräg auswärts nach Backbord und nach Steuerbord ausgerichtet. Sah irgendwie unordentlich aus, wie sie da so standen. Überhaupt nicht preußisch. Eigentlich hätten sie auch alle gleichmäßig angeordnet sein können, denn die Exocet-Raketen, die sich darin befanden, suchten sich ihre Ziele sowieso von alleine. Anvisieren überflüssig.

Stahnke konnte sich noch gut an die Berichte vom Falkland-Krieg erinnern. Große Teile der englischen Flotte waren vor mehr als fünfundzwanzig Jahren um die halbe Welt gedampft, um ein paar Inseln zurückzuerobern, auf denen bestenfalls Schafe existieren konnten. Großmachtdenken, unausrottbar, nicht einmal durch das schon lange zurückliegende Ende des britischen Weltreichs, das solcher Politik eigentlich längst den Boden entzogen hatte. Aber was scherte sich Politik um Fakten?

Und was scherte sie sich um Menschenleben? Denn kaum eingetroffen, erlitt die große englische Flotte unerwartet bittere Verluste. Durch argentinische Exocet-Raketen, pikanterweise aus der Produktion des englischen NATO-Partners Frankreich. Offenbar hatte das Geld der argentinischen Militärherrscher nicht gestunken. Nicht einmal nach Blut.

Die Briten hatten sich dann mit Torpedos und Bomben noch blutiger gerächt und die Inselchen schließlich zurückerobert. Samt Schafen. Aber der Makel der Verwundbarkeit war geblieben.

Natürlich waren Exocet-Raketen heute nicht mehr der letzte waffentechnische Schrei. Tödlich aber waren sie sicherlich noch immer.

Hinter den Exocet-Zwillingen stand noch etwas. Ältere Schnellboote hatten dort ein weiteres Geschütz getragen, erinnerte sich Stahnke. Er zeigte darauf: »Was ist denn das?«

Holm zögerte kurz, dann sagte er: »Raketenwerfer, 21-rohrig. Für RAM-Flugkörper. Zur Abwehr von Angriffen aus der Luft.«

»Und Torpedorohre gibt's gar nicht mehr? Die waren doch mal die Hauptwaffe der Schnellboote. Ursprünglich hießen sie ja auch Torpedoboote, wenn ich mich nicht irre.«

»Sie kennen sich aus, was?« Holm lächelte anerkennend. »Aber das war einmal. Wenn es nach unseren Strategen geht, kommen wir heute gar nicht mehr auf Torpedoentfernung an den Gegner ran. Raketen, darum geht es. Für die können unsere Ziele ruhig weit hinterm Horizont sein.«

Töten, ohne hinzugucken. Früher musste man dafür in ein Bombenflugzeug steigen, dachte Stahnke. Heute geht das auch zur See.

Werftarbeiter mit gelben und weißen Helmen waren an Deck zu sehen, Marinesoldaten aber nicht, bis auf den Mann, der an der Gangway Wache stand und seinen Kommandanten bereits erspäht hatte. Er nahm Haltung an.

»Haben Sie die meisten Ihrer Leute nach Hause geschickt? Auf Kurzurlaub?«, fragte Stahnke.

»Nein, die sind mit dem Tender zurück nach Warnemünde, Landdienst im Stützpunkt schieben«, antwortete Holm. »Die Unterkünfte hier an Bord sind ja doch sehr bescheiden und nicht für längere Aufenthalte gedacht. Ich habe nur die nötigsten Männer hier behalten. Alles Unteroffiziere. Damit wir auf alle Fälle reaktionsfähig bleiben.«

»Nur Unteroffiziere? Können Sie mit denen denn das Schiff überhaupt fahren? Oder gar einsetzen?« Stahnke war skeptisch.

Der Kapitänleutnant wandte sich ihm zu, die Hände hinter dem Rücken, das Kinn angriffslustig vorgereckt. »Ich könnte das Boot jederzeit und ganz alleine mit den Unteroffizieren fahren. Und ja, auch im Einsatz. Die Unteroffiziere sind das Rückgrat jeder Besatzung. Sie haben die Ausbildung und die Erfahrung. Die Mannschaftsdienstgrade können Sie in dieser Hinsicht vergessen. Sobald sie besser werden, gehen sie weg oder werden auch Unteroffiziere. Und die Offiziere ...« Holm lachte kurz auf, unterbrach sich dann: »Nun ja. Anderes Thema.« Er räusperte sich. »Wie läuft es denn bei Ihnen? Wissen Sie schon, was hinter dem steckt, was Oberbootsmann Stutz da beobachtet hat?«

»Verschwundene Person, möglicherweise nach vorhergehender Straftat.« Ein bisschen was durfte er wohl preisgeben, hatte sich der Hauptkommissar bereits überlegt. Immerhin plauderte Holm ja auch und verdiente es vielleicht, bei Laune gehalten zu werden. »Den Tathergang haben wir noch nicht so richtig rekonstruiert. Sie haben's ja gehört, was Ihr Mann sagt. Und etwas Besseres haben wir noch nicht.«

»Und der Verschwundene? Haben Sie den schon identifiziert?«

»So gut wie sicher. Blutprobe ist im Labor, außerdem haben wir ja die Brille.« So, genug, sagte sich Stahnke. Zeit, den Ball zurückzuspielen. »Ihr Kevin Stutz, was ist das für ein Mann? Kann man sich auf das verlassen, was der sagt?«

»Auf seinem Fachgebiet zu hundert Prozent«, antwortete Holm, ohne zu zögern. »Ansonsten ... er ist noch recht jung. Sie wissen ja, die Einschätzungsfähigkeit kommt erst mit den Jahren.«

»Verstehe.« Der Hauptkommissar nickte. Demnach wäre die Aussage von Oberbootsmann Stutz ein Fall für die Mülltonne.

»Nun, Sie werden sicher auch so zum Ziel kommen. Mit den Möglichkeiten, die Ihnen die Wissenschaft heutzutage bietet!« Der Kapitänleutnant streckte seine braungebrannte Rechte aus. »Viel Erfolg wünsche ich.«

Auf den eisernen Zangengriff des Kommandanten war Stahnke gefasst. Lächelnd hielt er stand; er kannte diese Macho-Spielchen, spielte sie selber gelegentlich mit Kriminaldirektor Manninga, seinem Dienstvorgesetzten in Leer. Der würde übrigens schon auf einen Zwischenbericht warten. Mist, verdammter.

Kramer wartete auf dem Parkplatz auf ihn. Die Zahl der abgestellten Fahrzeuge war beachtlich und wies auf einen guten Beschäftigungsstand der Werft hin. Auffallend waren die vielen Fahrräder und Motorräder. Sommerzeit. Zeit für Spaß an der frischen Luft, nicht für trübe Gedanken. Stahnke überlegte, ob er nicht auch mal wieder radeln sollte, trotz allem. Bewegung war wichtig, wenn er seine mühsam erkämpfte Figurverbesserung nicht gleich wieder einbüßen wollte. Aber von Leer nach Emden? Das war doch ein ganz schönes Stück.

»Die Taucher haben nichts gefunden«, berichtete Kramer. »Die Suche wurde vorläufig eingestellt. Die Blutuntersuchung wird uns ja Aufschluss über die Identität der vermissten Person geben. Und außerdem, in ein paar Tagen …«

Stahnke nickte schaudernd. Das Hafenwasser war recht warm diesen Sommer, da setzten Verwesungsprozesse zügig ein. Magen- und Darminhalt sowie Teile des Körpergewebes würden sich zu zersetzen beginnen, Gase würden den Körper anschwellen lassen und sein spezifisches Gewicht verringern. Schließlich kam er von alleine an die Wasseroberfläche, falls er sich nicht irgendwo verhakt oder verkeilt hatte. Das Hafengebiet war zwar groß, aber doch begrenzt. So einfach verschwinden würde die Leiche also nicht. Dann würde man ja sehen.

Und genau davor hatte Stahnke Angst.

»Schmitz habe ich auch angerufen«, fuhr Kramer fort. »Ihr Fax ist angekommen, er ist schon dran.«

»Hä?« Der Hauptkommissar hatte Probleme mit dem Umschalten. »Wo ist er dran?«

»Die Motorradklubs.« Kramers Stimme troff förmlich vor Nachsicht. »Schmitz sagt, er hätte schon mal vorsortiert. Was immer das heißen soll.«

»Ach so. Ja, genau.« Jetzt war Stahnke gedanklich wieder im richtigen Fahrwasser. »Dann sollten wir heute unbedingt noch eine Besprechung machen.« Er schaute auf die Uhr; der Nachmittag war schneller und weiter fortgeschritten als angenommen. Auf dem Parkplatz sorgte der einsetzende Feierabend bereits für Bewegung.

»Ich muss noch nach Borssum«, gab Kramer zu bedenken. »Zu dieser jungen Dame, der Begleiterin von unserem Herrn

Stutz. Und Schmitz hat auch noch zu tun, wenn ich ihn richtig verstanden habe.«

Stahnke schaute seinen Kollegen verunsichert an. War Kramer im Begriff, ihm die Leitung der Untersuchung aus der Hand zu nehmen? Wie kam er dazu?

Dann fiel es ihm ein: Befangenheit. Na klar, seine persönliche Betroffenheit war wohl nicht zu bestreiten. Obwohl er sie doch so zu verbergen suchte, nicht zuletzt vor sich selbst. Allerdings wog Freundschaft rein dienstrechtlich nicht so schwer wie Verwandtschaft. Zumal sie nicht dokumentarisch nachweisbar war. Und solange sie nicht erwähnt wurde, konnte man sie überhaupt ignorieren.

Wer würde sie erwähnen?

Wie er es auch drehte, es kam ganz auf Kramer an.

Ob sein treuer Adlatus plötzlich Karriere-Ambitionen entwickelte?

»Haben Sie eigentlich Manninga schon Bericht erstattet?«, fragte Kramer.

»Nein, noch nicht.«

»Als leitender Ermittler sollten Sie das vielleicht tun.«

»Ja«, sagte Stahnke gedehnt. »Sollte ich wohl.«

»Dann haben wir ja alle drei noch zu tun. Wie wäre es, wenn wir unter diesen Umständen die Besprechung auf morgen verschieben? Gleich früh um halb acht? Vielleicht liegen dann auch schon die ersten Laborergebnisse vor.«

»Um acht«, sagte Stahnke. »Und wundern Sie sich nicht, wenn ich ein paar Minuten später komme. Morgen ist Freitag, da fahre ich mit dem Rad zur Arbeit.«

Kramer pfiff anerkennend, aber auch ein wenig ungläubig durch die Zähne. Dann verabschiedeten sie sich.

Wenigstens die Uhrzeit habe ich selber festgesetzt, dachte Stahnke, während er seinen Dienstwagen aufschloss. Wenn ich schon Leiter bin und bleibe, dann kommt mir das ja wohl auch zu.

9.

Der Wohnblock wirkte ordentlich, die Grünanlagen waren gepflegt, das Treppenhaus sauber. Trotzdem fand Kramer die Vorstellung, in solch einer Ansammlung von Steinklötzen irgendwo im Nirgendwo am Rand einer Bundesstraße zwischen Emden und Borssum zu wohnen, wenig erbaulich. Wenn schon Blockwohnung, dann wenigstens eine in zentraler Lage, nämlich auf der Halbinsel Schreyershoek, mit Blick auf den Alten Binnenhafen und, zumindest wenn man sich weit aus dem Fenster neigte, auf das alte Emder Rathaus. Das Apartement war nicht groß, auch nicht billig, aber Kramer war seit einiger Zeit wieder Junggeselle und daher frei, seine Prioritäten nach Geschmack zu setzen.

Kramer drückte den Knopf über dem Namensschild »A. Poppinga«. Die Klingel klang brutal und durchdringend. Konnte man so etwas nicht auswechseln? Er hätte es getan, sofort, noch vor dem Tapezieren.

Fast augenblicklich öffnete sich die Tür. Die junge Frau war nur einige Zentimeter kleiner als er und noch deutlich schmäler. Ein überdimensionierter Sommerpullover mit breiten Querstreifen in Schwarz und Weiß kaschierte ihre Schmächtigkeit nur annähernd.

»Frau Poppinga? Wir hatten telefoniert. Kramer, Kripo.«

»Ja. Kommen Sie doch herein.« Ihre Hände waren langfingerig und zart, die dicken Adern auf dem Handrücken verräterisch, ihr Händedruck aber war erstaunlich fest.

Sie ging voraus durch den winzigen Flur, der nur aus Zimmertüren und ein paar Garderobenhaken zu bestehen schien, ins Wohnzimmer. Die Luft war stickig, obwohl ein Fenster offen stand. Teppichboden und Möbel waren hell, trotzdem machte der Raum einen eher dämmerigen Eindruck. Vielleicht wegen der Gardinen, die in dichten Falten bis fast auf den Boden hingen.

»Nehmen Sie Platz.« Ein schlankes Wasserglas mit einem Korkuntersetzer stand auf dem rauchfarbenen Glastisch und markierte den Sessel, der für ihn vorgesehen war. Die Frau setzte sich ihm gegenüber auf die Couch. »Etwas zu trinken?«

Er nickte. Sie schenkte ihm Mineralwasser ein, medium. Auf etwas anderes schien sich ihr Angebot nicht bezogen zu haben. Da Kramer auch nichts anderes genommen hätte, war es ihm recht.

Halblange, dunkle Haare, die sich über ihren Schultern bauschten, lange dunkle Wimpern, ein blasses, dreieckiges, fein geschnittenes Gesicht, in dem der eckige schwarze Metallrahmen einer schmalen Brille Konturen setzte. Lange Beine in weißen, sportlich wirkenden Hosen, schlanke Füße in schwarzen Sandalen, gepflegte Zehen, farbloser Lack. Kramer registrierte methodisch. Wie alt mochte sie sein? Fünfundzwanzig vielleicht, also ein paar Jährchen älter als der wuchtige Oberbootsmann. Und nicht nur körperlich ein völlig anderer Typ. Na ja, Gegensätze pflegten sich angeblich anzuziehen. Erst an und dann aus. Über diesen Witz hatte er früher wirklich mal gelacht.

Sie nahm einen Schluck aus ihrem eigenen Glas, schlug die Beine übereinander, kreuzte die Arme über ihrem Schoß und lächelte ihn auffordernd an. Ihre Wangenknochen traten stark hervor, und dünne Falten bildeten sich, die nahezu senkrecht hinab zu den Mundwinkeln führten. Es war, als trete ihr Totenschädel für einen Wimpernschlag aus ihrem zarten Gesicht hervor.

Was für ein Wahnsinn, dachte Kramer. Zehn Kilo mehr, und diese Frau wäre eine Schönheit. Warum tut die das? Und warum tun das all die anderen, heutzutage? Hungerjahre im Wirtschaftswunderland. Ein Wahnsinn.

»Frau Poppinga.« Block und Stift hielt er bereits in den Händen. »Ihr Vorname … Anni, sagte Ihr Bekannter. Also vermutlich Anne oder Anna?«

»Annemarie. Aber Anni ist schon in Ordnung.« Ihr entschuldigendes Lächeln signalisierte Bescheidenheit, so als sei ein viersilbiger Vorname schon zu viel des Guten für sie.

»Sie sind alleinstehend?«

»Ja.« Wieder dieses Lächeln. War sie etwa der Meinung, sie habe es nicht besser verdient? Dabei fand Kramer selber den Zustand des Alleinlebens durchaus nicht bedauerlich. Er hatte beides erlebt und konnte vergleichen. Der Verlust an individueller Gestaltungsfreiheit und der Zuwachs an Verpflichtungs- und Verantwortungsdruck, den eine Partnerschaft, zumal eine mit Kindern, nach sich zog, waren ein sehr, sehr hoher Preis. Er hatte ihn gezahlt, aus voller Überzeugung, jahrelang. Aber als seine Frau ihm mitgeteilt hatte, dass sie sich von ihm »und von deiner verdammten Polizei« zu trennen gedenke, da war er auf einmal richtig erleichtert gewesen.

»Und was machen Sie beruflich?«

»Ich bin Vertreterin. Damenmoden. Bin viel unterwegs. Da hat man wenig Zeit für Persönliches. Oder für einen festen Bekanntenkreis.« Erneut dieses um Verzeihung bittende Lächeln, begleitet von einer entschuldigenden Geste in die Runde. Tatsächlich ließ dieses Wohnzimmer keinerlei persönliche Handschrift erkennen. Die Möbel hier hätten so auch in einem Versandhauskatalog stehen können.

»Verstehe. Aber den – den Herrn Stutz, den haben Sie kennengelernt, nicht wahr?«

»Ja, sicher. Das kann ja auch recht schnell gehen.«

»Schnell?«

»Na ja, es gibt ja die einschlägigen Lokale, rund um den Markt zum Beispiel. Da hat man schon Möglichkeiten.«

Wofür bat dieser unglaubliche Blick denn diesmal um Verzeihung? Für ihren unmoralischen Lebenswandel? Oder schlicht für die eigene Existenz?

»So. Und der Herr Stutz, der – suchte auch nach einer Möglichkeit?«

Statt einer Antwort senkte sie nur die langen Wimpern. Was für ein Anblick, dachte Kramer. Ein Engelsgesicht, jedenfalls solange der Totenkopf nicht herauskommt.

»In welchem Lokal waren Sie denn zuletzt?«

»Im *Madison*. So gegen halb zwei sind wir aufgebrochen.«

»War da schon klar, wo es hingehen sollte?«

»Ihm schon. Ich meine, er dachte wohl, dass es klar wäre, dass wir zu mir gehen. Zu ihm ging ja nicht. Ich war mir noch nicht ganz so sicher.«

»Und Sie hatten kein Problem damit, so einen – nun ja, einen doch immerhin sehr kräftigen jungen Mann im Unklaren zu lassen? Keine Angst vor eventuellen Komplikationen?« Kramer war sich nicht sicher, warum er das fragte. Nur, dass er es gerne wissen wollte.

Das Lächeln veränderte sich, zeugte jetzt von Selbstbewusstsein. Und ein klein wenig von Nachsicht. »Nein, hatte ich nicht. Damit wäre ich schon klargekommen. Außerdem ist der Kevin ein Netter.«

Kramer ließ das mal so stehen. »Sie sind dann also Richtung Borssum aufgebrochen. Ein hübsch langer Spaziergang, selbst wenn man nicht vom Weg abkommt.«

»Die Nacht war schön und warm. Kevin schlug vor, noch ein wenig am Wasser entlangzugehen. Ich hatte nichts dagegen. Für heute hatte ich mir sowieso freigenommen. Außerdem ...« – wieder die Geste in die Runde: »So gerne halte ich mich hier auch nicht auf.«

Und warum änderte sie diesen Zustand dann nicht, wenn er ihr doch nicht gefiel? Diese Frage aber führte auf jeden Fall vom Thema weg, also blieb sie ungestellt. »Wollte er zum Containerterminal?«

»Ach nein. Wir wollten beide zum Jarssumer Hafen. Schiffe angucken. Von Urlaub träumen.«

»Sie wissen, dass Kevin Stutz eine feste Freundin hat?«

Schulterzucken: »Ja, sicher.«

Ich werde alt, dachte Kramer. Aber er schüttelte nicht den Kopf. Er hatte sich schließlich im Griff.

»Der Weg, den Sie genommen haben, führt am Containerhafen vorbei. Erzählen Sie mir bitte, was Sie dort gesehen und gehört haben.«

»Zuerst das Licht. Ein gelbliches, blinkendes Licht. Das hat mich schon gewundert.«

»Warum?«

»Na, dass die da so tief in der Nacht noch gearbeitet haben.«

»Ach so. Sie meinen ...«

»Na ja, diese Transporter, mit denen die Container herumrangiert werden, keine Ahnung, wie diese Vehikel heißen, die haben doch gelbe Blinklichter, soviel ich weiß.«

»Und Sie meinen, so eins war das?«

»Was sonst?« Wieder ein Schulterzucken, unter den Falten

ihres dünnen, überweiten Pullovers nur zu erahnen. »Ohne Brille sehe ich zwar nicht allzu viel, aber blinkende Lichter doch auf jeden Fall.«

»Sie hatten Ihre Brille nicht dabei?«

»Abgenommen. Sie stört manchmal, wissen Sie?« Sie lächelte, und Kramer stellte fest, dass ihre Lippen im Verhältnis zum Rest ihres Körpers sehr voll waren.

»Dann haben Sie das Licht also nur verschwommen gesehen?«

»Schon. Aber außerdem waren ja noch Motorgeräusche zu hören. Also nehme ich mal an, dass dort noch gearbeitet worden ist.«

»Motorgeräusche. Sind Sie sicher?«

»Ich denke schon. Was sollte es sonst gewesen sein?«

Kramer notierte. Aus ihrem Mund klang das alles höchst harmlos, überhaupt nicht so mysteriös wie bei Kevin Stutz. War der Typ vielleicht nur ein aufgeblasener Wichtigtuer?

Wenn die Frau recht hatte, müsste es allerdings weitere Zeugen geben. Bisher aber hatte sich noch keiner gemeldet, und die Kollegen vom Kriminaldauerdienst, die den Tatort gesichert hatten, hatten auf dem Gelände auch niemanden vorgefunden. Also schien es nicht sehr wahrscheinlich, dass dort nachts regulär gearbeitet worden war.

Aber vielleicht irregulär? Mit Containern ließ sich allerhand anfangen. Vom bisweilen kostbaren Inhalt ganz zu schweigen. Leute, die sich illegal mit beidem befassten, warteten bei Zwischenfällen natürlich nicht, bis die Polizei eintraf.

»Gut. Was dann?«

»Ich wollte weitergehen, weil es da ja nichts Interessantes gab. Außerdem waren Schritte zu hören, da dachte ich, gleich kommt jemand und jagt uns weg. Darauf hatte ich keine Lust. Er aber wollte noch bleiben. Dann war da ein Platschen zu hören.«

»Als ob ein Körper auf dem Wasser aufschlägt?«

Sie lachte auf, überraschend und laut. »Wenn Sie es so ausdrücken wollen. Ich sagte zu ihm, lass doch, es sind ja Leute hier, die sich darum kümmern können. Denn das Platschen kam ja von dort, wo auch die Arbeitsgeräusche und das gelbliche Licht herkamen.«

»Und dann?«

»Er holte sein Handy raus. Da bin ich gegangen.«

»Einfach so?«

»Wie, einfach so? Natürlich. Wenn sich einer wichtig machen will, dann kann er das auch ohne mich.«

Kramer runzelte die Stirn. »In dieser Nacht ist dort draußen ein Mensch verschwunden. Von daher war es schon sehr richtig, dass sich Herr Stutz bei uns gemeldet hat.«

»Haben Sie den Verschwundenen denn inzwischen gefunden?«

»Nein, noch nicht.«

Schulterzucken.

Zum ersten Mal an diesem heißen Tag überlief es Kramer kalt. Kaltschnäuzig, dachte er. War das die neue Generation? Dann war wohl irgendetwas schief gelaufen.

»Gut.« Er klappte seinen Block zu, auf dem kaum etwas stand außer dem Wort *Nachtarbeit*, und erhob sich. »Erst einmal vielen Dank. Falls Ihnen noch etwas einfällt, rufen Sie mich bitte an.«

Er reichte ihr seine Karte. Ihr Finger fühlten sich kalt an.

»Natürlich, gern.« Sie strich sich mit der Hand, die seine Karte hielt, die Haare aus dem Gesicht. Kramer fand die Geste sehr intim.

Sie öffnete ihm die Wohnungstür, aber nur halb, so dass er sie im Hinausgehen beinahe streifte. Er stellte fest, dass sie sehr gut roch.

Die weiß schon, wie es geht, dachte er, während er die Treppe hinuntersprang, immer zwei Stufen auf einmal nehmend. Hübsch ist sie ja. Aber wer hatte schon Lust, einen Totenschädel zu küssen?

Andererseits hatten Totenschädel nicht solche Lippen.

Fast wäre er gestrauchelt.

10.

Für den Schwarzen stellte es kein Problem dar, in das Gebäude einzudringen. So etwas hatte er schon unzählige Male gemacht. Ein unsinniger Ausdruck, denn natürlich hätte er die Male zählen können. Aber dafür gab es keine Veranlassung.

Die Sicherungssysteme waren lächerlich simpel, fand er. Auf ihre Schlösser bildeten sich diese Leute hier womöglich auch noch etwas ein, und die Videokameras fanden sie clever platziert. Für ihn war beides ein Klacks. Morgen früh würde es weder Spuren noch Aufzeichnungen geben, nicht einmal erkennbare Störungen. Sollten sie sich ruhig ihre Köpfe zerbrechen. Vielleicht brachte sie das ja ein bisschen weiter.

Nicht ganz so einfach war es, herauszufinden, wo genau in diesem Gebäude das Ding aufbewahrt wurde. So musste er zwischendurch doch noch einmal Kontakt aufnehmen und sich einweisen lassen. Ein unnötiges Risiko. Eine derart lückenhafte Vorbereitung war er nicht gewohnt. Der Frischling musste doch noch eine Menge lernen.

Aber es ging alles glatt. Weder wurde er belauscht noch beobachtet oder gar eingepeilt. Für Letzteres fehlte den Leuten hier vermutlich sowieso das Equipment.

Als er wieder draußen war, fragte er sich doch, ob dieses Ding eigentlich den ganzen Aufwand rechtfertigte, der darum getrieben wurde. Aber das war schließlich nicht seine Entscheidung.

11.

Stahnke rührte in seiner Kaffeetasse und sinnierte, warum er letzte Nacht von diesem Kapitänleutnant geträumt hatte. Angegrinst hatte der ihn wie mit fünfzig schneeweißen Zähnen, und seine Augenbrauen waren wie Raupen seine Stirn hochgekrochen bis unter den Ansatz der kohlschwarzen Haare, die geglänzt hatten wie ein eng anliegender Helm.

Helm, Holm. Ha!

Dann hatte ihm der Kerl seine Hand hingestreckt, riesiger als das teuerste Steak im *Heisfelder Hof*, und als Stahnke leichtfertig einschlug, da hatte er zugedrückt wie ein Schraubstock. Und dazu hatte er hämisch gefragt: »Wo ist denn Ihr Ermittlungsansatz? Wo ist der denn wohl, hä? Haben Sie so was überhaupt, einen Ermittlungsansatz?«

Aber wenn er sich recht erinnerte, war Holm da schon nicht mehr Holm gewesen. Sondern Manninga, Kriminaldirektor Manninga, sein Leeraner Dienstvorgesetzter, dem er auf Grund der neuen Polizeistruktur auch während seines zeitweiligen Wechsels nach Emden unterstand. Und gegen Manningas Händedruck waren Schraubstöcke ein Klacks.

Stahnke ließ den Löffel in die braune Brühe plumpsen und bewegte die Finger seiner Rechten. Sie schmerzten tatsächlich immer noch. Was aber auch daran liegen konnte, dass sein Körper noch nicht richtig wach war. Gewöhnlich stand er nicht vor sechs Uhr auf, jedenfalls nicht ohne vorherigen Alarmanruf.

Er rührte noch einmal, ehe er den Becher an die Lippen hob. Dosenmilch nahm er immer noch reichlich, aber mit dem Zucker hielt er sich jetzt zurück. Ein halber Löffel pro Becher musste reichen. Ging auch, fand er, ganz ehrlich. Alles eine Frage der Gewöhnung.

An seine Küche hatte er sich noch nicht gewöhnt. Ganz weiß gestrichen, mit Schränken aus hellem Kiefernholz und einer kantigen Dunstabzugshaube aus Edelstahl, die im Raum hing wie ein UFO. Seine Vorgänger mussten begeisterte Hobbyköche gewesen sein, den Dimensionen des Herdes und der anderen Gerätschaften nach zu urteilen. Jedenfalls bis zur

Scheidung. Danach wollten sie den ganzen Krempel nur noch loswerden, alles inklusive, Hauptsache weg. So etwas nannte man wohl ein Schnäppchen.

Damit war Stahnke nun also wieder Hausbesitzer. Dabei hatte er sich mal vorgenommen, sich nie wieder in dieser Weise festzulegen, zu verschulden, zu binden. Eigenheim, das stand für eine ganz bestimmte Lebensphase, nämlich seine Ehe mit Katharina. Als die vorbei gewesen war, als Katharina ihn verlassen hatte, da hatte er nicht nur ihr gemeinsames Haus in Oldenburg nie wieder sehen wollen und können, da war ihm schon der bloße Gedanke an das Lebensprinzip Eigenheim verhasst gewesen. Am liebsten hätte er danach in einem Wohnwagen gehaust oder auf einem Hausboot, einfach weil es der denkbar krasseste Gegensatz zu ihrem piekfeinen Bungalow gewesen wäre. Weil das aber für einen Kripobeamten doch wohl nicht ging, hatte er sich etwas gemietet. Buden und kleine Wohnungen, wechselnd, in ziemlich rascher Folge, teilweise möbliert, auf jeden Fall so ambulant wie möglich. Bis er sich endlich, nach langer Zeit und vielen Umzügen, in einer Leeraner Altstadtwohnung für einige Jahre einigermaßen etabliert hatte. Sozusagen als Vorübung für den letztendlichen Kauf dieses Häuschens im Ortsteil Heisfelde.

Später hatte er sich seine jahrelange Unrast als einen Versuch der Selbstkasteiung erklärt. Weil er sich die Schuld am Scheitern ihrer Ehe gab. Katharina hatte ihn nie beschuldigt, jedenfalls nicht ihn allein. Was die Sache aber nicht besser machte.

Den Oldenburger Bungalow hatten Katharina und er schnell und für gutes Geld verkauft und sich den Erlös geteilt. Weitere Forderungen hatte seine Exfrau nie gestellt. Sie stand auf eigenen Füßen, in jeder Hinsicht. Mancher ehemalige Ehemann hätte das als Glücksfall bezeichnet. Stahnke kam so etwas nie in den Sinn.

Sie ist über mich hinweggekommen, dachte er stattdessen. Ebenso wie Sina. Entwickelt sich denn hier eigentlich jeder weiter, bloß ich nicht?

Na ja, vielleicht entwickelte er sich ja auch, nur nahm seine Entwicklung eine andere Richtung. Was immerhin ein Trost war. Schöner aber wäre es doch, wenn er diese Entwicklung wenigstens ein bisschen beeinflussen könnte.

Sechs Uhr. Im Radio wurden die Nachrichten angesagt. Es wurde langsam Zeit, sich fertig zu machen. Er musste noch seine Tasche packen, Wäsche zum Wechseln und diensttaugliche Kleidung. Zwar sollte es wieder heiß werden, trotzdem hatte er nicht die Absicht, eventuelle Befragungen in kurzen Hosen durchzuführen.

Moment, was war das gerade gewesen? Er drehte das Radio lauter.

»Über den Verbleib der Bohrinsel können nach Angaben eines Unternehmenssprechers noch keine Angaben gemacht werden. Die Bohrinselbesatzung sei vollzählig geborgen worden, hieß es. Erste Befragungen von Besatzungsmitgliedern hätten jedoch noch keinerlei Ansatzpunkte für Nachforschungen ergeben.

München. Weitere Funde von sogenanntem Gammelfleisch gab es gestern Abend in einem Kühlhaus …«

Stahnke schüttelte den Kopf und schaltete das Gerät ab. Eine verschwundene Bohrinsel? Doch wohl eher eine illegal entsorgte. Er hatte den Skandal um *Brent Spar* noch gut im Gedächtnis, jene Bohrinsel, die Shell vor gut zehn Jahren im Sognefjord in die Tiefe rauschen ließ. Seither bereicherte das Ding die unterseeische Tier- und Pflanzenwelt mit einem hübschen Cocktail an Umweltgiften. Jetzt hatte es vermutlich wieder so eine Aktion gegeben. Bohrinseln wurden schließlich auch nicht jünger und Erdölkonzerne auch nicht menschenfreundlicher. Die Besatzungsmitglieder, von denen die Rede gewesen war, hatten bestimmt ein sattes Schweigegeld kassiert. Oder Redegeld, ganz wie man wollte. Unbestechlichkeit war eben auch nur eine Frage der Summe.

Er beeilte sich im Bad und mit dem Anziehen, klarte noch schnell und oberflächlich die Küche auf, schnappte sich seine Trinkflasche und öffnete die Haustür. Die Luft roch angenehm, nach feuchter Gartenerde und ein bisschen nach Landwirtschaft, noch kühl, aber der kommende heiße Tag war schon zu erahnen. Perfekt.

Die Zeitung war inzwischen gekommen. Er zog sie aus der Plastikröhre unter dem Briefkasten und überflog die Titelseite.

Ein großes, buntes Foto des Kreuzfahrtschiffs *Italian Stardust*, dem man ein riesiges Haifischmaul aufgemalt hatte, sollte auf die unmittelbar bevorstehende nächste Überführungsfahrt einstimmen. Eigentlicher Aufmacher war das Emssperrwerk, wieder einmal. Gesenkt sollte es sich haben. War das nicht bereits bekannt? Oder hatte das bisher nur ein Betriebgebäude betroffen? Der lehmige Boden des Marschlandes bot nun einmal keinen dauerhaften Halt, egal, was und wie viel man als Stütze dort hineinrammte. Außerdem wurde in der Region Erdgas gefördert, das blieb auch nicht folgenlos. Experten hatten vorher gewarnt, aber natürlich hatte man sie als Bedenkenträger verspottet. Die Bedenkenlosen hatten sich durchgesetzt, großkotzig und mit himmelschreiender Arroganz, wie so oft.

Stahnke las die ersten Textzeilen. Die Absenkung hatte sich beschleunigt, betrug stellenweise schon mehrere Zentimeter. Ja, das war doch allerhand. Da würde man den Hunderten von Baumillionen wohl noch ein paar Milliönchen ins Wasser hinterherwerfen müssen, zwecks Schadensbegrenzung. Alles zum Wohle der Bauwirtschaft. Und des Großschiffbaus im Binnenland. Er schüttelte resigniert den Kopf.

Während er die Garage aufschloss, ließ er seinen Blick über sein neues Besitztum schweifen. Kleines Haus, großer Garten – mal was anderes. Hier im Leeraner Stadtteil Heisfelde waren die Grundstücke erschwinglich und daher zumeist reichlich bemessen. Das Gras stand hoch, die Hecke war struppig, da kam einiges an Arbeit auf ihn zu. Aber darauf freute er sich sogar.

Weniger erfreulich allerdings war der Zustand des Daches. Hässliche Zementpfannen, deren ursprüngliches Anthrazit längst in fades Mausgrau verblichen war, hingen krumm und schief an ihren Dachlatten wie Schiffbrüchige, die sich verzweifelt an ein Wrack klammerten und denen jeden Moment die letzten Kräfte schwinden konnten. Das ganze Walmdach wirkte wie eine lappige Kappe, die dem Gebäude viel zu tief ins frische, rote Backsteingesicht gedrückt worden war. Ein wesentlicher Grund, warum das Haus so billig gewesen war, der modernen Küche zum Trotz.

Bleiben konnte das auf keinen Fall so. Das Dach musste neu, klarer Fall. Und nicht nur das: Ein höher aufgemauerter Drempel sollte her, ein neues Satteldach mit Panoramafenstern an den Giebelseiten, gut isolierte, geräumige Zimmer unterm Dach und ein neuer Kamin. Sein Häuschen würde nicht nur ein völlig neues Gesicht bekommen, sondern auch neue innere Werte. Von wegen kosmetische Operation. Das kostete natürlich eine Kleinigkeit, aber Baugeld war ja günstig zur Zeit und Stahnke als Beamter auf Lebenszeit ein gern gesehener Kreditkunde. Alles war längst geplant, gezeichnet, behördlich genehmigt und in Auftrag gegeben.

Tja. Baubeginn allerdings hätte eigentlich vor drei Tagen sein sollen.

Wie aufs Stichwort ertönte ein tiefes Bollern am Ende der Straße. Er kannte den kultigen Sound: die wuchtige Moto Guzzi California II von Dachdeckermeister Gesinus Biernoth. Eigentlich mochte er das Geräusch, denn auch Stahnke war ein Freund reisetauglicher Motorräder mit großvolumigen Maschinen. Heute aber wäre ihm der nagelnde Diesel von Biernoths altem Doppelkabinen-Pritschenwagen weitaus lieber gewesen, denn auf seiner Cali brachte der Bauunternehmer ganz gewiss auch heute weder Dachbalken noch eine Bauarbeiterkolonne mit.

Der Hauptkommissar schloss die Garagentür hinter sich und schob sein Fahrrad über die geklinkerte Auffahrt Richtung Straße, Biernoth entgegen. In den Häusern im nahen Umkreis rührte sich noch nichts; hier wohnten überwiegend Rentner, die ihren geruhsamen Tagesablauf nicht übermäßig früh begannen. Ein Haus weiter, schräg rechts gegenüber, stand ein staubiger Passat Variant in der Auffahrt, der gestern noch nicht da gewesen war. Offenbar waren die Leute gerade frisch aus dem Urlaub zurückgekommen; sie hatten noch nicht einmal den Wagen ausgeräumt.

Gesinus Biernoth brachte seine Cali zwo direkt vor Stahnke zum Stehen und riss das Gas noch einmal auf, ehe er die Zündung ausschaltete. Statt einer Motorradjacke trug er nur eine ärmellose Lederweste über dem T-Shirt, und das hatte seinen Grund. Genauer gesagt zwei Gründe. Biernoths Oberarme waren mit derart gewaltigen Muskeln bepackt, dass sich der Dachdecker vermutlich auch im tiefsten Winter geradezu moralisch verpflichtet fühlte, die guten Stücke bloß nicht zu verstecken.

Stahnke stellte sein gelbes Mountainbike auf den Ständer und stemmte seine Fäuste in die Seiten. »Moin. Na?«

Biernoth klappte den Seitenständer seiner Maschine aus, nahm seinen schwarzen Halbschalenhelm ab und grinste wie ein schuldbewusster Haifisch. »Moin auch. Na! Da haben Sie's aber mal schön auf den Punkt gebracht.«

Auf Komplimente für seine verbale Verknappungsfähigkeit war Stahnke überhaupt nicht scharf. »Nach Ihren Versprechungen müssten wir beide jetzt eigentlich auf einer Baustelle stehen. Da das Gerüst, da der Schuttcontainer, da die Balken und da hinten die Paletten mit Steinen.« Mit den Händen deutete er an, wie er sich die Einrichtung der erhofften Baustelle vorgestellt hatte. »Und nicht zu vergessen die fleißigen Maurer und Dachdecker – hier, hier und hier. Von mir aus auch hier. Und? Was ist damit?«

Gesinus Biernoth warf den Kopf in den Nacken und lachte. Es klang ganz ähnlich wie zuvor der Zweizylinder-V-Motor seiner Cali. »Also nee, wirklich! Sie haben aber auch ein Talent!«

Auf Stahnkes Stirn waren die Augenbrauen bedrohlich aufeinander zugekrochen; jetzt hatten sie sich erreicht und vereinigt. Das sah auch Biernoth. Schnell schaltete er auf ernsthaft um.

»Sie können mir glauben, es ist mir wirklich peinlich. Aber gestern sind mir zwei Mann verunglückt. Das hat mir den ganzen Zeitplan zerhauen. Der eine, der Wlady, ist abgerutscht, eigentlich nicht schlimm, nur ein paar Meter tief gefallen, so etwas passiert jedem von uns gelegentlich. Nur dass da diesmal gerade der Container stand. Er ist mit der kurzen Rippe genau auf die Kante. Angebrochen. Kann sich nicht rühren, mindestens eine Woche lang. Und der andere, der kleine Mirko …«

Stahnke hob die Hand: »Danke, reicht, ich hab's ein bisschen eilig. Sagen Sie mir nur eins: Wann? Wann geht's bei mir los?«

»Heute!« Biernoth strahlte. »Da musste ich zwar mächtig zaubern, aber ich hab es hingekriegt. Ich zieh nämlich zwei Mann in Warsingsfehn ab, da sind wir schon sehr weit, da macht das nichts, und außerdem ...«

Wieder hob Stahnke die Hand. Er blieb misstrauisch. »Zwei Mann? Und was sollen die machen, so ohne alles? Und warum sind die noch nicht hier?«

»Die kommen heute Mittag. Und wenn die kommen, dann sind die Dachbalken schon da. Werden über die Hecke gekrant, da hinten auf den Rasen, wie besprochen, das macht der Lieferant ganz alleine. Na, und meine beiden Leute schneiden die dann zu.«

Vorarbeiten also. Wie er es sich gedacht hatte. Eindeutige Hinhalteaktion. Jetzt wurde er langsam wirklich sauer.

Aber diesmal war es Biernoth, der die Hand hob. »Aber Montag, da geht es hier dann richtig los! Wir kommen mit fünf Mann, vielleicht sechs. Versprochen. Und dann geht es Schlag auf Schlag. Abriss, aufmauern, Balken hoch – ehe Sie sich's versehen, haben Sie ein wunderschönes neues Dach! Das schöne Wetter zur Zeit, das wollen wir doch ausnutzen.«

»Wollen wir es hoffen. Nicht, dass nachher noch der große Regen kommt, gerade wenn mein Haus hier ohne Dach steht.« Überzeugt war Stahnke noch längst nicht, wollte aber auch nicht weiter insistieren. Immerhin standen klare Zusagen im Raum. Nicht zum ersten Mal, klar, aber was sollte er machen? Wenn er jetzt den Bauunternehmer wechselte, war der Sommer garantiert vorbei, ehe er hier einen Schritt weitergekommen war.

»Ach, keine Sorge! Wenn das passiert, komme ich persönlich vorbei und ziehe Ihnen Planen drüber. Aber nee, da geht schon nichts schief, garantiert.«

»Das möchte ich sehen, Sie auf der California II mit zehn Rollen Dachfolie! Und Werkzeug.« Stahnke feixte. »Und das Ganze in strömendem Regen. Das wäre mir ein paar Wasserflecken wert.«

Gutmütig stimmte Biernoth ein, offenkundig froh, wieder einmal einen ungeduldigen Kunden eingelullt zu haben. »Ja, das kann ich glauben! Aber die Cali, die bringe ich jetzt gleich wieder nach Hause. Und hol mir den Pritschenbulli, wie jeden Tag. Ich muss jedes Mal so viel Zeug von Baustelle zu Baustelle schluren, da brauche ich an Motorradfahren gar nicht zu denken.« Er hatte die begehrlichen Blicke bemerkt, die Stahnke auf seine Maschine warf. »Sind Sie etwa auch Motorradfahrer?«

»Ich komme schon seit Jahren nicht mehr dazu.« Der Hauptkommissar winkte ab. »Den Lappen hab ich zwar, aber eine eigene Maschine lohnt sich für mich einfach nicht. Schon gar nicht so ein edles Teil.«

»Gefällt Ihnen, was?« Biernoth kreuzte die mächtigen Arme vor der breiten Brust. Stahnke staunte, dass das überhaupt möglich war. »Was halten Sie denn davon, wenn ich Ihnen das gute Stück mal für ’ne Spritztour leihe? Sozusagen als kleine Entschädigung für die Verzögerung?«

»Das würden Sie tun?« Der Hauptkommissar fühlte sich überrumpelt wie von einem unverhofften Geschenk. »Sie verleihen Ihr Motorrad?«

»Nicht an jeden, versteht sich. Aber Sie – da sehe ich doch sofort, dass die Maschine in guten Händen ist. Ausgiebig bewegt werden müsste sie sowieso mal wieder.«

Schmeicheleien waren Stahnke nicht völlig unangenehm. Immerhin bemerkte er sie wenigstens. »Aber nicht, dass Ihre Leute dafür dann erst am Mittwoch kommen, was?«

»Wo denken Sie hin!« Wieder das Haifischgrinsen, gefolgt vom Zweizylinderlachen. »Was ich Ihnen zusage, da können Sie sich drauf verlassen. Es fallen ja nicht jeden Tag zwei Mann vom Dach.«

Genau das dachte Stahnke auch. Aber er sprach es nicht aus. Seine Gier war geweckt, da wollte er nichts riskieren. »Und wann, glauben Sie, könnten Sie das Motorrad mal entbehren?«

»Von mir aus gleich.« Biernoth machte Anstalten, sich aus dem Sattel zu erheben. »Wenn Sie mich nur eben noch bei mir zu Hause absetzen, dann können Sie gleich durchstarten.«

Stahnke zögerte kurz, widerstand aber der Verlockung. Heute war Training angesagt, dazu musste er stehen. »Wir wär’s mit morgen?«

»Geht klar. Die Maschine steht morgen um sieben Uhr bei

Ihnen auf der Auffahrt, Schlüssel liegt in der Zeitungsröhre.« Der Dachdecker stülpte sich den Helm auf den Kopf und startete den Motor. »Also dann! Und ab heute Mittag sieht es hier nach Arbeit aus. Versprochen. Tschüss!«

»Hoffentlich sieht es nicht nur so aus«, rief Stahnke ihm hinterher, als Biernoth davonbrauste. Aber seine Worte wurden vom satten Cali-Sound übertönt.

12.

Eine Schicht hellgrauer Wolken lag über dem Land wie ein Deckel auf einem Topf. Nur an den Rändern kochte schon frisches Blau hoch und begann den Deckel emporzustemmen. Kein Zweifel, das würde gelingen, der Wolkendeckel wurde schon löchrig und würde nicht mehr lange halten. Der nächste heiße Sommersonnentag also. Aber noch war es schön frisch.

Stahnke trat mit Lust in die Pedale. Fahrrad fahren hatte sich als der für ihn optimale Trimmsport erwiesen. Langlauf fiel ihm einfach zu schwer, eben weil er zu schwer war, da fühlte er sich unterlegen, kam sich lächerlich vor, wenn ihn jemand dabei sah. Und Rudern und Skilanglauf, die Ausdauersportarten, die ihm richtig Spaß machten, waren einfach zu sehr von äußeren Gegebenheiten abhängig. Fahrrad fahren aber ging fast immer, außer bei Eisregen und Sturm, und er fühlte sich wohl dabei, weil er gut vorankam. Kein Unterlegenheitsgefühl, im Sattel war er obenauf.

Schnell hatte er die Heisfelder Straße erreicht und rollte zügig stadtauswärts. Er hatte mit Gegenwind gerechnet, Nordwest war hier schließlich Standard, aber wenn überhaupt, dann blies es höchstens mit Stärke eins bis zwei und auch mehr seitlich als gegenan. Kaum mehr als Fahrtwind, also zu vernachlässigen.

Beim Emspark am Stadtrand war schon etwas Betrieb; vermutlich Lieferverkehr, denn geöffnet war sicher noch nicht, trotz des neuen Gesetzes, das diesbezüglich fast alles gestattete. Stahnke fädelte sich um die Kehren bei der Autobahnauf- und -abfahrt, die roten Ampeln ignorierend, und fühlte sich herrlich unbeobachtet. Ein Stückchen Anarchist steckte eben doch in jedem Ordnungshüter. Jedenfalls in diesem.

Die lange Steigung der Straßenbrücke über die Eisenbahnlinie nach Emden und Norden bildete eine erste Herausforderung. Irgendwer hatte die Steigungsprozente ausgerechnet und sie alle paar Meter auf den rissigen Asphalt des Radweges gemalt, der parallel zur Bundesstraße verlief. Bis 5,5 stiegen die Zahlen an, dann wurde es wieder moderater. Kein Vergleich mit der Tour de France, da ging es kilometerweit mit über acht Prozent Steigung in die Höhe, auf kurzen Abschnitten auch zweistellig. Aber die Tour-Teilnehmer waren schließlich Profis und frühstückten ganz bestimmt etwas anderes als Milchkaffee.

Veenhusen ließ er rechts liegen und überquerte den Vorfluterkanal, der das gesammelte überschüssige Regenwasser zum Siel leitete und neben dem sich die Wiese befand, die in frostigen Wintern in eine Eisbahn verwandelt wurde. Als er Neermoor erreichte, war er längst noch keine halbe Stunde unterwegs und fühlte sich immer noch taufrisch. Beim neuen Kreisel, wo er links abbiegen musste, summte er sogar fröhlich vor sich hin.

Ein brenzliger Geruch stieg ihm in die Nase. Hatte es hier irgendwo ein Feuer gegeben? Zu sehen war nichts. Vielleicht hatte ja nur irgendwer gestern seine Gartenabfälle abgefackelt. Mit den offiziellen Brennzeiten nahm man es hier nicht so genau. Er beschloss, sich nicht darum zu scheren.

Hinter Neermoor musste er die Seite wechseln. Es gab nur noch linker Hand einen Radweg, die Bebauung nahm ab und endete schließlich ganz, und auch sonst wurde es einsamer. Schwarzbunte Kühe beäugten ihn neugierig über verwitterte Gattertore hinweg, und auch Lehmbrocken auf dem Radweg zeugten von landwirtschaftlichen Aktivitäten. Hier, wo sich ihm nichts mehr in den Weg stellte, war der Gegenwind stärker zu spüren. Stahnke schaltete einen Gang herunter. Erste Schweißperlen rundeten sich auf seiner Stirn, und er begann seine Knie zu spüren.

Aber damit hatte er gerechnet. Ein Weilchen blieb er im kleineren Gang, ließ seine Füße mit wenig Widerstand kurbeln, wiegte sich sanft im Rhythmus seiner Tritte, lauschte auf seinen Atem, seinen leicht beschleunigten Herzschlag und das Sirren der gut geölten Kette zwischen Blatt und Ritzel. Dann war sie da, die zweite Luft, ganz undramatisch, einfach so. Stahnke kannte das inzwischen, und er verstand mittlerweile auch, warum man es schön finden konnte, sich beim Sport kontrolliert zu verausgaben und dabei zu fühlen, wie sich der Körper von Mal zu Mal mehr abverlangen ließ.

Das mit der flotten Steigerung allerdings, korrigierte er sich, hatte er doch wohl eher seiner langjährigen Trägheit als seinem jüngsten Eifer zu verdanken. Jenseits der Fünfzig, und dort befand er sich, war für einen Trainierten an Steigerung wohl kaum noch zu denken. Sein eigener, sehr bequemer Lebensstil hatte da deutlich mehr Spielraum nach oben gelassen.

Marian war auch nie ein begeisterter Sportler gewesen, aber er hatte es doch immerhin versucht, hatte seinem selten trainierten Körper deutlich mehr zugemutet als Stahnke dem seinen. Sogar den »Ossiloop«, den traditionellen Ostfriesland-Langlauf über sechs Etappen von Leer nach Bensersiel, hatte der Journalist einmal in Angriff genommen. Und tatsächlich das Ziel am Seedeich erreicht, wenn auch nicht ganz so souverän, wie er sich das vorgestellt hatte. Marian traute sich eben oft zu viel zu, aber er war zäh, verstand durchzuhalten und irgendwie anzukommen. Viele, die ihn unterschätzten, hatten sich schon überraschen lassen müssen.

Stahnke schüttelte den Kopf. Was redete er sich hier eigentlich ein?

Kraftvoller trat er jetzt zu, schaltete wieder hoch, erst einen Gang, dann zwei. Oberschenkel- und Wadenmuskeln waren zu spüren, und das tat gut. Das Sirren der Kette verstärkte sich und wurde doch vom Singen der Reifen übertönt. Stahnkes Mund verzog sich zu einem selbstzufriedenen Grinsen, so stark und souverän fühlte er sich.

Da klingelte es hinter ihm.

Reflexartig zog er nach rechts, ganz an den Rand der Asphaltpiste, wo ihm das Unkraut um die Beine peitschte, und schaute über seine linke Schulter nach hinten. Erst konnte er niemanden sehen, senkte aber den Blick gerade noch rechtzeitig, um weiter unten etwas Blaues vorbeihuschen zu sehen. Ein gerippter, blauer Fahrradhelm über einem gekrümmten Lenker, ein hagerer Körper in einem blauen Trikot, ein blaues Rennrad mit ungewöhnlich niedriger Satteleinstellung.

Der Mann, der ihn da überholte, war mindestens zehn Jahre älter als er. Und fuhr bestimmt zehn Stundenkilometer schneller.

Stahnke erwiderte den flüchtigen Gruß, richtete seinen Körper auf, stemmte beide Füße gleichzeitig in die Pedale und lüpfte sein Hinterteil aus dem Sattel. Heftiger Schmerz zuckte durch seine Hinterbacken, als das angestaute Blut wieder zu zirkulieren begann. Kurz nur, dann ging es wieder. Aber das selbstzufriedene Grinsen war erst einmal weg.

Statt auf sich selbst achtete er jetzt mehr auf die Umgebung. Terborg war erreicht, und damit auch sein Lieblings-Bauerngarten. Da lagen sie, von uralten Apfelbäumen beschattet, die akkuraten Beete mit Gemüse und Kräutern, Stangentomaten und Johannisbeerbüschen, durchmischt mit Flecken leuchtend bunter Blumenstauden. Selbst der Komposthaufen hinter dem blassroten Ziegelhaus sah anheimelnd aus. Das Einzige, was an diesem Idyll störte, war die Tatsache, dass man es im Vorbeifahren sehen konnte. So direkt neben der Bundesstraße hätte Stahnke nicht leben mögen.

Wenig später erreichte er Middelsterborg. Der Bauernhof rechts neben der Strecke stand da wie aus dem Ei gepellt, geradezu überirdisch sauber und ordentlich. Moderne Gebäude, blitzende Fahrzeuge, ein säuberlich gestutzter Rasen, Bäumchen und Blumen wie aus dem Baumarktprospekt. Stahnke hätte so etwas eher in Holland vermutet als in Ostfriesland. Na ja, auch positive Vorurteile waren Vorurteile.

Die Sonne hatte dem morgendlichen Wolkendeckel inzwischen den Garaus gemacht und bestrahlte den nordwestlichen Küstenraum mit mediterraner Intensität. Stahnke tupfte sich die Schweißperlen von der Stirn und nahm einen kräftigen Schluck aus seiner Wasserflasche. Jetzt war es nicht mehr weit bis nach Rorichum und damit nach Oldersum. Als alter Segler teilte er auch zu Lande Entfernungen gerne nach Wasserbauwerken ein, und die Oldersumer Schleuse war eine gute maritime Landmarke. War sie erreicht, hatte er schon mehr als die halbe Strecke geschafft.

Wieder klingelte es hinter ihm. Seufzend machte Stahnke Platz. Diesmal huschte es nicht blau, sondern rot an ihm vorbei. Rotes Rennrad, rotes, ärmelloses Trikot, roter, stark gerippter Fahrradhelm …

Stahnke verriss den Lenker, wäre beinahe in der Botanik gelandet. Was er da auf den ersten Blick für einen roten Helm gehalten hatte, waren die knalligen Rastazöpfe von Angelina Snuck, im Nacken von einem Band zusammengehalten, so dass sie den Kopf mit dicken Strängen dicht umschlossen.

Er krümmte seinen Rücken und trat kräftiger zu. Nicht nur, weil diese junge Frau schließlich eine flüchtige Beschuldigte war, sondern auch, weil sie eine der wenigen Chancen darstellte, den peinlichen Informationsmangel in Sachen Marian Godehau vielleicht ein wenig zu mildern.

Er hörte seine Kette krachen und seine Reifen in immer höheren Tönen singen. Mit der rechten Hand schaltete er hoch, bis nichts mehr ging, weil bereits das kleinste Ritzel erreicht war, dann warf er die Kette per Hebeldruck links vom mittleren auf das größte Blatt. Das war die höchstmögliche Übersetzung. Noch nie zuvor hatte er sie probiert. Längst hatte er seinen Hintern aus dem Sattel hochgestemmt, trat mit ganzer Kraft und vollem Gewicht. Es ging tatsächlich. Und er kam der roten Radlerin wahrhaftig näher.

Bis sie sich umdrehte und ihn ebenfalls erkannte. Im nächsten Moment stand sie auch in den Pedalen, schaltete hoch und stob davon.

Resigniert ließ Stahnke sich zurück in den Sattel sinken und sein Rad ein Stückchen ausrollen. Jetzt keuchte er richtig. Dass diese kleine, dünne, drahtige Frau in seiner Lieblingsdisziplin so eindeutig mehr drauf hatte als er, setzte ihm doch zu. Klar, sie hatte auch das bessere Rad, aber das alleine machte den Unterschied nicht aus.

Die Jagd aber war damit noch nicht entschieden. Er zückte sein Handy und suchte mit dem Daumen die Eins. Mit etwas

Glück war ein Streifenwagen in der Nähe, vielleicht in Oldersum oder in Petkum. Die Kollegen müssten das Mädel doch relativ leicht abgreifen können. Immer vorausgesetzt, sie war wie er auf dem Weg nach Emden.

Aber genau das war sie nicht. Trotz ihres schnell gewachsenen Vorsprungs konnte er noch gut erkennen, dass sie in Rorichum rechts abbog, dort, wo es zu *Cassi* ging, einem bekannten Landgasthaus mit Sälen für Feste aller Art. Stahnke behielt das Mobiltelefon in der Hand, schaltete zurück aufs mittlere Kettenblatt und drückte noch einmal aufs Tempo. Als er die Abzweigung erreichte, war Lina Snuck aber nirgendwo mehr zu sehen.

Er steckte das Handy wieder ein und setzte seine Fahrt fort. Sinnlos, die Kollegen aufzuscheuchen. Rorichum war zwar nicht groß, bot aber trotzdem eine Menge Möglichkeiten, sich in einer der Querstraßen, auf dem Friedhof oder in der Paddel-und-Pedal-Station kurzfristig zu verbergen oder aber über einen der Wirtschaftswege zwischen den umliegenden Höfen davonzumachen. Bis ein Funkwagen hier war, konnte Lina Snuck längst über alle Berge sein. Mal abgesehen davon, dass er hier keine Berge gab.

Plötzlich fühlte er sich doch hilflos auf seinem Rad, völlig deplatziert. Nicht einmal dazu in der Lage, eine flüchtige Zeugin aufzuhalten! Und wie kam er denn überhaupt dazu, gerade jetzt, in diesem Stadium einer Ermittlung, die er doch weiß Gott nicht auf die leichte Schulter nahm, zuerst an sich, seine Gesundheit und seine Figur zu denken! War er Marian denn nicht etwas mehr schuldig? Oder war diese ganze Tour etwa nichts anderes als eine Verdrängungsaktion?

Müßige Gedanken, hier mitten in der Pampa. Selbst wenn er jetzt in Emden anrufen und sich abholen lassen würde, ließ sich damit kaum noch Zeit herausholen. Da konnte er auch gleich weiterradeln. Er trat wieder in die Pedale, nun allerdings verbissener als zuvor.

Wenige Minuten später war er in Oldersum, wo ihn das Fehlen eines durchgehenden Radwegs erneut aus dem Rhythmus brachte. Fluchend ließ er sein Rad über Bordsteine hüpfen, ängstlich auf das Geräusch einer womöglich abreißenden

Speiche horchend. An der Schleuse schaute er auf die Uhr: Viertel nach sieben, er lag gut in der Zeit. Bis acht Uhr konnte er es leicht bis zur Polizeidienststelle in Emden schaffen.

Die nächste wasserbauliche Landmarke war nicht mehr weit: das umstrittene Sperrwerk von Gandersum. Kurz dahinter fingen bereits die Emder Vororte an, erst Petkum, dann Borssum. Eigentlich müsste man das Ding schon über den Deich hinweg sehen können, überlegte Stahnke, richtete sich im Sattel auf und kniff die Augen zusammen.

Statt hoch aufragender gelber Sperrwerksteile aber sah er Blau. Blitzendes Blau. Blaulichter auf den Dächern von grün-weißen und blau-silbernen Polizeifahrzeugen im Einsatz. Mehr als ein halbes Dutzend Autos stand da in der Zufahrt zum Sperrwerk aufgereiht, und offenbar kamen immer noch neue hinzu. Auch Bullis und Mannschaftswagen waren dabei, ebenso Zivilfahrzeuge. Ein Großeinsatz. Himmel, was war denn da passiert?

Die letzten Meter legte Stahnke im Sprint zurück. Als er die Einsatzfahrzeuge erreicht hatte und vom Rad sprang, stieß er fast mit einem Mann zusammen, der ähnlich breit wie er und noch etwas massiger gebaut war. Fritz Manninga, Kriminaldirektor und Leiter der Inspektionen Leer und Emden. Sein Chef. Neben ihm stand Conny Coners, dessen zur Schau getragene Entschlossenheit seine Verwirrung nicht verbergen konnte.

»Moin«, sagte Stahnke. »Was ist denn hier los?«

Manninga musterte ihn kritisch, quittierte seinen sportlich-legeren Aufzug und sein unübliches Fortbewegungsmittel mit einem fragenden Blick unter hochgezogenen Augenbrauen, ging aber nicht weiter darauf ein. »Das Sperrwerk«, antwortete er. »Es sackt ab.«

Stahnke nickte. »Ich weiß. Um mehrere Zentimeter. Steht ja heute in der Zeitung. Aber deswegen …« Er wies auf die vielen Fahrzeuge, deren Zahl immer weiter zunahm, und die noch viel zahlreicheren Beamten, die teils mit Absperrmaßnahmen begannen, teils in Richtung Deichkrone eilten, und zuckte fragend die Schultern.

Manninga schnaufte. »Zentimeter? Vergessen Sie's. Seit Tagesanbruch ist das Ding um fast zwei Meter weggesackt!«

Stahnke sackte der Unterkiefer weg. Als Manninga sich von ihm abwandte, um Fragen zu beantworten, die von allen Seiten auf ihn einprasselten, blieb Stahnkes starrer Blick noch sekundenlang auf die Stelle gerichtet, an der sein Vorgesetzter zuletzt gestanden hatte.

Dann schüttelte er sich wie ein nasser Hund, ließ sein Fahrrad ins Gras fallen und rannte den Deich hinauf. Mit eigenen Augen wollte er sich davon überzeugen, was hier passiert war. Aller Wahrscheinlichkeit nach eine Massenhysterie, ausgebrochen nach dem Verzehr verdorbener Berliner in der Polizeikantine. Oder Buletten. Oder so etwas in der Art. Denn dass das Emssperrwerk, dass dieses fast fünfhundert Meter lange Bauwerk, tatsächlich zwei Meter tief in den Grund einsinken konnte, das war doch schlechterdings …

Der Hauptkommissar erreichte die Deichkrone gerade noch rechtzeitig, um mit anzusehen, wie die Oberkanten der Sperrwerks-Torsegmente gurgelnd, schäumend und spritzend in den kakaobraunen Fluten der Ems verschwanden.

Einige Sekunden lang verrieten noch eine Reihe von Strudeln die frühere Position des Sperrwerks. Dann aber zog die Strömung wieder kraftvoll und unbeirrbar dahin, als wäre nichts geschehen.

13.

»Vierkant runter! Einfach so. Wupp – und zack!« Kriminalkommissar Dieter Schmitz breitete zur Veranschaulichung des Geschilderten seine prallen Arme aus, winkelte die Hände ab wie ein Angler, der einen besonders unglaublichen Fang illustriert, und hieb seine oberen Extremitäten ruckartig in Richtung Fußboden. Ein empörtes Schmatzen untermalte den Vorgang.

»Herr Kollege, darf ich Sie daran erinnern, dass nicht Sie Augenzeuge des Geschehens waren, sondern ich.« Stahnkes

Stimme zeichnete überdeutliche Ironie-Warnzeichen in die abgestandene Büroluft, wo sie von Schmitz konsequent ignoriert wurden.

»Da muss doch etwas hochgegangen sein! In die Luft geflogen! Explosionen, eine ganze Reihe, quer über den Fluss! Anders hätte man solch ein Riesending doch nicht kleingekriegt.« Er starrte seinen Vorgesetzten vorwurfsvoll an, als sei dieser entweder für das Versinken des Sperrwerks selbst oder für die Unerklärlichkeit dieses Vorgangs verantwortlich. Womöglich für beides. Ersatzweise für die Tatsache, dass all das partout nicht in den spärlich behaarten Schädel von Kriminalkommissar Schmitz passen wollte.

»Das Sperrwerk wurde nicht gesprengt«, erläuterte Stahnke zum wiederholten Male und, wie er fand, mit einer wahren Engelsgeduld. »Es wurde weder in Trümmer geschlagen noch in Fetzen gerissen noch zu Staub zermahlen. Genau genommen ist es überhaupt nicht weg, es ist noch da. Genau am selben Fleck. Nur eben ein paar Meter tiefer.«

»Ja, sag ich doch! Vierkant runter, einfach so.« Wupp – und zack. »Wie kann das?« Schmitz schien in einer Art Gedankenschleife gefangen zu sein, zur steten Wiederholung verdammt wie das täglich grüßende Murmeltier. Entsprechend anklagend klang sein Schmatzen.

Stahnke konnte nicht anders, er musste seinem Kollegen recht geben, jedenfalls in diesem Punkt. Mindestens ebenso unglaublich nämlich wie das plötzliche Verschwinden des Emssperrwerks war die Tatsache, dass es gar nicht weg war. Das hatten Spezialisten inzwischen herausgefunden. Manninga hatte schnell reagiert, das musste man ihm lassen. Als rund um ihn her noch die allgemeine Panik überkochte, hatte der Kriminaldirektor bereits Messungen angeordnet. Mit Echoloten, Sonargeräten und Metalldetektoren. Resultat: Das Sperrwerk befand sich nach wie vor an der derselben Stelle in der Ems. Nur eben so tief, dass seine höchstgelegenen Teile gerade nicht mehr über das Flussbett hinausragten.

Zu sehen war natürlich nichts, auch nicht für Taucher oder die kamerabestückten Mini-U-Boote, die inzwischen ebenfalls eingetroffen waren. Der Emsschlick, den die Strömung, die durch die ständigen Ausbaggerungen des Flusses immer stärker und stärker geworden war, im Tidentakt aufwirbelte und hin- und herschob, machte das Flusswasser undurchsichtig wie etwas zu dünn geratenen Schokoladenpudding. Aber die Ultraschallmessungen waren eindeutig.

Noch einmal verdeutlichten Schmitz' Handkanten, wie sich ihr Besitzer den Sinkvorgang vorstellte. Dann sank auch der Kriminalkommissar rücklings in seinen ächzenden Stuhl. Für den Moment schienen Frustration und Ratlosigkeit seine Energiereserven aufgezehrt zu haben. Während sein Blick noch leer und glasig über Stahnke hinweg durchs Bürofenster auf den Emder Bahnhof gerichtet war, als sei dort in Kürze mit der Einfahrt einer Lösung zu rechnen, tasteten seine Hände schon wieder nach Essbarem, und seine Lippen ließen ein vorfreudiges Schmätzeln vernehmen.

Stahnke blickte auf die Uhr: kurz vor zwei. Im Emder Polizeigebäude herrschte unwirkliche Stille. Gandersum lag im Landkreis Leer, also fanden sämtliche Ermittlungen in dieser Angelegenheit auch von der Inspektion Leer aus statt. Dort hatte sich, wie Stahnke telefonisch erfahren hatte, inzwischen das Bundeskriminalamt mit mindestens einer Hundertschaft Wichtigtuer breitgemacht. Jedenfalls hatte Hauptmeister van Dieken, Stahnkes Verbindungsmann zur alten Wirkungsstätte, das so ausgedrückt. Eine halbe Stunde später war per Telefon bereits nicht mehr nach Leer durchzukommen gewesen. Alle polizeilichen Leitungen belegt. Paradiesische Zustände für Kleinkriminelle.

Wenigstens hatte sich Manninga, der alles daransetzte, von den BKA-Leuten nicht völlig aus dem »Fall des Jahrhunderts«, wie er sich ausdrückte, herausgedrängt zu werden, noch die Zeit genommen, Stahnke eine Anweisung zu geben. »Bleiben Sie mal an Ihrer Sache dran. Zusammen mit Kramer und diesem, na, Sie wissen schon. Alles andere kümmert Sie nicht, klar? Ach ja, diese Brandserie, die können Sie vielleicht auch mit übernehmen, die Kollegen, die da dran waren, haben im Moment andere Prioritäten. Kramer weiß Bescheid. Ansonsten habe ich hier alles – alles klar, nicht wahr?« Und klick.

Stahnke fühlte sich immer noch wie betäubt. Ausgemustert.

Abgeschoben. Ausgegrenzt. Abstellgleis. Diaspora. Verbannung.
Quatsch, natürlich. Das Verschwinden Marian Godehaus war vorher ein wichtiger Fall gewesen, für ihn ein ganz besonders wichtiger, und er war es immer noch. Aber Stahnke war eben ein emotionaler Mensch, und von emotional bis kindisch war es nur ein kleiner Schritt. Manninga ließ ihn nicht mitspielen, jedenfalls nicht mit den großen Jungs, und das tat weh.

Kramer betrat den Raum, ein paar abgegriffene Umlaufmappen in der Hand. Stahnke wunderte sich, dass sein Kollege dabei nicht eine transparente Wand durchstoßen, einen Energieschirm durchdringen oder eine Blase zum Platzen bringen musste, so isoliert fühlte er sich in seinem Schreibtischstuhl, der sanft und einschläfernd unter ihm auf und nieder schwang.

»Es gibt eine erste Theorie«, sagte Kramer.

Erstaunlich. Hatte er etwa noch Verbindung zur Außenwelt? Stahnke stemmte sich aus der liegenden Haltung, in die sein Körper irgendwann in den letzten Minuten gerutscht war, zurück in eine halbwegs normale Sitzposition und kniff die Augen ein paarmal zusammen, um etwas wacher zu werden. So ging es nun wirklich nicht mehr weiter. Wenigstens er konnte Interesse zeigen, auch wenn die gemeine oberste Einsatzleitung offenbar kein Interesse an ihm hatte.

»Und?«

»Erdgas«, sagte Kramer.

»Ich wusste es!« Schmitz war wieder voll da. »Eine Gasexplosion! Das könnte es gewesen sein. Das richtige Gas-Luft-Gemisch, eine geeignete Zündvorrichtung, und wupp – zack!« Wieder ließ er die beidhändige Guillotine herabsausen. »Aber hätte man das nicht sehen müssen?« Sein vorwurfsvolles Schmatzen schien direkt an Stahnke adressiert zu sein.

Kramer winkte ab. »Nein, keine Explosion. Vielmehr eine Absackung.«

»Eine – was?« Schmitz' mächtige Arme wedelten hilf- und ziellos durch die Luft. Einen solchen Tatbestand schien er nicht einordnen, geschweige denn gestisch darstellen zu können.

»Eine Absackung. Kennt man aus dem Bergbau. Wenn man Kohle aus dem Boden herausholt, dann entstehen nun einmal

Hohlräume, und wenn die Stollen aufgegeben werden, sacken sie nach einer Weile durch den hohen Druck und gelegentliche Erdbewegungen ein. Das kann sich bis zur Oberfläche fortsetzen. Im Ruhrgebiet hat auf diese Weise schon so mancher sein Häuschen eingebüßt.«

»Und ist natürlich entschädigt worden.« Stahnke entsann sich entsprechender Berichte, vor Jahren gelesen. »Sie meinen also, es gäbe Parallelen zwischen Kohle- und Gasförderung?«

»Natürlich.« Kramer nickte eifrig. »Wo fossile Energieträger gefördert werden, da fehlt anschließend eben etwas im Boden. Ganz egal, ob Kohle, Erdgas oder Erdöl. Und wir hier in Ostfriesland sitzen auf Erdgasvorkommen, die auch angezapft werden. Das ist doch bekannt.«

»Schon richtig«, erwiderte Stahnke. »Aber erstens hat es hier meines Wissen nach bisher noch keine größeren Absackungen gegeben, und zweitens ist das Emssperrwerk kein Bergmannshäuschen.«

»Widerspruch in Punkt eins.« Kramer hob den Zeigefinger: »Beiderseits der Ems wurden schon Absackungen nach Erdgasförderung gemessen. Allerdings so großflächig, dass keine Häuser zu Bruch gegangen sind. Und es handelte sich auch nur um einige Zentimeter in vertikaler Richtung.« Er breitete die Arme aus: »Daher auch kein Widerspruch in Punkt zwei. Die Sache bleibt mysteriös.«

»Gelinde gesagt.« Stahnke versuchte sich eine unterirdische Gaskaverne vorzustellen, die genau die richtige Größe und Position hatte, um das Emssperrwerk in sich aufzunehmen, den Rest des Flussbetts und die umgebenden Deiche aber unbewegt zu lassen. Es wollte ihm nicht gelingen.

Dafür fiel ihm etwas anderes ein.

»Schmitz, machen Sie doch bitte mal das Radio an.«

Vierzehn Uhr, die Nachrichten. *»Nach wie vor ratlos stehen offizielle Stellen dem plötzlichen Absinken des Emssperrwerks bei Gandersum …«*

»Wissen wir«, ließ sich Kramer vernehmen. Schmitz zuckte mit den breiten Schultern.

Stahnke hob beschwichtigend die Hand. »Ich weiß, dass wir das wissen. Ruhe mal eben.«

Die Meldung war länger als üblich, angereichert mit O-Tönen, unter anderem von Manninga. »*… können Sie sicher sein, dass wir alles in unserer Macht Stehende … über kurz oder lang auf jeden Fall eine Erklärung …*« Er schien sich schon sehr gut in seine neue Führungs- und Verkäuferrolle hineingefunden zu haben. Jedenfalls gingen ihm die nichtssagenden Gemeinplätzchen bemerkenswert locker über die Lippen.

Aber dann ging der Sprecher doch zur zweiten Top-Nachricht des Tages über. »*Oslo. Auch das Verschwinden einer Ölbohrplattform auf dem Festlandsschelf vor Norwegen gibt noch immer Rätsel auf. Nach Angaben der Betreiberfirma riss der Funkkontakt zur Bohrinsel heute in den frühen Morgenstunden mitten in einer Datenübermittlung plötzlich ab. Inzwischen wurde die These aufgestellt, Einbrüche des Meeresbodens auf Grund von in den vergangenen Jahren leergepumpten unterirdischen Kavernen hätten zum unvermittelten Absacken der Plattform geführt. Dem entgegen stehen allerdings Aussagen von Mitgliedern der ausnahmslos geretteten Besatzung, der Stahlkoloss hätte sich unter ihren Füßen buchstäblich aufgelöst, und sie hätten sich von einer Sekunde auf die andere im Wasser schwimmend wiedergefunden. Sprecher der Betreiberfirma führen solche Aussagen allerdings auf den erlittenen Schock zurück. Positiv auf die erfolgreiche Rettung der Besatzung habe sich die in jüngster Zeit erfolgte Erwärmung der Nordsee ausgewirkt. Der Unternehmenssprecher führte dies auf die vernunftgemäße Nutzung fossiler Energieträger zurück.*«

»Na also.« Das war Kramer. »Die Norweger tippen auch auf Absackungen. Ist ja auch die einzig logische Erklärung. Wo man jahrelang etwas herausholt, da entstehen nun einmal Löcher, und dann rutscht etwas nach.« Seine Stirn krauste sich. »Aber die Umstände … Das allerletzte Wort war das wohl noch nicht.«

Stahnke nickte geistesabwesend. Ihm gab der zweite Teil der Meldung noch weit mehr Rätsel auf. Zigtausend Tonnen Stahl, die sich in Luft auflösen? Er fragte sich, was wohl als Nächstes kommen würde.

Die Radionachrichten hatten sich inzwischen anderen Themen zugewandt. Vor Island hatte man wieder mit dem kommerziellen Walfang begonnen, begleitet von weltweitem Protest, und irgendwo auf einem fernen Ozean schienen Fischtrawler irgendwelche Probleme gehabt zu haben. Uninteressant, solange das keine friesischen Granatfischer waren. Ungeduldig signalisierte er Schmitz, das Gerät wieder auszuschalten.

Stahnke klatschte beide Handflächen auf die Schreibtischplatte. »So, meine Herren, Zeit, dass wir uns wieder unserer eigentlichen Aufgabe zuwenden. Vermisst wird der Journalist Marian Godehau. Kramer, wie sieht es aus, ist die Analyse der Blutspuren schon da?«

»Ja.« Kramer klappte eine der Mappen auf, mit denen er sich bisher Kühlung zugefächelt hatte. »Das Labor meldet hundertprozentige Übereinstimmung zwischen Blut und Vergleichsprobe. Die Blutspur am Hafen stammt von Godehau, davon können wir ausgehen.«

Stahnke nickte, teils um Kramers schnelle Arbeit zu würdigen, teils um zu verbergen, dass sich seine Kiefermuskeln verkrampft hatten. Wohl oder übel musste er sich an den Gedanken gewöhnen, dass Marian nicht mehr lebte, und das fiel ihm schwer.

Aber Kramer legte noch nach. »Das Schlüsselbund wurde ebenfalls überprüft. Es wurde Übereinstimmung festgestellt zu den Schlössern von Marian Godehaus Wohnhaus, Wohnung, Privatwagen, dessen Tankschloss, Garage und dortigem Geräteschrank. Sechs von sieben Schlüsseln konnten mit Sicherheit identifiziert werden. Ebenso Fragmente von Fingerabdrücken auf einigen der Schlüssel.« Kurze Pause, dann: »Außerdem Spuren von Blut. Alles mit Sicherheit von Godehau.«

Stahnke nickte. »Gut. Dann wäre das also geklärt. Weiter«, knurrte er zwischen zusammengebissenen Zähnen. »Da wir derzeit keinen Verdächtigen haben, müssen wir versuchen, uns über die Motivlage einem möglichen Täterkreis anzunähern. Ein Anhaltspunkt ist die Liste mit Recherchethemen aus Godehaus Computer. Zum Beispiel die Motorradklubs. Schmitz, haben Sie die Liste ausgewertet und sich einen Überblick verschafft?«

»Hab ich.« Der massige Mann griff nach einem bereitliegenden Computerausdruck, der mehrere Seiten umfasste. Sein Schmatzen klang jetzt eher beiläufig, wie um seine Konzentration zu unterstreichen. »Marian Godehaus Liste war recht umfangreich, aber nicht ganz vollständig. Die Motorradszene ist sehr vielfältig und vielschichtig organisiert, nicht nur lokal oder regional. Viele dieser Vereinigungen orientieren sich an Marken oder bestimmten Motorradtypen. Diese Art Zusammenschlüsse sind überregional und recht locker. Man trifft sich in großen Abständen zu Festivals oder Feten. Solche Klubs haben natürlich auch bei uns zahlreiche Mitglieder, scheinen mir aber für unseren Fall nicht relevant zu sein. Also habe ich sie erst einmal ausgesondert.«

Stahnke nickte beifällig. Das klang ja richtig durchdacht.

»Dann gibt es Klubs bestimmter gesellschaftlicher Gruppierungen«, fuhr Schmitz fort. »Etwa den Freundeskreis schwuler Motorradfahrer. Oder die Vereinigung Motorrad fahrender Polizisten.« Er blickte auf. »Übrigens ist ein Kollege von uns im Bundesvorstand. Conny Coners von der Schutzpolizei.«

»Bundesvorsitzender?«

»Nee, einmal zweiter Vorsitzender und einmal Schriftführer.«

»Wieso?« Stahnke brauchte einen Augenblick, ehe er kapierte. »Ach so.«

»Schriftführer ist er bei den Motorrad fahrenden Kollegen«, erläuterte Schmitz. Stahnke schaute genau hin, entdeckte aber nicht die Spur eines anzüglichen Grinsens. Auch die Kollegen entwickelten sich offenbar weiter. Wenn hier einer aufpassen musste, den Anschluss nicht zu verpassen, dann war das wohl wieder einmal er selbst.

»Dann gibt's noch die *Kuhle Wampe*«, fuhr Schmitz fort, »das sind eher linksgerichtete Biker. Oder die *Biker Against Childporn and Abuse*. So etwas scheint in der Szene aber die Ausnahme zu sein. Alle derartigen Klubs sind zudem deutschlandweit organisiert. Also auch eher nichts für uns.«

Schmitz blätterte. »Klubs mit regionaler Ausrichtung gibt es hier bei uns zwar nicht so viele wie in West- oder Süddeutschland, aber doch einige. Die meisten verfügen inzwischen über eigene Internetseiten mit Selbstdarstellung, Zielen, Aktionen und so weiter. Liest sich überwiegend harmlos. Außer durch die Gegend fahren, Musik hören und Saufgelage abhalten scheinen die Leute nichts im Sinn zu haben. Ach ja, und Frauen natürlich. Machohaltung und versaute Sprüche scheinen zum Pflichtprogramm zu gehören, ebenso wie martialisches Outfit und zur Schau getragene Raubeinigkeit. Ist aber alles nur Show. Wenn's nicht so wäre, würden sie es wohl kaum ins Internet stellen.«

Stahnke hatte da seine Zweifel. »Es gab aber mal einen Klub, der aktiv mit der NPD zusammengearbeitet hat. Wie hießen die noch – irgendetwas mit nordischen Göttern. So etwas halte ich überhaupt nicht für harmlos.«

»Klar. Aber derzeit liegen keine einschlägigen Erkenntnisse vor. Da wird nur harmlos rumgeprotzt.« Schmitz schien sich seiner Sache sehr sicher zu sein.

Er zog ein Blatt aus seinem dünnen Papierstapel und legte es obenauf. »Das hier sind die Klubs, die für uns interessant sein könnten. Solche mit rein regionaler Entstehungsgeschichte und Ausrichtung. Hier: *Coole Biker Ostfriesland*, *MC Seewölfe Greetsiel*, *FRI on Tour*, *Raven MC Coastland Greetsiel* und so weiter. Etwa zwei Dutzend, insgesamt. Die motorradfahrenden Frauen schon mitgezählt.«

»Na, das geht ja.« Stahnke fuhr sich mit der Hand durch seine weißblonden Stoppelhaare. Sie fühlten sich feucht an. »Gibt's denn einen Favoriten? Einen Klub, mit dem wir vielleicht zuerst Kontakt aufnehmen sollten?« Gerade war ihm eine verlockende Idee gekommen.

»Tja.« Schmitz verschränkte die dicken Finger und ließ die Gelenke krachen. »Da würde ich die *Erzengel* vorschlagen.«

»*Erzengel*?« Stahnke rieb seine Ohrmuscheln und wünschte, Schmitz würde sich aufs Schmatzen beschränken. »Was soll das denn sein? *Hell's Angels* in brav?«

»Laut Bibel sind Erzengel alles andere als brav«, warf Kramer ein. »Ziemlich gewalttätige Gestalten sind das. Mit den nacktarschigen Geflügelbabys aus der frömmelnden Malerei haben die nichts zu tun.«

»Aber sie gehören doch zu den Guten?«, fragte Stahnke

irritiert. Auch sein Engelbild war durch Abbildungen zarter Mädchengestalten und blondgelockter Putten geprägt. Welcher pädophile Klerikale sich die wohl hatte einfallen lassen?

»Kommt drauf an, auf welcher Seite man steht«, sagte Schmitz. »Erzengel sind der Heiligen Schrift zufolge eine höchst schlagkräftige Armee, die nur ihrem obersten Boss verpflichtet ist. Solange man mit dem keine Probleme bekommt, muss man sich vor Erzengeln sicher nicht fürchten.«

Armee?

»Auf jeden Fall sind diese *Erzengel* der einzige Motorradklub, der in jüngster Zeit aktenkundig geworden ist«, fuhr Schmitz fort. »Körperverletzung. Die Herren lassen sich nämlich gerne als Ordner anheuern und schießen dabei hin und wieder übers Ziel hinaus.«

»Also doch *Hell's Angels* für Arme«, beharrte Stahnke. »Rocker, die von großer Freiheit faseln und sich für Geld jedem verkaufen. Schlimmer als die Spießer.« Wenn sich Soldaten für Sold verkaufen, dann nennt man sie Söldner, dachte er. Und das Ganze dann Privatarmee. Vor ein paar hundert Jahren war das völlig normal. Na ja – hatten sie nicht seither die eine oder andere Wende hinter sich? Bewährtes kam eben wieder, so hieß es doch.

Vor allem aber war »Privatarmee« eines von Marians Recherchethemen.

»Interessant ist noch etwas anderes«, sagte Kramer. Er schlug eine weitere seiner Umlaufmappen auf. »Wir sollen uns doch zusätzlich um die beiden Brandstiftungen der letzten Tage kümmern. Einmal Detern, einmal Neermoor. Beide Male wurden die Brände mit Benzinbomben ausgelöst. Schlichte Mollies. Noch zu früh, um sicher von einem Zusammenhang auszugehen, aber denkbar ist es.«

»Vielleicht der Beginn einer Serie«, mutmaßte Schmitz. »Das fehlte uns gerade noch.«

»Und Sie vermuten die *Erzengel* dahinter?«, fragte Stahnke.

»Ganz im Gegenteil«, sagte Kramer. »Die *Erzengel* gehören zu den Opfern. Das Holzhaus in Neermoor, das letzte Nacht abgefackelt worden ist, war ihr Klubheim.«

Das also war der Brandgeruch gewesen, den er beim Hindurchradeln gewittert hatte! Ein paar Stunden war das erst her? Seitdem war eine Menge passiert.

Zum Beispiel hatte ihn Marians Freundin überholt. Per Fahrrad, auf der gleichen Strecke, in einem Höllentempo. Wie auf der Flucht.

»Und was war das in Detern?«, fragte er.

»Eine Rechtsanwaltspraxis. Wie gesagt, auf den ersten Blick keine Gemeinsamkeiten. Bis auf die Molotowcocktails, die in beiden Fällen benutzt wurden.«

»Hm.« Stahnke legte die Stirn in Falten. »Was sagt uns das? Wer Wind sät, wird Sturm ernten. Steht das nicht auch in der Bibel?«

»Hä?« Schmitz schmatzte ratlos. Relativ schnell aber hellte sich seine Miene wieder auf. »Ach so. *Erzengel* – Körperverletzung – Racheakt – Brandstiftung. So in der Art?«

»Genau so.« Stahnke machte die Geste des Hutziehens. Schmitz begann in seiner Achtung zu steigen. »Kriegen Sie mal raus, wer in diesen Körperverletzungsgeschichten jeweils die Geschädigten waren. Vielleicht ergibt sich ja etwas dabei.«

»Wollen wir uns die Herren Engel denn inzwischen trotzdem mal etwas näher anschauen?«, fragte Kramer.

»Na klar. Bloß – wo treiben die sich jetzt herum, ohne Klubheim?«

»In Rorichum«, sagte Schmitz. »Bei *Cassi.*«

Für einen Augenblick blieb Stahnke der Mund offen stehen. Gedankenleserei war er bisher nur von Kramer gewohnt, und nur dem ließ er sie auch durchgehen.

»Steht alles im Internet«, erklärte sich der Kommissar. »Auf der *Erzengel*-Homepage. Eigentlich wollten die nämlich morgen ihr alljährliches großes Sommerfest veranstalten, in ihrem Klubheim und drum herum. Jetzt weichen sie zu *Cassi* aus. Das ist so ein Gasthof mit Saalbetrieb …«

»Kenn ich«, unterbrach Stahnke. »Und da wollen die eine wilde Rockerfete abziehen? So sah mir der Laden gar nicht aus.«

»Da werden die sich bestimmt ganz gesittet benehmen«, sagte Schmitz. »Jedenfalls für ihre Verhältnisse. Das tun die eigentlich immer, wenn sie irgendwo noch ein zweites Mal hinwollen. Ist so etwas wie Prinzip bei denen.«

»Eine ehrenwerte Gesellschaft also.« Stahnke lachte höhnisch. »Sauber. Na, dann schauen wir uns die morgen mal an. Das heißt, ich werde das jedenfalls tun. Hat vielleicht jemand von Ihnen Lust mitzukommen?«

Schmitz riss entsetzt die Augen auf. Das »Um Gottes Willen, nein!«, das er sich nicht auszusprechen traute, war ihm deutlich anzusehen.

Kramer kreuzte die Arme vor der Brust. »Was haben Sie vor?«

Stahnke grinste. »Erinnern Sie sich noch an *Die seltsamen Methoden des Franz-Josef Wanninger*? Mit Beppo Brem?«

»Allerdings«, sagte Kramer. »Machte sich an die Verdächtigen ran, indem er sich als einer der ihren ausgab. Was zuweilen nicht einer absurden Komik entbehrte. Schwebt Ihnen so etwas vor?«

»Ja, bis auf die Komik.« Stahnke lehnte sich zurück. »Sagt Ihnen Moto Guzzi California II etwas?«

Kramer pfiff durch die Zähne. »Ihre eigene?«

»Nee. Geliehen.«

»Erstaunlich. Sagt Ihnen Yamaha XT 660 Ténéré etwas?«

»Ja. Auch geliehen?«

»Nee. Meine eigene.«

Schmitz blickte fassungslos von einem zum anderen, als verfolge er ein dramatisches Tennismatch. »Sie wollen sich bei den *Erzengeln* einschleichen? Einfach so, ohne Vorbereitung und Rückendeckung? Wie stellen Sie sich das denn vor?«

»Nun mal keine Panik.« Stahnke winkte beschwichtigend. »Zwei Motorradfahrer kommen zur Motorradfahrerfete. Einfach so. Oder ist das etwa nur für Mitglieder und Geladene?«

»Nein, das nicht. Alle dürfen kommen, jeder bezahlt ja sowieso seinen Anteil. Gilt natürlich nur – für Biker. Klar.«

»Na sehen Sie. Zumal *Cassi* ja ein öffentlicher Ort ist. Ein ernstzunehmendes Risiko sehe ich dabei nicht. Wann soll's denn überhaupt losgehen?«

»Um zwölf Uhr schon. Mit großem Barbecue.«

»Na super. Wann treffen wir uns denn, Kramer?«

»Vielleicht um elf? Dann können wir noch ein bisschen heizen, bei dem schönen Wetter.«

»Gerne. Und wo?«

»Wie wär's bei dem abgebrannten Klubhaus?«

Stahnke nickte. Clever. Da waren sie zu diesem Zeitpunkt vermutlich unter sich. »Gut, abgemacht.« Er schlug sich mit beiden Handflächen auf die Oberschenkel. »Dann wollen wir mal den Rest dieser Arbeitswoche hinter uns bringen. Kramer, geben Sie mir bitte alles, was Sie über diese Brände an Unterlagen haben. Schmitz, Sie erkundigen sich nach diesen *Erzengel*-Geschädigten. Und, ach ja, rufen Sie in Oldenburg an. Die sollen uns den siebten Schlüssel zurückschicken.«

»Den siebten Schlüssel?«

»Na, den einen von Marian Godehaus Schlüsselbund, zu dem man noch kein passendes Schloss gefunden hat.«

»Ach so, Sie glauben ... das Klubhaus?«

»Ich glaube gar nichts. War nur so eine Idee.« Ärgerlich winkte Stahnke ab. Für wildwüchsige Assoziationsketten war er alleine zuständig. Nicht auszudenken, wenn die jungen Kollegen auch schon damit anfingen.

»Gut, ich sag Bescheid, dass wir das Schlüsselbund zurückbekommen.«

»Nicht das ganze Bund, nur den einen Schlüssel! Dafür möglichst eilig.«

Er wandte sich ab. Dabei fiel ihm auf, dass Kramer immer noch nicht wieder an seinem Schreibtisch saß. »Gibt's noch was? Müssen wir für morgen noch etwas besprechen?«

»Nein, das nicht.« Kramer druckste herum. Höchst ungewöhnlich, dachte Stahnke.

»Sondern?«

»Haben Sie vielleicht die Brille noch in Ihrem Schreibtisch? Marian Godehaus Brille, die wir gestern am Hafen gefunden haben?«

»Nein. Die haben Sie doch!« Stahnke starrte Kramer erstaunt an. »Sie haben die asserviert, nachdem ich sie identifiziert hatte. Wissen Sie das nicht mehr?«

»Doch, sicher. Ich hatte sie in meinem Schreibtisch eingeschlossen.«

»Und?«

»Ich hatte nur gehofft, ich hätte mich geirrt. Oder Sie hätten sie vielleicht herausgenommen.«

»Habe ich nicht. Wie denn auch, wenn abgeschlossen war?«
Ihm dämmerte etwas. »Soll das etwa heißen ...«
»Genau. Die Brille ist weg.«

14.

Als er am Abend endlich Heisfelde erreicht hatte und in seine Straße einbog, war Stahnke total erledigt. Die Rückfahrt unter praller Sonne war eine ganz andere Sache als die Hinfahrt am frischen Morgen. Zumal mit einem ganzen Arbeitstag in den Beinen. Rücken und Arme glühten, unter der Schädeldecke pochte es schmerzhaft, die Oberschenkel brannten inwendig und seine Wasserflasche war schon seit Oldersum leer. Es reichte wirklich.

Laute Geräusche, die nach Arbeit klangen, schallten ihm entgegen, als er sich seinem Haus näherte. Also hatte Biernoth tatsächlich Wort gehalten! Der Abriss seines alten Daches musste in vollem Gange sein, so wie sich das anhörte. Es knallte, hämmerte und sägte in einem höllisch schnellen Rhythmus. Erregte Stimmen versuchten das Getöse hin und wieder zu durchdringen. Da mussten ja eine Menge Leute an der Arbeit sein, viel mehr, als Biernoth zugesagt hatte. Seit wann hielt ein deutscher Handwerksmeister mehr, als er versprach?

Dann fiel Stahnke auf, dass es schon auf acht Uhr zuging. Welcher Handwerker arbeitete denn um diese Zeit noch? Da konnte irgendetwas nicht stimmen.

Und genau so war es. Sein Haus lag verlassen da, das alte Dach unverändert marode, aber am angestammten Platz. Im Garten lagen tatsächlich, wie versprochen, Stapel von Dachsparren mit abgeschrägten und eingekerbten Enden. Und eine Menge Sägemehl. Handwerker aber waren keine zu sehen.

Die Geräusche, die an Intensität zunahmen, je mehr er sich seinem Haus näherte, kamen eindeutig nicht von dort. Sondern von schräg gegenüber.

Dieses Haus, vor dem der inzwischen ausgeräumte staubige Passat stand, schien geradezu in seinen Grundfesten zu beben, und zwar in einem gnadenlosen Techno-Rhythmus von Weiß-der-Teufel-wie-vielen-Beats-pro-Minute. Die Fensterflügel im ersten Stock waren nach innen geöffnet, die Fensterhöhlen durch mehr als zur Hälfte heruntergelassene Jalousien, hinter denen es vielfarbig zuckte und blitzte, beschattet. Der Höllenlärm, der aus den Fensteröffnungen quoll, erinnerte Stahnke an eine Fabrikhalle bei hundertzehn Prozent Produktionsauslastung.

Er bremste, weil er vor lauter Fassungslosigkeit beinahe die eigene Einfahrt verfehlt hätte, und starrte hinüber. Dort tauchte gerade eine blonde Frau auf und schlenderte zum abgestellten Auto. Sie schien jung zu sein, trug Badelatschen, bis zu den Knien aufgekrempelte Jeans und ein Bikini-Oberteil. Zahlreiche Tattoos hoben sich von ihrer rötlichbraun gebrannten Haut ab. Ein Nabelpiercing blitzte.

Stahnke hob grüßend die Hand. Sein »Hallo« erklang halbherzig und hatte gegen den anbrandenden Lärm ohnehin keine Chance.

Die Frau wischte sich die Ponyfransen aus der Stirn, blickte kurz in seine Richtung, wandte sich dem Wagen zu, öffnete die Tür und angelte ein Päckchen Zigaretten von der Ablage. Dann warf sie die Autotür wieder zu und schlurfte zurück zum Haus, ohne Stahnkes Gruß zu erwidern. Der musste sich mit dem Anblick ihrer Rückfront begnügen. Die war recht kräftig, aber er fand sie durchaus ansehnlich, auch wenn die tätowierten Muster, die bis hinauf zum Haaransatz reichten, nicht sein Fall waren.

Im Schatten vor der Eingangstür des Techno-Hauses und der angebauten Garage standen zwei Motorräder. Stahnke bemerkte sie erst jetzt, auch den Mann, der zwischen ihnen stand. Er war genauso gekleidet wie die Frau, bis auf das Bikini-Oberteil, war groß, rothaarig und hatte auffallend helle, leicht gerötete Haut, die ebenfalls von großflächigen Tattoos bedeckt war. Offenbar hatte er Stahnke schon etwas länger beobachtet als der ihn.

Der Hauptkommissar wiederholte seinen Gruß. Der große

Rothaarige hob ebenfalls seine Hand, allerdings nur, um sie der Frau um die Schultern zu legen. Gemeinsam verschwanden sie im Haus.

Stahnke stellte sein Fahrrad weg. Als er das Garagentor schloss, war es plötzlich ganz still, und das Scheppern des Tores kam ihm unangemessen laut und störend vor. Aber schon im nächsten Moment brach die Hölle bereits wieder los. Nur war es jetzt HipHop statt Techno. Der Effekt war ähnlich. Es klang immer noch nach Fabrikhalle und Hochdruckproduktion, nur brüllten jetzt deutlich mehr Männer dazwischen als zuvor. Sie klangen wütend. Stahnke verstand das gut. Solcher Lärm würde auch ihn auf Dauer wütend machen.

Drinnen leerte er die erste Wasserflasche noch im Stehen. Dann füllte er ein großes Glas mit Eiswürfeln, wenig Orangensaft und viel Wasser. Zweimal trank er es aus, ehe er sich auf seine schattige Terrasse setzte, flüssigen Nachschub in Reichweite.

Obwohl die Terrasse auf der Rückseite seines Hauses lag, erreichte ihn der rhythmische Fabriklärm auch hier. Jetzt war es ein anderer Mann, der immer mal wieder dazwischenbrüllte, aber auch er klang zornig. Scooter?

Den Gedanken, seine amtliche Autorität in die Waagschale zu werfen, verwarf er; keine gute Art, eine Nachbarschaft zu beginnen. Das war das Ignorieren eines Grußes zwar auch nicht. Aber immerhin war er der Ältere, also sollte er mit gutem Beispiel vorangehen. Und so alt, dass er besondere Rücksichtnahme einfordern konnte, war er andererseits auch wieder nicht. Noch nicht, obwohl er sich gerade mächtig alt und kaputt fühlte.

Er beschloss, mit einer Beschwerde bis zweiundzwanzig Uhr zu warten. Einstweilen ging er ins Wohnzimmer, das er gründlich gelüftet hatte, stellte den Fernseher an und öffnete eine Flasche Wein.

Gegen einundzwanzig Uhr dreißig war die Weinflasche leer. Er zappte sich durch die Programme, ganz mechanisch, als stünde er am Fließband einer Fabrik. Nahezu überall liefen Sondersendungen, die von den sensationellen und dramatischen Ereignissen der letzten Tage handelten, aber er registrierte überhaupt nichts. Das Übermaß der Ereignisse hatte ihn bis zum Platzen gefüllt und damit eine unendliche Leere in ihm erzeugt. Diesen Widersinn aufzuklären, verschob er auf morgen.

Irgendwann landete er auf dem BBC-Kanal, wo eine Ansprache der englischen Königin gezeigt wurde. Offenbar hatte es auch vor oder an der britischen Küste irgendwelche Vorfälle gegeben; die genauen Zusammenhänge wollten sich ihm nicht erschließen. Wie immer, wenn er die Queen sah, fühlte er sich an seine Mutter erinnert. Heute war die Ähnlichkeit mal wieder besonders frappierend. Ob seine Mutter mit den Windsors verwandt war? Möglich war schließlich alles. Immerhin war das englische Königshaus ja auch mit dem Haus Hannover verwandt. Ob die genetischen Wurzeln in Deutschland vielleicht noch weiter reichten? Bis hinein ins Kleinbürgertum, bis nach Ostfriesland?

Stahnke grinste trunken. Dann wäre er selber ja vielleicht sogar mit diesem komischen Prinzen aus Hannover verwandt, wie hieß der noch, dieser Typ, der immer gleich auf alles Mögliche losprügelte und an türkische EXPO-Pavillons pinkelte?

Lustig. Das würde auch den Jähzorn erklären, der ihn gelegentlich befiel. Gleich war es wieder so weit, todsicher, denn es war fast zweiundzwanzig Uhr, und die Lärmfabrik produzierte immer noch.

Und solche Verwandtschaft würde auch den extremen Harndrang erklären, der ihn soeben befiel.

Auf dem Weg zum Klo schwankte er so stark, dass er beschloss, lieber im Sitzen zu pinkeln. Das war gut so, denn mitten im schönsten Rauschen wurde es plötzlich stockdunkel. Er überlegte gerade, wo er seine Sicherungen und Reserveglühbirnen aufbewahrte, als ihm plötzlich auffiel, wie ruhig es geworden war. Geradezu himmlisch ruhig.

Misstrauisch lugte er aus der Haustür. Wurde schräg gegenüber gerade wieder nur die CD gewechselt? Aber nein. Die ganze Straße lag in völliger Dunkelheit. Und Stille.

Stahnke atmete zweimal tief durch. Dann beeilte er sich, ins Bett zu kommen, um auf jeden Fall schon tief zu schlafen, ehe der Stromausfall behoben war. Für alles andere war morgen der richtige Tag.

15.

Die beiden Polizisten kamen direkt auf ihn zu. Der eine musste fast doppelt so schwer sein wie der andere. Erstaunlich, welche Extreme hierzulande in den Reihen der Ordnungshüter geduldet wurden. Er war anderes gewohnt. Aber die Ordnungshüter, die er kannte, waren auch anders qualifiziert. Typen wie diese hätten dort keine Chance gehabt.

»Viertel vor«, sagte der Massigere. »Noch etwas Zeit. Wollen wir noch schnell eben hochgehen?«

»Wohin?«, fragte der Dünne. »Hast du was vergessen?«

»Nee. Die Kantine meine ich!«

»Aber die hat doch zu.«

»Der Automat! Mein Gott, bis du was kapierst.« Er starrte seinen Nebenmann aus vorquellenden Augen an.

»Ach so.« Der Blick des Dünnen ruhte auf dem gewölbten Bauch seines Kollegen. Er sagte nichts, aber seine Gedanken dröhnten förmlich durch den Gang. Ebenso wie die des Dicken.

Der Schwarze hätte die beiden berühren können, so dicht gingen sie an ihm vorbei, Richtung Treppe, ohne ihn wahrzunehmen. Sie würden nach oben gehen, zum Süßwarenautomaten, da war sich der Schwarze sicher. Beide waren gleich im Rang, aber der Dicke war älter, geringfügig zwar nur, doch das zählte. Alter bedeutete Autorität, und die setzte sich im Regelfall durch. Das war nicht nur hier so.

Natürlich gab es auch Ausnahmen von dieser Regel. Ärgerliche Ausnahmen. Der, der ihn hierher geschickt hatte, war jünger als er. Bedeutend jünger sogar. Und die Rangfrage war nicht eindeutig. Der Jüngere aber konnte sich seinerseits auf eine andere, höhere Autorität berufen. Das war entscheidend. Also gehorchte der Schwarze, also war er hier.

Der Job selbst war wieder einer dieser Beschaffungsdienste, kaum mehr als ein Botengang. Lächerlich, damit einen wie ihn zu beauftragen. Einer höheren Autorität gegenüber aber standen ihm solche Einwände nicht zu. Er würde diesen Job erledigen. Ebenso wie den letzten.

Und dann würde es hoffentlich wieder etwas anspruchsvoller werden.

Der Schwarze wandte sich um. Die Tür, vor der er gestanden hatte, ohne wahrgenommen zu werden, öffnete sich wie von selbst. Sie führte in einen kurzen Gang, an dessen Ende sich eine weitere Tür befand. Darüber hing eine Videokamera, deren Objektiv genau auf ihn zeigte. Die Kontrolllampe leuchtete.

Kein Problem. Der Schwarze hatte vorgesorgt. Die Aufnahme würde ihn nicht zeigen.

16.

Er wachte früh auf, weil die ersten Sonnenstrahlen durch die Vorhangritzen lugten und die Luft im Schlafzimmer zum Ersticken war. Er quälte sich aus dem Bett, riss das Fenster auf, atmete und horchte. Nichts, bis auf einen frühen Vogel, der vermutlich alle Würmer dieser Welt für sich allein reklamierte. Ansonsten herrliche Stille. Wohlig seufzend ließ Stahnke sich zurück auf die Matratze sinken und schloss die Augen.

Als er sie wieder öffnete, hatte die Sonne bereits an Kraft zugenommen. Eine vage Erinnerung an wüste, sinn- und zusammenhanglose Träume signalisierte ihm, dass sein Körper nach mehr Schlaf verlangt und ihn auch bekommen hatte. Inzwischen war es kurz nach sieben. Immer noch früh genug für einen Samstag.

Dann fiel ihm ein, was er sich für heute vorgenommen hatte. Gespannte Erwartung machte sich in ihm breit. Er würde eine Cali zwo fahren. Ob er es wohl noch draufhatte? Aber so etwas verlernte man ja nicht.

Vorsichtig reckte er Arme und Beine. Sein Muskelkater hielt sich in engen Grenzen, was ihn wunderte und freute. Nicht ganz so gut war sein Hinterteil dran, das sich als ziemlich druckempfindlich erwies. Eine weitere ausgedehnte Fahrradtour wäre jetzt sicher nicht das Richtige gewesen. Aber in einem weichen Motorradsattel ließ es sich bestimmt aushalten.

Wie aufs Stichwort ertönte draußen das bekannte Bollern. Langsam schwoll das Motorgeräusch an, wurde beim Abbremsen dumpfer, grollte beim Herunterschalten noch einmal warnend auf. Und verebbte in unmittelbarer Nähe. In der darauffolgenden Stille war sogar das Ausklappen des Seitenständers zu hören. Dann dauerte es eine Weile, ehe Schritte sich erst näherten, dann entfernten. Ach ja, Biernoth hatte ihm ja noch den Schlüssel in den Zeitungskasten legen wollen.

Voller Vorfreude schloss er noch einmal die Augen. Fast wäre er darüber ein weiteres Mal eingeschlafen, aber seine Blase trieb ihn dann doch aus dem Bett.

Ob der Strom wohl wieder da war? Gespannt schaltete er die Kaffeemaschine ein. Sie begann tatsächlich zu gurgeln und zu prusten. Auch das Radio funktionierte. Ein Moderator mit penetrantem Dauerlächeln in der Stimme verkündete, halb Europa sei letzte Nacht stundenlang ohne Strom gewesen, und stellte Vermutungen darüber an, welche Folgen für die Bevölkerungsstatistik das wohl haben würde. Die Ursache für diesen Netzzusammenbruch in einem Ausmaß, wie es ihn in Europa bisher noch nie zuvor gegeben habe, werde übrigens in Norddeutschland vermutet. Die Untersuchungen dauerten noch an. Musik!

Stahnke drehte den Ton bis auf ein leises Murmeln herunter. Dann zog er sich Shorts und T-Shirt über und trat hinaus auf die Auffahrt, einen Becher Kaffee in der Hand.

Die Cali stand da wie die metallgewordene europäische Antwort auf die amerikanische Herausforderung. Nicht nur, weil ihr V-Zweizylinder quer statt längst eingebaut war. Lässig schräg auf ihren Seitenständer gelehnt, sah sie weder nach Chopper noch nach Fulldresser aus. Der keck aufwärts auslaufende Beifahrerteil der breiten, weiß umrandeten Sitzbank, durch eine verchromte Umrahmung noch betont, widerlegte die typische, nach achtern abfallende Harley-Silhouette geradezu. Und doch ließ sich die Ausstrahlung der Cali zwo mit keiner anderen Maschine so gut vergleichen wie mit den Monstern aus Milwaukee. Masse und Linie, Souveränität und

Kraft – über all das verfügten diese Maschinen gleichermaßen. Aber eben jede auf ihre ganz eigene Weise.

Andächtig umrundete er das Motorrad, musterte den ausladenden Lenker mit den abgenutzten Griffen, die leicht getönte Scheibe, die sich um den runden Scheinwerfer schmiegte, die beiden mächtigen Zylinderköpfe, die rechts und links bis über die Unterkante des eigentümlich kantigen und doch fließend geformten Tanks hinausragten, die schnörkellosen Auspuffrohre, die verchromte Einfassung des glänzenden vorderen Schutzblechs. Oder sollte er *Fender* sagen, wie es die Harley-Jünger taten? Nein, lieber nicht. Ihm war plötzlich höchst europäisch zumute.

Da fiel ihm etwas ein. Er pirschte sich vor bis zum Gartentor und peilte nach schräg gegenüber. Die beiden Motorräder von gestern Abend standen immer noch auf der Auffahrt, jetzt allerdings in der vollen Morgensonne. Sahen beide aus wie Harleys. Einsitzer, hochgezogene Lenker, kleine, breite Hinterreifen. Typische abfallende Silhouetten. Chopper also. Die Tanks funkelten, offenbar trugen sie Airbrush-Bemalung. Ob das junge Nachbarpärchen die Tank-Motive nach seinen Tattoos ausgesucht hatte? Oder umgekehrt?

In dem Haus, dessen Fenster offen standen, rührte sich noch nichts. Hoffentlich hielt das noch ein Weilchen an.

Er angelte den Schlüssel zusammen mit der Tageszeitung aus dem Kasten und frühstückte auf der Terrasse, wobei er insgeheim bedauerte, dass er die California II von dort aus nicht sehen konnte. Die Zeitung verriet ihm, warum die Queen gestern Abend zu ihrem Volk gesprochen hatte. Gleich mehrere Tanker mit britischem Nordseeöl an Bord hatten gestern nicht auslaufen können. Bei näherer Kontrolle der Maschinen stellte sich heraus, dass sie allesamt »massiv sabotiert worden waren«, wie sich die Zeitung ausdrückte. Der Artikelschreiber erging sich in Mutmaßungen, wer hinter diesen »offenbar generalstabsmäßig organisierten Anschlägen« stecken mochte, und zählte neben IRA und Islamisten auch mehrere Umweltschutzorganisationen auf. Abschließend betonte er, Großbritannien nehme die Vorfälle äußerst ernst, werte sie als Angriff auf seine nationale Integrität und habe bereits seine Streitkräfte mobil gemacht.

Worauf die wohl schießen wollten? *Greenpeace*-Schiffe versenken war doch die Domäne der Franzosen. Vielleicht mal wieder auf die Falkland-Inseln ballern? Einfach so, nur um zu zeigen, wer den Längsten hatte?

Ärgerlich warf Stahnke die Zeitung auf den Stapel. Das Altpapier musste er auch mal wieder entsorgen. Der Umwelt zuliebe.

Oder machte man sich dadurch heutzutage schon verdächtig? Bombardiert werden wollte er ja nun auch wieder nicht.

Er duschte und zog sich an. Auch die Bad-Bestände gehörten mal wieder durchgemustert, stellte er fest. Erstaunlich, an welch banalen Dingen man immer wieder feststellte, wie die Zeit verging! Zahnpasta, Klopapier, die Q-Tipps-Dose – allesamt weitaus philosophischer, als man denken mochte.

Dann ging er zum Kleiderschrank und begann zu wühlen. Die Lederhose mit den integrierten Knieprotektoren war ein Schock. Kein Gedanke, dass er noch hineinpasste – oder wieder. An den Oberschenkeln ging es gerade noch, auch wenn die Hose dort anlag wie eine Wurstpelle, am Bund aber klaffte sie rettungslos auf. Na gut, dann musste es eben auch mit der Jeans gehen.

Besorgt griff er nach der Lederjacke. Was, wenn die nun auch zu eng geworden war?

Sie war zu eng, eindeutig, aber der kräftige Reißverschluss ging so eben noch zu. Es krachte, als Stahnke sich streckte, die Nähte schienen jedoch zu halten. Wenigstens war sein Kopf in den letzten Jahren nicht angeschwollen. So brauchte er seinen alten schwarzen Integralhelm nur abzustauben, ehe er ihn aufsetzte.

Vorsichtig ruderte er mit den Armen. Allzu beweglich fühlte er sich nicht. Der Garderobenspiegel zeigte ihm einen schwarzen Golem, der roboterhaft steif durch den Flur stakste. Einen Golem mit ausgebeultem Körperschwerpunkt. Oder sah er eher aus wie ein Astronaut?

Nein. Zu schwarz.

Er nahm den Helm wieder ab; der Schweiß hatte bereits zu perlen begonnen. Überrascht stellte er fest, dass es schon halb zehn war. Eigentlich konnte er bereits aufbrechen und vor dem Treffen mit Kramer noch ein bisschen mit der Cali üben. Schließlich wollte er sich nicht blamieren.

Sein Blick fiel auf das Radio; das Display war noch beleuchtet. Schnell ausschalten und los.

Oder doch erst noch die Nachrichten hören? Er drehte den Ton lauter.

»*Gandersum. Im Fall des im Landkreis Leer auf mysteriöse Weise versunkenen Emssperrwerks hat die Polizei jetzt eine erste Spur. Wie der Leiter der Ermittlungen, Kriminaldirektor Fritz Manninga, auf Anfrage mitteilte, liegt seit heute früh ein Bekennerschreiben vor. Manninga erklärte, dieses Schreiben werde sehr ernst genommen.*«

Stahnke ließ sich auf einen Stuhl sinken. Sein Unterkiefer sackte noch ein Stückchen weiter. Also doch ein Anschlag? Keine Naturkatastrophe, sondern eine von Menschenhand durchgeführte Aktion? Mit geweiteten Augen wartete er auf die Erklärung.

Eine andere Stimme erklang im Radio. Offenbar ein vorproduzierter Beitrag. »*Die radikale Umweltschutzorganisation* Die Wächter *hat sich dazu bekannt, das Sperrwerk in der Ems bei Gandersum zerstört und damit dem Küstenschutz einen schweren Schlag versetzt zu haben. Als Anlass für diese Aktion wird die angebliche, Zitat: ›permanente Missachtung der Verantwortung gegenüber der Natur und die Gefährdung der Zukunft der gesamten Menschheit durch die Regierungen des Bundes und des Landes Niedersachsen‹, Zitatende, genannt. Nach Ansicht der* Wächter *stehe der Bau des nunmehr versunkenen Sperrwerks beispielhaft für die Unterordnung natürlicher Ressourcen unter wirtschaftliche Interessen.*

Das Schreiben, das bei der Polizeiinspektion Leer einging, wurde nach Angaben der Ermittlungsbehörden auf sogenanntem Recyclingpapier mit dem offiziellen Briefkopf der Wächter-*Organisation verfasst. Nach vorläufigen Untersuchungen wird die Echtheit des Schreibens nicht bezweifelt.*

Bei den Wächtern *handelt es sich um eine Gruppierung, die in der Wahl ihrer Mittel regelmäßig weit über das etwa von* Greenpeace *oder* Robin Wood *bekannte Maß hinausgeht …*«

Stahnke streckte den Arm aus und schaltete das Radio ab. Also keine Erklärung. Wie wollten sie das Sperrwerk denn zum Absacken gebracht haben, diese *Wächter*? Per Rammstoß ging so etwas nicht.

Aber das war nicht sein Bier. Hatte Manninga das nicht deutlich zum Ausdruck gebracht? Fritz Manninga, leitender Ermittler, bekannt aus Funk und Fernsehen. Der aufgehende Stern am deutschen Kriminalistikhimmel, und das ein paar Jährchen vor der Pensionierung.

Er war doch nicht etwa eifersüchtig? Stahnke lachte leise vor sich hin. Natürlich war er das.

Es läutete an der Haustür. Mist, dachte Stahnke, ich will doch los. Wer mag das jetzt sein?

Es war der Nachbar linker Hand, der von der Lee-Seite, was die Techno-Beschallung betraf. Glückspilz.

»Entschuldigen Sie, gestern hat der Paketbote etwas bei mir abgegeben, etwas für die jungen Leute da drüben« – er wies mit dem Daumen auf das Haus mit den beiden Harleys davor, das immer noch in himmlischer Ruhe dastand – »und nun müssen wir weg, meine Frau und ich, sind das ganze Wochenende nicht hier und die halbe nächste Woche auch nicht. Jetzt, um diese Zeit, hat es noch überhaupt keinen Sinn, bei denen zu klingeln. Was meinen Sie, ob Sie das wohl übernehmen könnten? Eilt ja nicht. Einfach rüberbringen, wenn Sie sehen, dass da jemand auf ist.«

»Sehen oder hören?« Stahnke nahm das Paket in Empfang. Bloß keine Verzögerung jetzt. Und ein bisschen Nachbarschaftsgeist zeigen konnte ja auch nicht schaden.

»Schönen Dank auch!« Der Mann entfernte sich schnell, sichtlich erleichtert.

Das Paket war nicht groß, dafür aber ziemlich schwer. An der einen Seite war es aufgerissen und mit einer Banderole wieder verschlossen worden. »Aus postalischen Gründen geöffnet« stand darauf.

Hm, warum machten die so was? Zu wenig Porto? Aber dann wäre es doch bestimmt gar nicht erst zugestellt worden.

Er schaute auf die Adresse. »Keno Biernoth« stand da. Ach, war der Rothaarige etwa mit seinem Dachdecker und Bauleiter verwandt? So häufig war dieser Name ja gerade nicht.

Und der Absender? »Pottebakker, Groningen.«

Stahnke pfiff durch die Zähne. Was war die Welt doch klein! Gestern erst hatte Backe ihm von seinem neuen Betrieb erzählt, und heute hielt er schon einen Arbeitsnachweis in der Hand.

Antiquarische Bücher, so so. Das würde das Gewicht erklären. Aber nicht, warum einer wie dieser Keno Biernoth sich so etwas schicken ließ. Sah der etwa aus wie ein Bücherleser?

Sei's drum. Jetzt hatten erst einmal andere Dinge Vorrang. Stahnke schob das Paket unter seine Treppe. Darum würde er sich später kümmern.

Er schloss die Haustür hinter sich ab, stülpte sich erneut den Helm über, setzte sich die unerlässliche Sonnenbrille auf, zückte den Motorradschlüssel und steckte ihn ins Zündschloss. Als die bunten Kontrolllämpchen aufleuchteten, begann sein Herz schneller zu pochen. Aufgeregt wie ein Jüngling vor dem ersten Date! Er lächelte, voller Nachsicht mit sich selbst.

Die Zylinder waren noch handwarm. Der Motor sprang sofort an, kaum dass der Anlasser ihn rasselnd geweckt hatte, und verbreitete einen satten, grummelnden Sound. Kernige Vibrationen ließen die Cali erschaudern. Stahnke streifte die Handschuhe über, schwang sich in den breiten weichen Sattel, richtete das Bike auf und kickte den Seitenständer zurück. Damit lag die Verantwortung für die teure Maschine ganz allein in seinen Händen, buchstäblich. Jetzt erschauderte auch er.

Das Motorrad auf der schmalen Einfahrt zu wenden, war gar nicht so leicht. Die breiten Trittbretter mochten zwar beim Fahren bequem sein, beim Rangieren störten sie jedoch. Auch der durch den quer eingebauten Motor sehr hoch liegende Schwerpunkt der Cali machte ihm zu schaffen. Furchtbar heiß wurde es ihm unter dickem Leder und Helm. Endlich aber war das Wendemanöver geschafft. Im letzten Moment dachte er noch daran, das Fahrlicht einzuschalten. Dann legte er mit der Fußspitze den ersten Gang ein und rollte langsam los.

Seidenweich und kraftvoll verrichtete der Zweizylinder seine Arbeit. Stahnke gab nur wenig Gas, schaltete hoch, ohne auf den Drehzahlmesser zu schauen, nur nach Gehör. Sanfter Fahrtwind blies durch das offene Helmvisier herein und vertrieb das Hitzegefühl schnell.

Am Ortsschild gab er ein wenig mehr Gas. Die Cali stürmte vorwärts wie ein Vollblüter, dem die Zügel freigegeben wurden. Stahnke jauchzte auf. So, genau so hatte er sich das vorgestellt.

Der vormittägliche Einkaufsverkehr allerdings war dicht, so musste er sich auf einen kurzen Spurt beschränken. Statt gleich geradeaus nach Neermoor zu fahren, bog er beim Emspark rechts ab und ließ die Maschine mit gut siebzig Stundenkilometern im höchsten Gang Richtung Logabirum brummen. Wenn sie erst einmal rollte, fühlte sich die schwere Maschine durchaus handlich an. Sitz- und Handhaltung waren sehr bequem; an die Trittbretter, die die üblichen Fußrasten ersetzten, musste er sich erst noch gewöhnen. Auch die Windschutzscheibe hatte so ihre Tücken, wie er feststellte, als er kurz und illegal doch einmal etwas höher beschleunigte: Die nach oben abgelenkte Luft schlug hart und unberechenbar auf seinen Helm und beutelte seine Nackenmuskulatur. Offenbar passte Stahnke als ostfriesischer Sitzriese nicht ganz ins italienische Design-Konzept. Wenn er den Kopf ein wenig nach vorne neigte, ging es besser. Dann aber war die coole Haltung dahin.

Dem Jauchzer schloss sich ein Seufzer an. Perfektion war eben doch Utopie.

Bei Perfektion fiel ihm Kramer ein. Bis zum vereinbarten Treffen war zwar immer noch Zeit, trotzdem entschloss er sich, nunmehr Neermoor anzusteuern und das abgefackelte Klubheim in Augenschein zu nehmen.

Das ehemalige Reich der *Erzengel* lag am Rand des Dorfes, mitten im Hammrich, wie das überwiegend als Weide genutzte Grasland genannt wurde, war nur über einen holprigen Wirtschaftsweg zu erreichen und musste einmal ein schmuckes Blockhaus gewesen sein. Jetzt stand hier nur noch eine rauchgeschwärzte, dachlose Ruine mit leeren Fensterhöhlen. Die Frontwand mit der Eingangstür schien noch am wenigsten beschädigt; die Brandsätze waren wohl durch die hinteren Fenster geworfen worden. Trotzdem, dieses Gebäude dürfte nicht mehr zu retten sein, dachte Stahnke. Abriss war die einzige Perspektive.

Ob die *Erzengel* wohl versichert waren?

Stahnke stellte seine Maschine ab und schälte sich schnell aus Helm und Jacke, ehe der Schweiß wieder zu fließen beginnen konnte. Motorradtaugliche Bekleidung war eine zwiespältige Sache. War sie gut, dann taugte sie wirklich nur zum Fahren, jedenfalls im Sommer.

Der Platz war wirklich idyllisch gewählt. Der Weg von der Bundesstraße zum Klubheim führte zwischen zwei struppigen Weiden hindurch; die eine wurde in kalten Wintern überflutet und diente als Natureisbahn, die andere wurde dann als Parkplatz genutzt. Ansonsten war man hier ungestört. Und störte auch keinen anderen.

Stahnke musste an seine jungen Nachbarn denken. Warum konnten die nicht auch ihren Techno- und HipHop-Wahn an einem sozialverträglichen Ort wie diesem ausleben?

Das Bollern eines Motors riss ihn aus seinen Gedanken. Eine weitere Maschine näherte sich. Unwillkürlich straffte Stahnke die Schultern und ballte die Fäuste. Aber es waren keine *Erzengel*, die da heranrollten, es war Kramer.

Von vorne sah Kramers Motorrad genauso schmal aus wie er selbst. Erst als der Oberkommissar das schwarz-grüne Teil neben ihm zum Stehen gebracht hatte, erkannte Stahnke, dass auch dieser Bock nicht von schlechten Eltern war. Eine Yamaha-Enduro, rallyetauglich, mit ausladendem Tank, fettem Hinterreifen und großvolumigem Einzylindermotor. Nicht so massig wie die Cali, aber höher und auf ihre Art auch imposant.

Kramer brachte den Dampfhammer zum Schweigen und kickte den Seitenständer herunter. Absteigen, Helmvisier hochklappen, Jacke abstreifen – bei Kramer sah das alles wie eine einzige, fließende Bewegung aus. Natürlich hatte er einen dieser modernen Helme, bei denen das Kinnteil mit nach oben geklappt wurde. Statt einer steifen, dicken Lederjacke trug er einen grau-rot gemusterten, leger wirkenden Blouson aus atmungsaktiven Kunstfasern mit leichten Protektoren an den neuralgischen Punkten. Und seine halbkreisförmige Sonnenbrille sah ultracool aus. Insgesamt genau das perfekte Outfit, das man von Kramer erwarten konnte.

Nur das Lächeln, das sein Kollege aufgesetzt hatte, verwirrte Stahnke. Es war nämlich kein bisschen zurückhaltend.

Na ja, vermutlich eine Folge der Einzylinder-Vibrationen.

»Sie sind zu früh«, sagte Stahnke.

»Sie etwa nicht?«

Keine Frage, das Motorradfahren veränderte nicht nur Kramers Fassade. Der ganze Mann war plötzlich auf Offensive gebürstet.

»Wollte mich gerade umschauen«, sagte Stahnke. »Scheint ja nichts dagegen zu sprechen.« Eine Tatortabsperrung war nicht zu entdecken. Die Kriminaltechniker schienen also fertig zu sein.

Stahnke wandte sich nach links, Kramer daraufhin nach rechts. Insoweit war die alte Hierarchie also noch in Kraft. Vorsichtig schlurften sie durch krautige Grasbüschel, ließen den Blick über angekohlte Balken, rußige Scherben und versengte Fetzen des zerstörten Mobiliars schweifen. Systematisch gesucht hatten andere bereits. Sie beide waren auf Zufallstreffer aus, auf Unscheinbares, Unverdächtiges, das ihre Kollegen vielleicht übersehen hatten.

Kaugummis. Kippen. Bonbonpapier. Irgendwie hatte Stahnke eher mit gebrauchten Präsern und Jägermeisterfläschchen gerechnet. Die *Erzengel* waren doch nicht etwa keusch und abstinent? Ach was. Wozu hatten die schließlich ihr Klubheim.

Gehabt.

Sie passierten sich schweigend und mit gesenkten Köpfen. Vor der Eingangstür trafen sie sich wieder. Spiegelbildliches Schulterzucken. Na ja, einen Versuch war es wert gewesen.

Stahnke musterte die Eingangstür. Ein stabiles Ding, ebenfalls aus Holz, aber völlig unbeschädigt. Ein kitschiger, ziemlich martialischer Engel mit Flammenschwert und ausladendem Gefieder war daraufgemalt. Sein Gesicht sah aus wie das von Jesus, nur mit gewalttätigem Ausdruck.

Der Türknauf war aus Messing. Darunter befand sich ein modern wirkendes Sicherheitsschloss.

»Die Wahrscheinlichkeit für eine Serie von Brandstiftungen ist übrigens ziemlich hoch«, sagte Kramer unvermittelt. »Vielmehr für den Beginn einer solchen.«

»Ach. Und wieso auf einmal?«

»Schmitz hat mich heute früh angerufen. Er sollte sich doch um diese Körperverletzungsgeschichte kümmern. Die Gruppe wurde vor Gericht von einem gewissen Dr. Schlachter vertreten. Gerhard Schlachter, Rechtsanwalt für Strafsachen. Seine Praxis liegt in Detern.«

Stahnke pfiff durch die Zähne. Den Namen hatte er doch in Marians Unterlagen gelesen. »Die bewusste Praxis?«

»Genau. Ebenfalls mit Mollies abgefackelt.«

»Und wer war in diesem Prozess der Geschädigte? Nun machen Sie es mal nicht so spannend.«

»Die *Erzengel* hatten sich als Ordner anheuern lassen. Von einer Chemiefirma aus Delfzijl, die an der Knock bei Emden ein neues Werk bauen will. Bei der Grundsteinlegung gab es eine Protestaktion von Umweltschützern. War angekündigt, eigentlich kein Problem. Schutzpolizei war ebenfalls vor Ort, in ausreichender Stärke, sagt Coners. Aber die *Erzengel* hatten Weisung, die Protestler nicht einmal in die Nähe des Geländes zu lassen, wegen der vielen Fernsehkameras. Ehe unsere Kollegen das verhindern konnten, haben sie zugeschlagen. Und das meine ich wörtlich.«

»Und diese Umweltschützer waren nicht zufällig von *Greenpeace* oder *Robin Wood*?«

»Nein. Es waren die *Wächter*.«

Unter Stahnkes Schädeldecke rumorte es. Schmitz' Schlussfolgerungen fielen ihm ein. Prügel hier, Rache dort – und dann noch einmal Rache am Emder Hafen? Mit tödlichem Ausgang? Manchmal war die Wahrheit sehr simpel.

Er starrte die Tür an. Den kitschigen Engel, den Messingknauf. Das Sicherheitsschloss. Was, wenn …

»Schade«, murmelte er. »Wenn wir das Ding doch schon hier hätten.«

»Haben wir.« Kramer wühlte in seiner Hosentasche und zog eine kleine Plastiktüte hervor. Der siebte Schlüssel von Marian Godehaus Bund war darin.

Stahnke stemmte die Fäuste in die Hüften. »Sie können zaubern. Irgendwie habe ich das immer gewusst.«

»Gestern Abend wusste ich nichts mit mir anzufangen. Da habe ich mit Oldenburg telefoniert, und als ich hörte, dass der Schlüssel noch nicht rausgegangen war, habe ich mal eben eine kleine Tour dorthin gemacht. Hat Spaß gemacht bei dem tollen Wetter.«

Stahnke nickte. Lügner, dachte er. Ein schlechtes Gewissen wegen der verbaselten Brille hast du gehabt. Warum auch nicht, das hatten andere auch schon. Nur dass du zum Ausgleich tätige Reue ableisten musstest. Das kommt anderen so schnell nicht in den Sinn.

»Na, dann mal her damit.«

Was er erwartet hatte, wusste er hinterher selber nicht. Schließlich war der Brand ja von außen gelegt worden, nicht von innen. Und mögliche Spuren eines vorherigen Einbruchs wären auf jeden Fall durch Feuer und Löscharbeiten vernichtet worden.

Trotz allem wäre ein *Erzengel*-Klubhausschlüssel im Besitz von Marian Godehau natürlich ein höchst interessanter Hinweis gewesen. Worauf auch immer. Denn dieser Brand hier war ja erst nach Marians Verschwinden gelegt worden. Der in Detern jedoch vorher.

Aber all diese Überlegungen erübrigten sich. Denn der Schlüssel passte nicht. Enttäuscht gab er ihn Kramer zurück.

Dafür entdeckte Stahnke etwas anderes, als er sich frustriert abwandte und den Blick gen Boden richtete: Ein Haargummi, grün und zerrissen. Vorsichtig hob er es auf und hielt es zwischen seinen Fingerspitzen.

»Viele Motorradfahrerinnen benutzen so was, damit sich die Haare unterwegs nicht total verzotteln«, sagte Kramer. »Auch Männer, sofern sie die Haare lang tragen.«

»Mag schon sein«, murmelte der Hauptkommissar und kniff die Augen zu Schlitzen zusammen. Da hingen ein paar Haare in der Ummantelung des Gummis, eingeklemmt zwischen Stofffalten. Feine Haare.

Rote Haare. Hennarot.

Die roten Schlangen, als die junge Frau kämpfte – er hatte sie noch vor Augen. Auch den gerippten Pseudo-Helm, den die Rastazöpfe bildeten, als Angelina Snuck sie sich zum Fahrradfahren eng zusammengebunden hatte. Haargummis waren Verbrauchsgüter. Wer sie benutzte, trug zumeist mehr als eins bei sich, als Reserve. Sina hatte das früher genauso gemacht.

Angelina Snuck, Marian Godehaus Mitstreiterin. Wohl auch Freundin. Wenn er sie in Schmatzeschmitz' Theorie von wechselseitiger Rache einsortierte, dann passte alles wieder genau. Lina hatte den letzten Schlag geführt.

Den vorerst letzten, korrigierte er sich. Jetzt waren die *Erzengel* wieder am Zug.

»Wir müssen sie unbedingt finden«, sagte er.

Kramer nickte nur. Natürlich war ihm mal wieder alles klar. Einfach unmenschlich.

17.

Der Himmel war blau. Himmelblau. Und das war nicht halb so banal, wie es sich anhören mochte, fand Stahnke. Jahre-, jahrzehntelang hatte er sich damit abgefunden, dass der Himmel über Ostfriesland grau war, grau wie Regenwolken, grau wie Arbeitsalltag, grau wie das Watt. Jetzt aber war er blau, nicht immer, aber doch viel öfter als früher. Die weißen Linien der Kondensstreifen, die ihn nach allen Richtungen durchzogen, teils frisch und wie vom Reißbrett, teils schon älter und ausgefranst, schienen das unglaubliche Blau nur betonen zu wollen.

Die heitere Seite des Klimawandels.

Die Kehrseite würde wohl noch ein paar Jährchen auf sich warten lassen. Dann aber war hier Schluss mit Sommerfreuden. Wenn die Grönlandgletscher und die kontinentalen Eismassen am Südpol erst geschmolzen waren, dann war Ostfriesland futsch. Fünfzig, sechzig Meter würde der Meeresspiegel steigen, vielleicht noch mehr. Keine Chance für Deiche.

Vielleicht war es doch keine so gute Idee gewesen, in Leer eine Immobilie zu kaufen.

Im Augenblick aber war ihm das relativ egal. Er fühlte sich herrlich mobil, wie die Cali so mit ihm dahinrollte, wie die blitzenden Zylinder zwischen seinen Knien bullerten, wie Stoßdämpfer und Sitzpolster die Unebenheiten der Bundesstraße 70 wegbügelten, dass es eine Freude war.

Kramer, der mit der Enduro vor ihm fuhr, scherte nach links

aus, ließ ihn aufschließen, bis sie nebeneinander herfuhren, grinste herüber und gab Gas. Leichtfüßig huschte die Yamaha voran, gewann so schnell an Vorsprung, dass sie förmlich zu schrumpfen schien. Ach ja, Beschleunigung war der eigentliche Spaß am Motorradfahren, nicht die Raserei.

Oder – he, der wollte ihn doch wohl nicht zu einem Rennen herausfordern?

Noch während er den Kopf schüttelte, zuckte sein rechtes Handgelenk. Heitere Schizophrenie. Ebenso schnell, wie die Enduro geschrumpft war, schwoll sie auch wieder an. Diesmal grinste Stahnke hinüber.

Kramer hob die Linke, deutete zum Fahrbahnrand. Sie hielten an.

»Wir sind gleich da«, sagte der Oberkommissar. »Es gibt noch ein Problem. Weil – na ja, unter Motorradfahrern ist eigentlich das Du üblich. Nicht, dass wir noch deswegen auffallen.«

»Einverstanden«, sagte Stahnke, und er meinte es auch. Jahrelang hatte er das Sie als angemessen empfunden. Heute hatte sich das geändert.

»Schön«, sagte Kramer. »Ich heiße übrigens Oliver.«

Verdammt. Hieß das etwa, dass er jetzt auch seinen Vornamen sagen musste? Auf gar keinen Fall. Das Du war ja in Ordnung, aber das hieß doch nicht ...

Doch, das hieß es wohl.

Wenn Kramer Stahnkes Zögern zu deuten wusste, dann ließ er sich nichts anmerken. »Olli geht auch«, legte er nach. Und schaute ihn auffordernd an.

»Na gut«, erwiderte Stahnke. »Dann bin ich Stan.«

»Stan und Olli?«

»Na klar. Passt doch.«

Sie starrten sich gegenseitig an. Der hagere, wie aus dem Ei gepellte Kramer auf seiner hochbeinigen Maschine herab auf den massigen, in altes, rissiges Leder gezwängten Stahnke auf seinem blinkenden Eisenklotz. Und retour.

»Haben Sie einen anderen Vorschlag?«, fragte Stahnke. »Vielleicht Don Quixote und Sancho Pansa?«

»Nein.« Kramer schüttelte den Kopf so vorsichtig, als müsste er seine Nackenwirbel erst aus einer Blockade lösen. »Nein, schon in Ordnung. Allerdings lege ich Wert auf die Feststellung, dass ich nicht Doof bin.«

»Natürlich nicht. Bin ich etwa dick?«

»Aber nein«, antwortete Kramer. Er legte den Gang ein und fuhr an.

Stahnke folgte. Du hast gezögert, dachte er, eine Zehntelsekunde zu lang. Na warte.

Das Gasthaus *Bei Cassi* war nicht zu verfehlen. Wer in Rorichum kurz vor Oldersum von der Bundesstraße abbog, stand praktisch direkt davor. Der Platz, auf dem das in seinem Ursprung alte, aber mehrfach umgebaute und erweiterte Gebäude stand, befand sich genau zwischen zwei Warften, künstlichen Hügeln, auf denen die Ostfriesen ihre Häuser sturmflutsicher gebaut hatten, ehe die ganze Halbinsel von Deichen umgeben war. Dort hatte es früher einen Priel gegeben, einen natürlichen, in den die Flut hineindrängte und der bei Hochwasser befahrbar war. Plattbodenschiffe mit Versorgungsgütern hatten sich hier trocken fallen und entladen lassen. Als dann Nordsee- und Emsdeiche errichtet waren, gab es hier plötzlich ein gutes Stück trockenes Bauland.

Na ja, ganz so trocken nicht, sinnierte Stahnke beim Herunterschalten. Heute versorgt sich die Landbevölkerung hier mit fester wie flüssiger Nahrung. Auch eine Art, Traditionen zu wahren.

Der Parkplatz der Gaststätte war bereits überfüllt. Motorräder aller Marken und Typen standen dicht an dicht, Chopper neben Enduros, Sportflitzer neben hochgerüsteten Reisemaschinen, denen nur noch die Einbauküche fehlte, um als Wohnmobil durchzugehen. Die Neuankömmlinge parkten gleich an der Straße. Helme und Jacken verstauten sie in Tankrucksack und Koffer. Lautes Stimmengewirr und erstaunlich gedämpfte Rockmusik wiesen den Weg zum Biergarten. Es duftete angenehm nach Grill.

Das können unmöglich alles *Erzengel* sein, dachte Stahnke, als er in das Getümmel zwischen Gartengestühl, Sonnenschirmen, Barbecue und Freilufttheke eintauchte. Dann hätte das abgebrannte Klubhaus vier Stockwerke gehabt haben müssen.

Die Männer waren weit in der Überzahl. Alle Altersgruppen

waren vertreten, viele Ältere darunter. Offenbar hatte sich die ganze regionale Bikerszene hier eingefunden, oder jedenfalls ein relevanter Querschnitt davon. Berührungsängste schien es also nicht zu geben.

Die durfte man hier auch nicht haben, so eng ging es zu im Gewühl. Dass der hochgewachsene Rothaarige, in den er eben hineinlief, am Oberkörper nackt und schweißnass war, berührte ihn aber doch etwas unangenehm. Stahnkes Nase touchierte eine hellhäutige, fleischige Schulter, trotzdem blickte er in ein Gesicht. Es sah aus wie das von Jesus, nur mit gewalttätigem Ausdruck.

Der Hochgewachsene hatte sich nur kurz umgesehen, nahm den Rempler aber nicht weiter zur Kenntnis. Dafür erkannte Stahnke ihn. Sein neuer Nachbar. Ein Rocker wie aus dem Bilderbuch – mit seinen Tätowierungen sogar einer *wie* ein Bilderbuch. Also gehörte er zu den *Erzengeln*. Hatte der ihn nun erkannt oder nicht? Wenn ja, war ihre ohnehin fragwürdige Tarnung damit aufgeflogen. Aber wenn schon, es war ja nur ein Versuch, und das Risiko war gering.

Der nächste Rempler kam von hinten. Als Stahnke sich umdrehte, hatten sich alle Tarnungsgedanken erübrigt. Vor ihm stand ein Kerl wie eine Anstaltspackung Testosteron: Breite Schultern, schmale Hüften, starkes, kantiges Kinn, glatt rasiert, aber mit tiefdunklem Bartschatten, glänzend schwarze, sauber getrimmte Haare, nussbrauner Teint. Statt eines Uniformhemdes trug er ein schwarzes T-Shirt. Selbst das wirkte ungewöhnlich sauber und glatt.

Der Kapitänleutnant grinste breit, mit unendlich vielen, blitzend weißen Zähnen. »Schönen guten Tag auch, He…« Er unterbrach sich, ließ die Anrede unvollendet in ein gedehntes »Äh« auslaufen. Sein Grinsen bekam einen diebischen Zug. »Kollege«, sagte er dann.

»Stan«, sagte Stahnke schnell. »Und das hier ist mein – äh, Olli.«

Birger Holm lachte schallend, dann hieb er ihm beidhändig auf die Schultern. »Nee, nicht? Seid ihr sicher? Ich meine, wer wer ist?«

Verstohlen blickte Stahnke sich um. Holms Heiterkeitsausbruch wirkte in diesem Trubel völlig normal. Niemand achtete auf sie. Wie das wohl im Falle eines herzhaften »Tag, Herr Hauptkommissar« ausgesehen hätte?

»Völlig sicher«, antwortete Kramer genauso cool, wie er mit seiner Sonnenbrille aussah. »Und selber, Holm? Mal eben nach der Mannschaft gucken?«

Holm schüttelte den Kopf. »Nee, bei denen, die in Emden noch an Bord sind, sind keine Biker dabei. Das wüsste ich. Von uns bin ich der Einzige, der heute hier ist.«

»Und wie sind, äh, bist du hier? Mit dem eigenen Bike?«

»Das geht wohl kaum, was? Nein, ich habe Bekannte in der Nähe, die haben mir eine Maschine geliehen. Eine Dukati, beinahe renntauglich. Eigentlich nicht mein Fall, aber eindeutig besser als nichts.«

Bekannte, die einem mal eben so ein Motorrad leihen? Das müssen ja gute Bekannte sein, dachte Stahnke. Dann fiel ihm ein, wie er selber hergekommen war. Hm. Also entweder sehr gute Bekannte, oder welche, die Holm aus irgendeinem Grund verpflichtet waren.

Ehe er weiterfragen konnte, wurden sie von einer gestressten Kellnerin förmlich auseinander getrieben. Die Frau schleppte schwer an einem großen Tablett voller Halblitergläser. Bei dieser Hitze war die Arbeit hier draußen bestimmt kein Vergnügen.

Holm hob die Hand. »Man sieht sich!« Er drehte ab und tauchte in die brodelnde Menge ein. Einen Augenblick später war er außer Sicht.

»Für einen Ortsfremden ist der Herr Holm hier ganz schön gut orientiert«, sagte Stahnke zu Kramer. Aber der hörte gar nicht zu, sondern starrte am Ohr seines Vorgesetzten vorbei schräg nach oben. »Jetzt nicht umdrehen«, knurrte er durch die Zähne.

Der Reflex, das nun gerade zu tun, kam unvermeidlich, wurde aber niedergekämpft. Stahnke starrte stur geradeaus, während Kramers Blick, durch die futuristische Sonnenbrille gut kaschiert, seitlich auswanderte. Endlich sagte Kramer: »So, jetzt kannst du gucken.«

Es war Backe, dessen gewaltiges Schulterpaar da durch die

Menge pflügte. Neben ihm ging ein ebenfalls hochgewachsener, wenn auch nicht ganz so riesiger Kerl mit roten Haaren, bloßem Oberkörper und *Erzengel*-Tattoo. Die beiden Männer unterhielten sich angeregt, während sie den Pavillon ansteuerten. Backe und der Techno-Terrorist.

He, dachte Stahnke, Backe macht also nicht nur Versandhandel, sondern auch persönlich Dienst am Kunden. Und warum liegt dann dieses Paket unter meiner Treppe?

»Ist ja unglaublich, wen man hier so alles kennt«, sagte er. »Mal gespannt, wer als Nächstes auftaucht.«

»Conny Coners«, erwiderte Kramer.

»Stimmt, gute Idee. Als Doppel-Vorständler zweier Motorradfahrer-Vereinigungen sollte man ihn hier wirklich erwarten. Obwohl, hat er nicht seinerzeit den Einsatz der Schutzpolizei geleitet, als die *Erzengel* über die *Wächter* hergefallen sind? Damals waren sie doch Gegner, buchstäblich. Außerdem hat Coners ja wohl nicht allzu gut ausgesehen bei dem Debakel, nach allem, was ich darüber weiß. Nein, ihn würde ich hier doch eher nicht erwarten.«

»Du hast mich falsch verstanden«, sagte Kramer. »Das war keine Mutmaßung. Da drüben sitzt er.«

In schwarzer Lederhose, Cowboystiefeln und weißem Muskelshirt, mit dunkler Sonnenbrille und zurückgegelten Haaren sah Coners höchst ungewohnt aus. Aber ja, er war es, der sich dort in einen weißen Gartenstuhl fläzte und Grillsteak mit Kartoffelsalat in sich hineinschaufelte. Die anderen Mitglieder seiner Runde, die sich unter einem Sonnenschirm zusammengefunden hatte, sahen nicht nach *Erzengeln* aus, eher wie ordentliche Familienväter, die sich nach fünf Tagen korrekten Funktionierens am Wochenende eine kleine Prise Freiheit und Abenteuer gönnten. Ob sie alle zu Coners' Klub gehörten? Aber zu welchem, Polizisten oder Schwule? Oder zu beiden?

Irgendwo klirrte es. Das war in solch einem Gedränge nichts Ungewöhnliches. Aber das Klirren wiederholte sich, wurde dann zu einem krachenden Scheppern. Wütende Rufe mengten sich hinein. Dann ein gellender Schrei.

Die Menge verstummte auf einen Schlag, schien sich dann neu auszurichten, auf die Quelle der Geräusche hin, wie eine

Handvoll Eisenspäne auf einem Stück Papier, unter dem ein Magnet verschoben wird. Ein kräftiger junger Mann mit weißem Hemd und schwarzer Weste drängte sich hastig nach vorne. Vor ihm öffnete sich eine Gasse. Stahnke und Kramer schlossen sich ihm an.

Die gestresste Kellnerin stand in einer großen Pfütze aus Bier und Scherben. Das leere Tablett schwang sie beidhändig gegen mehrere Männer in Jeanskutten, die sie bedrängten, und ihr wütender Gesichtsausdruck signalisierte deutlich, dass sie nicht spaßte.

»Halt! Schluss!« Der junge Mann, offensichtlich ein Kollege der Kellnerin, warf sich dazwischen. »Was geht denn hier vor?«

Den Männern war nicht nach Erklärungen zumute. Zwei stießen den Ober beiseite, zwei weitere stürmten an ihm vorbei auf die Kellnerin zu. Einer von ihnen bekam das Tablett mit Schwung auf die Nase, der andere packte die Frau.

Scheiße, dachte Stahnke. Da hast du dein »geringes Risiko«. Jetzt stecken wir mitten drin in der schönsten Rockerprügelei. Und wenn wir uns jetzt zu erkennen geben, wird alles bloß noch schlimmer.

Er trat den Kuttenträger, der die Kellnerin gepackt hatte, von hinten in die Kniekehle. Der Mann heulte auf, ließ von seinem Opfer ab und drehte sich um. Drohend breitete er die Arme aus. »Danke schön«, sagte Stahnke und versetzte ihm einen Haken in die Magengrube. Als der Mann lautlos einknickte, drehte er ihm den Arm auf den Rücken. So weit, so gut. Nur waren da ja noch die anderen.

Als er sich umdrehte, lagen die anderen schon am Boden, Arme auf dem Rücken, Knie im Kreuz. Stahnke traute seinen Augen nicht. So sah es doch sonst nur aus, wenn ein SEK zugegriffen hatte. Waren hier etwa Sondereinsatzkräfte in Zivil am Werk, ohne dass er davon wusste?

»Du kannst ihn jetzt loslassen«, sagte eine Stimme hinter ihm. »Die Burschen kümmern sich schon darum.«

Es war Birger Holm.

»Welche Burschen?« Stahnke gab seinem Kuttenträger einen Schubs, der ihn nach vorne taumeln ließ. Muskulöse Arme nahmen ihn in Empfang.

»Na, die *Erzengel* natürlich! Glaubst du, die lassen sich ihre eigene Fete aufmischen?«

Schweigend schaute Stahnke zu, wie die Kuttenträger in Richtung Parkplatz abgeführt wurden, jeder mit zwei Mann Eskorte. Richtig professionell sah das aus. Eigentlich hatte er ja angenommen, die Randalierer seien *Erzengel*. Weit gefehlt. Dieser Klub war ganz offensichtlich sehr diszipliniert. Und er hatte Struktur. Kein Wunder, dass solch eine Truppe für Ordnungs- und andere Dienste engagiert wurde.

Truppe?

Der junge Ober kam vorbei, im Arm seine tapfere Kollegin, die nun doch einen etwas aufgelösten Eindruck machte. »Was war denn eigentlich los?«, fragte Kramer. »Wer waren die Typen, die Stress gemacht haben?«

»Keine Ahnung. Die waren vorher noch nie hier.« Der Mann schüttelte unwillig den Kopf. »Und die werden auch nie wieder einen Fuß in unseren Laden setzen. Erst grabschen und dann rumstänkern! So etwas will ich bei uns nicht haben.«

Offenbar der Chef, registrierte Stahnke. Oder Juniorchef. Jedenfalls einer, der hier Verantwortung trägt.

»Kommt das denn öfter vor bei solchen Treffen?«, fragte er.

»Nein, eigentlich nicht. Klar, manchmal benehmen sich Leute daneben, wenn Alkohol im Spiel ist. Aber das kann bei jeder Art von Feier vorkommen. Die *Erzengel* haben eigentlich immer alles gut im Griff.«

Der junge Mann hatte Mühe, seine Kollegin durch die Menge zu bugsieren, die seit dem Vorfall anscheinend noch angeschwollen war. Zwischen den dicht beieinander stehenden, erregt diskutierenden Gruppen gab es kein Durchkommen.

»Warten Sie, ich helfe Ihnen«, sagte Stahnke und gab Kramer einen Wink. Gemeinsam bahnten sie den beiden eine Gasse zum Gasthaus.

Im Flur war es angenehm kühl. In der Luft hing ein Gemisch aus Bierdunst und Küchendüften und erinnerte Stahnke daran, dass er noch nicht zu Mittag gegessen hatte.

»Wollen wir mal einen Blick auf die Speisekarte werfen?«, fragte er Kramer. »Oder willst du dir lieber draußen vom Grill etwas holen?« Das mit dem »Du« klappte schon erstaunlich gut.

»Draußen gibt es im Moment bestimmt keine Sitzplätze mehr«, sagte Kramer, »schon gar nicht im Schatten. Also sollten wir lieber hier drinnen etwas essen.«

Sie betraten das Restaurant, das ziemlich groß und klassisch ländlich möbliert war. Es kam Stahnke sehr dunkel vor, bis er merkte, dass er immer noch seine Sonnenbrille trug.

Eine Kellnerin hinter der Theke hatte sie registriert, nahm zwei Speisekarten und machte Anstalten, zu ihrem Tisch herüberzukommen. Dann stutzte sie, wandte sich wieder ab, blickte suchend umher. Die Frau war klein und auffallend zierlich. Sie hatte kurze, dunkle Haare. Stahnke kam sie vage bekannt vor, aber er konnte sie nicht einordnen.

Jetzt ging sie auf eine Kollegin zu, redete leise auf sie ein, zeigte in Richtung Tür. Die Kollegin nickte und nahm ihr die Karten ab. Die Zierliche verschwand Richtung Flur.

»Bestell mal für mich mit«, sagte Stahnke zu Kramer. »Mineralwasser. Und irgendwas mit Salat.« Er stand auf und ging der Zierlichen nach. Als er die Tür erreicht hatte, fiel ihm ein, wer sie war.

Salat. Das war's, was ihn darauf gebracht hatte.

Auf dem Weg zu den Toiletten kam er an einer unbeschrifteten Tür vorbei, die einen Spalt offen stand. Dahinter brannte Licht. Er lugte durch den Spalt, erspähte eine Treppe, die abwärts führte. Unten klapperte etwas.

Sie stand zwischen Regalen mit Weinflaschen und Konservendosen und war mit dem Umziehen beinahe fertig. Die Servierschürze lag zusammengeknüllt auf dem Boden.

»Hallo«, sagte Stahnke, als er den Fuß der Treppe erreicht hatte. »Na, neue Frisur?« Er zog das grüne Haarband aus der Tasche und hielt es hoch: »Deswegen?«

Ihr Seitenblick verriet ihm, wo der Keller seinen Hinterausgang hatte. Als sie lossprang, hatte er ihr schon den Weg verstellt. Und auch ihre Schuhe hatte er diesmal auf der Rechnung. Zwei Tritte blockte er mit den Unterarmen ab, dann streckte er die Hände vor, bekam sie an der Taille zu fassen, klemmte ihre Arme ein, hob sie hoch und presste sie an sich. Knochig fühlte sie sich an, aber auch sehnig, so dass sich seine Angst, er könnte sie mitten durchbrechen, bezähmen ließ. Sie ächzte unter dem Druck.

»Oben im Restaurant sitzt mein Kollege. Da gehen wir jetzt hin, und dann reden wir ganz in Ruhe. Sie rennen nicht wieder weg. Einverstanden?«

Sie fauchte, aber ihr Zappeln und Strampeln nützte nichts gegen seine Bärenklammer. Schließlich hörte sie auf und nickte.

Vorsichtig setzte er sie ab und lockerte seinen Griff. Auf der Treppe war er jederzeit darauf gefasst, einem ihrer Tritte ausweichen zu müssen. Aber sie kam ohne weiteren Widerstand mit.

18.

»Sie sind über uns hergefallen, als wir noch mitten in den Vorbereitungen steckten«, berichtete Angelina Snuck. »Wir waren ja nicht viele, etwa ein Dutzend Aktivisten. Und wir hatten auch gar nichts besonders Spektakuläres vor. Nur zwei Spruchbänder, die wir über den Zaun hängen wollten. Wegen der Kameras. Obwohl, viel kommt dabei ja meist doch nicht raus. Die filmen dann einfach von rechts nach links.«

»Von rechts nach links? Und warum?«, fragte Kramer.

»Wie, warum ...? Ist doch logisch.« Die junge Frau schlug sich mit der flachen Hand an die Stirn. Ihr Temperament schien jedenfalls nicht in den abgeschnittenen Dreadlocks gesteckt zu haben. »Wir lesen doch von links nach rechts, nicht? Sind ja keine Araber. Oder Chinesen. Und nur so können wir den Sinn von Buchstaben und Worten schnell erfassen. In der anderen Richtung funktioniert das nicht, jedenfalls nicht schnell genug. Dann haben die Fernsehfritzen schon wieder auf ein anderes Motiv umgeschnitten, ohne dass ein Zuschauer mitbekommen hätte, was die Demonstranten eigentlich wollten. Aber das Fernsehen hat seine Chronistenpflicht erfüllt.« Sie lehnte sich zurück und lächelte bitter. »Das sind die Tricks der ach so meinungsfreien Berichterstatter. Mich macht das immer so wütend.«

»Was hätte man denn lesen können, ich meine, von links nach rechts?«

»Ach. Das eine war sowieso zu sachlich, das hätte keinen interessiert.« Lina Snuck verzog die Mundwinkel. »Irgendetwas über die Stoffe, die in dem neuen Werk produziert werden sollen. Marian sagte, das wäre der Hammer. Aber wen interessiert das? Ab einem bestimmten Punkt ist doch sowieso Gift gleich Gift.«

»Und das andere?«

»Das war lustig.« Sie gluckste. »Das ging so: ›*COLaP* total – für Touristenhasser genial‹. Weil doch Chemiewerke abschreckend auf Touristen wirken, und vom Tourismus leben unheimlich viele Leute hier bei uns. Die anderen drohen doch auch immer mit dem ökonomischen Schreckgespenst, mit der Arbeitsplatz-Keule, warum denn nicht auch mal wir?« Ihr Grinsen war plötzlich wie weggewischt. »Hat Marian gesagt. Der Spruch war von ihm.«

Wie verändert sie aussieht mit ihren kurzen, schwarz gefärbten Haaren, dachte Stahnke. Viel seriöser, viel – zielstrebiger. Als hätte sich ein Krake plötzlich in eine Makrele verwandelt. Oder einen Hecht? Ach Quatsch. Dafür war sie viel zu hübsch. Dieser Marian war schon ein Glückspilz.

Gewesen. Verdammt. Der Gedanke fühlte sich immer noch an wie eine Faust in seiner Magengrube.

»Und wie lief die Sache dann ab?«, fragte Kramer weiter.

»Sie waren plötzlich da wie aus dem Boden gewachsen«, sagte Angelina Snuck. »Müssen sich richtig angeschlichen haben, keiner von uns hat etwas gehört. Auf einmal standen sie da wie eine schwarze Wand, *Erzengel* und Werkschutz gemeinsam. Und sie hatten Knüppel.« Sie schüttelte sich angesichts der Erinnerung. »Marian ging sofort zu Boden. Zum Glück hatte er die Arme vor dem Gesicht, als sie ihn getreten haben. Schweine.« Das letzte Wort zischte sie regelrecht.

»Wieso schwarze Wand?«

»Na, sie trugen alle Schwarz. Jeans, T-Shirts, Kapuzenjacken, alles in Schwarz. Maskiert waren sie auch, mit schwarzen

Sturmhauben. Und schwarze Fallschirmspringerstiefel hatten sie an, alle, mit Gummisohlen. Schwarz. Dabei wäre hinterm Deich Grün zur Tarnung besser gewesen.«

»Klingt nach Uniform«, warf Stahnke ein.

Lina Snuck nickte: »Klar, was sonst. Schwarz, genau wie die italienischen Faschisten früher. Oder die SS. Oder die neuen Polizeiuniformen.«

»Moment mal, die sind dunkelblau, nicht schwarz!«, wehrte Stahnke ab. Ein sehr, sehr dunkles Blau allerdings, das musste er zugeben.

»Apropos«, hakte Kramer ein, »hat sie denn nicht eingegriffen, die Polizei?«

»Ja, irgendwann kamen die schließlich auch angedackelt. Kam mir ewig vor. Und nicht gerade im Sturmschritt. Die *Erzengel* hatten alle Zeit der Welt, um zu verduften. Und verfolgt wurden sie natürlich auch nicht. Oh nein, Ihre Kollegen hatten ja auch genug damit zu tun, uns festzunehmen! Wenigstens haben sich einige von ihnen mit unserem Blut eingesaut.«

Stahnke musste an Coners denken, fragte jedoch: »Wann ist Ihnen der Gedanke an Rache gekommen? Sofort?«

»Mir ja. Aber Sie kennen ja Marian – der wollte davon nichts hören. Wir können das Recht nicht in die eigenen Hände nehmen, hat er gesagt, schließlich leben wir doch in einem Rechtsstaat, und das ist ein hohes Gut. Es gibt Gerichte, wir werden klagen und unser Recht schon bekommen. Mann!« Schallend hieb sie beide Handflächen auf den Tisch, dass die abgegessenen Teller tanzten. »Mit seiner Naivität kann der einen manchmal zur Weißglut treiben.«

Die wenigen Gäste, die außer ihnen noch im weitläufigen Restaurant saßen, und die Bedienung am Tresen blickten erschrocken zu ihnen herüber. Kramer lächelte beruhigend in die Runde und lehnte sich betont locker zurück.

Stahnke hatte mit schnellem Griff sein Wasserglas vor dem Umstürzen gerettet. »Vor Gericht bekommt man kein Recht, sondern ein Urteil. Das sollte Marian als Redakteur eigentlich wissen.«

Sie schaute ihn verwundert an. »Wissen und wahrhaben wollen ist zweierlei«, sagte sie dann. »Die Leitung der *Wächter* war da schon realistischer. Die haben sich geweigert, unsere Klage zu unterstützen. Immerhin hätten wir einiges an Presseecho gehabt, meinten die, damit wäre der Sinn der Aktion doch erreicht worden. Durch einen teuren Prozess gäbe es ohnehin nichts zu gewinnen.«

»Allzu viel trauen die unserem System ja nicht zu«, warf Kramer ein.

Lina Snuck zuckte die Achseln. »Natürlich nicht. Das ist doch längst gescheitert und überholt. Die Politiker wissen es bloß noch nicht. Ein paar vielleicht schon, aber die verschweigen das, damit sie die tote Kuh noch ein Weilchen länger melken können.«

»Eklige Vorstellung«, sagte Stahnke. »Und mit Leuten, die solche Ansichten vertreten, lässt sich ein Idealist wie unser Marian ein?«

»Na logo. Hier geht es schließlich um Wichtigeres als so einen dümmlichen Systemstreit. Nämlich um unser aller Existenz! Die Zerstörung der Erde ist doch jetzt schon nicht mehr aufzuhalten, sie ist höchstens noch etwas zu mildern. Wenn wir nicht einmal das schaffen, dann haben die Menschen überhaupt keine Zukunft mehr. Alle, die das erkannt haben, die sich im Wesentlichen einig sind, müssen doch einfach zusammenarbeiten, völlig unabhängig von irgendwelchen zweitrangigen Meinungsunterschieden. Eben der alte Volksfrontgedanke.«

Volksfront. Hatten nicht damals die Nazigegner dazu aufgerufen? Die Ablehnung Hitlers und seiner mörderischen Ideen als kleinster gemeinsamer Nenner? Weil sich angesichts einer übermächtigen Bedrohung keiner mehr die Bequemlichkeit einer abweichenden Individualansicht leisten konnte. Ja, das war es. Waren sie denn wirklich schon wieder so weit?

»Marian Godehau und Sie haben dann also auf eigene Faust geklagt«, stellte Kramer fest. Offenbar war es ihm entweder zu politisch oder zu philosophisch geworden. »Gegen wen eigentlich? Die *Erzengel*?«

»Nein, gegen die *COLaP*. Nicht die kleinen Fische, die großen müssen wir kriegen – auch so ein Prinzip von Marian.«

»Für große Fische braucht man große Haken«, sinnierte Stahnke.

»Ja, ja. Und für Haie beißfeste Leinen.« Lina Snuck schüttelte den Kopf, als könnte sie immer noch nicht begreifen, was sie sich seinerzeit eingebrockt hatten. »Die *COLaP* ließ natürlich eine ganze Riege von Rechtsanwälten aufmarschieren. Allen voran diesen Schlachter. Mann, hat der uns vorgeführt! Jede Zeugenaussage zerpflückt, jedes Beweismittel angezweifelt. Jeder *Erzengel*, der auf einem der Pressefotos zu erkennen war, hatte plötzlich ein eisenhartes Alibi. Unser eigener Anwalt war völlig hilflos, den hat der Schlachter aussehen lassen wie den letzten Dorftrottel. Und als längst klar war, dass wir verloren hatten, da hat er sich trotzdem noch Marian und mich vorgeknöpft. Einfach nur aus Spaß. Oder um es uns ein für alle Mal auszutreiben, uns mit ihm und der *COLaP* anzulegen.«

Sie schaute ihren Gesprächspartnern in die Augen, einem nach dem anderen. In ihrem Blick kämpften Verzweiflung und Trotz. »Der wusste einfach alles über uns! Und vor allem wusste er, wie man mit Fakten spielt, wie man sie auslegt. Mir konnte das ja halbwegs egal sein, aber Marian, dem ist er richtig an die Berufsehre gegangen. Hat ihn als oberflächlich, inkompetent und illoyal hingestellt. Bis Marian der Kragen geplatzt ist. Daraufhin hat ihn der Richter wegen ungebührlichen Verhaltens vom weiteren Verfahren ausgeschlossen. Damit waren wir natürlich endgültig gestorben, auch für die wenigen Pressekollegen, die sich die Mühe gemacht hatten, über das Verfahren zu berichten. Ich wette, der Schlachter hatte das von Anfang an vor.«

»Ich halte nicht dagegen«, sagte Kramer. »Dr. Gerhard Schlachter ist ja für solche Mätzchen bekannt.«

»Ach ja?« Dieses Detail war Stahnke neu.

»Schlachter ist doch *der* Anwalt der rechten Szene«, belehrte ihn Lina Snuck. »Früher war das Zimmermann, den müssen Sie doch noch kennen, aber seit der tot ist, ist Schlachter der Star. Hat auch schon Allüren entwickelt. Wollte kürzlich irgendwo ein ganzes Hotel kaufen, um dort ein Neonazi-Schulungszentrum einzurichten. Geld schien keine Rolle zu spielen. Vermutlich hat er reiche Hintermänner in der Industrie, das ist ja Tradition bei den Rechtsradikalen. Hat nicht geklappt, die Sache, zum Glück. Ich bin aber sicher, dass der Mann noch ganz groß Karriere machen wird unter seinesgleichen.«

»Es sei denn, es schickte ihn einer beizeiten Zimmermann hinterher«, sagte Kramer ganz leise.

»So etwas hatte Marian nie vor«, sagte die junge Frau, ebenso leise und ruhig. »Ich auch nicht, obwohl ich bestimmt nicht solche Skrupel habe wie er.«

»Aber Gewalt gegen Sachen, das geht in Ordnung?« Kramer sagte das im lockeren Gesprächston. Auch er verstand sich auf das Auswerfen von Haken.

Es muss ihr klar gewesen sein, dass diese Frage kommt, dachte Stahnke. Diese und die nächste. Darum sitzen wir doch hier. Und wenn ich nicht hoffen würde, dass sie antwortet, hätte ich sie auch gleich mitnehmen können. Nach Emden oder Leer, ganz egal, die nächste Station heißt auf jeden Fall JVA Oldenburg. Auch das muss ihr klar sein. Was also wird sie tun?

Sie kämpfte nur einen Moment lang mit sich ein inneres Rückzugsgefecht. »Ja«, sagte sie dann. »Tut sie auch. Jeder hat ein Recht auf Notwehr, oder? Nichts anderes war das. Das Haus, in dem Schlachter seine Kanzlei hat, gehört ihm und ist ein reines Bürohaus. Außer der Kanzlei gibt es da nur Versicherungsbüros, nachts hält sich da niemals jemand auf. Hab ich genau ausbaldowert.«

Niedlich, dieser Ganovenslang aus ihrem Mund, dachte Stahnke. So hat es bei der RAF auch angefangen. Ob sie das Ganze für ein Spiel hält?

»Kürzlich wurde in Madrid ein Parkhaus gesprengt«, sagte Kramer. »Es gab eine Vorwarnung, das Gebäude wurde evakuiert. Trotzdem starben zwei Menschen. Sie hatten in ihren Autos geschlafen.«

»In Schlachters Haus ist aber keiner gestorben«, erwiderte sie unwirsch. »Wir haben aufgepasst, das können Sie mir glauben.«

»Wir?«

»Ich.« Das kam wie aus der Pistole. »Ich allein war das. Ich habe die Mollies geworfen.«

»Darum sind ja auch Sie verschwunden. Und nicht etwa Marian.«

Vor ihrem hasserfüllten Blick schrak Stahnke zurück. Nein,

sie mochte nicht belehrt werden, schon gar nicht widerlegt oder vorgeführt, das war wohl eindeutig. War sie deshalb schon eine Unbelehrbare?

Nein, offenbar nicht. »Okay, Marian war dabei«, gab sie zu. »Bis zuletzt widerwillig, aber alleine machen lassen wollte er mich das auch wieder nicht. Also sind wir zusammen gegangen. War aber falsch. Er ist nicht sehr geschickt. Mich alleine hätte bestimmt keiner gesehen.«

Stahnke nickte. »Und Sie wissen, wer?«

»Natürlich nicht. Aber irgendwie müssen die Kerle ja auf Marian gekommen sein, oder?«

»Vielleicht nur eine Schlussfolgerung«, sagte Kramer.

Lina Snuck zuckte die Achseln. »Wie auch immer. Schlussfolgern kann ich auch. Wer außer Schlachter und den *Erzengeln* sollte es denn sonst auf Marian abgesehen haben?«

Ja, wer? Die *COLaP*? Aber von so weit oben war einer wie Marian Godehau doch nicht einmal zu erkennen.

»Daraufhin haben Sie sich dann das Klubheim der *Erzengel* vorgenommen.« Kramers aufforderndes Schweigen konnte aus jeder Feststellung eine Frage machen.

»Was hätten Sie gemacht?«, gab sie bockig zurück.

»Das ist nicht die Frage.« Wieder dieses Schweigen.

Stahnke nestelte erneut das Haarband aus der Tasche.

»Ja«, sagte sie. »Ja, ja, ja. Sind Sie jetzt zufrieden?«

Ein Geständnis. Brandstiftung im Wiederholungsfall. Dass das keine Kleinigkeit war, auch bei nachvollziehbarer Motivlage, musste ihr klar sein.

Stahnke und Kramer blickten sich an. Bedauern hier, Nüchternheit dort. Es gab eine Pflicht zu erfüllen, sonst nichts.

»Wir müssen Sie festnehmen«, sagte Stahnke. »Erst einmal nehmen wir Sie mit nach Emden. Protokoll Ihrer Aussage, Rechtsanwalt, Haftrichter. Der entscheidet dann, wie es weitergeht.«

Lina Snuck nickte, so, als hätte sich etwas in erwarteter Weise entwickelt. Und als sei diese Entwicklung noch nicht am Endpunkt angelangt.

»Interessieren Sie sich für das Bekennerschreiben?«, fragte sie dann.

»Welches Bekennerschreiben?«, fragte Stahnke.
»Das zum Emssperrwerk?«, fragte Kramer gleichzeitig.
Sie nickte Kramer zu. »Ja. Würde es Sie nicht interessieren, wer dahintersteckt?«
»Sie etwa?«, stieß Kramer hervor.
Energisch schüttelte sie den Kopf. »Nein, einfach so sage ich überhaupt nichts. Wenn, dann erwarte ich eine Gegenleistung.«
Kramer runzelte die Stirn. »Wo haben Sie das denn her?«
Stahnke bremste ihn mit einer Handbewegung. »Was für eine Gegenleistung?«
»Ist doch wohl klar«, sagte sie. »Dass Sie mich nicht verhaften.«
»Wie stellen Sie sich das vor?« Stahnke schüttelte den Kopf. Er hatte sich ja schon über manche Vorschrift hinweggesetzt, aber nicht unter Kramers Augen. Außerdem leuchtete ihm dieser Deal nicht ein. »Sie haben ein Kapitalverbrechen begangen, genau genommen zwei. Und das Sperrwerk ist überhaupt nicht unser Fall.«
»Ach. Soll ich mich dann an den zuständigen Kollegen wenden?«
Jetzt wird sie etwas zu frech, dachte Stahnke. Gleichzeitig stellte er sich vor, wie er Manninga gegenübertrat, die Lösung des Sperrwerk-Mysteriums in der Hand. Dankes- und Lobeshymne, Blitzlichtgewitter, Beförderung. Ach ja, eine reizvolle Vorstellung.
Aber nicht für ihn.
»Das können Sie gerne tun«, sagte er. »Aber bitte vom Polizeigewahrsam aus. Man wird sich dort gerne anhören, was Sie zu sagen haben.«
»Nur achtundvierzig Stunden«, sagte sie flehend.
»Kenne ich«, sagte Stahnke. »Netter Film mit Eddy Murphy. Aber meine Antwort lautet nein.«
Seufzend breitete sie die Arme aus. »Na schön. Und wie? Hinten auf dem Motorrad?«
»Keine Bange. In wenigen Minuten ist ein Streifenwagen hier.« Er zückte sein Handy.
»Aber auf die Toilette darf ich vorher doch sicher noch?«
Wieder schauten sich die beiden Beamten an. Glaubte die

junge Frau etwa, sie könnte noch ein drittes Mal entwischen? Das wäre ja Slapstick. Und wenn das rauskam, wäre Stahnkes Ruf endgültig dahin, zumindest unter den Emder Kollegen.

Er gab Kramer einen Wink, Richtung Gebäuderückseite. Der Oberkommissar nickte schweigend und verließ das Restaurant, ebenfalls sein Handy in Bereitschaft.

»Gut«, sagte Kramer. »Aber keine Mätzchen. Ich stehe direkt vor der Tür.«

Sie grinste nur.

Der Gang war leer, Leben und Geschäft pulsierten weiterhin draußen. Auch in der Damentoilette war niemand, als Lina Snuck den Raum betrat.

Stahnke wählte Kramers Nummer. »Stehst du auch vor dem richtigen Fenster?«

»Ja, kein Zweifel. Ist von innen verschlossen.«

»Gut. Keine Deckung nehmen, verstanden? Sie soll dich ruhig sehen.«

»Ist gut.«

Stahnke steckte ein Handy ein. Verschränkte die Hände auf dem Rücken. Wippte auf den Fußballen. Holte sein Handy wieder hervor. Pfiff vor sich hin.

Zwei Frauen näherten sich. Sie unterbrachen ihr Gespräch und beäugten ihn misstrauisch, als sie ihn passierten. Saublöd kam er sich vor.

Wie lange war Lina Snuck nun schon da drin? Er hatte nicht auf die Uhr geschaut, aber es kam ihm ziemlich lang vor. Er drückte Wahlwiederholung.

»Kramer.«

»Irgendetwas los da draußen?«

»Die Fete wird lauter«, sagte Kramer. »Aber sonst nichts. Das Fenster hat sich nicht gerührt.«

Wieder kam jemand den Gang herunter. Es war der junge Mann mit der dunklen Weste, der sich vorhin so furchtlos vor seine Kollegin gestellt hatte.

Stahnke sprach ihn an. »Ach, Entschuldigung, Herr ...«

»Duprée. Aber Sie können mich ruhig Thorsten nennen. Bitte?« Er runzelte die Stirn, als er bemerkte, dass Stahnke vor dem Damenklo stand.

»Eine junge Frau ist schon eine ganze Weile dort drin. Sie kennen sie sicher, Lina Snuck, sie arbeitet hier.«

»Snuck?« Er schüttelte den Kopf. »Nein, bedaure. Ich kenne jeden einzelnen von unserer Belegschaft, aber eine Snuck haben wir nicht dabei.«

Falscher Name, auch das noch. »Könnten Sie vielleicht trotzdem einmal nachschauen? So als Hausherr, meine ich.«

»Natürlich.« Er klopfte, rief laut »Hallo« und öffnete dann die Tür. Noch einmal »Hallo?« Dann drehte er sich zu Stahnke um: »Hier ist niemand.«

Stahnke stieß ihn beiseite und stürmte in den Toilettenraum. Alles ordentlich gekachelt, moderner Standard. Keine Nischen, Ritzen, Wandschränke oder sonstige Öffnungen. Die Kabinentüren standen offen, das Fenster war fest geschlossen. Von Lina Snuck keine Spur.

19.

Nach Hause fuhr er sehr aggressiv. Wo immer es ging, riss er das Gas bis zum Anschlag auf, spürte das Zerren der vorwärts stürmenden Maschine in Armen und Gelenken, das Rütteln des Windes am Helm, die Vibrationen in den Beinen und am Hintern. Immer nur kurz natürlich, um nicht womöglich einem Kollegen in die Messanlage zu laufen. Aber der Wunsch, einfach mal drauf zu bleiben auf der Höchstbeschleunigung und zu gucken, was wohl passierte, war mächtig.

Bloß gut, dass ich noch keinen Streifenwagen angefordert hatte, dachte er. So bleibt die Blamage im kleinen Kreis, jedenfalls vorerst. Aber ich weiß es ja, und das ist schlimm genug.

Dieser Thorsten Duprée hatte ihnen noch einiges erzählt über das alte Gasthaus. Zum Beispiel, dass man bei Renovierungsarbeiten im Keller auf einen unbekannten, um nicht zu sagen geheimen Raum gestoßen war, einen, der in keiner Bauzeichnung und auch nirgendwo sonst erwähnt war. Allein durch Messungen waren sie dahintergekommen. Vermutlich eine ehemalige Zisterne, aber sicher war das nicht, da man diesen Raum noch nicht untersucht hatte. Niemand hatte Lust gehabt, die alten Mauern zu durchbrechen.

Geheimer Raum, na schön – aber wie hätte Lina Snuck dort hineinkommen sollen, wenn die Damentoilette doch keinen erkennbaren Ausgang hatte, außer Tür und Fenster? Und wenn es wirklich eine Verbindung gab zwischen Klo und Ex-Zisterne: Wie hätte sie nun wiederum dort herauskommen sollen? Ach, Mist. Auf solche Rätselgeschichten konnte er wirklich verzichten.

Vielleicht blieb ihm tatsächlich nichts anderes übrig, als diesen geheimen Raum aufbrechen zu lassen, von Amts wegen. Aber dann wäre die ganze Story natürlich überall rund. Musste er sich das unbedingt antun?

Als das Leeraner Ortsschild in Sicht kam, riss er sich zusammen. Peinlich genau hielt er sich an die Geschwindigkeitsbegrenzung, erst recht, als er in seine eigene Straße einbog, wo Tempo dreißig galt. Gemächlich tuckerte er dahin, das Visier weit geöffnet, froh über den lauen Luftstrom im Gesicht.

Kurz bevor sein Haus in Sicht kam, war es ihm, als hörte er schon wieder lauten Maschinenlärm, der selbst das Fahrgeräusch des V-Zweizylinders übertönte. Verdammt, war dieser Techno-Bengel etwa schon wieder zu Hause? Er hatte doch gehofft, sein Nachbar würde sich noch etwas länger draußen bei *Cassi* austoben. Ärger stieg in ihm hoch, Ärger, der schon länger brodelte und dringend ein Ventil brauchte. Also gut, dachte Stahnke, dann werde ich diesem Kerl jetzt mal Bescheid stoßen. Die Lederjacke ist ja als Outfit ganz passend dafür.

Als er die Stelle erreichte, an der sein Haus gewöhnlich in Sicht kam, stellte er fest, dass es weg war. Die Cali kam ins Schlingern, so reckte er den Hals. Da war sein Grundstück, dort die hohe Hecke – aber nichts, was darüber hinausgeragt hätte. Wer, zum Teufel, klaute denn ein Haus? Und das am helllichten Samstagnachmittag?

Dann bemerkte er die Leute. Den Bulli. Und den Schuttcontainer, der genau da stand, wo er ihn heute früh hingewünscht hatte. Und er stellte fest, dass der Lärm gar keine Technomusik aus dem Nachbarhaus war, sondern richtiger Arbeitslärm, erzeugt von Biernoth und seinen Leuten, die gerade sein Dach abgerissen hatten. Das Haus selber war natürlich noch da. Aber ohne Dach sah es so unbedeutend, klein und schäbig aus wie ein eingedrückter Schuhkarton.

»Überraschung!« Biernoth kam ihm freudestrahlend entgegen. »Tja, Sachen gibt's. Plötzlich kamen wir in Warsingsfehn nicht weiter, weil falsche Heizungen geliefert worden waren und die Installateure nicht rechtzeitig fertig wurden. Die Elektriker hatten das irgendwie erfahren und sind gar nicht erst gekommen. Und ich steh da mit meiner Kolonne, nach Hause schicken kann ich die Leute auch nicht, sind doch alle auf Arbeit und Zuschlag eingestellt, Scheiße, denk ich, was mach ich mit denen? Na, und dann fiel's mir ein.«

Stahnke wusste nicht, ob er lachen oder weinen sollte. Das da vor seiner Nase sah nicht wie eine Baustelle aus, sondern wie ein Trümmergrundstück. Da, wo die Dachbalken im Mauerwerk gesteckt hatten, waren die Klinkerwände unregelmäßig ausgezackt wie jahrhundertealte, verwitterte Burgmauern. Der Schuttcontainer quoll über, längst nicht jeder Stein und jede Pfanne hatten ihr Ziel auch getroffen. Die alten Dachbalken bildeten dort, wo einmal Rasen gewesen war, einen wirren Haufen, der einen Panzer hätte aufhalten können, und im Vorgarten türmten sich die Reste von Leichtbauwänden und Deckenvertäfelungen. Alles war mit einer dicken, knirschenden Schicht Mörtelstaub überzuckert. Als er den Flur betrat, stellte er fest, dass Türen und Wände für diesen Staub offenbar kein Hindernis gewesen waren. Das wunderte ihn nur so lange, bis er feststellte, dass seine Treppe direkt in den blauen Himmel zu führen schien; das Dachgeschoss fehlte, der Deckendurchbruch aber war natürlich noch da. Auf die Idee, ihn abzudecken, war offenbar keiner gekommen.

»Keine Bange«, sagte Biernoth, der ihm gefolgt war. »Da nageln wir Ihnen noch schnell ein Stück Tischlerplatte drüber, dann fallen Ihnen heute Nacht keine Tautropfen auf den Kopf. Und keine rolligen Katzen.« Er lachte laut, und Stahnke schlussfolgerte, dass der Witz gut gewesen sein musste. »Sonst müssen Sie sich wegen nichts Sorgen machen«, fuhr der

Dachdeckermeister fort. »Die Schönwetterlage ist sensationell stabil. Bis der nächste Regen fällt, dauert es mindestens zwei Wochen. Wenn nicht länger.«

Die Bauarbeiter hatten bereits begonnen, ihre Werkzeuge zusammenzupacken. Das provisorische Schließen des Durchbruchs war ihre letzte Tat, dann brausten sie mit Bulli, Pkw und Mofa in verschiedene Richtungen davon. Biernoth nahm die Cali gleich mit, nicht ohne sich davon überzeugt zu haben, dass Stahnke auch gebührend begeistert von ihr war. Wenige Augenblicke später war der Hauptkommissar allein.

Er nahm sich ein Bier, obwohl es noch längst nicht Abend war, und pflanzte sich mitten auf seine staubige Terrasse. Natürlich freute er sich, dass die Arbeit an seinem Haus jetzt endlich richtig angefangen hatte. Aber was das für Folgen haben würde, das hatte er sich nicht richtig klargemacht. Vier bis fünf Wochen würden die Arbeiten dauern, alles in allem, hatte Biernoth angekündigt. Also bestimmt eher sechs. Sechs Wochen lang dieses Chaos?

Er setzte die Bierflasche an und legte den Kopf in den Nacken. Wenigstens war das Wetter warm und trocken. Es hätte ja auch schlimmer kommen können. Wenn es jetzt regnen würde! Nicht auszudenken.

Im Radio brachten sie eine Sondermeldung: Eine ganze Herde Buckelwale sei völlig überraschend in der Nordsee aufgetaucht. Die geräuschempfindlichen Tiere seien möglicherweise durch Sondierungssprengungen von Öl- und Gasbohrfirmen, durch militärische Sonargeräte und die globalisierungsbedingte stetige Zunahme der von Schiffsmaschinen und -schrauben verursachten Schallwellen vom Kurs abgebracht worden. Zwei Walfangschiff-Mutterschiffe, ein norwegisches und eins aus Island, hätten mit ihren Fangschiff-Flottillen bereits Kurs auf die gemeldete Position genommen. Zur Begründung hieß es, das Überleben der Herde in diesen Gewässern sei ohnehin fraglich, da sei das Harpunieren der Tiere geradezu ein Akt der Menschlichkeit. Außerdem verlangten japanische Restaurantketten derzeit gerade massiv nach größeren Lieferungen von Walfleisch, selbstverständlich aus Beständen, die zu Forschungszwecken erlegt worden seien.

Wo Lina Snuck jetzt wohl steckte?

Ächzend stemmte er sich aus dem Schneidersitz hoch und stapfte in die Küche. Der Bierkasten war noch halb voll. Er packte so viele Flaschen wie möglich in den Kühlschrank. Die vorletzte kalte behielt er gleich in der Hand.

Was wusste sie wohl über dieses Bekennerschreiben?

Genug spekuliert. Sein Verstand musste dringend ruhiggestellt werden. Wie hieß das noch in der Medizinersprache? Richtig, künstliches Koma. Er setzte den Flaschenöffner an.

20.

Ob er sich mit der T.A. auskenne! Was für eine Frage! Der Schwarze konnte direkt sehen, wie es in ihm brodelte, auch ohne Spiegel. Unverschämtheit. Er hatte nicht nur gelernt, diese Anlage zu bedienen, er hatte auch selber schon Nachrücker daran ausgebildet. Also wirklich. Was bildete sich dieser Frischling eigentlich ein?

Wenigstens war die Aufgabe, mit der er ihn diesmal betraut hatte, etwas anspruchsvoller als die letzten. Sie erforderte Planung und Vorbereitung. Zeitlich nicht viel mehr, als diese eigenartigen kleinen Vögel für zwei oder drei Flügelschläge benötigten, aber immerhin. Nach den entwürdigenden Botendiensten der jüngsten Vergangenheit eine willkommene Abwechslung.

Irritiert registrierte er, dass er schon wieder in Bildern gedacht hatte. Seine Tendenz zur Anpassung an die Gewohnheiten seiner jeweiligen Umgebung wurde ihm selber unheimlich. Dabei sollte er eigentlich stolz darauf sein, immerhin war das doch Bestandteil seiner Ausbildung gewesen.

Ebenso wie der abweichende Gebrauch des Begriffs »Vergangenheit«.

Zurück zu seiner Aufgabe. Das meiste davon war Routine, lediglich der Bereich »lokale Eingrenzung« stellte eine kleine Herausforderung dar. Zumal die Anforderung schwammig formuliert war. Was genau wollte der Frischling? Dem Schwarzen waren in diesem Punkt kaum Grenzen gesetzt.

Aber es gab ja noch die *Standing Order*, so etwas wie das Grundprinzip ihrer aller Arbeit: »Möglichst unauffällig bleiben«. Damit verbot sich eine allzu enge und strikte Abgrenzung von selbst. Also musste wieder ein Kompromiss her. Bestand nicht ein Großteil seiner Tätigkeit inzwischen aus solchen Kompromissen? Früher, ja, früher war das anders gewesen. Da waren sie wesentlich beherzter vorgegangen.

Auch wieder so ein Bild. Und was hieß überhaupt »früher«?

Wie auch immer. Der neue Chef war anders, und wie er es wollte, so wurde es gemacht. Immerhin war er ja recht erfolgreich, das musste man zugeben. Auch wenn er durch seinen Frischling zuweilen eigenartige Dinge anordnete. Aber er würde schon wissen, wozu das gut war.

Der Schwarze machte sich ans Werk.

21.

Strahlend schön sah sie aus, die *Arcturus*, wie sie dort am Steg lag, schöner denn je, schneeweiß, mit vollendeten Linien, trotz ihrer hoch ragenden Aufbauten. Fast wie ein Mini-Kreuzfahrtschiff wirkte sie, überraschend groß, obwohl der Steg, an dem sie vertäut lag, die Dimensionen einer Hochseebrücke hatte. Offenbar handelte es sich auch um einen Anleger an der offenen See, denn eine spürbare Dünung ließ die Motoryacht rhythmisch dümpeln.

Stahnke weidete sich am Schnitt des Vorderstevens, der ein ums andere Mal elegant in die langen, flachen Wellen tauchte. Dann aber fiel ihm etwas auf. Der Bug tauchte tiefer ein, als er hätte sollen. Da stimmte etwas nicht.

Wassereinbruch! Das Schiff musste ein Leck haben. Schnell, er musste etwas unternehmen.

Wieso er? Die *Arcturus* war doch Marians Schiff. Zumindest gewesen.

»Aber du hast sie doch von ihm übernommen! Weißt du das etwa nicht mehr?« Sina stand neben ihm, auch sie strahlend schön, unglaublich selbstbewusst mit ihrem kecken Pferdeschwanz oben am Hinterkopf, der im zunehmenden Wind auswehte wie eine rotbraune Flagge.

»Übernommen?« Das hatte er tatsächlich vergessen.

»Ja, natürlich. Genau wie mich«, sagte Sina. »Typisch für dich, dass du mich mit einem Gegenstand gleichsetzt, den man besitzen kann.« Sie wandte ihm den Rücken zu.

»Aber das habe ich doch gar nicht gesagt«, verteidigte er sich. »Das warst doch du!«

»Jetzt willst du das also auf mich abwälzen. Das ist ja auch so typisch für dich. Du entwickelst dich wohl nie weiter, was?« Ihre Worte waren kaum noch zu verstehen, zum einen, weil sie sich immer weiter von Stahnke entfernte, zum anderen, weil der Wind immer stärker wurde. Jetzt war nur noch ein Heulen, Brausen und Pfeifen zu vernehmen. Sina war fort.

Die *Arcturus* dümpelte immer noch sanft vor sich hin. Immer tiefer tauchte ihr Bug in die Wellen ein. Ja, er musste wirklich etwas tun. Hoffentlich hatte das Schiff wenigstens eine leistungsfähige Lenzpumpe. Auf jeden Fall musste er endlich zusehen, dass er an Bord kam.

Der Steg, der eben noch so hoch aus dem Wasser geragt hatte, wurde jetzt bereits von den Wellenkämmen erreicht, sogar überspült. Er spürte die kalte Nässe der Gischt an Beinen und Füßen, während er über die glitschigen Planken eilte. Hoffentlich kam er unter diesen Bedingungen überhaupt aufs Schiff, ohne abzurutschen und in die See zu stürzen.

Es ging leichter als gedacht. Schon war er an Bord, stieg den Niedergang zur Vorderkajüte hinab. Unten war alles trocken. Merkwürdig. So, wie die *Arcturus* im Wasser gelegen hatte, musste das Leckwasser doch schon deutlich oberhalb der Bodenbretter stehen.

Dann tropfte es ihm plötzlich eiskalt in den Nacken. Ja, da kam es, das Wasser. Aber es kam von oben. Was hatte das denn nun wieder zu bedeuten? Lag etwa schon das ganze Vorschiff unter Wasser, so dass die See bereits durch die Decksluken eindrang? Dann war die *Arcturus* verloren, und er mit ihr, wenn er nicht schleunigst hier rauskam.

Das Heulen, Brausen und Pfeifen schwoll weiter an.

»Raus«, krächzte er gegen den Gewittersturm an. »Ich muss hier raus!«

Die Worte schmeckten bitter, die Zunge pappte, seine Lippen klebten. Immerhin aber halfen sie ihm dabei, die aufgewühlte Oberfläche seines Traums zu durchstoßen. Gott sei Dank, er war wieder wach.

Das Heulen, Brausen und Pfeifen aber blieb. Auch die kalte Nässe an seinen Waden und Füßen. Und es tropfte ihm weiterhin in den Nacken.

Es dauerte einen Augenblick, bis er wusste, wo er war. Und einen weiteren, bis er es glauben konnte. Er lag in seinem Bett, auf dem Bauch, und es tropfte ihm kalt und feucht in den Nacken. Auch seine Beine waren nass, ganz wie geträumt. Das Heulen, Brausen und Pfeifen war ebenfalls echt.

Jetzt kam noch ein Krachen hinzu.

Stahnke richtete sich auf, tastete nach dem Lichtschalter und fegte das Lämpchen vom Nachttisch. Dennoch flackerte taghelles Licht durch sein Schlafzimmer, dicht gefolgt von einem erneuten Krachen. Es schmetterte und rumpelte, setzte immer wieder aufs Neue an und schien gar kein Ende nehmen zu wollen. Als es dann doch einen Moment lang still war, konnte er das Tropfen deutlich hören. Es schmatzte und platschte. Bettzeug und Teppichboden schienen schon gut mit Feuchtigkeit gesättigt zu sein.

Fluchend stolperte Stahnke durch den Flur. Unter der provisorischen Abdeckung der Treppenluke hatte sich eine riesige Pfütze gebildet. Auch im Bad hingen dicke Tropfen an dunklen Flecken, die sich an der Decke gebildet hatten. Nur Küche und Wohnzimmer schienen noch halbwegs verschont geblieben zu sein.

Biernoths Visitenkarte hing an der Pinnwand über dem Telefontischchen. Er tippte die Nummer ein, als gelte es, die Tastatur durch den Boden zu rammen.

Der Anrufbeantworter meldete sich. Klar, es war ja noch Nacht. Er nahm die Wanduhr ins Visier: zwanzig nach fünf. Eigentlich hätte es schon hell sein müssen. Die dicken Gewitterwolken aber ließen Licht nur in Form von Blitzen durch.

Ungeduldig wartete er das Ende der Ansage ab. »Sie und Ihre stabile Wetterlage!«, schimpfte er los. »Wissen Sie, was hier los ist? Eine Tropfsteinhöhle ist nichts dagegen! Kommen Sie sofort her und machen Sie mein Dach dicht. Oder das, was Sie davon übrig gelassen haben. Aber schnell, sonst kann ich hier 'n Spaßbad aufmachen.« Er holte tief Luft. Ach ja, etwas hatte er noch vergessen: »Stahnke hier.« Dann knallte er den Hörer in die Mulde.

Stille. Tropfen. Blitzen. Krachen.

Stahnke breitete die Arme aus. Nur nicht aufregen, das hatte überhaupt keinen Zweck. Und auf keinen Fall würde er jetzt dort hinausgehen. Entweder kam Biernoth wirklich, wie versprochen, oder das hier gab einen deftigen Versicherungsfall ab.

Erstaunlich, wie stark es abgekühlt war. Gestern Abend hatte er sich vor Hitze kaum retten können, da hatten auch die vielen Biere nicht viel dran geändert. Jetzt fröstelte er in seinen Shorts und seinem feuchten T-Shirt. Er zog sich das Hemd über den Kopf und kuschelte sich in seinen Bademantel.

Biernoth war zur Stelle, ehe der Kaffee ganz durchgelaufen war. Er klingelte gar nicht erst; Stahnke bemerkte seine Anwesenheit durch die schweren Schritte von dort, wo einmal sein Dach gewesen war. Der Dachdecker hatte Verstärkung und dicke Rollen Plastikplane mitgebracht. Kein leichter Job, die Dinger bei diesem Gewittersturm auszurollen und zu befestigen. Stahnke verfolgte den Kampf von seinem bequemsten Sessel aus. Anflüge von Mitleid für die triefnassen Handwerker spülte er mit viel Kaffee herunter. Hätten sie gleich an Planen gedacht, dann könnten sie jetzt gemütlich im Bett liegen, ebenso wie er. Im trockenen Bett. Aber nein, sie waren sich ja ihrer Sache so sicher gewesen. Da mussten sie eben die Konsequenzen tragen.

Was aber, wenn nun Biernoth auf so einer nassen Plastikplane ausrutschte und abstürzte? Womöglich auf die Kante des Schuttcontainers? Dann konnte Stahnke die Weiterführung der Bauarbeiten auf Wochen hinaus vergessen. Ruckartig richtete er sich in seinem Sessel auf. Himmel, das durfte auf keinen Fall passieren!

Zwischen Blitzen und Donnergrollen fiel ihm auf, dass das Tropfgeräusch inzwischen näher gekommen war. Jetzt leckte es auch schon durch sein Blumenfenster herein.

Er ging sich anziehen. Die Pfütze im Flur lag still da – keine ringförmigen Wellen mehr, das Tröpfeln durch den Dachdurchbruch hatte anscheinend aufgehört. Die Abdeckmaßnahmen zeigten langsam Wirkung.

Draußen zischten Gasbrenner. Biernoth ging offenbar auf Nummer sicher und verschweißte die Folien. Aus den schwarzen Wolken schüttete es unverdrossen weiter.

Eine halbe Stunde später klingelte es endlich an der Tür. Biernoth sah aus wie eine ertrunkene Bulldogge. »Fertig«, sagte er, ganz ohne sein übliches Haifischlächeln. »Was jetzt noch durchkommt, sitzt schon in der Decke. Muss in einer halben Stunde aufhören, spätestens.«

Stahnke unterdrückte den Reflex, »vielen Dank« zu sagen. Immerhin hatte dieser Mensch ihm allerhand eingebrockt. »Und die Schäden? Was wird damit?«

»Geht auf Kulanz.« Der Dachdeckermeister war zu erschöpft, um zu feilschen. »Machen wir alles wieder weg, ohne Anrechnung. Versprochen.«

»Na gut. Werden wir ja sehen.« Stahnke blieb grimmig und kam sich richtig schlecht dabei vor.

»Und ich spendiere noch 'ne Runde mit der Cali obendrauf. Als Wiedergutmachung. Okay?«

Jetzt musste der Hauptkommissar doch lächeln. »Klar, super. Dann legen Sie sich mal schön trocken. Dass Sie mir nicht krank werden!«

Biernoth wedelte nur matt mit der Hand und trollte sich.

Stahnke schloss die Tür. Im Blumenfenster hatte das Plätschern schon fast aufgehört, im Schlafzimmer bereits ganz. Er zog das Bettzeug ab und stellte die Matratze zum Lüften hoch. Um die hässlichen Flecken an der Decke sollte sich Biernoth kümmern. Den Flurteppich aber sollte er besser gleich mal abtrocknen, wenigstens oberflächlich.

Was lag da eigentlich unter der Treppe? Richtig, das Paket, das der ruhige Nachbar gestern gebracht hatte, damit er, Stahnke, es dem lauten Nachbarn bringen sollte. Das Bücherpaket von Backe. Daran hatte er gar nicht mehr gedacht. Jetzt war es vermutlich völlig durchnässt. Mist.

Er angelte sich das Ding. Die braune Wellpappenhülle war tatsächlich feucht, aber noch nicht in Auflösung begriffen. Die Treppenstufen hatten offenbar einiges an Regen abgehalten, und die Pfütze hatte sich noch nicht ganz bis dahin ausgedehnt, wo er das Paket abgelegt hatte. Mit etwas Glück war der Inhalt noch zu gebrauchen.

Ob er mal nachschauen sollte? Geöffnet worden war das Ding ja sowieso schon, von der Post, warum auch immer. Er trug es ins Wohnzimmer und setzte sich an den Esstisch, der immer noch im Trockenen stand. Die Post-Banderole ließ sich anscheinend leicht lösen und bestimmt auch wieder draufpappen. Wie fest sie gesessen hatte, wusste ja keiner.

Außerdem war Stahnke begierig darauf, zu erfahren, womit Backe so Handel trieb.

Ratsch.

Vier dickleibige Wälzer plumpsten auf die Tischplatte. Historische Bildbände, Großformat, Hardcover. Mächtig schweres Zeug, äußerlich wie inhaltlich. Dass der junge Biernoth so etwas mochte! Da konnte Stahnke nur staunen.

Nein, nicht staunen. Das konnte er einfach nicht glauben.

Vielleicht war es der Inhalt? Irgendetwas aus der deutschen Geschichte, das einem Technofreak von heute interessant, womöglich nachahmenswert erschien? Techno hatte ja durchaus etwas von Marschmusik, fand er, und wer Spaß daran fand, nächtelang in einem Zappelbunker sein Durchhaltevermögen zu beweisen, der fand es vielleicht auch faszinierend, mit dem Sturmgewehr auf dem Buckel ins benachbarte Ausland einzumarschieren. Statt als grölender Pauschaltourist.

Ziemlich weit hergeholt, klar. Aber was sollte es sonst sein?

Die Buchtitel waren eher nichtssagend. Keine politische Ausrichtung erkennbar. Ein Buch aber handelte von der deutschen Kolonialzeit. Kamerun, Deutsch-Südwest, Lettow-Vorbeck. Genesung der Welt am deutschen Wesen durch Ausbeutung und Völkermord. Aha, also doch? Er öffnete den Band.

Der Buchdeckel war wirklich dick. Ungewöhnlich dick. Und die Bindung krachte leise beim Aufschlagen. Offenbar hatte

Backe die Bücher neu gebunden, unter Verwendung der alten Titelillustration. Von so etwas hatte Stahnke schon gehört.

Aber nahm man dafür wirklich so dicke Pappe?

War das überhaupt Pappe?

Ein Verdacht ließ ihn schnuppern, und das Erschnupperte ließ ihn bitter lächeln. Ach ja, die Vorurteile gegen ehemalige Straftäter. Manchmal waren die ein echtes Problem. Manchmal aber auch eine große Hilfe.

Das hier würde Backe die neue Existenz gleich wieder kosten. Weil sie nämlich so neu gar nicht war. Im Gegenteil, Beene Pottebakker war zu seinen Wurzeln zurückgekehrt.

Trotzdem, darauf musste man erst einmal kommen, zu Platten gepresstes Haschisch als Buchdeckel zu verwenden!

Keine schlechte Tarnung. Die funktionierte ganz offensichtlich gut, sogar, wenn die Post schon Verdacht geschöpft hatte. Beziehungsweise der Zoll, es gab da eine enge Kooperation. Natürlich, ein auf Rauschgift dressierter Hund hätte sofort angeschlagen. Die aber wurden nur an Brennpunkten des Drogenhandels eingesetzt. Vermutlich hatte Backe sich gut informiert, wann und wo.

Jetzt würde er also wieder in den Bau einfahren. Bedauerlich, wenn Stahnke bedachte, was er dem Riesen zu verdanken hatte. Aber nicht zu ändern. Gleich Montag früh würde er das Paket den zuständigen Kollegen übergeben.

Oder gleich heute? Nein, entschied er. Da gab es Dringlicheres.

Seufzend ging er in die Küche, Eimer und Feudel holen. Im Vorbeigehen schaltete er das Radio ein.

Schon wieder Nachrichten. »*Ohne jede Vorwarnung ist in den frühen Morgenstunden ein Orkan über Norddeutschland hinweggezogen. Sämtliche meteorologischen Dienste wurden von dieser Wetterentwicklung vollkommen überrascht. Die angerichteten Schäden sind noch nicht absehbar. Tote sind bisher jedoch nicht zu beklagen. Allerdings gerieten vor der Nordseeküste einige Schiffe in Seenot, darunter ein Tanker mit Chemikalien an Bord.*«

Na toll, das fehlte ja gerade noch, dachte Stahnke und klatschte den Feudel in die Flurpfütze. Nationalpark Wattenmeer – chemisch rein! Dann wird wohl keiner mehr etwas gegen das neue *COLaP*-Werk haben. Warum denn auch noch? Wütend wrang er den Lappen über dem Eimer aus.

»Alle verfügbaren Kräfte der DGzRS sind im Einsatz«, fuhr der Sprecher fort. *»Inzwischen ist das Tiefdruckgebiet unter erheblicher Abschwächung ostwärts gezogen. Von den Meteorologen hat es den Namen Fiepko erhalten.«*

Entsetzt zuckte Stahnke zusammen. Dabei stieß er den Eimer um. Die Flurpfütze schlug wieder Wellen.

22.

Gab es etwas Schlimmeres als in der Maschine mitgewaschenes Papier? Zettelchen oder gar Papiertaschentücher, in Hosentaschen vergessen, die sich in der warmen Lauge auflösten, die zerfielen in unzählige winzige, klebrige Fragmente, die sich über die gesamte Wäsche verteilten und als kleine weißgraue Stippen in die Maschen des Gewebes eindrangen, als wollten sie sich für die erlittene schlechte Behandlung rächen? Bäh.

Natürlich gab es Schlimmeres, dachte Stahnke. Mord, Totschlag und Entführung zum Beispiel. Oder auch Brandstiftung, doch, durchaus, auch bei nachweislich leeren Gebäuden. Aber klitschige Papiermasse in der Wäsche war schlimm genug. Und darum achtete er, seit er wieder alleine lebte, peinlich darauf, dass sich in den Taschen seiner zur Wäsche anstehenden Hemden und Hosen auch bestimmt kein Papier mehr befand. Jedenfalls tat er das seit seiner ersten selbstständigen Maschinenwäsche. Schaden war schließlich dazu da, um daraus klug zu werden.

Und jetzt stand er da, seine schwarze Jeans, die nach der gestrigen Motorradtour doch etwas miefig geworden war, in der einen Hand – und einen Zettel in der anderen. Eine Telefonnummer stand darauf, eine Handynummer genauer gesagt. Am Freitag hatte er sie sich notiert, bei seinen Recherchen in Marian Godehaus Redaktions-PC. Und dann hatte er sie vergessen.

Musste ihm so etwas denn immer wieder passieren? Nicht nur beim Wäschewaschen sollte man doch aus Schaden klug werden.

Unter dem Stichwort »Privatarmee« hatte er die Nummer gefunden, das wusste er noch. Nicht unter »Motorradklubs« und auch nicht unter »Chemie«. Das aber konnte keine Entschuldigung sein.

Er schaute auf die Uhr. Immer noch ziemlich früh, jedenfalls für einen Sonntag. Ohne den Gewittersturm, der immer noch andauerte, und die Beinahe-Katastrophe mit seinem nicht mehr vorhandenen Dach wäre er noch längst nicht bei der Hausarbeit, und auch Anrufe vor neun Uhr morgens hätte er sich verbeten.

Na ja, andererseits war er die Polizei.

Er gab die Nummer ins Telefon ein, drückte die grüne Taste und lauschte dem hektischen Piepen. Der Ruf ging raus. Und wurde relativ schnell entgegengenommen.

Der Laut, der aus seinem Hörer drang, hätte von Schmatzeschmitz stammen können. Er klang auch so ähnlich wie ein verschmatztes »Schmitz«. Oder eher »Schmutz«.

»Wer ist da, bitte?«

Ein Schlucken. »Stutz«, erklang es nun klar und deutlich. »Und wer sind Sie?«

Mit einem Daumendruck kappte Stahnke die Verbindung. Kevin Stutz, keine Frage. Die Stimme des Oberbootsmanns hatte er eindeutig identifiziert. Was, zum Henker, hatte der Marinesoldat mit einer Privatarmee zu tun?

Nun, das würde zu klären sein. Viel wichtiger aber war, dass Marian Godehau anscheinend Kevin Stutz gekannt hatte, den Mann, der sich zum Zeitpunkt seines Verschwindens in unmittelbarer Nähe des Tatorts befunden hatte. Vorausgesetzt, dieses Kennen war gegenseitig: War Kevin Stutz wirklich nur passiver Zeuge der fraglichen Tat? Oder hatte ihm Journalist Godehau durch seine Recherchen vielleicht einen Grund geliefert, selber aktiv zu werden?

Andererseits war Stutz treu und brav zur Polizei gegangen,

um seine Beobachtungen mitzuteilen, und hatte damit die ganze Untersuchung erst in Gang gebracht. Das entlastete ihn erheblich.

Jedenfalls auf den ersten Blick. Auf den zweiten konnte das natürlich auch eine clevere Masche gewesen sein. Durch den *Rundschau*-Dienstwagen wäre die Aufmerksamkeit früher oder später sowieso auf das Containerterminal gelenkt worden. Den Wagen auch verschwinden zu lassen, mochte ein zusätzliches Risiko bedeutet haben. Vielleicht war er dabei gestört worden. Wie auch immer, Angriff konnte durchaus die beste Verteidigungsstrategie sein.

Außerdem war da ja noch diese junge Frau, wie hieß sie gleich? Annemarie Poppinga. Sie wusste, dass Stutz am Tatort gewesen war. Da konnte er das auch gleich selber zugeben. Gemeinsam hatten sie Lichter gesehen und Geräusche gehört, dann war sie gegangen. Bevor oder nachdem Stutz die Polizei verständigt hatte? Das stand sicher in Kramers Protokoll. Falls sie vorher gegangen war, hätte Stutz durchaus Gelegenheit gehabt, Marian zu überrumpeln und ins Wasser zu werfen, kräftig wie er war. Anrufen können hätte er auch danach. Die Zeitdifferenz war angesichts der diesbezüglich vagen Angaben unmöglich nachzuweisen.

Natürlich war das Spekulation. Aber Stahnke liebte Spekulationen. Ihnen verdankte er einige seiner größten Erfolge. Schön, auch einige seiner schlimmsten Blamagen, aber die Erfolge wogen schwerer. Was, wenn dieser Stutz wirklich solch einer ominösen Privatarmee angehörte? Was, wenn Angehörige dieser Gruppe nachts am Emder Containerterminal irgendetwas zu schaffen hatten, etwas Illegales, das Licht verlangte und Geräusche verursachte? Was, wenn Marian Godehau Wind davon bekommen und auf der Lauer gelegen hatte? Und was, wenn Stutz, der Godehau kannte, ihn zufällig entdeckt hatte?

Platsch. Tja, möglich war es immerhin.

Über ihm trommelte und knatterte es heftig. Draußen wehte und schüttete es in kaum verminderter Stärke, und die Planen, die sein Dach ersetzten, erzeugten ein Camping-Gefühl, auf das er gut und gerne hätte verzichten können.

Das Telefon begann in Stahnkes Hand zu läuten. Wie angewurzelt hatte er auf dem feuchten Flurteppich gestanden, tief in Gedanken versunken. Jetzt zuckte er zusammen. Hatte Stutz etwa seine Nummer auf dem Display entdeckt und rief jetzt zurück, um die Identität des scheuen Anrufers zu ermitteln?

Aber nein, unmöglich. Dies war sein Privattelefon, und das war ein altmodisches Analogmodell, trotz seines trendigen Stylings. Dessen Nummer wurde nirgendwo angezeigt.

Trotzdem meldete er sich so, wie er es eigentlich hasste: »Halloo?«

»Kramer.« Klar, wer auch sonst. »Mach mal den Fernseher an.«

»Wie bitte? Was …«

»Schnell!« So, wie das klang, duldete es keinen Aufschub. Stahnke stürmte los. Voller Ungeduld wartete er darauf, dass sich das Bild endlich aufbaute.

»Welches Programm?«

»Erstes.«

Da war das Bild. Und es war unglaublich.

Es war der Emder Außenhafen, das erkannte er sofort. Der Borkumkai. Unverkennbar das Abfertigungsgebäude und die Verladebrücken für die Autofähren. Das Wasser stand hoch, knapp unterhalb der Kaimauerkante, und war selbst hier im Hafen von Sturm und Regengüssen stark aufgewühlt.

Da lag ein Schiff.

Na schön, dies war ein Hafen, da waren Schiffe nichts Ungewöhnliches. Dieses aber lag nicht im Wasser. Es lag auf dem Parkplatz.

Eigentlich lag es dort auch nicht, es stand. Sein rotes, teilweise grün bewachsenes Unterwasserschiff troff vor Nässe, als sei es gerade erst seinem angestammten Element entrissen worden. Das konnte aber auch am Regen liegen. Der im Mittelteil abgeplattete Bereich des Bodens hielt das Schiff aufrecht. Reste von zerquetschten Autos und umgeknickten Laternenmasten lugten darunter hervor.

Das Bild schwankte. Offenbar war ein Fernsehteam mit transportabler Kamera vor Ort und hatte mit dem Wind zu kämpfen. Eine aufgeregte Stimme sprach einen Kommentar aus dem Off, aber die Worte ergaben für Stahnke keinen Sinn.

Auch aus seinem Telefonhörer, den er erschrocken hatte sinken lassen, drangen Töne. Hastig hob er ihn wieder ans Ohr. »Noch einmal, bitte.«

»Der *COLaP*-Tanker«, sagte Kramer. »Die *Free Enterprise*. Vor einer halben Stunde drohte er noch zu sinken. Dann riss die Verbindung ab. Die Seenotleitstelle befürchtete schon das Schlimmste. Dann tauchte das Schiff plötzlich im Emder Außenhafen wieder auf. Niemand weiß, wie und wieso.«

Stahnke fragte nicht, wie Kramer so schnell an diese Informationen gekommen war. So war Kramer eben. Viel spannender war die Frage, seit wann Schiffe fliegen konnten.

Der Tanker war nicht groß, ein typisches Küstenmotorschiff, wie es eben in Nord- und Ostsee zwischen England, Skandinavien und den Küstenstaaten eingesetzt wurde. So um die tausend Bruttoregistertonnen, schätzte er, also beileibe kein Supertanker. Aber tausend Tonnen von irgendeinem hochgiftigen Teufelszeug waren mehr als genug, um der Lebensvielfalt in der weltweit einzigartigen Region Wattenmeer nachhaltig den Garaus zu machen.

Da waren Schiff und Ladung auf einem Parkplatz schon weit besser aufgehoben. Nur: Wie waren sie dort hingekommen?

»Wie war denn die letzte Position des Schiffes, als es in Seenot geraten war?«, erkundigte er sich.

»Vor der holländischen Küste, seeseitig der Inseln«, antwortete Kramer ohne zu zögern. »In der seither verstrichenen Zeit hätte es die Strecke nach Emden nicht einmal unbeschädigt und bei ruhiger See aus eigener Kraft zurücklegen können.«

»Und es ist ganz bestimmt dasselbe Schiff?«

»Alles spricht dafür. Möglich, dass es ein ähnlich aussehendes Schwesterschiff gibt, oder auch eine ganze Baureihe, das müsste man überprüfen. Aber welchen Sinn sollte es haben, die Schiffsnamen auszutauschen?«

»Man könnte damit eine Umweltkatastrophe vertuschen. Indem man behauptet, das fragliche Schiff sei überhaupt nicht gesunken.«

»Das Gift wäre aber ja trotzdem im Wasser.«

»Sicher. Aber das interessiert solche Herren doch nicht.

Hauptsache, sie können ihre Hände in Unschuld waschen. Dafür ist ja immer noch genügend sauberes Wasser da.«

»Hm.« Kramer schien nicht überzeugt. »Das erklärt immer noch nicht, wie das Schiff auf diesen Parkplatz gekommen ist.«

»Schiff auf Parkplatz – hatten wir das nicht schon mal?« Richtig, erinnerte Stahnke sich. »In Harlesiel, nicht wahr? So ein Inselversorger. Stand nach einer Sturmflut auch hoch auf dem Trockenen.«

»Stimmt. Aber seinerzeit war dieser Parkplatz auch entsprechend überflutet.«

»Und das war heute in Emden nicht der Fall?«

»Nein.«

Wieder schwankte das Bild. Der Kameramann hatte eine Großaufnahme riskiert. Deutlich waren die zermalmten Autos zu erkennen. Na klar, die wären bei einer Sturmflut ja vorher entfernt worden.

Schlagartig war das Bild weg. Entweder hatte es den wagemutigen Berichterstatter umgepustet, oder er hatte die Kapazität seines Akkus überschätzt. Einige Sekunden lang blieb der Bildschirm grau, dann wurde ein Studiosprecher eingeblendet, der den Zuschauern zu erklären begann, was sie gerade gesehen hatten. Stahnke schaltete den Fernseher aus.

»Was kommt wohl als Nächstes?«, murmelte er vor sich hin.

Der Telefonhörer antwortete nicht. Kramer zuckte vermutlich gerade die Achseln.

Das Rauschen auf den Planen über ihm veränderte sich, klang plötzlich deutlich heller, irgendwie leichter.

»Lässt der Regen bei dir auch gerade nach?«, fragte er.

»Hier hat er schon aufgehört«, antwortete Kramer. »Vor zwei oder drei Minuten. Die Wolkendecke reißt auf. Es kommen sogar schon die ersten Sonnenstrahlen durch.«

»Geht ziemlich schnell, oder?«

»Ist ja auch so schnell gekommen«, sagte Kramer, als sei das Erklärung genug.

»Wenn wir hier schon über das Wetter reden, dann kann ich dir auch noch etwas anderes erzählen.« Stahnke berichtete in knappen Sätzen von seinem Anruf bei Kevin Stutz.

»Dann hätten wir also noch einen Verdächtigen«, sagte

Kramer. »Außer den *Erzengeln*. Also genau genommen eine ganze Menge Verdächtige.«

»Die tausche ich allesamt gegen einen stichhaltigen Beweis«, sagte Stahnke. »Wenn ich nur wüsste, wo es solch eine Tauschbörse gibt.«

Er verabschiedete sich und legte auf.

Die Waschmaschine fiel ihm wieder ein. Er füllte Waschpulver ein, wählte ein narrensicheres Programm und schaltete an. Dann öffnete er die Terrassentür. Draußen rieselte, perlte und tropfte es noch überall, aber der quietschnasse Rasen lag schon wieder in der prallen Sonne. Binnen weniger Minuten würde hier alles dampfen wie im tiefsten Regenwald. Wirklich eigenartig, dieses Wetter.

Aber wenn dieser so unvermutet aufgetauchte Gewittersturm wirklich nur eine Kapriole war und die Hochdruckwetterlage ansonsten tatsächlich weiterhin stabil blieb, dann konnte er doch auf Biernoths Angebot zurückgreifen und sich noch einmal die California II ausleihen. Immerhin war Sonntag, und dafür hatte er bereits Stress genug gehabt. Als Gegenleistung hatte er doch wohl etwas Entspannung verdient.

Laut pfeifend ging er seinen Helm holen.

Es klingelte an seiner Haustür. Er öffnete, den Helm in der Hand, die Lippen noch gespitzt. Abrupt brach die Melodie ab.

Da stand Angelina Snuck.

23.

Wie ein Findelkätzchen sah sie aus, da auf dem Sofa, winzig klein, knochig und total verstrubbelt nach dem Trockenrubbeln ihrer jetzt so kurzen Haare. Sie hatte ihre Beine unter dem Körperchen verknotet und die Wolldecke, die Stahnke ihr angeboten hatte, dankbar akzeptiert, obwohl es draußen schon wieder heiß zu werden begann.

»Eine Tasse Tee?«, fragte er.

Sie nickte, dankbar lächelnd. Die Decke hatte sie wie ein Indianerzelt über ihre Schultern gehängt. Es blieb so viel Decke übrig, da hätte noch ein halber Stamm Platz gehabt.

Während das Wasser heiß wurde, legte er eine CD ein. Deep Purple, *Smoke on the water*, vielleicht stand sie ja auf Rock. Aber sie zeigte keine Reaktion.

»Zucker oder Honig? Milch?«

»Gar nichts, danke.«

Sie hielt ihren Becher in Mundhöhe, ohne zu trinken, als wolle sie zunächst nur die Wärme in sich einsaugen. Ihre Finger waren dürr wie Zweiglein, und Stahnke musste an Hänsel und Gretel denken. Die da würde bestimmt nicht im Kochtopf der Hexe landen, die nicht.

Vorsichtig schlürfte er von seinem mit Honig gesüßten und mit viel Milch blondierten Tee. »So, nun verraten Sie mir mal Ihr Geheimnis.«

»Geheimnis?« Auch sie setzte die Lippen an, zuckte aber vor der Hitze zurück. »Welches Geheimnis?«

»Wie Sie aus diesem Damenklo rausgekommen sind, natürlich.«

Sie schaute ihn direkt an. »Wenn ich das wüsste.« Die von der Teetasse aufsteigende Wärme ließ den Blick ihrer grauen Augen flirren.

»Nun kommen Sie. Durchs Abflussrohr werden Sie ja wohl nicht gerutscht sein, oder?« Er musterte ihre magere Gestalt.

Ihr Blick verfinsterte sich. Anspielungen dieser Art mochte sie offenkundig nicht. Sie blendete ihn aus und widmete sich ganz ihrem Tee.

Er wartete.

»Im Ernst«, sagte sie dann. »Natürlich wollte ich flitzen, aber als sich Ihr Kollege vor dem Fenster aufgebaut hat, war mir klar, dass daraus nichts werden würde. Ich habe angestrengt überlegt, was ich sonst noch machen könnte, auf welchen Deal Sie vielleicht doch eingehen würden. Deshalb bin ich nicht sofort wieder rausgekommen.« Sie hielt inne und schloss die Augen. »Dann war ich plötzlich woanders.«

Stahnke schwieg. Sollte er nun lachen oder sich ärgern? Dachte die Kleine da wirklich, sie könnte ihn veralbern?

Wieder schaute sie ihm in die Augen. Da war etwas Verstörtes in ihrem Blick, vielleicht sogar ein leichtes Grauen. Nein, Witze machte sie offenbar nicht.

»Wo, woanders?«, fragte er.

»In einem Indianerzelt.«

Jetzt prustete er doch los. Kleine Squaw mit bunter Decke!

Sie ließ sich nicht beirren. »Kennen Sie die Paddel-und-Pedal-Station in Rorichum? Da gibt es ein großes Tipi, dicht am Kanuanleger, gleich beim Grillplatz. In diesem Tipi stehen Bänke, für Wandergruppen, die dort Picknick machen wollen. Genau da saß ich plötzlich. Es war Nacht, und es regnete und stürmte. Stunden müssen vergangen sein, von denen ich nichts weiß. Keine Ahnung, wie und warum.«

Er schüttelte den Kopf.

Sie nickte.

Quatsch. Blödsinn. Unmöglich. Räuberpistole.

Andererseits war sie aus einem Raum verschwunden, der keine anderen Ausgänge hatte als die beiden gesicherten. Soviel sie bis jetzt wussten, jedenfalls.

Sherlock Holmes fiel ihm ein. *Wenn du alle denkbaren Alternativen überprüft und die Unmöglichen aussortiert hast, dann muss die, die übrig bleibt, die Lösung sein, so unwahrscheinlich sie auch klingt*. Demnach …

Aber so weit waren sie noch nicht. Außerdem war der Kollege Holmes nur erfunden und seine Anweisung daher nicht bindend.

»Na schön«, sagte er. »Sie waren in diesem Tipi, und jetzt sind Sie hier. Wie? Und warum? Sie wissen, was Sie hier erwartet.«

Sie machte eine unwirsche Handbewegung, als seien Dinge wie Brandstiftung und Festnahme Schnee von gestern, und stellte ihren Teebecher auf den Couchtisch. »Wie? Mit meinem Fahrrad. Das stand ja noch bei *Cassi*. War kein Vergnügen, das können Sie mir glauben. Kilometerweit musste ich schieben, sonst wäre ich im Graben oder im Stacheldraht gelandet.« Schaudernd zog sie die Decke enger um sich. »Und warum? Weil hier Dinge außer Kontrolle geraten sind. Aus dem Ruder gelaufen. Weil wir dringend etwas unternehmen müssen. Und weil ich im Augenblick niemanden weiß, zu dem ich sonst noch gehen könnte.«

»Auch, wenn das für Sie mit Untersuchungshaft endet?«

Sie schüttelte den Kopf. »Abwarten. Hören Sie mir erst einmal zu. Sie kennen doch diesen Mariner, nicht? Diesen Schnellbootkapitän?«

»Sie meinen …« Klar wusste er, wen sie meinte, nur wollte ihm der Name grade nicht einfallen. »Diesen Schwarzen?«

Sie lachte. »Schwarz? Ja, wenn Sie so wollen. Er ist wirklich ein ziemlich dunkler Typ. Holm heißt er.«

»Richtig, Birger Holm. Was ist mit ihm?«

Sie griff nach ihrer Teetasse und schaute hinein. Sie war leer.

»Möchten Sie noch einen Tee?«

»Ja, bitte.«

Er ging in die Küche, wo die Kanne auf dem Stövchen stand, und goss ihren Becher voll. Dann kehrte er ins Wohnzimmer zurück.

Die bunte Decke lag unordentlich ausgebreitet auf dem Sofa. Gut sah das nicht aus. Er sollte wirklich öfter aufräumen.

Dann runzelte er die Stirn. Er hatte das deutliche Gefühl, etwas vergessen zu haben. Aber was?

Na klar, vergessen.

Nachdenklich nahm er einen Schluck Tee. Merkwürdig, da waren ja weder Honig noch Milch drin. Dabei trank er seinen Tee doch praktisch niemals schwarz.

War es das, was er vergessen hatte?

Er faltete die Decke zusammen. Dabei fiel sein Blick auf seinen Motorradhelm, der auf einem der Sessel lag. Klar, das war es! Er wollte doch Motorrad fahren gehen. Das Wetter hatte sich längst wieder beruhigt, also nichts wie los.

Er stellte den Teebecher in die Spüle. Und auch den zweiten, der im Wohnzimmer herumstand.

Er sollte wirklich häufiger aufräumen.

24.

Natürlich fuhr er nach Emden. Richtig vorgenommen hatte er sich das nicht, aber die Cali schien ganz automatisch auf Nordkurs zu gehen. War es seine Geburtsstadt, die ihn so anzog, war es der Hafen? Oder der Tatort?

Stahnke gab sich da keinerlei Illusionen hin. Natürlich war es das Schiff auf dem Parkplatz. Hoffentlich gab es zwischen all den Gaffern, die sich dort inzwischen versammelt haben mussten, noch Platz für einen weiteren.

Die Straßen waren immer noch mit Pfützen übersät. Denen konnte man jedoch quasi beim Austrocknen zusehen, so kraftvoll hatte sich die Sonne zurückgemeldet. Stahnke machte sich einen Spaß daraus, seine Maschine durch die Wasserflecken zu lenken, dass es nur so unter den Reifen zischte.

Ha, von wegen *seine* Maschine! Er hatte sich schon sehr an die California gewöhnt, störte sich längst nicht mehr am hohen Schwerpunkt, der gespreizten Sitzhaltung und den Fahrtwindattacken auf seine Nackenmuskulatur. Ob er Biernoth ein Angebot machen sollte? Aber der hatte von verkaufen nichts gesagt. Und wenn, würde der ihn bestimmt über den Tisch ziehen. Nein, lieber nicht. Fahrrad fahren war schließlich auch etwas Feines.

Tja, in der Regel schon. Umso mehr genoss er die Ausnahme.

Klar, dass er durch Neermoor fuhr. Die Brandruine des *Erzengel*-Klubhauses lag verlassen, nichts und niemand regte sich dort. Stahnke blieb einen Augenblick stehen, machte aber nicht einmal den Motor aus. Wieder beschlich ihn dieses Gefühl, etwas vergessen zu haben. Aber er wurde nicht schlau daraus.

Um Oldersum und Gandersum schlug er einen weiten Bogen. Das Sperrwerk, vielmehr der Ort, wo es einst gestanden hatte, war Manningas Revier, da wollte er sich gar nicht erst blicken lassen. Dafür fuhr er über Nebenstraßen nach Rorichum. Von der Kanalbrücke aus war die Paddel-und-Pedal-Station zu sehen. Hier konnten Touristen, die Ostfriesland aus eigener Kraft erkundeten, ihre Mietfahrräder gegen Kanus eintauschen. Oder umgekehrt. Ein reizvolles Angebot, das gut angenommen wurde. Kleine Holzhäuschen zum Übernachten gab es hier auch.

Und es gab ein großes Indianertipi.

Klar gab es das. Hatte er doch gewusst. Purer Schnickschnack, ein Gag für die Touris, der mit Ostfriesland überhaupt nichts zu tun hatte. Ein Modell des Eiffelturms hätte ebenso gut hierher gepasst.

Warum interessierte ihn das überhaupt? Kopfschüttelnd ließ er die Kupplung kommen.

Der Stadt Emden näherte er sich auf der gleichen Route wie mit dem Fahrrad, über die Vororte Petkum und Borssum. Einer spontanen Eingebung folgend, bog er vor der Borssumer Schleuse links ab. Das war zwar nicht der direkte Weg zum Borkumkai, dafür der aussichtsreichere. Der Parkplatz mit dem Tanker drauf war bestimmt längst weiträumig abgesperrt. Den besten Blick auf das Phänomen versprach zurzeit das gegenüberliegende Ufer des Außenhafens.

Außerdem kam er auf diesem Weg zwangsläufig am Containerterminal vorbei.

Er ließ die California II niedertourig im dritten Gang tuckern, passierte in langsamer Fahrt den ehemaligen Marinekai, wo demnächst dieses Kreuzfahrtschiff mit dem Haifischmaul am Bug festmachen sollte, die *Italian Stardust*, und anschließend die Mülldeponie. Aber so langsam er auch fuhr, irgendwann hatte er den Ort, wo Marian Godehau verschwunden war, erreicht. Warum, zum Teufel, drehte er nicht einfach am Gasgriff?

Darum.

Er hielt an, stellte den Motor aus und klappte den Seitenständer herunter. Seufzend pellte er sich aus Helm und Jacke. Nur ein kurzer Blick, der Pflicht Genüge tun und dem schlechten Gewissen. Dann nichts wie weiter zum Außenhafen, Sensation gucken.

Der Containerplatz lag genauso verlassen da wie die Klubheimruine der *Erzengel*. Wurde im Hafen nicht rund um die Uhr gearbeitet, sieben Tage die Woche? Vielleicht galt das nicht mehr. Aber vielleicht war augenblicklich auch einfach kein Schiff abzufertigen.

Er schlenderte zwischen den Blechbüchsen einher, froh über den Schatten in den metallenen Schluchten. Der Himmel, der sich darüber spannte, war auch heute wieder von einem unwirklichen, mediterranen Blau, durchzogen und betont von weißen, sich immer wieder schneidenden Kondensstreifen. Was für ein Muster, dachte Stahnke. Linien. Als hätten sie eine Bedeutung. Was trennen, was verbinden sie?

Er wirbelte auf dem Absatz herum. Das Gefühl, beobachtet zu werden, war so deutlich gewesen, dass er den Blick körperlich gespürt hatte. In seinem Rücken hatte es nicht geprickelt oder gepiekt, es hatte regelrecht gebohrt.

Aber da war niemand.

Irgendetwas war mit diesem Platz. Hier wurden nicht nur Güter umgeschlagen, hier spielte sich noch etwas anderes ab. Etwas, das Neugierige anlockte. Und zum Verschwinden brachte.

Er bog in eine enge Gasse zwischen zwei Containerstapeln und presste seinen Rücken an das rostige Metall. Das bohrende Gefühl wurde schwächer, aber es blieb spürbar. Sein Instinkt schien auf Hochtouren zu arbeiten. Bloß welcher? Der kriminalistische oder der für die Selbsterhaltung?

Stahnke rekapitulierte. Was hatte er bis jetzt? Spekulationen vor allem. Die *Erzengel*. Den Chemieriesen *COLaP*. Möglicherweise eine Privatarmee.

Gehörte das alles zusammen?

Bleiben wir beim Nächstliegenden, rief sich Stahnke zur Ordnung. Die Rocker, die Prügelei mit den Umweltschützern, die Racheakte von Marian Godehau und Angelina Snuck. Marians nächtliche Investigation hier am Terminal, noch ein reines Hirngespinst, aber eins, mit dem er sich mehr und mehr anfreundete. Lieferte es doch immerhin den Ansatz einer Erklärung, was das Besondere an diesem Platz hier war. Nämlich dass es hier etwas zu beobachten gab, das einen Mord wert war. Oder, wenn man optimistisch dachte, eine Entführung. Nur dass eine Entführung ohne anschließende Forderungen wohl auch auf Mord hinauslief.

Was aber gab es hier? Irgendetwas mit Handel. Schließlich wurden hier keine Güter dauerhaft gelagert, hier wurde umgeschlagen. Nichts blieb hier lang. Das konnte er sich jedenfalls nicht vorstellen. Er war sich sicher, dass keine dieser riesigen Blechbüchsen hier länger lag als eine Woche. Was natürlich nur eine Annahme war, denn wie hätte er diese genormten Dinger voneinander unterscheiden sollen?

Seine ungeordneten Gedanken stromerten weiter. Aber sie waren ins Straucheln geraten. Irgendwo war da ein Haken gewesen, an dem sie sich geratscht hatten, sozusagen. Was war es?

»Wenn du einen Baum verstecken willst«, murmelte Stahnke vor sich hin, »dann tu das am besten im Wald.«

Wurde hier etwas versteckt? Und wenn ja, was?

Er blickte sich um. Natürlich waren die Container nicht alle vollkommen gleich. Es gab verschiedene Farben, vor allem dunkelrot, aber auch blau, gelb und grün. Es gab neue, saubere Container und solche mit Beulen verschiedenster Form und Größe. Es gab Aufschriften, überwiegend in rätselhaften Abkürzungen, teilweise abgeblättert. Natürlich gab es Rost in unterschiedlichen Entwicklungsstadien. Und es gab neben der Standardgröße, die bei weitem überwog, sogar kleine Container im halben Format. Geradezu rührend.

Aber das waren Unterschiede wie zwischen Bäumen. Wer konnte behaupten, einen bestimmten Container mit Sicherheit identifizieren zu können? Zumal, wenn dieser immer mal wieder seinen Platz wechselte?

Möglich, dachte Stahnke, das ist immerhin möglich. Irgendjemand versteckt hier, wo gleichförmige Blechbüchsen zu Hunderten umgeschlagen werden, einen einzelnen Container mit ganz bestimmtem Inhalt. Einem Inhalt von größter Brisanz. Gerade hier, wo der stetige Wechsel jeden Gedanken an ein dauerhaftes, sicheres Versteck von vornherein geradezu ausschließt.

Was mochte drin sein? Etwa wirklich etwas Brisantes?

Dann fiel ihm noch etwas ein. Genau, dachte er, das könnte der Schlüssel sein.

»Der siebte Schlüssel«, murmelte er. Ja, ganz bestimmt, der siebte Schlüssel von Marian Godehaus Schlüsselbund. Der Himmel mochte wissen, wie er daran gekommen war. Aber dieser Schlüssel gehörte zu einem Sicherheitsschloss, und mit solch einem Schloss konnte durchaus der fragliche Container gesichert sein.

»Der siebte Schlüssel! Das wär's doch.«

Das mulmige Gefühl wurde wieder stärker. Verdammt, drehte er jetzt durch, oder lauerte hier wirklich jemand?

Darauf musste er es nicht ankommen lassen. Alleine nach dem Container mit dem richtigen Schloss zu suchen, war sowieso albern, das war eine Aufgabe für ein größeres Kommando. Zumal er den siebten Schlüssel gar nicht bei sich hatte. Den hatte er Kramer zurückgegeben. Aber die Container hier liefen ja nicht weg.

Er ging zurück zu seinem Motorrad. Fast lief er, und immer wieder warf er Blicke über seine Schultern zurück. Bloß gut, dass ihn niemand sah.

Voller Erleichterung nahm er auf dem weichen Sitz der California II Platz. Er startete, klappte den Ständer hoch und ließ die Maschine anrollen. Zurück nach Hause. Das mysteriöse Schiff auf diesem blöden Parkplatz war überhaupt nicht mehr wichtig.

Morgen würde er wieder hier sein, gleich in der Frühe. Mit einem Dutzend Kollegen. Mit Kramer. Und mit diesem siebten Schlüssel.

Das Bohren in seinem Rücken verstärkte sich. Ein anderes Geräusch mischte sich in das Bollern des Zweizylinders, ein fremder Rhythmus, der schnell an Intensität zunahm. Gelbe Lichter tauchten vor ihm auf, ohne erkennbare Quelle, wie aus dem Nichts. Und ein schwarzer Schatten.

Das Motorrad geriet ins Trudeln, schlingerte auf den Grasstreifen am Straßenrand, holperte und kippte langsam um. Der Motor der Cali erstarb.

Ihr Fahrersitz war leer, ihr Fahrer verschwunden. Spurlos, als hätte er nie existiert.

25.

Backe presste seinen dicken Daumen auf den Klingelknopf, dass das Plastikgehäuse nur so knackte. Funktionierte die Klingel überhaupt? Sicher war er nicht, denn der Techno-Radau, der die geschlossene Haustür mühelos durchdrang, schien jedes andere Geräusch zu verschlucken. Ob er doch hinten herum gehen sollte? Keno mochte das nicht, aber wenn es nicht anders ging …

Unvermutet flog die Tür auf. Keno stand im halbdunklen Flur und blinzelte in die Sonne, umtost vom Gedröhn seiner Stereoanlage. Er war barfuß, und auch sein hellhäutiger, von rotblondem Flaum bedeckter und mit Tattoos gesprenkelter Oberkörper war nackt. Seine Jeans wurde von einem breiten Ledergürtel mit mächtiger Silberschnalle gehalten. Natürlich ein Totenkopfmotiv. Dem fiel auch nichts Neues ein.

Per Fernbedienung regelte Keno Biernoth die Lautstärke herunter. »Was willst du denn hier?«, polterte er statt einer Begrüßung.

»Kommt drauf an«, antwortete Backe betont leise und freundlich. Obwohl Keno Biernoth eine Stufe höher stand als er, waren ihre Köpfe auf gleicher Höhe. Keno mochte groß und kräftig sein, und seine verschorften Fingerknöchel zeugten davon, dass er sich gerne prügelte. Backe aber war ein Riese. Das erleichterte ihm den Umgang mit solchen Brauseköpfen ganz erheblich.

»Was kommt worauf an?« Der Jüngere stand breitbeinig im Türrahmen, beide Hände gegen das Holz gestemmt. Schwarzlichtblitze zuckten hinter ihm durchs Treppenhaus. Sieht nicht so aus, als ob er mich hereinbitten wollte, dachte Backe. Ist aber auch wurscht. Solche abgedunkelten Miefhöhlen kann ich nicht einmal im tiefsten Winter leiden.

»Ob du zahlst. Ganz einfach.« Backe ließ die langen Arme baumeln. Dann packte er ohne Vorwarnung nach dem Ledergürtel und zog Biernoth zu sich heran, dass sich ihre Nasen beinahe berührten. »Die letzte Lieferung ist noch offen, falls du das vergessen haben solltest. Vorher gibt’s nichts Neues, das ist ja wohl klar. Bestellung hab ich sowieso noch keine von dir. Was ist eigentlich los, Mensch?«

»Was los ist?« Keno Biernoth wand sich in Backes Griff. »Pläne geändert, das ist los. Wir haben jetzt was anderes vor. Große Sache. Mit dem anderen Kram ist Schluss. Außerdem, diese letzte Lieferung, von der du da redest, habe ich überhaupt noch nicht bekommen.«

Backe hob Biernoth am Gürtel an, so dass er den Boden unter den Füßen verlor und zu strampeln begann. Dann setzte er ihn ab, schubste ihn nach hinten in den Flur, stieg über die Schwelle und schloss die Tür hinter sich. Die ganze Nachbarschaft musste nun ja nicht mithören.

»Hey, Alter, mach kein' Scheiß, hörst du?« Der junge Mann schob Panik.

Gut so, dachte Backe. Ich weiß eben immer noch, wie das geht. Seine Hand schoss vor und griff nach Keno Biernoths Ohr.

»Au! Du, ich warne dich. Lass das, sonst handelst du dir Ärger ein mit Leuten, die ein paar Nummern größer sind als du!«

»Ach ja? Das kannst du dann ja nicht sein.« Backe grinste breit. Dann ließ er das Ohr los, nicht ohne noch einmal kräftig dagegenzuschnipsen. »Erzähl mir keine Märchen. Ich weiß doch genau, mit wem du so in einem Topf rührst.«

»Weißt du gar nicht.« Keno Biernoth maulte wie ein Kind. Er hielt sich die Ohrmuschel. »Und glaub ja nicht, dass ich dir irgendetwas erzähle. Kannste vergessen. Aus mir kriegst du kein Wort raus.«

Wenn du wüsstest, Bubi, dachte Backe. Aber eigentlich war ihm das alles auch völlig egal. »Von mir aus kannst du dichthalten, bis du Verstopfung bekommst«, sagte er. »Solange ich mein Geld kriege. Und zwar etwas plötzlich. Wenn Handelsbeziehungen beendet werden, dann werden vorher die Konten glatt gestellt. So gehört sich das. Aber von so was hast du natürlich keine Ahnung. Also los. Drei Riesen. Cash, oder ich nehm deine Harley mit.«

»Ach ja? Du – und welche Armee?« Er wandte sich nach links, dorthin, wo Backe die Küche vermutete. Dem Geruch nach. »Ich hab das Zeug wirklich noch gar nicht bekommen!

Aber gut, okay, reg dich nicht auf. Ich hol dir die Kohle. Aber dann is' alle, kapiert? Dann bleibst du mir vom Acker.«

Er stieß die Küchentür auf. Die junge Frau, die direkt dahinter gestanden hatte, trat eilig einen Schritt zurück. Ihre rechte Hand, seitlich vom Körper weggestreckt, bliebt unsichtbar.

Backe steckte beide Hände wie absichtslos in die Taschen seiner abgewetzten Lederjacke. Mehr als einen Zündkerzenschlüssel gab es dort nicht zu ertasten, aber das wusste das Jungvolk ja nicht.

Zur Not schmeiße ich das Ding, dachte er. Aber wenn die Tussi anfängt zu ballern, wird mir das wenig nützen. Hauptsache, sie dreht nicht durch.

Keno Biernoth klapperte mit Schüsseln oder Tassen. Sein Geldversteck hat er wohl von Muttern übernommen, dachte Backe. Ebenso wie das Haus. Was Eigenes hat der in seinem Leben bestimmt noch nicht fertig gebracht.

Der Rothaarige kam zurück, ein Bündel Geldscheine in der Hand. »Da.« Er stieß es Backe, der die Hände gar nicht schnell genug aus den Taschen bekam, vor die Brust. »Nimm schon. Aber das war's dann, verstanden?«

Backe grinste wieder, nahm mit der Linken das Geld und tätschelte mit der Rechten Biernoths rot angelaufenes Ohr. Der junge Mann zuckte zusammen.

Die Summe schien zu stimmen. Na schön, dann war es das eben. Kunden gab es genügend, es würden sich schon neue finden. Um seinen Absatz musste er sich keine Sorgen machen.

Seine Harley erbebte unter ihm, als er den Motor startete und die Kupplung kommen ließ. Ganz schön blöd hätte ich dagestanden, wenn ich Kenos Maschine wirklich hätte mitnehmen wollen, dachte er. Wie hätte ich das denn machen sollen? Aber darauf ist der Strohkopf bestimmt gar nicht gekommen.

Donnernd brauste er davon.

Schräg gegenüber schob sich Kramer hinter einem Busch hervor, dessen Blätter in der Hitze schon zu welken begannen, trotz des unvermuteten Gusses heute früh. Der Oberkommissar runzelte die Stirn.

Dann wandte er sich wieder Stahnkes Haustür zu. Er klingelte, zum wiederholten Mal. Betrachtete das Rennrad, das draußen am Zaun stand. Ein hochgerüsteter Flitzer mit niedrig eingestelltem Sattel. Stahnkes war das bestimmt nicht.

Drinnen rührte sich noch immer nichts.

Er zuckte die Schultern, stülpte sich den Helm auf, bestieg seine Yamaha und fuhr Backe hinterher.

26.

Der Schwarze war überrascht. Was der Frischling da gemacht hatte, war keine Kleinigkeit. Ohne Sondererlaubnis traute sich das gewöhnlich keiner. Und wenn doch, so hatte man besser einen überzeugenden Grund dafür.

Seinen eigenen Auftrag hatte er sauber erledigt. Jedenfalls seiner eigenen Ansicht nach. Der Frischling war da natürlich anderer Meinung gewesen. Hatte die mangelnde lokale Eingrenzung bemängelt. Als ob es die übergeordnete Direktive nicht gäbe! Er hatte seinen Auftrag genau so interpretiert, dass er dieser stehenden Anweisung gerade nicht mehr zuwider lief. Seiner eigenen Auffassung nach hatte er eine besondere Anerkennung dafür verdient. Aber nein, nichts da. Stattdessen Gemecker. Typisch.

Und dann noch dieser spontane Zusatz. Höchste Priorität, angeblich. Sofortige Ausführung, ohne Verzögerung. Lächerlich! Aber bitte, er hatte es genau so gemacht, wie man es ihm aufgetragen hatte. Ob sich das nun mit Direktive eins vertrug oder nicht.

Tat es natürlich nicht. Hätte er auch gleich sagen können. Aber ihn fragte ja keiner, nicht einmal dieser Frischling. Und jetzt hatte der die Bescherung. Sollte er mal selber zusehen, wie er die Karre wieder aus dem Dreck bekam.

Witzig, diese Ausdrucksweise! Inzwischen übernahm er sie schon nicht mehr unwillkürlich, sondern ganz bewusst. Diese Ausdrücke stimmten ihn ganz nostalgisch. Karren, die im Dreck steckten, das sagte ihm etwas. Das erinnerte ihn an früher.

Ach, was hieß schon früher. Andere Zeiten. Ohne jede Bedeutung. Nur nicht ablenken lassen. Sonst steckte sein eigener Karren bald auch noch im Dreck.

Sein ganzer Körper bebte, so sehr amüsierte er sich.

27.

Thorsten Duprée strich sich andächtig über das frische weiße Hemd. So fühlte er sich wieder wohl. Mehrmals am Tag zog er sich um; wenn möglich, duschte er auch zwischendurch, zumindest wenn es so heiß war wie jetzt. Beim Servieren von Kaffee und Kuchen nach Bratkartoffeln und Schnitzel zu riechen – für ihn kam das nicht in Frage. Klar, die viele Wäsche war ärgerlich, aber nicht zu vermeiden, wenn man seinen Job ernst nahm. Und das tat er.

Natürlich wurde die Bezeichnung »Job« seiner Berufsauffassung überhaupt nicht gerecht. Er war Gastwirt aus Leidenschaft, mit Leib und Seele. Die Tatsache, dass er das Restaurant, in dem er arbeitete, eines Tages übernehmen würde, spielte dabei noch nicht einmal die entscheidende Rolle. So oder so war er für halbe Sachen nicht zu haben.

Wohlgefällig musterte er den Anbau, der seit einiger Zeit das Fassungsvermögen des elterlichen Betriebes steigerte. Natürlich fast ganz in Eigenarbeit erstellt. Hier packte jeder mit an, und jeder wurde hier einbezogen. Praktisch die gesamte Familie, im engeren wie im weiteren Sinne, wurde für diese Lebensaufgabe, die sich *Bei Cassi* nannte, eingespannt. Ob es nun ums Mauern ging, ums stundenweise Kellnern, um die Betreuung der Gästezimmer oder auch nur um die Wahrnehmung von einschlägigen Sonderangeboten in den umliegenden Supermärkten, jeder trug sein Scherflein bei. Irgendwie war das schon rührend.

Schade nur, dass dabei nicht mehr heraussprang. So ein

traditioneller ländlicher Saalbetrieb hatte in der Gestaltung seiner Preise wenig Spielraum, wollte er nicht riskieren, dass seine Stammgäste zur Konkurrenz abwanderten. Davon gab es mehr als genug, und auch die anderen verstanden ihr Handwerk. Also musste es die Menge machen. Das wiederum hieß Arbeit, Stunden über Stunden – Überstunden. Der Schlaf kam dabei zu kurz, und an Urlaub war kaum zu denken.

Er rollte die verspannten Schultern. Was hatte er neulich über Selbstausbeutung gelesen? Ein typisches Mittelständlerschicksal.

Sein Schatten, der bisher ganz für sich alleine Richtung Gaststätte gefallen war wie ein Ausrufezeichen mit dem Umriss seines Kopfes als Punkt, bekam plötzlich Gesellschaft. Ein zweiter Schatten gesellte sich hinzu, ein kleiner, schmaler. Eine junge Frau war neben ihn getreten, und er wandte sich ihr zu. Immer aufmerksam, immer zuvorkommend. Vielleicht war sie ja Gast oder wollte es werden.

Merkwürdig sah sie aus. Etwas verstört, wie verloren. Sie erinnerte ihn an jemanden, aber er kam nicht darauf, an wen.

»Moin!« Er lächelte ihr aufmunternd zu.

»Moin. Ich wollte …« Sie brach ab, blickte ihn hilfesuchend an. Als würde sie auf etwas warten. Ihre Verwirrung schien eher noch zuzunehmen.

»Ja, bitte?« Er blieb abwartend höflich.

»Wegen der Bedienung. Der Kellnerei. Ich wollte fragen, ob ich wieder – ob ich noch …«

Wieder dieses Unstete, Unsichere. Mit dieser Art wird sie es aber nicht weit bringen, dachte er.

»Sie möchten hier bei uns kellnern?« Seine Miene wurde strenger. »Haben Sie denn darin schon Erfahrung?«

»Ja aber – ich habe hier doch schon bedient. Kürzlich. Gestern erst.« Ihr Blick wurde geradezu flehend.

»Bei uns?« Vollkommen ausgeschlossen. Er kannte jede und jeden vom Personal, die gelegentlichen Aushilfen inklusive. Diese junge Frau kannte er nicht, da war er sich sicher. »Wie heißen Sie denn?«

»Snuck. Angelina Snuck. Erinnern Sie sich denn nicht mehr an mich?«

Er schüttelte entschieden den Kopf. »Bedaure. Sie müssen sich irren. Wahrscheinlich verwechseln Sie da etwas. Vielleicht waren Sie in Oldersum?«

»Nein.« Sie flüsterte fast. »Ich weiß es aber doch ganz genau.«

»Bedaure.« Für solche Spinnereien hatte er keine Zeit. Die Arbeit rief, er musste zurück ins Haus. »Normalerweise haben wir ja immer Bedarf. Aber es muss auch passen, verstehen Sie? Und mit Ihrem Outfit – ich meine, vor allem Ihre Haare! Anderswo mag das ja angehen, aber hier legen wir doch Wert auf eine etwas andere Erscheinung. Nichts für ungut. Und viel Glück.«

Während er zurück in die Gaststätte ging, beobachtete er sie aus den Augenwinkeln. Irgendwie tat sie ihm ja leid, wie sie so davontaumelte, als hätte er sie geohrfeigt. Vor einem Fenster blieb sie stehen und betrachtete sich in der spiegelnden Glasscheibe. Mit dünnen Fingern zupfte sie an ihrer Frisur herum.

In Modedingen war er ja eigentlich nicht so pingelig. Aber dieser knallgrün gefärbte Mopp, den die junge Frau da auf dem Kopf trug – also nein, das ging hier nun wirklich nicht.

Kopfschüttelnd schloss er die Tür hinter sich.

28.

Backe schlug den Weg zur Autobahnauffahrt Leer-Nord ein, was Kramer überraschte, denn Autobahnen waren nicht gerade das bevorzugte Revier von Tourenbikern. Von Harleyfahrern schon gar nicht. Überraschend fand er auch, dass Backe nicht die Auffahrt Richtung Groningen nahm, sondern die nach Oldenburg. Und dass er dann gleich beim Dreieck nach Emden abbog. Eilig hatte er es außerdem; die Geschwindigkeitsbegrenzung von einhundertzwanzig ignorierte er. Ebenfalls ungewöhnlich für einen Harley-Piloten. Kramer duckte sich hinter das kleine Windschild seiner Yamaha und stellte sich vor, wie der Winddruck jetzt wohl auf Backes mächtigen Körper wirken und an seinen Armen zerren musste.

Na, die konnten ja allerhand aushalten.

In Emden-Ost fuhr Backe ab und bog rechts ab Richtung Innenstadt. Direkt vor dem Alten Rathaus am Delft stellte er seine Maschine ab. Sein Ziel war offenbar das Stadtgarten-Café. Kramer ließ seine Enduro leichtfüßig über den Bordstein hüpfen und parkte ebenfalls. Im Umkreis des Cafés standen mehrere Motorräder, da konnte er sicher sein, nicht aufzufallen.

Im Freiluftbereich des Cafés herrschte Hochbetrieb; immerhin war Sonntagnachmittag, und die Sonnenschirme lockten mit angenehmem Schatten. Backe schaute sich nur kurz um, dann steuerte er einen Tisch an, der nur mit einer Person besetzt war. Einer Person, die Kramer durchaus vertraut war. Kapitänleutnant Birger Holm.

Kramer schnappte sich einen der Stühle im Außenbereich, weit weg von Holm und Backe, der den Schnellbootkommandanten händeschüttelnd und schulterklopfend begrüßte. Liebend gerne hätte er näher dran gesessen und die Ohren gespitzt, aber es war einfach nichts frei. So blieb ihm nichts weiter übrig, als aus der Distanz zu beobachten, wie die beiden die Köpfe zusammensteckten und eine intensive, von knappen Gesten begleitete Unterhaltung begannen, und darüber zu spekulieren, worum es sich dabei wohl drehen konnte.

Kramer war durchaus nicht phantasielos, auch wenn das zuweilen von ihm behauptet wurde. Dennoch fiel es ihm schwer, sich vorzustellen, was Beene Pottebakker, genannt Backe, Exknacki, Exjunkie und Immer-noch-Verächter jeglicher staatlichen Autorität, und Birger Holm, Kapitänleutnant und hundertzehnprozentiger Repräsentant eben dieser Autorität, miteinander zu besprechen hatten. Eine Prügelei zwischen den beiden hätte ihn weniger verwundert.

Eine Bedienung kam, ging, kam zurück, brachte den bestellten Eiskaffee und nahm im Gegenzug so viel von Kramers Barschaft mit, dass der Oberkommissar ob solcher Dreistigkeit sprachlos war. Was jedoch nicht weiter auffiel, da die anderen Gäste an seinem Tisch Touristen aus dem Ruhrpott waren und auch ohne sein Zutun mehr als genug Lautstärke entwickelten. Kramer atmete auf, als sie sich zu gehen anschickten. Im selben Augenblick brachen allerdings auch Backe und Holm auf. Kramer angelte unter seinem Stuhl nach dem Helm.

Damit, dass auch Holm per Motorrad gekommen war, hatte Kramer gerechnet. Der Sound der Dukati war aufsehenerregend; Backe wollte da nicht nachstehen und drehte großzügig am Gas seiner Harley. Kramers Yamaha, als großvolumiger Einzylinder immerhin auch ein echter Dampfhammer, fiel vor dieser Dröhnkulisse überhaupt nicht auf.

Er folgte den beiden über Faldernbrücke und Petkumer Straße. Dort trennten sie sich. Holm fuhr nach rechts, Richtung Nordseewerke, Backe nach links zurück auf die Autobahn. Kramer, der das vorausgesehen hatte, fuhr geradeaus weiter. Genug der Spontan-Beschattungen. Ihm war etwas anderes in den Sinn gekommen.

29.

Linien, Linien, überall Linien. Geblendet schloss Stahnke die schmerzenden Augen. Der kurze Blick, den er vom knallblauen Himmel erhascht hatte, verriet ihm, dass sowohl Sonnenschein und Hitze als auch die Anzahl der weißen Kondensstreifen, die ein regelrechtes Gitter bildeten, noch weiter zugenommen hatten. Dieser Sommer war offensichtlich nicht nur außergewöhnlich sonnig und heiß, es wurden auch ungewöhnlich viele Flugreisen unternommen. Wieso eigentlich, wenn es selbst im Nordwesten so sonnig und heiß war?

Aber so sonnig und so heiß konnte es doch nicht wirklich sein. Selbst durch die geschlossenen Lider hindurch fühlte er sich vom Licht geblendet, und die ungeschützten Partien seiner Haut schienen unter der sengenden Kraft der Sonnenstrahlen gellend aufzuschreien. Schnell wälzte er sich auf den Bauch und zog die Arme unter den Körper. Der Schmerz ließ nach, dafür merkte er, wie sein Rücken sich aufzuheizen begann.

Da stimmte doch etwas nicht. Und zwar mit ihm. Ja, das musste es sein. Aus irgendeinem Grund reagierte und empfand er nicht so wie sonst. Es musste ihm etwas zugestoßen sein.

Was?

An seinen Händen spürte er Erde. Oder war es Sand? Feiner, heißer Sand. Wo war er? An einem Strand? Vielleicht auf einer der Inseln, zwischen den Dünen?

Sein Rücken wurde heißer und heißer. Die schwarze Lederjacke sog die Sonnenhitze geradezu auf. Lange war das nicht mehr zu ertragen. Er musste in den Schatten. Er rappelte sich hoch, bis er kniete, formte mit den Händen ein Schutzdach um seine Augen und öffnete die Lider einen Spalt weit.

Dort, wo er kniete, schien der Untergrund teils aus Sand, teils aus getrocknetem Schlick zu bestehen. Er war rissig und staubig, wie ein Flussbett, durch das schon ewig kein Wasser mehr geströmt war. Die zahllosen Linien zwischen den Erdschollen, die sich an den Rändern nach oben wölbten, sahen wie ein farbloses Spiegelbild des liniendurchzogenen Himmels aus.

Vorsichtig hob er den Blick. An beiden Seiten waren Dünen, tatsächlich, Sanddünen, wie schon vermutet.

Allerdings waren sie gigantisch. Solche Dünen gab es auf den ostfriesischen Inseln nicht; vermutlich hätten sie kaum draufgepasst. Solche Dünen konnte es eigentlich nur in der Sahara oder einer der anderen großen Wüsten geben.

Er schloss die Augen wieder. Verdammt, diese Hitze. Diese brennende Sonne. Die war kein Spaß mehr, die fühlte sich nicht so an, als würde sie einem bloß einen schmerzhaften Sonnenbrand bescheren. Um den kam er bestimmt schon jetzt nicht mehr herum. Nein, hier, das spürte er, war seine Haut als Ganzes in Gefahr, auch dort, wo sie von Kleidung bedeckt war.

Er zwang sich, die Augen abermals zu öffnen, obwohl ihn die Vorstellung, seine Augäpfel könnten im grellen Sonnenlicht zu kleinen, braunen Rosinen zusammenschrumpeln, beinahe lähmte. Anscheinend aber stand die Sonne nicht mehr im Zenit, und die Düne links von ihm wies an ihrer unregelmäßig geformten Flanke einige Schattenflecken auf.

Zum Glück war es dorthin nicht ganz so weit wie zur Düne auf der anderen Seite.

Er stemmte sich hoch und lief los. Seine Füße sanken tief in den pudrigen Sand ein, der ihn festzuhalten schien wie Kleister. Vom Fuß der Düne an wurde es noch schwerer. In kleinen Lawinen rutschte der Sand unter seinen Sohlen weg, saugte ihn immer wieder nach unten. Schon nach wenigen Metern ging sein Atem schwer und keuchend. Panik ergriff ihn, weil er kaum vom Fleck zu kommen schien. Albtraum, dachte er, das ist ein Albtraum.

Es funktionierte nicht. Nichts veränderte sich. Wenn dies ein Albtraum war, dann war er ungewöhnlich resistent.

Endlich hatte er den Schattenfleck erreicht, eine flache, dunkle Mulde im Hang, die sich scharf von ihrer grell bestrahlten Umgebung abhob. Er musste die Beine anziehen, um sich hineinschmiegen zu können. Hechelnd und pumpend lag er da, zusammengekrümmt wie ein Embryo.

Am Hafen war er gewesen. Motorrad war er gefahren. Nach dem Schiff auf dem Parkplatz hatte er schauen wollen. Und jetzt war er hier.

Nein. Das war ausgeschlossen. Er konnte überhaupt nicht hier sein. Wo immer das war. Vermutlich gab es diesen Ort überhaupt nicht, und schon deshalb konnte er auch nicht hier sein. Klar?

Nein.

»Ich kenne das«, murmelte er vor sich hin. Die Bewegung ließ seine spröden Lippen aufplatzen. Seine Mundhöhle schien mit Sandpapier ausgekleidet zu sein. Der Durst begann sich zu melden. Bald, sehr bald würde er übermächtig sein, das war schon deutlich zu spüren.

Ja, kannte er das nicht wirklich? Fast hoffte er es. Die Spritze, die ihm verpasst worden war, als er den Peiniger der kleinen Nane gejagt hatte. Irgendein Cocktail aus Psychopharmaka, der ihn zuerst ausgeknockt und dann in ein mentales Labyrinth aus Erinnerung, verzerrter Realität und verdrängter Phantasie geschickt hatte. Fast wäre er daran krepiert, und an den Folgen hatte er noch lange zu knabbern gehabt. War das nicht genau so gewesen wie das hier?

Entweder das, oder er lag wirklich in einer Wüste, die jeden Brutofen in den Schatten stellte. Was war ihm lieber?

Ha! Als ob er eine Wahl hätte.

Etwas plumpste neben ihm in den Sand. Erschrocken kniff er die Augen zusammen; Sandkörnchen prickelten über seine Gesichtshaut, die sich schon verdächtig nach Sonnenbrand anfühlte. Wieder legte er die Hände schützend über seine Augen und lugte durch die Wimpern. Was war das gewesen?

Vor ihm hockte eine Gestalt. Die Beine steckten in pludrigen Hüllen, die kreuzweise geschnürt waren und auch die Füße bedeckten. Der Rest des Körpers war von einer Art Kutte umhüllt, die oben in eine weite, tütenartig vorstehende Kapuze überging. Die Kluft erinnerte an die Ordenskleidung eines Mönchs, nur dass sie nicht braun oder schwarz, sondern quietschgelb war und eine glatte Oberfläche hatte. Das Gesicht der Gestalt lag in hartem, tiefem Schatten und war nicht einmal zu erahnen.

»Hallo«, krächzte Stahnke. Wieder schmerzten seine ausgetrockneten Lippen, und er glaubte den Geschmack von Blut auf der Zunge zu spüren. »Können Sie mir helfen?«

Die Gestalt schwieg. Sie schaute ihn nur unverwandt an. Jedenfalls blieb die Tütenkapuze mit dem tiefschwarzen Fleck darin auf ihn gerichtet.

»Entschuldigen Sie«, sagte Stahnke. Zwar hatte er nichts gemacht, aber das konnte sicher nicht schaden. »Ich weiß nicht, wo ich hier bin. Könnten Sie mir eventuell eine Auskunft geben?«

»Kannst du mich denn nicht hören?«

Stahnke zuckte zusammen. Die Stimme dieser gelben Gestalt klang unvermutet melodisch und doch schräg, wie ein rostiges Saxophon. So etwas hatte er noch nie gehört.

Und das, was die Stimme gesagt hatte, war nicht weniger verstörend.

»Ja, sicher«, antwortete Stahnke. »Können Sie mir sagen, wo ich hier bin?«

»Das habe ich bereits«, tönte das rostige Saxophon. »Aber du scheinst noch ein Lautsprecher zu sein. Sehr ungewöhnlich. Woher kommst du?«

»Wenn ich das wüsste.« Stahnke war endgültig verwirrt. Und auf der anderen Seite auch wieder beruhigt. Das hier musste, das konnte nur ein Drogentraum sein. Solch eine skurrile Gestalt, die solch sinnlose Dinge in reinstem Deutsch sagte, war unmöglich real. Ausgeschlossen.

»Jedenfalls kannst du hier nicht bleiben«, sagte die gelbe Gestalt. »Weißt du das denn nicht?« Dann fügte sie noch hinzu: »Übrigens, du irrst dich.«

Natürlich konnte er hier nicht bleiben. Diese furchtbare Sonne war drauf und dran, ihn umzubringen. Die Frage war nur, wo sollte er hin? Das könnte ihm dieser neunmalkluge Gelbling doch vielleicht einmal erzählen.

»Kein Grund, aggressiv zu werden«, sagte die gelbe Gestalt. »Außerdem ist die Sonne nicht dein größtes Problem. Das ist das Wasser.«

»Das Wasser? Natürlich das Wasser. Hier werde ich verdursten, über kurz oder lang, das ist mir auch klar.« Tatsächlich klang er aggressiv, das musste er zugeben. Aber …

Hatte dieser Gelbling gerade seine Gedanken gelesen? Das konnte doch eigentlich nur Kramer.

»Du verstehst mich nicht.« Das rostige Saxophon klang ungeduldig. »Immer dasselbe mit euch Lautsprechern. Wenn es etwas misszuverstehen gibt, dann tut ihr das auch, unfehlbar. Aber ich kann mich damit jetzt nicht mehr aufhalten. Es ist spät, gleich wird es hier sein. Also hoch mit dir! Und sag nicht, ich hätte dich nicht gewarnt.«

Die gelbe Gestalt schnellte aus der Hocke hoch und begann die Düne zu erklimmen. Die umwickelten Füße sahen groß und rund aus, wie die von Kamelen oder Elefanten. Für das Gehen im Pudersand schienen sie ausgezeichnet geeignet zu sein, denn die Gestalt kam ausnehmend schnell voran. Schon war sie im gleißenden Sonnenlicht kaum noch zu erkennen.

Auf jeden Fall, dachte Stahnke, auf jeden Fall ist das ein Albtraum. Oder ein Drogentrip. So etwas gibt es nicht. Ein tönender Telepath im Friesennerz und mit Elefantenfüßen, der mitten in der Wüste erzählt, Wasser sei die größte Gefahr. Ein Wunder, dass der Typ gelb war und nicht rosa. Nee, Freunde, so etwas gibt es nur im Rausch. Und aus Räuschen wacht man auf. Also werde ich hier liegen bleiben, hier in meinem schönen Schattenfleck, und warten, bis es so weit ist.

Er schmiegte sich in die Dünenflanke, obwohl der Sand trotz des Schattens eine höllische Hitze ausstrahlte. Immerhin schien er real zu sein, und das gab ihm Halt. Außerdem konnte er auf diese Weise seinen eigenen Herzschlag besser hören. Ein gutes Gefühl, fast schon heimelig.

Allerdings hörte sich sein Herz ein wenig rumpelig an, fand er. Der Rhythmus war etwas unregelmäßig. Und konnten seine Herzschläge wirklich so stark sein, dass der Boden leicht zu beben begann?

Sein Kopf ruckte hoch. Nein, das war nicht sein Herzschlag, das war fernes Donnergrollen. Der Sand unter ihm vibrierte, dass die oberste Körnchenschicht zu tanzen begann. Ein leichter Wind umfächelte sein erhitztes Gesicht.

Und all das, der Wind, das Beben und das Grollen, nahm von Sekunde zu Sekunde zu.

Stahnke sprang auf. Hektisch begann er sich den Hang hinaufzuwühlen. Leider aber hatte er keine Elefantenfüße, und der nachgiebige Sand, der ihn immer wieder ausrutschen, straucheln und auf die Nase fallen ließ, verhöhnte seine Anstrengungen. Er pappte förmlich an der Dünenflanke wie eine Stubenfliege am Klebestreifen, um sein Leben zappelnd, aber unfähig vom Fleck zu kommen. Und das Donnern wurde stärker und stärker.

Natürlich. Dieses Tal dort unten, dieser rissige Boden, dieses Netz aus Linien im ausgedörrten Schlamm, sah nicht nur aus wie der Grund eines Wadis, es war ein Wadi. Ein Strom, der mal Wasser führte und mal nicht. Er kannte dieses Phänomen. Manchmal, nach heftigen Regenfällen, zuweilen hundert Kilometer stromaufwärts, ertranken Wüstenbewohner in solchen Wadis, weil sie nicht mit plötzlichen Flutwellen rechneten. Genau solch eine Flutwelle war hier offenbar im Anrollen.

Er blickte nach unten. Schwer zu schätzen, wie hoch er inzwischen war. Immerhin war er doch ein Stückchen vorangekommen. Noch längst nicht am Dünenkamm, nicht einmal in der Nähe, aber doch sicher hoch genug, selbst für eine große Flutwelle.

Das Donnern und Vibrieren nahm immer noch zu. Was da heranstürmte, war offenbar keine große, sondern eine riesige Flutwelle.

Aber war sie real?

Unmöglich, dachte Stahnke. Egal, wo es mich auch hin verschlagen hat, so etwas gibt es nirgendwo auf der Welt. Damit führt sich die ganze Sache ad absurdum. Den Ort, an dem ich hier bin, gibt es nicht, also bin ich auch nicht hier. Vielmehr dort. Logisch?

Sein Verstand wollte bejahen, aber seine Angst überschrie alles. Also nickte er nur.

Konnte ein Verstand nicken?

Da rollte es heran wie ein Wand, haushoch, turmhoch, schaumgekrönt. Kein Dammbruch konnte solch eine Flutwelle erzeugen, und wenn dies ein Tsunami war, dann der größte aller Zeiten.

»Du bist nicht real!«, schrie er dem Wasser entgegen, als es ihn packte und mit sich riss. Sein Mund füllte sich mit Wasser.

Eigenartig, dachte er, das ist Salzwasser. Also wirklich ein Tsunami. Aber hier in der Wüste?

Wenigstens konnte man in Wasser, das es nicht gab, auch nicht ertrinken, dachte er, während sein Körper durch die Fluten wirbelte wie ein Flöckchen in einem Schüttelglas. Dann wurde ihm die Luft knapp, und er war sich seiner Sache gar nicht mehr so sicher.

30.

Bei Leer kreuzte er die Ems, überquerte die Jann-Berghaus-Brücke, die immer noch so nagelneu aussah und doch schon bald einer teuren Neukonstruktion mit größerer Klappe weichen sollte, fuhr Richtung Weener und von dort aus über die Dörfer, bis sich die Straße erneut dem Fluss näherte, der hier deutlich schmäler und kanalartiger war. Jetzt abermals über eine Emsbrücke, dann musste die *Leiner-Werft* eigentlich gleich in Sicht kommen.

Und da war sie, nicht sehr auffällig auf den ersten Blick, ein paar langgestreckte Hallen eben, bis man beim Näherkommen feststellte, wie groß diese Hallen waren. So groß, dass ganze Schiffe in ihnen entstehen konnten, Passagierschiffe, von denen die meisten weitaus mehr Tonnage hatten als die legendäre Titanic. Anerkennenswert, solch einen Betrieb auf die Beine zu stellen, respekteinflößend, diesen Betrieb über Generationen in ein und derselben Familie zu halten, ökonomisch weitsichtig, ihn technisch stets auf dem neuesten Stand zu halten und auf dem umkämpften Schiffbaumarkt eine profitable Nische zu finden und auszufüllen. Aber komplett hirnrissig, fand Kramer, all das hier im Binnenland zu tun, den richtigen Augenblick zur Umsiedelung an die Küste zu verpassen, obwohl es an lukrativen Angeboten weiß Gott nicht mangelte, und starrköpfig, wider alle Vernunft auf der Richtigkeit seiner Entscheidungen zu beharren und anschließend hemmungslos alles zu tun, um die Folgekosten dieser Fehlentscheidung der Allgemeinheit aufzubürden. Einfach kindisch.

Nun ja. Bis jetzt war dieses Riesenkind ja mit allen seinen Forderungen durchgekommen. Und wie jedes andere Kind würde es sein Verhalten also auch nicht ändern, bis ihm klare Grenzen gesetzt wurden. Wer das sein sollte, der ihm solche Grenzen setzte, das stand allerdings in den Sternen. Auf dem Wahlzettel jedenfalls stand so jemand nicht.

Kramer fuhr rechts ran und ließ die Yamaha ausrollen. Anscheinend hatte er richtig vermutet, denn im Werfthafen tat sich etwas. Der weiße Kreuzfahrtriese mit dem Haifischmaul am Vordersteven lag nicht mehr fest vertäut an seinen Moorings. Das hoch aufragende Schiff, durchaus schnittig, aber mit seinen klotzigen, hotelhaften Aufbauten nicht wirklich elegant, bewegte sich. Vielmehr: Es wurde bewegt. Zentimeter für Zentimeter wurde der Koloss in Richtung Dockschleuse manövriert. Von dort aus ging es direkt in die Ems, die an dieser Stelle so schmal war, dass das Missverhältnis zwischen ihr und den Schiffen, die sie aufzunehmen und zu tragen hatte, geradezu irrwitzig schien. Durch immer neue Vertiefungen, die nach und nach die Strömungsgeschwindigkeit von Ebbe und Flut derart gesteigert hatten, dass diese schließlich die Standfestigkeit der lebenswichtigen Flussdeiche gefährdeten, war die maximale Schiffsgröße immer weiter nach oben geschraubt worden. Bis man endlich nicht mehr tiefer baggern konnte. Da hatten dann willfährige Politiker der *Leiner-Werft* ein Sperrwerk geschenkt. Ein neues Spielzeug für das Riesenkind, das sich vermutlich schon Gedanken darüber machte, was es mit seinem Riesendickkopf als Nächstes durchsetzen würde.

Nur war das Riesenspielzeug jetzt weg. Verschwunden, versenkt. Und das Kreuzfahrtschiff mit dem Haifischmaul wurde trotzdem fahrbereit gemacht. Irgendwie hatte er es geahnt.

Kramer gab wieder Gas und fuhr dichter heran. In der Nähe des Werfttores, das der Straße am nächsten lag, stellte er seine Maschine ab und stopfte seinen Helm in den Tankrucksack. Die Jacke hängte er sich locker über die Schultern. Besser, er war nicht gleich als Motorradfahrer zu erkennen. Und auch nicht als Polizist. Die *Leiner-Werft* war kritischen Fragern gegenüber nicht besonders zugänglich. Interessierten Schifffahrtfans gegenüber schon. Das diente dem Image, und aus gutem Image konnte man mit Hilfe publicitygeiler Politiker gutes Geld machen.

Die Notwendigkeit, am Tor womöglich doch den Dienstausweis zücken und sich offenbaren zu müssen, ergab sich gar nicht erst. Ein Werftmitarbeiter stand außerhalb der Umzäunung am Ufer, ein Walkie-Talkie in der ausgebeulten Brusttasche, die Hände in die ausladenden Hüften gestemmt. Was er dort beobachten und gegebenenfalls melden sollte, war nicht ganz klar. Das hinderte den Mann jedoch nicht daran, sich vor den Schaulustigen, die in kleinen Trupps herumstanden und Kameras jeder Art auf den Schiffsriesen richteten, zu spreizen wie ein Pfau. Kramer gesellte sich zu ihm.

»Wieso wird denn jetzt eigentlich ausgedockt? Ohne Sperrwerk kann doch gar nicht überführt werden, oder?«

Der Werftmitarbeiter schaute ihn mitleidig an. »Ausdocken heißt das nicht«, korrigierte er Kramer herablassend. »Ausdocken ist, wenn das Baudock geflutet wird, das Schiff aufschwimmt und nach draußen verholt wird. Kapiert?«

Kramer verfügte über ein gut entwickeltes Pokerface. So leicht sah ihm keiner an, was er dachte oder fühlte. Jetzt setzte er noch eins drauf: Er schauspielerte.

»Ach, so ist das. Ist ja interessant. Ist ja richtig spannend.«

Oha, war das zu viel gewesen? Hatte er zu dick aufgetragen? Ein Blick ins selbstzufrieden glänzende Gesicht des Pummeligen aber beruhigte ihn. Kurt Tucholsky hatte eben doch recht: Bei Komplimenten sollte man immer zwei Nummern gröber verfahren, als man es gerade noch für möglich hielt.

»Ja, wir machen hier spannende Sachen, was? Wir sind ja auch die Größten. Und das an dieser kleinen Pissrinne von Fluss!«

Er lachte kollernd. Kramer lachte pflichtschuldig mit.

»Ja, Pissrinne«, bestätigte er dann. »Und wie kriegen Sie dieses große Schiff jetzt durch diese kleine Rinne durch? Ohne Sperrwerk?«

Die Mundwinkel des Pummeligen schienen sich geradezu in seine Apfelbäckchen zu bohren, so breit wurde sein Grinsen. »Ach was, Sperrwerk. Wir haben unsere Schiffe früher auch ohne Sperrwerk die Ems runter gekriegt. Und das können wir jetzt auch noch. Alles eine Frage des *Timings*.« Er betonte das Fremdwort so, als gäbe er ein sorgsam gehütetes Geheimnis preis.

Kramer zwang sich, entsprechend beeindruckt zu gucken. »Ach so, *Timing*, nicht wahr? Ist ja doll.« Kleine Kunstpause: »Und was bedeutet das?«

Genau so hatte der Pummelige sich das vorgestellt. »Das bedeutet«, dozierte er wichtig, »dass man wissen muss, wann die Flut hier höher aufläuft als gewöhnlich. Und man muss wissen, wann der beste Moment zum Losfahren ist, damit man an den kritischen Stellen das meiste Wasser unterm Kiel hat. Und dann muss man noch wissen, wo man am besten Station machen kann, um die nächste Tide abzuwarten. Nur mit einmal Flut klappt es nämlich nicht.«

Ja, so war das. So ging das. Und das wusste jeder. Zumindest jeder Küstenbewohner. Auf jeden Fall aber jeder, der schon einmal auf einem Schiff oder Boot im Tidengebiet unterwegs gewesen war. Oder …

Konnte es etwa sein, dass es wirklich so viele Menschen gab, die man mit solchen Allgemeinplätzchen beeindrucken konnte? Kramer fixierte den Pummeligen und sein ringsherum stehendes und andächtig lauschendes Publikum. Tja, offenbar war das so.

Also schauspielerte er weiter. Und ließ keinen Zweifel daran, dass er in dem Pummeligen den *Mastermind*, das *Superbrain* des Unternehmens sah. Das war nun allerdings mehr als zwei Nummern gröber, aber es klappte vorzüglich.

»Aber die Schiffe, die Sie hier bauen, werden doch immer größer«, sagte er. »Irgendwann muss da doch auch das beste *Timing* an seine Grenzen stoßen, oder nicht? Deshalb wurde ja auch dieses Sperrwerk gebaut. Und jetzt geht es wirklich wieder ohne?«

Der Pummelige guckte halb mitleidig, halb verschmitzt. »Mit Sperrwerk geht's natürlich besser«, raunte er verschwörerisch. »Man kann die Termine ansetzen, wie es einem passt, ohne auf Spring- oder Nipptide Rücksicht nehmen zu müssen. Zum Beispiel die Überführungen immer auf die Wochenenden legen, dann kommen viele Besucher und entsprechend viel Fernsehen und Presse, das ist gut für unser Bild in der Öffentlichkeit. Dann kann man wieder mehr Druck machen, verstehen Sie?« Er stieß Kramer mit dem Ellenbogen in die Seite. »Als Nächstes muss ja diese Brücke bei Leer verbreitert werden. Weiß auch noch keiner, ob das wirklich nötig ist, kann aber nicht schaden, das schon mal zu behaupten. Wenn die Forderung dann wirklich gestellt wird, glauben schon alle, dass es nicht anders geht. Clever, was?« Er lachte halblaut, Kramer stimmte ein.

»Außerdem wird der Fluss ja nach wie vor ausgebaggert«, fuhr der Werftmitarbeiter fort. »Tief genug ist er also. Baggern und Sperrwerk, doppelt hält besser. Ist ja nicht mein Geld, was?«

Diesmal lachte Kramer nicht mit. Es ging einfach nicht. Stattdessen täuschte er einen leichten Hustenanfall vor.

»Und wann geht's nun genau los?«, fragte er dann. »Heute noch?«

»Heute Nacht.« Der Pummelige horchte auf sein Walkie-Talkie. Offenbar aber war die quäkige Durchsage nicht für ihn bestimmt. »Machen wir ja sonst nicht so gerne, ich sagte ja gerade warum, aber gehen tut das natürlich. Mit Radar und den vielen starken Scheinwerfern kein wirkliches Problem. In einem Rutsch bis Leer, dort Zwischenstation, und dann morgen Vormittag weiter nach Emden, zur endgültigen Ausrüstung.«

»Nicht nach Eemshaven?«, fragte Kramer. »In den letzten Jahren wurden Ihre Schiffe doch dort ausgerüstet.«

»Ja, stimmt. Die Holländer hatten uns günstigere Konditionen geboten als die Emder. Und sie haben eine Menge Rummel veranstaltet um unsere Schiffe, das war natürlich auch gut, wegen Publicity und so. Außerdem mag der Chef die Emder nicht wirklich. Keine Ahnung, warum. Ist eben so.«

»Und trotzdem wird die *Italian Stardust* jetzt doch in Emden ausgerüstet?«

»Weil die Emder uns mächtig weit entgegengekommen sind.« Der Pummelige freute sich diebisch. »Erstens preislich, klar, und dann haben sie zugesagt, noch mehr Tamtam rund um das Schiff zu veranstalten als die Holländer, viel mehr. Natürlich auf eigene Kosten. Ja, ja, was so ein bisschen öffentlicher Druck doch ausmacht.«

Kramer nickte. »Ist ja auch besser so, dass die Arbeit hier bei uns bleibt. Sonst gehen uns doch Arbeitsplätze verloren, oder nicht? Ich meine, in das Sperrwerk und die sonstigen Subventionen sind eine Menge Steuergelder geflossen, Bundes- und auch Landesmittel. Da kann man im Gegenzug die Arbeit wohl im eigenen Lande lassen.«

Der Werftler glotzte Kramer an, als hätte der ihm einen unsittlichen Antrag gemacht. »Was sind Sie denn für einer, hä?

Grüner, was? Oder vielleicht 'n Roter? Was labern Sie mich überhaupt an? Wir lassen uns von niemandem vorschreiben, was wir zu tun und zu lassen haben. Wir tun, was wir für richtig halten, basta. Da soll mal einer kommen! Mit unseren Arbeitsplätzen sitzen wir immer am längeren Hebel.«

Demonstrativ wandte er ihm den Rücken zu. Auch die Umstehenden, die dem Gespräch gelauscht hatten, rückten sichtbar von Kramer ab. Der verzog sich ohne weiteren Kommentar.

Eigenartig, dachte er, als er seine Enduro startete. Der Gedanke, dass diesem Schiff morgen etwas zustoßen könnte, erscheint mir immer weniger absurd, je mehr ich darüber nachdenke. Und er kommt mir auf einmal gar nicht mehr so bedrohlich vor.

31.

Sie lehnte das Rennrad an einen Zaun und griff nach dem Schloss. Gewohnheitsmäßig, ganz automatisch. Das Schloss aber war natürlich nutzlos, denn es war geknackt.

Trotzdem fädelte sie das ummantelte Drahtseil, das auf der einen Seite am Rahmen befestigt, auf der anderen Seite mit einer Taschenflex sauber durchtrennt worden war, durch die Speichen des Hinterrades. Ganz normal verhalten, nur kein Aufsehen erregen. Sie zog den Schirm ihrer Sonnenmütze tiefer ins Gesicht und ging los.

Gerne hatte sie das Rad nicht geklaut. Sie teilte nicht die nachlässige bis verächtliche Einstellung zum Privateigentum, mit der einige ihrer Gesinnungsgenossen kokettierten. Wahrscheinlich, weil sie und ihre Eltern nie reich gewesen waren und Dinge, die man erwarb und besaß, daher eine gewisse Bedeutung für sie hatten. Gewalt gegen Sachen, wenn eine Begründung, eine Absicht dahinter stand – das war etwas anderes, in solchen Fällen konnte man auf Angelina Snuck zählen. Nur aus purer Nachlässigkeit oder gar Zerstörungslust aber kam das nicht in Frage.

Na ja, das Rad hatte sie eben gebraucht. Wie sonst hätte sie hierher kommen sollen? Und vielleicht wurde es ja gefunden und zur Polizei gebracht und seiner rechtmäßigen Besitzerin zurückgegeben. Eine Registriernummer war ja immerhin dran.

Wahrscheinlicher war, dass irgendein Betrunkener auf diesem Rad nach Hause schlingern und es dann im nächsten Graben versenken würde, das wusste sie auch. Aber daran wollte sie jetzt nicht denken. Dazu hatte sie zu viele andere Dinge im Kopf.

Zum Beispiel das da oben *auf* ihrem Kopf.

Sorgfältig zupfte sie die Schirmmütze zurecht, unter die sie ihre halblangen, grün gefärbten Haare gestopft hatte. Bis auf den Ansatz im Nacken war so nicht viel zu sehen, und sie hoffte, das Häuschen erreichen zu können, ohne aufzufallen. Wie, zum Henker, war sie an diesen Kopfputz gekommen? Eigenhändig hatte sie sich doch die langen, roten Rastazöpfe abgeschnitten und den raspelkurzen Rest schwarz gefärbt. Wo waren die Haare plötzlich wieder hergekommen? Und wo diese grässliche Farbe?

Zwischen kleinen bunten Häusern auf eingezäunten, mehr oder minder gepflegten Parzellen hindurch trottete sie über den ausgetretenen Weg. An einem späten Sonntagnachmittag im Sommer, schon gar bei solchem Wetter, war hier am Kleinen Meer eine Menge los. Zum Glück fiel sie nicht weiter auf; junge Leute in knappen Shirts und kurzen Hosen mit Kappen auf dem Kopf gab es hier genug. Gelegentlich erwiderte sie einen genickten Gruß, im Großen und Ganzen aber blieb sie unbeachtet.

Das Häuschen, eine sogenannte Meerbude, gehörte ihrem Vater. Viel verband sie nicht mehr mit ihm, trotzdem hatte er ihr das Wochenendhaus zur Verfügung gestellt. Wohl auch in der Hoffnung, dass sie ein Auge darauf haben und Hand daran halten würde, denn ihm selber ging es nicht gut in letzter Zeit, und der Gedanke an Ausflüge zum Kleinen Meer verbot sich. Das Häuschen lag in dritter Reihe, nichts Besonderes, aber es hatte eine Veranda, von der aus man zwischen den anderen Häusern hindurch wunderschöne Sonnenuntergänge beobachten konnte. Es bot mehrere kleine Schlafräume und sogar einen Kachelofen, denn es war halbwegs winterfest isoliert. Eine richtige Bleibe also, gut geeignet als Nest für sie und Marian.

Vor allem für sie, denn hier suchte sie keiner. Noch war man offenbar nicht so intensiv hinter ihr her, dass man ihren Vater ausfindig gemacht und befragt hätte. Was auch nicht so einfach war, denn er befand sich in einem Pflegeheim außerhalb Ostfrieslands, und sie führte den Nachnamen ihrer verstorbenen Mutter. Lauter Details, die sich in ihrer Situation als günstig erwiesen.

Nach ihrem gestrigen Geständnis gegenüber Stahnke und diesem anderen Typ, diesem Kramer, würde sich die Lage allerdings vermutlich bald ändern.

Noch schien das Häuschen mitten im Wassersportrevier vor den Toren Emdens unberührt zu sein. Eine wattige Wand aus warmer, abgestandener Luft versicherte ihr, dass seit Tagen niemand hier gewesen war. Eilig riss sie sämtliche Fenster im Wohnzimmer auf, dann schleuderte sie die Schirmmütze in eine Ecke und fuhr sich mit allen Fingern durch das bis dahin so sorgfältig verborgene, leicht verschwitzte, giftgrün gefärbte Haar. Viel Zeit hatte sie nicht mehr. Die musste sie nutzen.

Im kleinsten der Schlafräume hatte Marian sich eine Art Schreib- und Leseplatz eingerichtet. Bücher und Zeitschriften türmten sich überwiegend auf dem Dielenboden. Unglaublich, was der Mann in den wenigen Wochen, die sie hier verbracht hatten, alles hergeschleppt hatte. Einiges davon hatte sie sich ebenfalls angeschaut, Umweltthemen vor allem, natürlich. Aber da war auch anderes Material gewesen, Unterlagen für Studien, die Marians wichtigeren Artikeln und Serien zu Grunde lagen. Seine Notizen hatte er natürlich mitgenommen, um sie in der Redaktion in den Computer einzugeben. Die Quellen aber waren hier geblieben. Marian gehörte nicht zu denen, die Zeitschriften zerfledderten oder wegwarfen.

Lina Snuck begann sich durch die Stapel zu wühlen. Sie suchte nach etwas ganz Bestimmtem. Vor kurzem noch war ihr das Thema etwas abseitig erschienen. Jetzt, nach dem, was ihr gestern und heute widerfahren war, sah sie das etwas anders.

Auch Marians Verschwinden sah sie inzwischen mit anderen Augen.

Da, das musste eins von den Heften sein. *Informationen zur politischen Bildung*, Heft 291. Der entsprechende Artikel war angestrichen: »Fragwürdiges Söldnertum«. Eigentlich war er ein einziges großes Zitat aus der Wochenzeitschrift *Die Zeit*.

Ein gelb markierter Satz sprang Lina ins Auge: »Die Rollen hatten sich vertauscht: Das mächtigste Militär der Welt war auf die Hilfe einer Privatarmee angewiesen.«

Die Rede war natürlich von den USA. Und davon, dass sich die selbsternannte Weltpolizei beim unpopulären Krieg im Irak einen Teil der Drecksarbeit von privaten »militärischen Dienstleistungsanbietern« abnehmen ließ. Himmel, klang das geschwollen. Hatte man so etwas früher nicht »Auftragskiller« genannt?

Die Nachfrage nach Sicherheitskräften ist so groß, dass sie alle einen Job finden, stand da. *Im Irak arbeiten nach Schätzungen zwischen 10.000 und 25.000 Legionäre. Sie bilden nach den USA das zweitgrößte Truppenkontingent, größer als das Aufgebot der britischen Streitkräfte.* Platz zwei im Medaillenspiegel! Nicht schlecht für private Mörderbanden. *Im Internet sind 68 militärische Dienstleistungsanbieter aufgeführt, die nach Personal suchen. Bei einigen handelt es sich um multinationale Großbetriebe.* Aha, also keine Bande. Sondern eine solide Mafia.

Es waren auch Namen von einschlägigen Firmen aufgeführt, die Jahresumsätze in Höhe von über einhundert Millionen Dollar aufzuweisen hatten. Die Zuwachsraten seien beträchtlich.

Na, das war doch etwas. Dann nichts wie ab an die Börse!

Weiter: *Zu den 68 großen Firmen kommen zahllose Einmann- und Internet-Betriebe. Allen gemein ist eine mafiagleiche Geheimhaltung ihrer Aktivitäten.* Na also, da stand es doch! *Die Söldner agieren in einem rechtsfreien Raum. Eine irakische Gerichtsbarkeit gibt es für sie nicht. Der Militärgerichtsbarkeit der Besatzer sind sie nicht unterworfen. Das Schlimmste, was ihnen passieren kann, ist die Entlassung.* Lina Snuck konnte sich da durchaus etwas Schlimmeres vorstellen. Schließlich bekamen diese Leute ihr Geld nicht für nichts.

Schon der nächste Absatz gab ihr recht: *Die Zahl der im Irak gefallenen Söldner ist nicht bekannt. Auch bei größeren Vorfällen wird ihre wahre Identität oft mit ›Wiederaufbauhelfer‹ verschleiert.* Es folgten weitere Details, gut recherchiert, aber zu sehr auf den Irak bezogen. Das war nicht das, was sie suchte.

Aber hier, das war es: *Das Pentagon vergibt täglich Aufträge im Wert von fünf Millionen Dollar, in erster Linie für Wehrmaterial und nichtmilitärische Leistungen. Doch auch ganze Waffensysteme, etwa der Stealth-Bomber B-2, werden von Fremdfirmen bedient. Großbritannien privatisierte die Wartung der Royal Air Force, seine gesamte Luftbetankungsflotte und den Panzertransport. Auch traditionelle Militäraufgaben werden seit Ende des Kalten Krieges zunehmend ausgelagert.*

Lina Snuck lehnte sich zurück. Sie erinnerte sich ganz genau. Als Marian ihr diesen Artikel zum ersten Mal gezeigt hatte, hatten sie beide an die kleinen Maschen in diesem Netz gedacht, an die »Einmann- und Internetfirmen«, vielleicht noch an die nächsthöhere Ebene. Zulieferer von Menschenmaterial. Sie hatte das alles für ziemlich abenteuerlich gehalten, Marian aber hatte zu recherchieren begonnen. Hartnäckig wie er war, war er irgendwann auf die *Erzengel* gestoßen. Mit den bekannten Folgen.

Was aber, wenn er damit einem der ganz Großen in diesem Business zu nahe gekommen war? Einem von denen, die bestimmt nicht nur ihre eigenen Verluste zu verschleiern verstanden?

Eine Fremdfirma, die ganze Waffensysteme bediente. Und betreute. Womöglich überhaupt erst entwickelte. Systeme, die in ihren Aktivitätsbereich passten. Oder gleich daraus hervorgingen.

Bestimmt waren da mehr als fünf Millionen Dollar täglich im Spiel.

Beim Stichwort Irak musste sie an Saddam Hussein denken. Der war von den Siegern gehenkt worden, unwürdig und barbarisch, aber sicher nicht unverdient. Unter anderem, weil er chemische Waffen gegen Teile seines Volkes eingesetzt hatte.

Zeugs, wie es auch andere Länder in ihren Kampfstoffdepots lagerten. Und dort wurde niemand deswegen gehenkt.

Gas. Giftgas. Chemische Kampfstoffe, wie man sie kannte. Und vielleicht auch solche, die noch keiner kannte. Stoffe, die Menschen nicht töteten, sondern beeinflussten. Ihr Bewusstsein veränderten. Das machte Sinn, das war effizient, auch ökonomisch. Statt Leichen, die beseitigt werden mussten, hatte man dann Arbeitskräfte, die man zum eigenen Nutzen einsetzen konnte. Sklaven, die nicht wussten, dass sie welche waren.

War es das, was ihr selber passiert war? War ihr Bewusstsein verändert worden, zweimal, waren Erinnerungen gelöscht, andere in sie hinein projiziert worden? Hatte Thorsten Duprée, der Gastwirt, der sie eingestellt hatte, sie deshalb vergessen?

Wenn es solch einen Kampfstoff, solch eine bewusstseinsverändernde Droge wirklich gab, dann war sie revolutionär. Dann war sie ein Vermögen wert. Und der, der über sie verfügte, war unvorstellbar mächtig. Und er würde alles tun, um das auch zu bleiben.

War es die *COLaP*? Waren Marian und sie über die *Erzengel*, die kleinen Handlanger, tatsächlich auf die richtige Spur geraten, ohne es zu merken?

Vielleicht war das Zeug ja noch gar nicht zu Ende entwickelt. Vielleicht war der Stoff noch nicht ausgereift, noch nicht richtig kontrollierbar. Musste noch experimentell erprobt werden. Nicht nur im Labor, sondern auch im Freilandversuch. Von übertriebener Rücksichtnahme war nicht auszugehen.

War sie solch ein Versuchstier, war sie eine Laborratte, nur ohne Labor? Ihre dünnen Finger krampften sich zu kleinen Fäusten.

Aber wenn das so war – wo kamen dann diese bescheuerten grünen Haare her?

Nein, noch durchblickte sie nicht alles, ganz bestimmt nicht. Aber sie war auf der richtigen Spur, da war sie sich sicher.

Diese blöden Haare, die würde sie jetzt erst einmal abschneiden. Und dann würde man ja sehen, ob sie morgen wieder da waren.

Aber würde sie das dann auch wissen?

Immer noch war es drückend heiß in der Meerbude. Trotzdem fröstelte sie.

Sie legte das Heft zurück auf einen der windschiefen Stapel. Prompt geriet der aus seinem labilen Gleichgewicht, Hefte und Bücher pladderten zu Boden. Sie bückte sich und hob alles wieder auf.

Ein Foto lugte zwischen zwei Büchern hervor. Neugierig zog sie es heraus. Ein Porträtfoto. Von einer Frau, die sie nicht kannte. Einer schönen Frau. Halblange, dunkle Haare, die sich über den Schultern bauschten, lange dunkle Wimpern, ein blasses, dreieckiges, fein geschnittenes Gesicht, in dem der dünne Metallrahmen einer eckigen, flachen Brille Konturen setzte. Wer mochte das sein?

Sie drehte das Foto um. Auf der Rückseite stand kein Name, aber eine Telefonnummer. Von einem Handy.

Überrascht stellte sie fest, dass sie Eifersucht verspürte. Es war wie ein Stich, ohne Vorwarnung, hinterrücks, hinterhältig. Aber warum? Waren Marian und sie nicht zu moderne, offene Menschen für so etwas?

Anscheinend nicht. Jetzt, da er nicht mehr bei ihr war, wurde ihr das klar. Von wegen moderne, offene Beziehung!

Ganz altmodisch fing sie an zu weinen.

32.

Plötzlich konnte er wieder atmen. Gierig sog er Luft in seine gequälten Lungen, ruderte mit Armen und Beinen, um nur ja an der Oberfläche zu bleiben, die vom Salzwasser brennenden Augen fest zusammengekniffen.

Und knallte wuchtig auf den harten Boden.

Nase, Rippen, Ellbogen, Kniescheiben. Was konnte man sich eigentlich sonst noch alles brechen? Erschreckend, was ihm da alles einfiel. Aber der Schmerz ebbte ab, und wie seine Bewegungs- und Tastversuche ergaben, schienen seine

Verletzungen nur oberflächlich zu sein. Seine Nase allerdings blutete heftig, und Lederjacke und Jeans waren an den Stellen, die über den Asphalt gescheuert waren, stark ramponiert.

Dafür waren seine Klamotten wieder trocken.

Ächzend erhob er sich und schaute sich um. Ein Gefühl der Erleichterung durchströmte ihn wie eine inwendige warme Brause. Er war wieder zu Hause! Gott sei Dank, der Spuk hatte ein Ende. Was immer ihm wer auch immer eingetrichtert hatte, die Wirkung hatte nachgelassen, und er war endlich wieder bei sich.

Na ja, so ganz bei sich zu Hause eigentlich nicht. Auf jeden Fall aber in Leer, dessen war er sich sicher. Er stand mitten auf der Friesenstraße, dort war Seichters Tankstelle, da drüben war mal das Musikgeschäft gewesen, rechts lag die Fußgängerzone und geradeaus ging es zum Bahnhof. Ganz klar.

Etwas eigenartig war, dass er mitten auf der Straße stand. Es dämmerte. Seine Armbanduhr schien noch intakt zu sein: kurz vor zehn, also Abend. Sonntagabend, wenn er sich recht erinnerte. Und kein Auto, kein Mensch weit und breit. Mitten im Stadtzentrum. Das war nicht *etwas*, das war *sehr* eigenartig.

Bei näherem Hinsehen entdeckte er noch mehr Eigenartiges. Der Asphalt, auf dem er stand, war rissig und schrundig, mit tiefen Löchern hier und da. Die Tankstelle war eigentlich keine, die Zapfsäulen fehlten, alle Fensterscheiben waren gegen Holzplatten ausgetauscht worden, und handgeschriebene Schilder priesen etwas an, das *Baboom* hieß. Nie gehört. Und das ehemalige Musikgeschäft war eine Ruine.

Überhaupt waren da einige verfallene Häuser rings um ihn her. Gebäude, die er als nahezu neu in Erinnerung hatte, glotzten ihn aus leeren Fensterhöhlen an, teilweise dachlos, beschmiert, verkommen, gespenstisch.

Ja, das war es wohl. Dies hier war eine Geisterstadt. Und es war wiederum eindeutig Leer, seine Heimatstadt. Alle Witze, die jemals mit diesem Namen verzapft worden waren, schienen sich bewahrheitet zu haben.

Geisterstadt Leer.

Also gut, dachte Stahnke. Ich halluziniere doch noch. Die Wirkung dieses Zeugs ist noch nicht abgeklungen. Na, und wenn schon. Irgendwann hört das auf, dann sehe ich wieder klar, dann ist hier alles wieder wie früher. Keine Droge wirkt schließlich ewig, oder?

Irgendetwas aus seinen Erinnerungen zwickte ihn. Erzählte von dauerhaften Bewusstseinsveränderungen nach exzessivem Drogenmissbrauch. Er wischte es weg. Die Wirkung würde schon nachlassen. Sie musste es einfach.

Einer plötzlichen Eingebung folgend, sprang er von der maroden Fahrbahn auf den nicht weniger sanierungsbedürftigen Bürgersteig. Falls es die Autos, die er hier vermisste, doch gab und er sie bloß nicht sah, dann wollte er wenigstens nicht unwissentlich überfahren werden.

Blödsinn, dachte er, dann wäre das doch längst passiert.

Wäre? Ist?

Er schüttelte heftig den Kopf. Die wackeligen Gehwegplatten unter seinen Füßen knirschten.

An dem Gebäude etwas weiter die Straße hinunter gab es eine Reklametafel, die ihm bekannt vorkam. Aha, ein Internet-Café.

Aber schrieb man Café nicht mit f?

Er schaute genauer hin: *Internet-Cave*. Das hieß so viel wie Höhle. Internet-Höhle. Was hatte das nun wieder zu bedeuten?

Er fuhr herum, als er leises Getrappel von zahlreichen Füßen hinter sich hörte. Auch das noch – Ratten! Eine ganze Horde dieser Nagetiere war aus einer Seitenstraße aufgetaucht und lief diagonal über die Straße. Autos gab es hier also wirklich nicht. Es sei denn, deren Abwesenheit war ebenso virtuell wie die Anwesenheit der Ratten. Internettisch gesprochen.

Drehte er jetzt völlig durch?

Ein Wunder wäre es nicht, fand er. Dieses Leer hier war ein Slum, ein verkommener, verlassener, rattenverseuchter Slum. Gestern, ach was, heute früh war es noch eine zwar kleine, aber höchst lebendige Stadt gewesen, ein Mittelzentrum mit 35.000 Einwohnern und weiteren knapp 100.000 im umliegenden Kreisgebiet, die in verlässlichen Wellen hier einzufallen, durch die Einkaufsstraßen zu schwappen und dort zu shoppen pflegten. Und jetzt das. Zustände wie im Irak –

oder wie in New Orleans nach dem letzten großen Tornado. Da sollte man nicht durchdrehen?

Moment. Irgendetwas an diesen Ratten war merkwürdig.

Er musterte die Viecher eingehender. Sie kamen ihm ungewöhnlich groß vor, regelrecht stämmig, mit Bäuchen, die über den Boden schleiften. Die Art, wie sie gemächlich die Straße überquerten, ließ auf eine Menge Selbstsicherheit schließen. Ängstlich schienen diese Biester jedenfalls nicht zu sein. Und, das fiel ihm jetzt erst auf, sie gingen in ungewöhnlich geordneter Formation, in einer versetzten Doppelreihe, wie die Schlittenhunde, nur ohne Geschirr. Normale Ratten waren das nicht.

Was dann? Ausgebüxte Laborratten?

Stahnke begann lauthals zu lachen. Ein Buch, das er vor vielen Jahren gelesen hatte, fiel ihm wieder ein. *Der futurologische Kongress* von Stanislaw Lem. Der Mann hatte darin doch genau das beschrieben, was ihm hier gerade widerfuhr! Bewusstseinsverändernde Psychopharmaka, von einer gewissenlosen Regierung in Gasform eingesetzt, warfen die Opfer, die das Zeug eingeatmet hatten, von einer scheinbaren Realität in die andere. Immer dann, wenn man sich gerade an eine Ebene gewöhnt hatte, erwies sich die als nur geträumt, und man musste sich mit der nächsten auseinandersetzen. Die natürlich auch wieder nur ein chemisches Phantasieprodukt war. Und das Erkennungszeichen, dass wieder einmal ein Wechsel von einer Ebene zur anderen anstand, waren Ratten. Sowie Ratten auftauchten, die sich irgendwie komisch benahmen, etwa auf zwei Beinen gingen, Zigarren rauchten oder einen Sattel trugen, wusste der gewiefte Leser: Ha, es ist wieder einmal so weit!

Also schön, sollte er nur kommen, der nächste Wechsel. Er war bereit. Stahnke stellte sich in Positur.

Die schweren Tritte und das laute Schleifen hätte er dank seines Heiterkeitsausbruchs beinahe überhört. Die Geräusche kamen aus derselben Seitenstraße, aus der vorhin die Ratten aufgetaucht waren. Was mochte das sein – ein übergewichtiger Rattenfänger, der eine Golftasche voller Flöten hinter sich herzog?

Nein. Es war eine Riesenratte, größer und massiger als ein Stier. Der Schwanz, den sie hinter sich herschleifte, hatte die Dimensionen einer Riesenschlange, und obwohl ihr Gang weich und elastisch war, erzitterte das Pflaster unter ihren Pfoten. Sie bemerkte Stahnke nur einen Sekundenbruchteil später als er sie. Ihr massiger Körper fuhr herum, der Schwanz peitschte den rissigen Asphalt, die Schnurrhaare vibrierten und ihr Atem zischte pfeifend an ihren riesenhaften Schneidezähnen entlang. Einen Augenblick lang stand sie da wie erstarrt. Dann duckte sie sich zum Sprung.

Stahnke wirbelte auf dem Absatz herum und rannte los. Die neue Ebene! Wo blieb sie denn nur, die neue Ebene? Nein, dieses Biest konnte es nicht geben, das konnte nicht real sein. Auch wenn es weder einen Sattel trug noch rauchte. Aber um keinen Preis der Welt wollte er auf den Beweis der Nichtexistenz dieses Monsters warten, bis er unter ihren Zähnen und Krallen lag. So ein Übergang zwischen den Realitätsebenen musste doch schließlich auch rennend möglich sein!

Der Boden unter ihm ruckte spürbar. Die Riesenratte musste gesprungen sein. Und Ruck! – gleich noch einmal. Stahnke drehte sich nicht um, er rannte, rannte, wie er noch nie zuvor im Leben gerannt war. So also geht das, um sein Leben rennen, dachte er.

Der nächste Ruck brachte ihn beinahe um sein Gleichgewicht. Während er rennend mit den Armen ruderte, stieß ihn etwas in den Rücken, genau so hart und so weich, wie er sich die Schnauze einer Riesenratte vorstellte. Wieder flog er vornüber, knallte auf Nase, Rippen, Ellbogen und Knie. Es tat weh, aber der Schmerz reichte nicht aus für eine gnädige Ohnmacht. Heute geht aber auch alles schief, dachte er.

33.

Kramer legte den Hörer auf. Schon viertel nach Acht, und Stahnke war immer noch nicht da. Bei ihm zu Hause ging keiner ans Telefon, und sein Handy war »not available at the moment«, wie die Automatenstimme steif und fest behauptete. Merkwürdig. Kramer war es zwar gewohnt, dass ihn sein Vorgesetzter längst nicht in jeden seiner Gedankengänge einweihte, aber für gewöhnlich gab er wenigstens Bescheid, wo er sich zur Dienstzeit gerade befand.

Tja, für gewöhnlich. Durchaus nicht immer. Kramer beschloss, sich vorerst keine Sorgen zu machen.

»Beene Pottebakker«, schmatzte Schmitz. »Interessanter Typ. Gutes Lehrbeispiel. Sehr breites Spektrum, da ist für jeden etwas dabei. Muss man nicht lange suchen.« Seine fleischige Hand tastete nach der Tüte mit den Salzlakritzen, während sein Blick fest an den Stapel Computerausdrucke auf seinem Schreibtisch geheftet blieb. Er kaute, als hätte er das ganze Wochenende über nichts zu essen bekommen. »Bis auf die ganz harten Sachen. Anscheinend kennt er bei aller krimineller Energie seine Grenzen. Obwohl – einmal hat er doch auf einen Menschen geschossen.«

Kramer stand auf. »Das wurde als Notwehr gewertet, damals«, sagte er. »Hat Stahnkes früherer Freundin damit das Leben gerettet.« Er trat an Schmitz' Schreibtisch und nahm ihm die Lakritztüte weg.

Der Kommissar blinzelte ihn irritiert an. »Davon habe ich noch nie etwas gehört. Wann war denn das?«

»Vor ein paar Jahren, in Leer. Zur Gallimarktzeit. Ein Messerstecher hatte Sina Gersema als Geisel genommen. Stahnkes damalige Freundin.« Er zog seine eigene Schublade auf und ließ die Lakritztüte hineinplumpsen. »Backe hat den Mann außer Gefecht gesetzt. Mit Stahnkes Dienstwaffe. Die hatte der nämlich vorher verloren. Deshalb redet er auch nicht so gerne darüber.«

»Ach so. Na, das kann man verstehen.« Schmitz zog die Hängeregistratur aus dem Kunststoffcontainer unter seinem

Schreibtisch, schob die Ordner beiseite und tastete suchend. Es raschelte. Kramer seufzte.

»Hier steht, er hätte den Mann seitlich am Kopf getroffen«, fuhr Schmitz fort. »Da schießt man aber eigentlich nicht hin, wenn man jemanden nur stoppen will.«

»Wohl wahr. Backe hat das auch gar nicht abgestritten. Hat ausgesagt, der Rest des Körpers sei eben durch die Geisel verdeckt gewesen. Und dass er Geiselnehmer sowieso nicht ausstehen kann. Was wohl heißen sollte, dass er den Tod des Mannes billigend in Kauf genommen hat.«

Schmitz zog eine Schachtel Cracker aus seinem Vorrat. Na immerhin, vielleicht schmatzte er davon wenigstens etwas trockener.

»So steht das hier aber nicht«, sagte Schmitz.

»Natürlich nicht«, sagte Kramer. Das Protokoll hatte er seinerzeit selber aufgenommen. Stahnke hatte ihm bedeutet, sich doch »auf das Wesentliche zu beschränken«. Das hatte er dann auch getan. Rückblickend einer seiner schwächeren Momente.

»Man könnte also schon sagen, dass dieser Pottebakker einer ist, der sich die zehn Gebote für den eigenen Bedarf zurechtgestutzt hat«, sagte Schmitz. »Bringt nicht leichtfertig einen um, das nicht. Wenn er aber meint, dass es gerechtfertigt ist, dann tut er es. Oder ist zumindest bereit dazu.«

Kramer schwieg. Er wusste, dass Stahnke ein etwas anderes Bild von Backe hatte. Ein positiveres, möglicherweise ein verklärtes, aus Dankbarkeit für Sinas Rettung. Für Stahnke war Backe fast so etwas wie ein gestrauchelter Engel. Was aber, wenn sein Vorgesetzter und frischgebackener Duzfreund sich täuschte? Wenn Backes negative Seiten, deren Existenz nun wirklich außer Frage stand, stärker ausgeprägt waren als gedacht?

Der gedankliche Schritt vom gefallenen Engel zum *Erzengel* war schnell gemacht, selbst so früh an einem Montagmorgen. Und wohin ging es von dort aus?

»Fest steht, dass die meisten von Pottebakkers Vorstrafen mit Drogen und dem Drogenmilieu zusammenhängen«, fuhr Schmitz fort. »Wie es aussieht, behauptet er sich in dieser Szene schon seit vielen Jahren. Konsument, Dealer, Bote, Geldbeschaffer, Geldeintreiber, Bodyguard – alles in einer Person. Was in diesen Kreisen ein Leben wert ist, wissen wir ja.«

»Seit etlichen Monaten ist aber nichts mehr vorgefallen, oder?« Stahnke hatte Kramer von der jüngsten Begegnung mit Backe, von dessen Erbschaft und dem Antiquariat in Groningen erzählt. Das könnte Backes Zurückhaltung in letzter Zeit erklären. Wenn das denn alles so stimmte.

»Richtig«, sagte Schmitz. »Was zweierlei bedeuten kann. Entweder neuerdings gefestigte Lebensumstände – oder da ist etwas Größeres in Vorbereitung. Womöglich auch schon am Laufen, und wir wissen es bloß noch nicht.«

»Worauf würdest du tippen?« Wann genau Kramer ins »Du« gefallen war, wusste er nicht mehr. Auf jeden Fall schien es ihm angemessen.

Schmitz wiegte den Kopf auf seinem baumstammartigen Hals hin und her. »Angesichts der Länge der einschlägigen Karriere unseres verehrten Kunden würde ich eher auf ein größeres Ding tippen. An wundersame Besserungen glaube ich irgendwie nicht.«

»Wer glaubt schon daran«, sagte Kramer. Er klang, als sei er nicht ganz bei der Sache.

Schmitz riss die Crackerpackung auf. Etwas zu gierig, denn die Hälfte des Packungsinhalts ergoss sich über seine Unterlagen. Hastig begann er, die verstreuten Crackerstückchen und -krümel einzusammeln und sich in den Mund zu schieben. Die Malmgeräusche, die er dabei verursachte, erinnerten an einen übergroßen Mörser.

Kramer hörte gar nicht hin, war vollauf damit beschäftigt, in seinem Kopf Puzzlestückchen hin und her zu schieben. Backe auf der Fete bei den *Erzengeln*. Backe im konspirativen Gespräch mit Kapitänleutnant Birger Holm. Backe, der Gewalttäter, der sich ebenso zurückzuhalten wie zu behaupten wusste, Backe, der ganz allein entschied, wann ein Menschenleben geopfert werden durfte. Oder musste?

Andererseits war Backe in Oldenburg bei der *Rundschau* aufgetaucht und hatte nach Marian Godehau gefragt, zu einem Zeitpunkt, als dieser schon längst verschwunden war, unter noch ungeklärten, aber vermutlich gewaltsamen Umständen. War er also doch nicht in das Netz verstrickt, das Kramer da zu erkennen glaubte?

Er schnippte mit den Fingern. Schmitz schaute stumm herüber, von Crackern geknebelt, deren geriffelte Kanten Kramer noch durch seine geschwollenen Backentaschen hindurch zu sehen glaubte. Beschwichtigend winkte er ab.

Innerlich aber bebte er. Was, wenn Backe Stahnke belogen hatte? Wenn er in Wahrheit nicht Marian besuchen, sondern dessen Redaktionsbüro durchstöbern wollte, ebenso wie Stahnke es getan hatte? Allzu schwer schien es ja nicht, dort hineinzukommen, wenn man im Hause erst einmal bekannt war. Stahnke war ihm zuvorgekommen, hatte ausgedruckt, was Backe bestimmt vernichtet hätte. Godehaus Dateien, seine Themen, Beobachtungen, Stichwörter. All das, was ihnen bisher nur begrenzt von Nutzen gewesen war, weil es so vielfältig und ungeordnet war. Noch hatten sie das Wichtige höchstens ansatzweise vom Unwichtigen trennen können.

Inzwischen aber hatte Kramer eine deutlichere Vorstellung davon, was das wirklich Wichtige war.

Sein Telefon klingelte. Stahnke, dachte Kramer und schnappte förmlich nach dem Hörer.

»Peters hier.«

Ach, der hilfreiche Kollege aus Oldenburg. »Moin. Was gibt's so früh am Morgen?«

Peters druckste herum. »Hör mal, du warst doch am Freitagabend hier, diesen Schlüssel abholen, nicht wahr?«

»Ja. Stimmt.« Kramer schwieg auffordernd. Das konnte er hervorragend.

»Klar, sicher. Dafür hast du ja auch quittiert.« Peters zögerte. »Sag mal, du hast nicht zufällig das ganze Schlüsselbund mitgenommen, das wir hier zur Untersuchung hatten?«

»Nein, definitiv nicht. Nur diesen einen Schlüssel«, sagte Kramer. »Und wieso *hatten*?«

»Na ja, das Ding ist weg«, sagte Peters. »Verschwunden. Aus der verschlossenen Asservatenkammer, wie es aussieht. Keiner kann sich das erklären. Ich hatte gehofft, dass es vielleicht doch eine einfache Erklärung dafür gibt.«

»Tut mir leid, damit kann ich nicht dienen.« Kramer verabschiedete sich und legte auf.

Merkwürdig, dachte er. Aber irgendwie auch tröstlich, dass nicht nur ihm so etwas passierte.

Sein Telefon läutete wieder.

»Coners«, meldete sich diesmal der Leiter der Schutzpolizei. »Sagen Sie mal, Sie waren doch am Samstag bei der *Erzengel*-Fete bei *Cassi* in Rorichum, zusammen mit dem Kollegen Stahnke. Ich habe Sie beide da gesehen, wollte Sie aber nicht ansprechen, weil ich dachte, Sie sind vielleicht dienstlich da.«

»Stimmt«, sagte Kramer. Ihm schwante nichts Gutes.

»Ich hab Sie beide später wegfahren sehen. Stahnke auf einer Moto Guzzi California II mit Leeraner Kennzeichen, richtig?«

»Richtig.« Kramer schluckte. »Ist etwas passiert? Ein Unfall?«

»Nein. Jedenfalls nicht direkt.« Coners' Stimme sollte beruhigend klingen, verfehlte aber diese Wirkung.

»Was heißt das?«

»Das heißt, dass wir heute früh solch eine Guzzi gefunden haben. Zwei Jugendliche wollten sich gerade damit vom Acker machen. Leeraner Kennzeichen, die Maschine ist aber nicht auf Stahnke eingetragen.«

»Biernoth«, sagte Kramer.

»Ja, stimmt«, sagte Coners. »Anschrift und Telefonnummer liegen mir vor, ich dachte nur, frag erst mal bei den Kollegen nach. Das Krad lag herrenlos am Fahrbahnrand, jedenfalls behaupten das die beiden Strategen. Muss aber nicht stimmen, die Herrschaften sind gute Kunden bei uns.«

»Herrenlos?«

»Niemand in der Nähe. Kein Unfall, keine Diebstahlsanzeige. Was meinen Sie, war Kollege Stahnke wieder mit der Maschine unterwegs?«

Keine Ahnung, wollte Kramer sagen. Stattdessen aber fragte er: »Wo genau ist denn der Fundort?«

»Binnenhafen. Höhe Zufahrt Containerterminal.«

Kramer schnaufte tief durch. »Dann, fürchte ich, liegen Sie mit Ihrer Vermutung genau richtig.«

34.

»Moin Moin! Hier ist die Mailbox von Oberbootsmann Kevin Stutz. Ich bin momentan leider nicht zu erreichen. Bitte sprechen Sie Ihre Nachricht …«

Angelina Snuck beendete die Verbindung. Sie hatte sich die Ansage schon einmal und vollständig angehört, hatte nur sichergehen wollen, dass sie die Nummer nicht falsch eingetippt hatte. Nein, hatte sie nicht. Die Telefonnummer hinten auf dem Foto gehörte nicht der hübschen Frau im geringelten Pullover, sondern einem Mann.

Sie ließ ihr Handy sinken und lauschte der Stille, die sie umgab. Gestern Abend war es hier am Kleinen Meer alles andere als still gewesen. Überall auf den Terrassen, in den Gärten und auf den Booten hatten sich gut gelaunte Menschen bis in die tiefe Nacht von der Hitze des Tages erholt, hatten Grill- und andere Partys gefeiert oder sich einfach nur angeregt unterhalten. Angespannt wie sie war, hatte sie erst relativ spät Schlaf finden können, ungeachtet ihrer großen Erschöpfung. Immerhin hatte sie ein paar Stunden fest und erholsam geschlafen. Jetzt, am Montagmorgen, lag hier alles noch in tiefem Schlaf. Nur das sachte Rauschen der Büsche und Bäume im Wind, das Plätschern kleiner Wellen an den Rümpfen der Boote und das Zwitschern der Vögel durchbrachen die Stille, um sie zugleich noch zu unterstreichen. So war es herrlich, so liebte sie es hier. Mochten die Ufer des Binnensees und der Kanäle auch noch so vollgestellt mit Häuschen sein, in solchen Momenten hatte man hier immer noch ein gutes Gefühl von Natur.

Wenn sie es nur hätte genießen können!

Na schön. Das Handy gehörte also einem Mann. Was hieß das? Dass nicht nur Marian sie, sondern auch die geringelte Pulloverfrau ihren Partner betrogen hatte?

Vielleicht. Vielleicht aber gab es auch eine andere Erklärung.

Was, wenn Bild und Telefonnummer zu ein und derselben Recherche gehörten?

Sei doch nicht so naiv, schalt sie sich. Du weißt genau, wie die Kerle sind. Die lassen nichts aus, sobald sich eine Chance ergibt. Bestimmt haben die beiden gepoppt. Guck dir doch bloß an, wie geil die Frau aussieht!

Heiß stieg es ihr in die Augen. Verdammt, wurde sie jetzt endgültig zur Heulsuse?

Sei doch nicht so spießig! Musst du denn jede andere Frau gleich als Konkurrentin betrachten? Wie altmodisch ist das denn! Außerdem, wenn wirklich alle Männer gleich waren, sobald es ums Querfeldeinficken ging, warum gab sie sich denn überhaupt noch mit einem von denen ab? Doch nur, weil der anders war als die anderen. Und weil ihre Beziehung etwas Besonderes war. Hatte Marian es wirklich verdient, dass sie ihn verdächtigte? Zumal jetzt, wo er verschwunden war und zuallererst mal ihre Hilfe brauchte?

Sie lachte, weil sie an diese Trickfilme denken musste, in denen die Helden Engelchen und Teufelchen auf ihren Schultern hocken hatten. Das vertrieb das heiße Gefühl in den Augen.

Aber Gewissheit wäre doch schön, dachte sie.

Na und? War sie nicht Frau genug, sich Gewissheit zu verschaffen und dann damit umzugehen?

Sie drückte auf Wahlwiederholung. Diesmal lauschte sie der Mailboxansage bis zum Piepton.

»Hallo, mein Name ist Lina Snuck«, sagte sie dann. »Ich bitte um Rückruf in einer wichtigen Angelegenheit.« Sie nannte ihre eigene Handynummer. Zweimal, zur Sicherheit.

So. Irgendwann würde der Herr Oberbootsmann ja mal Pause haben. Oder aufstehen, falls er heute frei hatte, und auf sein Handy gucken. Dann würde es hoffentlich Gewissheit geben.

Sie stand auf und schaute in den Spiegel. Der Anblick ihres gestutzten, aber immer noch grünen Haares ließ sie zusammenzucken.

Die Wartezeit, bis dieser Kevin Stutz zurückrief, konnte sie auf jeden Fall sehr gut nutzen.

35.

Wie mochte es sein, von einer Ratte gebissen zu werden? Die Fangzähne eines Raubtieres töteten schnell, durchschnitten Schlagadern, trennten Wirbel. Rattengebisse aber waren für so etwas nicht ausgelegt, mochten sie auch noch so riesig sein. Sie waren zum Nagen, Raspeln, zum Abhobeln von Spänen gedacht. Ob sie sich auf mich draufsetzt, mich mit ihrem ganzen Gewicht an den Boden nagelt, und einfach loslegt? Verdammt.

Als Stahnke den Gedanken zu Ende gedacht hatte, ahnte er schon, dass ihm diese Erfahrung erspart blieb. Die Riesenratte war zwar gesprungen und hatte ihn umgestoßen, war aber nicht auf ihm gelandet. Sondern vermutlich in einer anderen Realitätsebene. Vielleicht auf der Riesendüne. Oder im Salzwasser. Geschah ihr recht.

Aber ach, Ratten konnten ja schwimmen.

Er wollte sich aufrichten, fiel aber mit einem Schmerzensschrei zurück auf den Bauch. Seine Abschürfungen und Prellungen waren also nicht auf dem letzten Level zurückgeblieben wie zuvor die Nässe in seiner Kleidung. Blöd. Kaum glaubte man, etwas verstanden zu haben, war alles wieder anders.

Nur nicht übermütig werden.

Jetzt erst registrierte er das laute Rauschen, das ihn umtoste. Aber nein, das war nicht das tosende Rauschen der Wasserwand, das waren die Geräusche von dichtem Autoverkehr! Gott sei Dank, das klang schon eher nach seiner eigenen Realität. Vielleicht ging ja doch noch alles gut, und sein abklingender Drogenrausch hinterließ statt heftiger Kopf- nur halbwegs erträgliche Gliederschmerzen.

Sein zweiter Aufstehversuch, mit mehr Vorsicht durchgeführt, gelang. Noch etwas wackelig auf den Beinen, schaute er sich um. Er stand immer noch auf der Friesenstraße, und dass er die Fahrbahn verlassen hatte, war großes Glück, denn dort sausten die Autos dicht an dicht vorbei. So stark hatte er den Verkehr hier nun auch wieder nicht in Erinnerung. Das Tempo, das die Wagen anschlugen, war für die Innenstadt ebenfalls sehr ungewöhnlich. Und dass es hier dermaßen nach Abgasen stank, war ihm bisher auch noch nicht aufgefallen.

Selbst in den sechziger Jahren, also lange vor dem Katalysator, hatten Autoabgase nicht derart bestialisch gestunken.

Unwillkürlich blickte er hinüber zur Tankstelle. Sie war wieder eine, sogar größer und prächtiger denn je, mit vier Reihen Zapfsäulen, wo es vorher nur eine dürftige Grundausstattung gegeben hatte. Woher kam nur all der Platz für diese Neuerung?

Ach so, der Fahrradweg, der eigentlich da drüben verlief, den gab es nicht mehr. Trotzdem, *so* breit war der auch nicht gewesen.

Das Tankstellengebäude war auch nicht gelb gestrichen, wie er es in Erinnerung hatte, sondern schwarz-rot. Sah richtig aggressiv aus. Alle Scheiben waren mit engmaschigen Drahtgittern versehen. Zwischen den Zapfsäulen hingen unübersehbar Videokameras in kugeligen Drahtgehäusen von der Überdachung. Und die Ein- und Ausfahrten waren mit versenkbaren Zackenreihen gesichert. Wegfahrsperren. Hier tankte bestimmt keiner, ohne zu bezahlen.

Nicht nur die Tankstelle, auch die vorbeirasenden Autos kamen Stahnke merkwürdig vor. Klotzige, jeder Aerodynamik hohnsprechende Boliden mit extrem schmalen Fenstern, die wie Sehschlitze aussahen. Ebenfalls mit Schutzgittern versehen. So etwas kannte er nur von Crashrennen. Konnten die Fahrer dadurch überhaupt genug sehen?

Vielleicht die Plakatwände dort neben der Tankstelle, die waren groß und schreiend genug. Die Visage mit der haarlosen Schädelkuppel, die da auf gigantischen Plakaten abgebildet war, kannte er: Dr. Gerhard Schlachter, der Anwalt und Rechtspopulist aus Detern. »Rechte Kraft zur rechten Zeit« stand darunter. Erstaunlich offen für so einen alten Menschenverächter. Noch verwunderlicher aber war die zweite Zeile: »Schlachter bleibt Bürgermeister.« Himmel, dieser widerliche Rassist war Stadtoberhaupt? Was für eine Welt war das denn!

Ein höllischer Schmerz zuckte durch sein rechtes Bein, und es knickte unter ihm weg. Erneut knallte er hart auf Ellbogen und Rippen. Noch während er laut aufheulte, warf er sich auf den Rücken und hob das linke Bein zur Abwehr. Reflex war Reflex.

Vier Gestalten hatten sich auf dem Gehweg aufgebaut. Mit ihren schwarz-roten, glänzenden Jacken, den Ballonärmeln, schwarzen Handschuhen, flachen Schirmmützen und schmalen, tiefdunklen Sonnenbrillen sahen sie aus wie fleischgewordene Versionen der vorbeieilenden Autos. Jeder von ihnen trug einen großen roten Button auf der Brust, der ein schwarzes S auf weißem Untergrund zeigte. Was hinter Brillen, Mützenschirmen und hochgestellten Kragen von ihren Gesichtern zu sehen war, blieb vollkommen ausdruckslos. Unmöglich zu sagen, was sie von ihm wollten. Dem Tritt nach zu urteilen aber nichts Gutes.

Einer der vier, womöglich der Treter, kam einen Schritt näher. Stahnke zog sein linkes Knie näher an die Brust. Zum Aufstehen war es jetzt zu spät, außerdem war er sich nicht sicher, ob sein malträtiertes rechtes Knie schon wieder belastbar war. Kaputtgegangen schien nichts zu sein, der langsam abklingende Schmerz aber wirkte noch lähmend.

Der Typ war jung, sicher noch ein Teenager, und nicht sehr groß, soweit das aus der Käferperspektive zu beurteilen war. Er blieb neben Stahnke stehen, kaum einen halben Schritt entfernt, und bewegte auffordernd die Finger seiner rechten Hand. Offenbar wollte er etwas haben. Aber was? Nicht, dass Stahnke ihm irgendetwas hätte geben wollen. Aber es irritierte ihn einfach, dass dieser kleine Rüpel etwas als bekannt voraussetzte, womit er, Stahnke, überhaupt nichts anzufangen wusste. Das ging ihm gegen die Berufsehre.

Anscheinend hatte er einen Augenblick zu lange gezögert. Der Kleine trat ein zweites Mal zu, ansatzlos und blitzschnell. Er hatte wohl auf die Nierengegend gezielt, aber Stahnkes Arm war im Weg. So traf die Schuhspitze den Armprotektor der Motorradjacke.

Stahnke reagierte, ohne nachzudenken. Sein Tritt traf den Angreifer an der Hüfte, so kräftig, dass der augenblicklich die Balance verlor. Er flog förmlich zur Seite weg. Und taumelte auf die Fahrbahn.

Kreischende Bremsen, krachendes Blech, Aufschreie der drei

Begleiter des Kleinen, erregte Rufe von Passanten, die nach einem Krankenwagen riefen. All das tönte durch Stahnkes Kopf.

Aber nur dort.

Das Fahrzeug, vor dessen Stoßstange der Angreifer getaumelt war und das genauso bullig und schlitzfenstrig war wie alle anderen, reduzierte seine Geschwindigkeit nicht einmal für den Bruchteil einer Sekunde. Die hoch ragende Schnauze des Fahrzeugs erfasste den Kleinen, der Stoß schleuderte ihn auf den Asphalt, und im nächsten Moment wurde er überrollt. Stahnke glaubte ein Knacken und Rumpeln zu hören, aber das musste eine Täuschung sein, denn der Verkehr toste ungebrochen weiter.

Die anderen drei jungen Männer starrten ihn teilnahmslos an. Jungen, korrigierte er sich, das sind noch Jungen! Dann drehten sie sich um und schlenderten davon, ohne sich um ihren Kumpan und ihr gemeinsames Opfer zu kümmern.

Stahnke lag starr, aber nur eine Sekunde lang, dann setzten Reflex und Routine wieder ein. »Hey!«, schrie er den Dreien hinterher, »Hey! Was fällt euch ein, ihr Ratten! Hier geblieben!«

Erstaunt stellte er fest, dass ihm noch weit mehr und weit schlimmere Schimpfworte aus dem Mund quollen, während er sich auf die Füße quälte. Sie blieben jedoch ohne Wirkung. Die drei Jungen schlenderten einfach weiter, betont langsam, ihre eigenen Hosen reitend, lässig schlurfend und in den Knien federnd. Als wäre soeben nichts, aber auch nicht das Geringste passiert.

Der Körper des Kleinen lag immer noch auf der Straße. Ein Auto nach dem anderen raste holpernd über ihn hinweg. Kein einziger Fahrer zeigte auch nur eine Reaktion – sofern man das von außen überhaupt erkennen konnte.

Stahnke zückte seinen Dienstausweis und humpelte los. Ob überhaupt noch etwas zu retten war, wusste er nicht, es schien mehr als zweifelhaft, aber er wollte es wenigstens versuchen. Wenn diese rasenden Arschlöcher schon nicht von alleine so viel Menschlichkeit aufbrachten, sich um ein Verkehrsopfer zu kümmern, dann musste er sie eben dazu zwingen. Von seiner eigenen Rolle in diesem Drama ganz zu schweigen.

Den Ausweis in der ausgestreckten Hand, betrat er die Fahrbahn.

Wie hatte er die Burschen eben genannt? Ratten. Eigenartig, dass er gerade dieses Wort …

Als er feststellte, dass die Autofahrer gar nicht daran dachten, auf sein Eingreifen zu reagieren, war es zu spät. Ein rasender Bolide begrub ihn unter sich wie eine Lawine aus Blech.

36.

Der Rückruf kam schneller als erwartet. Gerade erst hatte sie die Farbe in ihre gekürzten Haare einmassiert. Rot, wieder einmal. Sie war gespannt, wie lange das diesmal halten würde. So oder so … Entweder wusch sich die Farbe raus, oder es passierte wieder etwas Unerklärliches … Eilig zerrte sie sich die glitschigen Plastikhandschuhe von den Fingern und griff nach dem zirpenden Handy.

»Stutz hier. Was gibt es denn?« Eine betont forsche Stimme. Im Hintergrund rumorte irgendetwas.

»Hallo. Ich bin eine Kollegin von Marian Godehau.« Eine Formulierung, für die sie sich nach reiflicher Überlegung entschieden hatte. »Der Journalist. Sie kennen ihn doch, oder?«

Einen Moment lang blieb es still am anderen Ende der Verbindung, bis auf ein Hintergrundgeräusch, das sich wie das entfernte Rumoren schwerer Maschinen anhörte. Dann bestätigte Kevin Stutz. Sein »Ja« klang zögerlich und sehr misstrauisch.

»Er hat Sie doch interviewt, richtig? In dieser Sache?« Na, hoffentlich ging der Mann darauf ein. Ihn gleich nach seiner Freundin zu fragen, wäre ihr noch ungeschickter vorgekommen. Erst einmal ins Gespräch kommen, dann würde sie die Kurve schon kriegen.

»Nein. Nein, auf keinen Fall.« Stutz wurde laut. »Das war eine klare Vereinbarung zwischen uns. Ich meine, zwischen Marian Godehau und mir. Von wegen Interview. Offiziell habe ich überhaupt nichts gesagt. Mein Name bleibt raus aus der Sache. Und wehe, Sie halten sich da jetzt nicht dran!« Trotz allen männlich-herben Bemühens kamen die Worte eher ängstlich als drohend rüber. »Außerdem habe ich ihn angerufen, nicht er mich«, schob Stutz nach. »Also. Dafür kann ich ja wohl etwas erwarten.«

»Natürlich. Geht klar. Das mit dem Interview war ein Irrtum meinerseits.« Lina Snuck hatte das deutliche Gefühl, auf dünnem Eis unterwegs zu sein, und zwar mit glühenden Schlittschuhen. Ein falsches Wort, und dieser Stutz würde die Verbindung unterbrechen.

»Will ich auch hoffen. Und warum rufen Sie nun eigentlich an?« Das Rumoren im Hintergrund schwoll rhythmisch an.

»Ich wollte mir die Sache noch einmal bestätigen lassen. Sie wissen ja, Herr Godehau ist derzeit nicht zu erreichen.«

»Keine Ahnung. Woher soll ich das wissen?« Stutz musste die Stimme erheben, um das Maschinengeräusch zu übertönen. »Und was bestätigen? Da müssen Sie schon etwas genauer fragen. Außerdem sollten Sie sich beeilen, wir laufen nämlich gleich aus, und ich muss auf meine Station.«

»Wieso auslaufen?« Dämliche Frage. Das Maschinengeräusch hätte sie schon längst identifiziert haben können. »Ach so, Sie sind an Bord!«

»Natürlich bin ich an Bord.« Er lachte freundlich, nein, eher herablassend. »Glauben Sie etwa, die laufen ohne mich aus?«

»Nein, natürlich nicht«, sagte sie eilig. »Ich wusste nur eben nicht, dass es schon losgehen soll. Ich meine, Ihr Schiff ...« Himmel, was für ein Gefasel! Sie schwamm, mindestens ebenso wie dieses Schiff. War dieser Stutz Passagier oder Seemann? Und was für einer?

»Tja, ich war auch ziemlich überrascht.« Stutz schien ins Plaudern zu kommen; anscheinend war er ein gutmütiger Kerl. »Eigentlich wollte ich ja noch meine Freundin besuchen, aber meinte der Kaleu *India November*. Abkürzung für is' nich', verstehen Sie? Ohne seinen Ortungsmann will er nun mal nicht in See.«

Ein Mariner also, so viel war klar. Viel wichtiger aber war, was er vorher gesagt hatte. Die ideale Überleitung. »Kommt

Ihre Freundin denn auch zum Abschied?«, fragte sie. »Winken an der Schleuse?«

»Ausgeschlossen«, antwortete Stutz. »Sie wohnt doch in Olpenitz, das ist viel zu weit weg. Einen Job hat sie ja schließlich auch.«

Olpenitz? Das lag an der Ostsee. Irgendjemand hatte das einmal ihr gegenüber erwähnt, sonst hätte sie das bestimmt nicht gewusst. Wer?

»Ihre Freundin ist sehr hübsch«, sagte sie auf gut Glück. Ein Schuss ins Blaue.

»Yvonne? Ja, stimmt. Darum hab ich ja auch mal zu ihr gesagt: Komm bloß nie zum Abschied winken, unter Seeleuten ist es für hübsche blonde Frauen viel zu gefährlich!« Er stutzte. »Woher wissen Sie, wie sie aussieht? Woher rufen Sie denn eigentlich an?«

Sie ignorierte die zweite Frage. »Bei Herrn Godehaus Unterlagen ist ein Bild von ihr. Das heißt, ein Bild von einer hübschen jungen Frau. Mit Ihrer Telefonnummer hinten drauf.«

»Meine Telefonnummer? Wieso das denn? Wissen Sie das genau?« Er klang verwirrt. Keimte da Eifersucht auf? »Yvonne Strehle. Steht der Name auf dem Foto hinten drauf?«

»Nein, das nicht. Nur die Telefonnummer.«

»Meine?« Er schwieg kurz. »Nee. Ich glaube, da verwechseln Sie etwas.«

Eine quäkige Lautsprecherstimme unterbrach ihn. »Besatzung *Zobel* unverzüglich an Bord. Ich wiederhole: Besatzung *Zobel* unverzüglich zum Auslaufappell an Bord.«

»Sie irren sich«, sagte er hastig. »Ich muss jetzt Schluss machen. Am besten reden Sie mit Herrn Godehau, wenn er wieder da ist. Tschüß.« Und aus.

Lina Snuck starrte ihr Handy an. Yvonne Strehle, Olpenitz. Einen Namen hatte sie jetzt. Allerdings den einer blonden Frau.

So langsam bekam sie selber das Gefühl, etwas zu verwechseln.

Stutz' Handynummer war noch gespeichert. Sie drückte Wahlwiederholung, aber es meldete sich nur die Mailbox.

Dann drängte sich ein anderer Name in den Vordergrund.

»*Zobel*«, murmelte sie vor sich hin. »Das ist doch ... Birger Holms Schiff.«

Birger Holm. Der hatte ihr mal erzählt, wo Olpenitz lag. Und dass die Matrosen immer nur von »Old Penis« sprachen. Warum auch immer, Männer sind eben Schweine.

Birger Holm. Was machte der denn in Emden? Und warum lief der gerade jetzt aus?

Ihr schwante etwas.

Mist. Anscheinend wurde alles immer nur noch schlimmer.

37.

»Was? Sie laufen aus?« Kramer starrte seinen Telefonhörer fassungslos an. Dann presste er ihn wieder ans Ohr. »Warum denn das? Und wohin?«

»Nun, das entzieht sich leider meiner Kenntnis.« Der Pressesprecher der Emder Nordseewerke blieb absolut höflich und verbindlich. Vielleicht lag das an seiner Professionalität, vielleicht aber auch daran, dass er Kramer von früheren Begegnungen her kannte und wusste, dass er gewöhnlich höchst beherrscht und kompetent war. Auch wenn er gerade nicht so klang.

»Ja. Na klar.« Kramer riss sich zusammen und überlegte, was ein Werftvertreter über seinen Kunden denn wissen konnte. »Wann ist denn das entschieden worden?«

»Recht kurzfristig, nehme ich an. Die Reparatur der Rudermaschine ist beendet, eigentlich hätten noch einige Tests durchgeführt werden sollen, zur Sicherheit. Herr Holm teilte uns aber heute früh mit, dass er darauf verzichtet. Auf eigenes Risiko. Testen wolle er unterwegs, sagte er.« Nichts am Tonfall des Werftsprechers ließ eine Schlussfolgerung darauf zu, was er von diesem Vorgehen hielt.

»Unterwegs testen? In eigener Regie?«

»Ja nun, er hat ja Zivilpersonal an Bord. Offenbar Spezialisten.«

»Was für Leute sind das? Kommen die von der Werft, die das Schiff gebaut hat?«

»Nein, diese Herren sind bereits wieder abgereist«, erläuterte der Werftsprecher geduldig. »Von welcher Firma die beiden Männer kommen, die heute an Bord gegangen sind, kann ich Ihnen nicht sagen. Auf jeden Fall haben sie allerhand Geräte und Material aufs Schiff schaffen lassen. Eine Menge großer Kisten. Gut, dass der Mobilkran gerade verfügbar war.«

Jetzt hatte der Mann sich warmgeredet und kam ins Erzählen. »Heute früh war auch das Bunkerschiff bei der *Zobel* längsseits. Ich schätze, die haben ihre Dieseltanks randvoll füllen lassen. Da gehen immerhin vierundvierzig Kubikmeter rein. Bei achtunddreißig Knoten Höchstgeschwindigkeit schaffen die damit achthundert Seemeilen, wenn nicht mehr. Bei geringerem Tempo natürlich deutlich mehr.«

An technischen Details war Kramer nicht interessiert. »Haben Sie die beiden Männer gesehen? Wie sahen sie aus?«

»Gesehen ja, aber wissen Sie – die Gesichter habe ich mir nicht gemerkt. Warum auch. Aufgefallen ist mir eigentlich nichts, nur, dass der eine der beiden sehr groß war. Der wird es auf dem engen Schnellboot nicht leicht haben, habe ich mir noch gedacht.«

»Blonde, strähnige Haare, zerfurchtes Gesicht, abgeschabte braune Lederjacke?«

»Könnte hinkommen. Ja, ich glaube, das stimmt. Jemand, den Sie suchen?« Der Werftsprecher ließ Neugierde erkennen.

Kramer stillte sie nicht. »Wo ist das Schiff jetzt? Ich meine, wie weit sind die schon gekommen?«

Sein Gesprächspartner lachte. »Was heißt hier weit! Die haben doch gerade erst losgeworfen. So ein Kriegsschiff ist ja kein Sportboot, das braucht seine Zeit, bis es durch den Binnenhafen und die Seeschleuse durch ist. Ich schätze, die *Zobel* läuft gerade eben in die Schleuse ein.«

»Nur die *Zobel*? Das andere Schiff nicht?«

»Nein, die *Gepard* liegt immer noch hier bei uns. Aber sagen Sie doch mal, was ist denn eigentlich …«

Kramer legte auf. Entschuldigen konnte er sich später.

Er blickte zu Schmitz hinüber. Der blickte zurück. Geräuschlos.

»Und?«, fragte Kramer. »Alles angeleiert? Tatort, Haus, Personenfahndung?«

»Ja«, sagte Schmitz knapp. »Bei sich zu Hause ist er nicht. Sein Handy ist ausgeschaltet. Das Motorrad gefahren hat er, eindeutig, frische Fingerabdrücke. Fahndung ist raus. Noch keine spontanen Rückmeldungen.«

Kramer nickte, den Blick auf die Schreibunterlage gerichtet. Der Klops da drüben funktionierte gut. Vielleicht hätte er mal ein Lob verdient. Ganz sicher sogar. Er nickte erneut. Ja, das sollte Stahnke wirklich machen, sowie er wieder da war.

Erst Godehau, jetzt Stahnke. Von Godehau auch nach Tagen keine Spur. Wenig Hoffnung. Ein böses Omen für Stahnke?

Der Ort des Verschwindens legte Parallelen nahe. Was Godehau entdeckt hatte, das musste auch Stahnke aufgespürt haben. Mit demselben Resultat, was die eigene Person betraf. Bis auf das Blut, immerhin.

Wann mochte es Stahnke erwischt haben? Auch mitten in der Nacht? Nicht unbedingt, überlegte Kramer, schließlich hatte er schon am Sonntagnachmittag vergeblich bei ihm geklingelt. Vielleicht also am helllichten Tag verschleppt. Was sicher nicht einfach gewesen war, bedachte man Stahnkes Größe und Gewicht. Der wusste sich zu wehren. Wer sich mit dem anlegte, musste schon einiges drauf haben.

Backe. Beene Pottebakker. Der Riese mit dem sanften Lächeln und der flexiblen Einstellung zu körperlicher Gewalt. Der kam in Frage. Ein Gedanke, der sich geradezu aufdrängte und den Kramer allein deshalb nicht gleich hatte zulassen wollen. Das aber ließ sich wohl nicht vermeiden.

Backe hatte sich mit Birger Holm getroffen, dem Marineoffizier, der über Kontakte zu möglicherweise militanten Rockern ebenso verfügte wie über ein hoch gerüstetes, schwer bewaffnetes Kriegsschiff. Mit jenem Mann, den Kramer soeben hatte überprüfen wollen, weil ihm im Zusammenhang mit dem neuen, just auslaufenden Kreuzfahrtschiff der umstrittenen *Leiner-Werft* ein finsterer Verdacht gekommen war. Nur um zu erfahren, dass Holms Schiff genau in diesem Augenblick im Begriff war auszulaufen. Mit einem Mann an Bord, der entweder Backes Zwillingsbruder war oder aber Backe selber. Und dieser Mann hatte allerhand Geräte und Kisten an Bord schaffen lassen. Große Kisten.

Kramer schaute hoch. Schmitz guckte ihn immer noch erwartungsvoll an.

»Sie bleiben an Land«, sagte Kramer. »Ich geh aufs Wasser.«

Er stürmte aus dem Zimmer. Schmitz starrte ihm hinterher.

»Jesus«, murmelte er.

38.

»Um Gottes Willen, ist Ihnen etwas passiert?«

Jemand berührte ihn an der Schulter. Er zuckte zusammen, teils vor Schmerz, teils in Erinnerung an die vier kleinen Straßenköter. Treten, schlagen oder ausrauben lassen wollte er sich auf keinen Fall.

Dass er auch diesmal wieder nicht tot war, nahm er als gegeben hin. Man konnte sich an alles gewöhnen, selbst daran, einfach nicht zu sterben.

Die Berührung an der Schulter war leicht. Und die Stimme gehörte einer Frau. Eine angenehme Stimme, die ihm seltsam vertraut vorkam. Vorsicht, dachte er, trotzdem Vorsicht. Oder gerade deswegen. Du kennst dich, Stahnke.

Behutsam drehte er sich auf den Rücken.

Sein Herz setzte einen Schlag aus. Danach begann es zu rasen. Nein, dachte er, das gibt es nicht. Das bilde ich mir nur ein. Wie er es nun schon des öfteren gedacht hatte. Zum ersten Mal aber hoffte er, dass er sich irrte.

»Sina!«, rief er aus.

Die Frau, deutlich jünger als er, lächelte ihn an. »Ja, das bin ich«, sagte sie. »Sina Gersema. Schön, dass Sie nicht schwerer verletzt sind. Kennen wir uns denn? Wie heißen Sie?«

Wie schön sie ist, dachte Stahnke. Diese goldgefleckten braunen Augen, diese feinen, rötlich schimmernden Haare, zu einem kecken Pferdeschwanz gebunden, dieses Gesicht, so sanft und doch so energisch. Und all das war noch gar nichts, wenn man wusste, was alles hinter dieser Fassade steckte.

Und sie kannte ihn nicht. Hatte ihn noch nie gesehen. War nie mit ihm zusammen gewesen, hatte sich nie von ihm getrennt. Und ihn nie geliebt.

Ihm war, als würde sein Herz in einem Schraubstock zerquetscht. Schön langsam, damit er auch etwas davon hatte.

Er räusperte sich. »Stahnke«, sagte er dann. »Was ist denn passiert? Haben Sie etwas gesehen?«

»Nur, dass Sie plötzlich hier lagen«, sagte Sina. »Zum Glück konnte ich noch rechtzeitig bremsen. Sind Sie gestolpert? Oder hatten Sie vielleicht einen Schwächeanfall?«

Alter Mann, dachte er. Früher hat sie mich nicht so gesehen. Jedenfalls eine Weile.

»Ich bin mir nicht sicher«, antwortete er. »Meine Erinnerung ist etwas konfus. Wahrscheinlich muss ich erst einmal richtig zu mir kommen.«

Er setzte sich auf. Gliedmaßen und Brustkorb schmerzten immer noch, auch wenn er nicht sicher war, ob wirklich genau die Stellen weh taten, an denen er sich verletzt zu haben glaubte. Das war ihm aber auch ziemlich egal, solange der Schmerz nur nachließ. Das tat er, allerdings langsam.

Überrascht stellte er fest, dass seine Hände, mit denen er sich beim Aufrichten abgestützt hatte, voller Sand waren. Tatsächlich, er saß auf einer Sandfläche. Verdammt, war er etwa doch wieder in dieser Wüste?

Aber nein, heiß war es hier nicht, sondern angenehm temperiert, und auch die Sonne blendete nicht. Wenn dies also nicht die Wüste war – wo war er dann?

Wenige Meter entfernt stand ein Vehikel mit offener Tür. Das musste Sinas Wagen sein. Merkwürdig sah er aus. Stahnke fühlte sich an das Mondmobil erinnert, mit dem einst amerikanische Astronauten über die Oberfläche des Erdtrabanten gebrettert waren. Ha, Trabant! Ein Trabant war ja direkt schnittig im Vergleich mit diesem spillerigen Ding, dessen Ballonreifen wie pralle Kürbisse aussahen.

Ein ganz ähnlich aussehendes Fahrzeug huschte an ihnen vorbei, flotter als vermutet und nahezu lautlos. Nur ein leises Sirren war zu vernehmen. Das mussten Elektrofahrzeuge sein. Interessant. Angeblich waren die doch nicht alltagstauglich!

Na ja, Angeblich. Büffelgroße Ratten gab es ja angeblich auch nicht.

Sina betrachtete ihn immer noch mit distanzierter Freundlichkeit. Sie schien es nicht eilig zu haben, jedenfalls machte sie keine Anstalten, ihn zum Aufstehen zu drängen. Auch die anderen Autofahrer, die abstoppen und um sie und Sinas mitten auf der Fahrbahn stehenden Wagen herumfahren mussten, hielten das anscheinend für normal. Keiner von ihnen schimpfte oder hupte. Falls diese Vehikel überhaupt Hupen hatten.

Trotzdem hielt er es für an der Zeit, aufzustehen. Dabei schaute er sich so unauffällig wie möglich um. Grün sah es hier aus, grün und bunt von üppig wuchernden, verschwenderisch blühenden Pflanzen. War er im Urwald gelandet? Aber nein, oder wenn, dann war dies eine Stadt im Urwald, denn hier standen auch Häuser, sogar eine Menge. Aber sie waren weder hoch noch aufdringlich, fügten sich gut ein ins natürlich Gewachsene. So etwas hatte er bisher nur in der Centerparks-Werbung gesehen. Allerdings unter Dach, sozusagen als Urlaubs-Intensivstation. Hier war von Überdachung nichts zu sehen.

Die Straße, auf der sie sich befanden, bestand wirklich aus Sand. Bürgersteige oder Fahrradwege gab es nicht. Eine Sandstraße für alle und alles. Konnte so etwas gut gehen? Na ja, er lebte noch – vielleicht ging es wirklich, wenn die Leute Rücksicht aufeinander nahmen.

Er musste an die vier kleinen Gangster denken. Mit derartigen Typen war solch ein Idyll sicher nicht zu realisieren. Dies hier musste ein anderer Teil einer aus den Fugen geratenen Welt sein.

Und Sina?

Sein Blick fiel auf ein Gebäude, das sich ein wenig von den anderen abhob. Angejahrt schon, aber gut in Schuss, in einem ihm vertrauteren Stil erbaut, veraltet, doch in Ehren gehalten. Das Haus kannte er doch. Richtig, da war doch früher einmal das Musikgeschäft drin gewesen. Leer, er war also immer noch in Leer, immer noch auf der Friesenstraße.

Moment. Er korrigierte sich: In diesem Haus war immer noch ein Musikgeschäft drin. Das von früher. *Radio Stein*, in seiner Realität längst Vergangenheit, existierte hier noch. Ob dort immer noch Kindern die Grundbegriffe der Notenkunde, von Gitarre, Keyboard und Akkordeon beigebracht wurden?

Unwillkürlich hielt er nach Seichters Tankstelle Ausschau. Aber nein, die gab es nicht mehr. Oder hatte es sie etwa nie gegeben? Dort, wo sie hätte stehen müssen, stand ein hölzerner Pavillon, von blühendem Buschwerk fast verborgen. »Geothermie-Beratung« stand dran.

Sinas Blick war seinem gefolgt. »Ja, das ist neu«, sagte sie. »Es wird Zeit, die Energieversorgung auf eine breitere Basis zu stellen. Windkraft, Sonnen- und Gezeitenenergie sind ja schön und gut, erfordern aber doch auf Dauer zu viele und zu massive bauliche Eingriffe in die Natur. Erdwärmenutzung spielt sich kilometertief unter der Oberfläche ab. Wäre doch blöd, wenn wir so eine Chance nicht nutzen würden.«

Jetzt, da Sina das Thema anschnitt, fielen ihm die zahlreichen Solarpaneele auf, die sich nicht nur auf den Dächern, sondern auch an anderen Gebäudeflächen, an Säulen und Pfosten und sogar an den wenigen Verkehrszeichen befanden. Oberhalb von Häusern und Bäumen rotierten Windräder, vollkommen lautlos und farblich dem Hintergrund perfekt angepasst. Fast hätte er sie überhaupt nicht bemerkt.

»Auch eine Neuerung.« Sie schien ihn sehr aufmerksam zu beobachten. »Sensitive Farbpigmente. Über ein rückwärtiges Sensorensystem können sie sich exakt ihrem Hintergrund anpassen, je nach Tageszeit und Wetterlage. Super Sache, nicht?« Sina strahlte. »Finde ich toll, dass du dich dafür interessierst.«

Sie duzt mich, dachte er. Und sie reagiert auf mich. Ja, ich kenne sie. Aber sie kennt mich nicht. Noch nicht. Was, wenn …

Ein neuer Anfang?

»Entschuldige mich einen Moment«, unterbrach sie seine Gedanken. »Da kommt die Harke, ich muss meinen Wagen beiseite fahren.« Sie legte ihm kurz die Hand auf den Oberarm, lächelte ihn an, dann sprang sie in ihr Vehikel und schloss die Tür hinter sich. Lautlos rollte der Wagen an den Straßenrand.

Was für eine Frau, dachte er. Was für eine Welt. Hier, genau hier, genau so will ich leben. Hoffentlich lässt sich später die genaue Dosis bestimmen, die ich von diesem himmlisch teuflischen *COLaP*-Zeug brauche, um wieder genau auf dieses Level zu kommen. Notfalls muss ich's austesten. Egal, für Sina gehe ich gerne noch einmal durch die Wüste.

Grollend und kratzend näherte sich langsam ein Fahrzeug, das Sinas Wagen an Skurrilität noch weit in den Schatten stellte: Teils Schlepper, teils Sprengwagen, ein bisschen Baumaschine, außerdem Egge und hintenherum Walze, registrierte Stahnke. Was für eine Mixtur. Wofür mochte die gut sein?

Sekunden später wusste er es. Dort, wo die Sandstraße von Furchen durchzogen und mit der Zeit uneben geworden war, brach das Hybridfahrzeug den Untergrund auf, verteilte den Sand wieder gleichmäßig, zog ihn plan und walzte ihn fest, alles in einem Arbeitsgang. Kostspielige Bauarbeiten, die den Boden mit einer massiven Asphaltschicht samt Unterbau versiegelten, die trotzdem alle paar Jahre repariert oder erneuert werden musste, erübrigten sich damit. Ökonomisch und ökologisch gleichermaßen genial. Vorausgesetzt, man fuhr diese Art Straße nicht mit überschweren Boliden kaputt. Aber dafür schien ja gesorgt zu sein.

»Toll, nicht?« Sina war vom Parken zurück. »Eine Idee unseres Bürgermeisters. Seit der im Amt ist, läuft hier sowieso alles optimal. Der Typ hat echt den Durchblick.« Die Bewunderung, die ihrem Gesicht abzulesen war, hätte auch einen Heiligen in die Eifersucht getrieben, und ein Heiliger war Stahnke nicht.

»Wie heißt denn euer Bürgermeister?«, fragte er. »Schlachter ja wohl nicht, was?«

Sie rümpfte das Näschen. »Nichts gegen Vorbestrafte, du, aber ehrlich – nein. Natürlich nicht. Unser Bürgermeister ist Marian Godehau.«

39.

Endlich. Der Chef war wieder da. Natürlich hatte er sofort eingegriffen. Order von ganz oben. Absoluter Widerspruch zu dem, was der Frischling ihm zuvor aufgetragen hatte. Na bitte! Großer Ärger war programmiert. Aber nicht für ihn. Die Hierarchie hatte eben auch für den Mittel- und Unterbau ihre Vorteile.

Jetzt sollte er ihn also herholen. Bitte, das war so gut wie erledigt. Kein Problem für ihn. Zum Chef sollte er ihn bringen. Mit Freude hatte er den Befehl bestätigt. Nicht, dass es in der Sache einen Unterschied gemacht hätte, ob ihm Befehle Freude bereiteten oder nicht, ausgeführt wurden sie auf jeden Fall. Ein kleiner Extragenuss aber war das schon.

Mit keinem Wort hatte er erwähnt, dass er zuvor den anderen auch schon geholt hatte. Und was er in der Zwischenzeit sonst noch alles erledigt hatte. Auf Anordnung des Frischlings. Hätte er sich ja denken können, dass diese Aktion nicht linientreu war. Ärger, großer Ärger lag in der Luft.

Zeit! Luft! Unglaublich, wie Abhängigkeit den Gebrauch von Metaphern beeinflusste. Und wie schnell man sich daran gewöhnte. Dabei lag dieser Ärger auf keinen Fall in irgendeiner Luft. Zu jeder Zeit. Und nicht er würde ihn auszubaden haben.

Ha! Allein der Gedanke an ihre Badeanstalten …

Nein, nicht er, sondern der Frischling würde baden gehen. Und der sollte ruhig die volle Wucht des Unmuts des Chefs auf einen Schlag zu spüren bekommen. Ohne dämpfende Vorabinformation.

Der Chef würde ihn schon wieder auf Linie bringen. Da winkte noch ein Extragenuss.

Für ihn, nicht für den Frischling.

40.

Die Nesserlander Straße war vollkommen verstopft. Schaulustige, natürlich. Auf diesem vermaledeiten Parkplatz am Borkumkai stand ja immer noch dieser mysteriöse *COLaP*-Chemietanker. Hatte er ganz vergessen. Auch mit Dienstausweis würde es ewig dauern, sich bis dorthin und daran vorbeizuwühlen. Kramer fluchte, ganz gegen seine Gewohnheit.

Er wendete die Yamaha und fuhr in Richtung Alter Binnenhafen. Zum Glück waren die Eisenbahnschranken nicht geschlossen und die Straßenbrücke nicht hochgeklappt. Ungeduldig drehte er am Gas. Die Enduro machte einen Satz nach vorne, Passanten starrten ihn erschrocken und rücksichtheischend an. Keine Zeit für so etwas. Hoffentlich waren gerade keine Kollegen aus Conny Coners' Abteilung in der Nähe.

Sein Vorstoß bei der Wasserschutzpolizei war ins Leere gegangen. Klar, alle Kräfte waren eingespannt, um das neue Kreuzfahrtschiff die Ems herunter zu eskortieren und den Borkumkai auf der Wasserseite abzuriegeln. Alle Schiffe waren im Einsatz. Sein Ansinnen, die *Zobel* in der Großen Seeschleuse festzuhalten, war auf vollständiges Unverständnis gestoßen: »Eine Einheit der Marine? Mit welcher Begründung denn? Kennen Sie überhaupt die Zuständigkeiten?« Seinen Hinweis auf »Gefahr im Verzuge« hatte er auf »möglicherweise« herunterschrauben müssen, als die unvermeidliche Frage nach der Beweislage kam. Damit hatte er verspielt. »Ohne Anweisung von höherer Stelle unternehmen wir in dieser Sache gar nichts.« Na Klasse.

Aber die Leute hatten ja recht. All seine Spekulationen waren zwar reizvoll – oder besser: erschreckend –, aber eben Spekulationen. Komplett unbewiesen. Was also tun? Abwarten, ob die befürchtete Katastrophe wirklich eintrat?

Oder Beweise beschaffen.

Kramer hatte lange genug mit Stahnke zusammengearbeitet, um zu wissen, wie der sich entschieden hätte. Und er machte sich genügend Sorgen, um seine eigenen, von der Vernunft diktierten Bedenken in den Wind zu schlagen.

Die Unterführung, dort, wo es zu den Nordseewerken rechts ab ging, fühlte sich bei überhöhter Geschwindigkeit ganz anders an als sonst; Kramers Magen hob sich direkt ein Stückchen. Die Ampelkreuzung kurz dahinter empfing ihn mit Grün und ersparte ihm weitere Gewissensnöte. Mit überdosierter Hinterradbremse und gezielt ausbrechendem Heck nahm er die scharfe Rechtskurve, ohne zu viel Fahrt zu verlieren. Danach fast geradeaus bis zur Borssumer Schleuse. Jetzt hatte Kramer bereits alle Hemmungen abgelegt und gab Stoff, was drin war. Das dröhnende Hämmern des Eintopfs und die deftigen Vibrationen unter der Sitzbank versetzten ihn in grimmige Euphorie. Interessante Psychostudie, dachte Kramer. Obwohl – derart viel Verständnis für Verkehrsrowdys konnte kein akzeptables Lernziel sein.

Im Hafengebiet mäßigte er das Tempo deutlich. Hier herrschte Werktagsverkehr, sogar mehr als gewöhnlich. Offenbar versuchten es auch Schaulustige hinten herum. Am Containerterminal wurde emsig verladen. Aus den Augenwinkeln war nichts Verdächtiges zu erkennen. Aber das war jetzt auch nicht Thema.

Er umkurvte den Jarssumer Hafen und gab auf der langen Geraden entlang des Erzkaigeländes noch einmal Vollgas. Das Innere Tor der Großen Seeschleuse war bereits in Sicht. Es war geschlossen, und kein Marineschnellboot dümpelte wartend davor. Also war die Zobel entweder gerade in der Schleusenkammer – oder bereits unterwegs. Und damit für ihn nicht mehr erreichbar. Mit Backe, mit bekannten und vielleicht auch unbekannten Waffen an Bord, mit Kisten, auf deren Inhalt er hoffte und vor dem er sich fürchtete, und mit einem Ziel, das möglicherweise Katastrophe hieß.

Er musste zum äußeren Schleusenhöft. Am liebsten hätte er wieder Vollgas gegeben, aber das ging nicht. Die Straße, die entlang des Schleusenbeckens vom Innen- zum Außentor führte, war beiderseits bebaut. Hier wohnten Menschen, hier spielten Kinder. Noch hatte der Rowdy in ihm nicht vollständig die Herrschaft übernommen.

Breit und grün baute sich der Seedeich vor ihm auf. Durch das geöffnete Deichschart glänzten ihm die sonnengefluteten

Wasserspiegel des Dollarts und der Unterems entgegen. Die Sicht war gut, die Skyline des Industriegebiets von Delfzijl gut zu erkennen. Einige dieser bizarren Anlagen mochten zur *CO-LaP* gehören. Nicht zu sehen war ein kantiges Schiffsheck, das eine Doppelspur aus schaumigen Wellen und eine braunweiße Schleppe aus gequirltem Kielwasser hinter sich her zog. Gott sei Dank, die *Zobel* war noch nicht ausgelaufen!

Er bog rechts ab, gab Gas – und bremste sofort wieder ab. Die Absperrung war dicht, das äußere Schleusentor also bereits geöffnet. Und aus Richtung Schleusenbecken grollte es kraftvoll. Ein schwarzblauer Schleier aus Dieselabgasen zeigte die Position der Zobel an. Driftete der Qualm nur im lauen Wind, oder hatte sich seine Quelle bereits in Bewegung gesetzt?

Er stellte die Maschine ab, ohne sich darum zu kümmern, wo, riss sich den Helm vom Kopf und warf ihn ins Gras. In langen Sätzen stürmte er auf die Treppe zu, die vom Schleusenhöft hinunter zum Beckenrand führte. Beinahe hätte er sich die Beine gebrochen, als er sich nicht entscheiden konnte, wie viele Stufen er auf einmal nehmen wollte. Er schaffte es trotzdem bis zum Fuß der Treppe, schwitzend und keuchend, aber in einem Stück. Und die *Zobel* war auch noch da.

Die Leinen waren bereits von den dicken Eisenpollern losgeworfen und wurden gerade eingeholt. Das Motorengeräusch schwoll an. Zentimeter um Zentimeter verbreiterte sich der Spalt, der zwischen dem grauen Schiffsrumpf und der Beckenkante klaffte. Gleichzeitig nahm die *Zobel* Fahrt auf, ganz, ganz langsam, aber spürbar.

Kramer nahm keinen Anlauf, er rannte einfach weiter. Dass der Spalt eigentlich schon viel zu breit war, weil unten entlang der Schleusenwand eine Reihe hölzerner Schwimmer vertäut war, die jedes Schiff von vornherein auf Distanz hielten, ignorierte er. Ebenso wie die Warnsignale, die der nach wie vor rational arbeitende Teil seines Gehirns in rasender Folge aussandte. Er wollte auf dieses Schiff, jetzt, und er würde draufkommen, ganz egal, welche Fakten dagegen sprachen und wie es um seine Chancen bestellt war. Auf den Willen kam es an, nicht darauf, ob es überhaupt einen Weg gab. Stahnkes Schule, eindeutig.

Kramer sprang. Er konnte das Deck sehen, als er sich abdrückte, und hielt es für ein gutes Zeichen, dass es sich näherte. Bis sich die Decksfläche hob und von einer grauen Stahlmauer verdeckt wurde. Die Distanz war zu groß, sein Sprung zu kurz, er würde gegen die Bordwand klatschen. Und entweder auf eines der Holzflöße plumpsen oder aber ins graubraune Wasser, das soeben von den Schiffsschrauben kräftig aufgeschäumt wurde. Scheiße.

Er fuchtelte mit den Armen, um vielleicht noch die Deckskante zu erwischen, obwohl er die Chance, seinen abstürzenden Körper mit den Fingerspitzen an glattem Metall abzufangen, als nicht besonders groß einschätzte. Egal, wenigstens versuchen.

Seine Fingerspitzen berührten etwas, das sich nicht wie Metall, sondern wie grobes Gewebe anfühlte. Instinktiv krallte er seine Finger zur Faust. Und knallte wuchtig mit Kopf und Körper gegen Stahl. Sterne umtanzten ihn, und ein Riese versuchte ihm den rechten Arm aus dem Gelenk zu reißen. Vielleicht war es auch ein Oger – jedenfalls schien er etwas vom Armeausreißen zu verstehen. Viel fehlte nicht, und er hätte Erfolg gehabt.

Kramer war zäh. Aber das bisschen Gefühl, das er in seinem rechten Arm noch hatte, meldete brüllenden Schmerz – und, dass sich seine Finger langsam aus den Maschen des Relingsnetzes zu lösen begannen. Wieder drohten das aufgewühlte Wasser und die scharfen Schraubenblätter.

Auch, dass sich das Grau vor seinen Augen mehr und mehr zu Schwarz verdunkelte, gab ihm zu denken.

41.

Als Lina sie sah, war ihr erster Gedanke: Zieht die denn nie etwas anderes an? Dass sie es war, daran bestand kein Zweifel, auch wenn nur ein kurzer Blick auf ihr Profil, ihre Arme, ihre Schultern und ihren schwarz-weiß gestreiften Pulli zu erhaschen war, als sie von der Bundesstraße abfuhr und direkt vor Angelina Snuck den Fahrradweg kreuzte. Lina musste abbremsen, und normalerweise hätte sie mächtig geschimpft. So aber reduzierte sie nur ihr Tempo und vergewisserte sich im Vorbeifahren, dass der tiefergelegte Golf auch wirklich dort anhielt, wo sie vermutete. Richtig, genau vor *Bei Cassi*.

Außer Sichtweite hielt sie an, wendete und radelte langsam zurück. Die Abzweigung erreichte sie gerade rechtzeitig, um die Frau die Tür zum Restaurant öffnen zu sehen. Sie trug einen Lederbeutel am Riemen über der Schulter.

Gut sah sie aus, kein Zweifel. Die dunklen Haare, das feine, dreieckig-schmale Gesicht, die langen Wimpern, alles Marians Geschmack, durchaus. Nur, dass sie so groß war, passte eigentlich nicht. Marian mochte doch eher kleine, zierliche Frauen. Solche wie sie selber. Die da war doch bestimmt … jedenfalls deutlich größer. Aber zierlich. So gesehen kam's wieder hin.

Zierlich war schon geprahlt. Ein Blick reichte Lina, um zu sehen, was mit dieser Frau los war. Der hockte doch derselbe Teufel im Nacken, mit dem sie sich auch selber herumschlug. Nachdem sie ihn jahrelang für einen Engel gehalten, an ihn geglaubt und ihn verehrt hatte. Noch heute war sie sich manchmal nicht sicher, ob dieser Teufel nicht doch ein Engel war. Und ob er ihr den Verrat jemals verzeihen würde.

Marian hatte ihr erklärt, dass Engel und Teufel eigentlich das Gleiche waren, Geschöpfe und Diener ein und desselben Gottes, bloß unterschiedlich gut unter Kontrolle. Sie hatte ihm daraufhin erklärt, was eine Metapher war. Worauf er, der eloquente Schreiberling und Metaphernprofi, ziemlich beleidigt gewesen war, ehe er gemerkt hatte, was sie meinte. Sie hatte laut gelacht, so dumm hatte er geguckt, mit schief gelegtem Kopf wie ein hübscher großer Hund, und sie hatte ihm verziehen. Ihr Teufel hatte währenddessen mit seinen Ketten gerasselt. Gebändigt war er, aber nicht besiegt. Er würde jede Chance nutzen, die sich ihm bot. Sie musste auf der Hut sein. Gerade jetzt.

Die Restauranttür fiel zu. Lina Snuck radelte die letzten Meter, stieg ab und lehnte das Fahrrad an die Backsteinmauer. Es war immer noch das geklaute Rad. Heute früh hatte es noch genau dort gestanden, wo sie es gestern abgestellt hatte, erstaunlicherweise, unabgeschlossen wie es war. Sie hatte es als Zeichen genommen, war nach Emden gefahren, um das Nötigste einzukaufen, und hatte sich dann nach Leer aufgemacht, um ihr eigenes Rennrad zu holen, das hoffentlich immer noch bei Stahnke vor der Haustür stand. Das frisch geladene Handy hatte sie in der Hosentasche, auf Akustik- und Vibrationsalarm zugleich eingestellt. Kevin Stutz aber hatte sich bisher noch nicht wieder gemeldet.

War diese Frau, die ihr gerade buchstäblich über den Weg gefahren war, nun seine Freundin oder nicht? Hieß sie Yvonne Strehle? Blond war sie eindeutig nicht, und sie war auch ziemlich weit weg von Olpenitz in Schleswig-Holstein. Also vielleicht doch jemand anderes. Aber wer?

Der Golf war das einzige Auto auf dem Parkplatz direkt vor der Gaststätte. Außerdem stand da nur noch ein Motorrad, dem Kennzeichen nach aus Leer, eine von diesen amerikanischen Kisten, aufgestylt und aufgemotzt, aber kaum alltagstauglich. Und natürlich mit katastrophal hohem Spritverbrauch. Amis! Auch wenn vieles dafür sprach, dass der Titel des weltweit größten Umweltdreckschweins demnächst an China übergehen würde – Bushland war ihr absoluter Lieblingsfeind und würde das wohl noch eine ganze Weile bleiben, egal, wie der nächste Anführer der Klimakillerbande hieß.

Sie öffnete die Tür und betrat den Gasthausflur. Und blieb wie angewurzelt stehen, denn der Erste, der ihr über den Weg lief, war Thorsten Duprée. Genau dem hatte sie nicht begegnen wollen, jedenfalls nicht gleich.

Der Juniorchef grüßte freundlich, eilte weiter. Er schien praktisch immer gerade in Eile zu sein. Doch dann hielt er inne, wandte sich ihr zu, musterte sie. War ihre Frisur immer noch unpassend? Rot war doch längst nicht so abseitig wie Grün. Sie hielt den Atem an.

Und sah, wie der junge Mann den Kopf schüttelte, wie um eine absurde Idee zu vertreiben, ihr noch einmal zunickte und schnellen Schrittes durch die nächste Tür verschwand. Als habe er sich just vergewissert, sie noch niemals zuvor gesehen zu haben.

Lina Snuck nahm ihren Minirucksack ab und ging durch die andere Tür, die zum Restaurant. Es war nahezu leer, kein Wunder, fürs Mittagessen war es noch viel zu früh. Die beiden einzigen Gäste saßen am selben Tisch, ein rothaariger, hellhäutiger, kräftiger junger Mann mit Jeansweste, die er über dem bloßen Oberkörper zu tragen schien, und die hochgewachsene hübsche Frau im schwarz-weiß gestreiften Pullover.

Solch ein Pullover wirkte absurd bei diesem Hochsommerwetter – ein Eindruck, der durch den luftigen Aufzug ihres Gegenübers noch verstärkt wurde. Aber Lina Snuck wusste längst, warum sich diese Frau so anzog, egal wie warm es war. Magersüchtige hatten eine ganz eigene Wahrnehmung ihrer Körperlichkeit, eine, die von Wünschen, vor allem aber von Ängsten diktiert war. Die stand in krassem Widerspruch zur Realität. Diesen Widerspruch auszuhalten, erforderte Kraft – und eine ständige Präsenz der Krankheit. Kaschieren half Kraft sparen, ermöglichte es den Kranken, innerhalb eines Kokons von Selbstbetrug so zu agieren, dass nach außen hin der Schein der Normalität gewahrt blieb. Je seltener die Widersprüche zwischen Selbstbildnis und Wahrheit krass zu Tage traten, desto leichteres Spiel hatte die Krankheit. Daher der Hang zum Schlabber- oder Zwiebellook, daher auch die Unlust, etwa an den Strand oder gar baden zu gehen. Unverhüllt war die Wahrheit einfach zu aufdringlich.

Lina kannte das alles. Sie hatte diese Hölle durchquert, und sie würde sie niemals ganz überwinden. Auch wenn Magersucht mit anderen Süchten nicht wirklich gleichzusetzen war, in diesem Punkt unterschied sie sich nicht. Das Biest steckte im Käfig, es war gebändigt, aber nicht tot. Nicht einmal wirklich besiegt.

Die beiden hatten bestellt, offenbar auf Drängen des Mannes. Er bekam einen Eisbecher mit Sahne und ein großes Glas Cola serviert, sie ein Mineralwasser. Typisch.

Auch Linas Bestellung wurde gebracht, und sie zahlte gleich. Dabei wurde ihr erst richtig bewusst, was sie geordert hatte. Ein Mineralwasser.

Solange das Kontrolllämpchen leuchtet, dachte sie, ist alles einfach, dann lenkt der Verstand. Dann herrscht Logik, dann wird argumentiert und begriffen. Sobald aber die Lampe ausgeknipst ist, hat die Angst wieder das Sagen, und dann wird Genuss zur Sünde und jede Form von Nahrung zur Bedrohung. Sie hatte sich einmal im Spiegel gesehen, als sie von ihrem Teller aufblickte, einer Portion Brokkoli, geschwenkt in angedünsteten Zwiebeln und Knoblauch, mit einer Spur Olivenöl und einem Hauch Parmesan, dazu ein paar Nudeln. Zu Tode erschrocken war sie vor ihrem eigenen Gesicht, dieser von Ekel, Angst und Hass verzerrten Fratze. Ekel und Angst vor einem ihrer Lieblingsgerichte. Hassen, was man liebt. Ja, so lief das, wenn man das Biest in sich hatte.

Die beiden am anderen Tisch unterhielten sich leise. Lina glaubte den Mann wiederzuerkennen; während der Bikerfete, von der sie sich tunlichst ferngehalten und freiwillig drinnen im Restaurant bedient hatte, war er ihr einmal auf dem Gang begegnet, auf der Suche nach dem Klo. Das Motorrad draußen war also vermutlich seins.

Wer war er? Ein neuer Lover, fix aufgerissen, während der Oberbootsmann auf der Nordsee das Vaterland verteidigte? Ganz schön dreist. Denkbar, aber es passte eigentlich nicht ins Magersüchtigen-Schema. Die Befriedigung körperlicher Lüste war nicht vorgesehen, eher deren Unterdrückung und Kompensation. Sicher, keine Krankheit – und keine Kranke – war wie die andere. Ging man jedoch vom statistischen Durchschnitt aus, dann war eher mit Leistung, mit Pflichterfüllung zu rechnen. Empfundene Persönlichkeitsdefizite wurden ausgeglichen, indem selbst gesteckte Ziele angepeilt und erreicht wurden. Die Reduktion des eigenen Körpers auf ein besseres Skelett war eins davon.

Außerdem – dieser Typ da drüben hatte mit Marian nichts gemein. Sicher, auch Marian war nicht eben klein und schwächlich, aber alles andere als ein Body-Protz in provokanter Kutte. Seine Vorzüge lagen auf intellektuellem Gebiet, und sie sprangen nicht auf den ersten Blick ins Auge. Hatte man sich einmal für ihn erwärmt und es geschafft, seine Hemmungen und Selbstschutzmechanismen zu überwinden, dann war er auch als Lover nicht übel, das musste sie zugeben, alles andere als ungern. Aber als erotisches Intermezzo, als Fingerfood-Häppchen zwischen einem Seemann und einem Rocker kam Marian einfach nicht in Frage. Jede Frau hatte ihre Vorlieben, ihr Partnerkonzept, ihr Beuteschema, ihre Linie, die sich zwar variieren, aber wohl kaum derart wahllos durchbrechen ließ. Bei ihr selbst jedenfalls war das so.

Nein, keine Affäre. Irgendetwas anderes steckte dahinter.

Worüber die beiden wohl redeten? Meistens sprach sie, leicht über den Tisch gebeugt, intensiv, mit vollem Blickkontakt und sparsamen, aber pointierten Gesten. Er saß zurückgelehnt, meist mit hängenden Armen, und seine Redebeiträge schienen eher fragend zu sein. Kein Zweifel, sie wollte etwas von ihm, und er war sich noch nicht sicher. Die Stimmen waren zwar zu hören, aber nicht zu verstehen. Lina musste sich also etwas einfallen lassen.

Drüben trat eine Gesprächspause ein. Sie fixierte ihn schweigend, die Unterarme aufgestützt. Er breitete die Arme aus, immer noch unschlüssig. Dann aber beugte auch er sich vor. Und nickte. Zu irgendetwas hatte er sich wohl durchgerungen.

Sie schien zufrieden, legte ihre schmale Hand auf seinen haarigen Unterarm, sprach weiter auf ihn ein. Dann griff sie nach dem Lederbeutel, der über der Stuhllehne hing, nahm einen großen braunen Umschlag heraus. Und einen kleinen weißen. Aus dem großen Umschlag zog sie etwas hervor, das wie ein Reader aussah, mehrere zusammengeheftete DIN-A4-Blätter, und reichte es dem Kuttenträger. Zögernd griff der zu. Auch aus dem kleinen Umschlag nahm sie etwas heraus, wesentlich verstohlener, und er nahm es weitaus flotter entgegen. Geld, eindeutig. Aber hallo! Kaufte sich die Dame etwa ihre Lover?

Und was stand dann wohl in dem Reader? Anweisungen aus dem Kamasutra?

Die Frau im quergestreiften Pullover schien zufrieden, fast

schon euphorisch. Wieder tätschelte sie den Arm ihres Gegenübers, redete, lachte, während er die Papiere einsteckte, die großen wie die kleinen. Dann erhob sie sich und verließ den Raum. Keine Frage, wohin, denn sie nahm ihr Handtäschchen mit. Den Lederbeutel aber ließ sie hängen.

Da musste Angelina ran. Und zwar schnell, denn sie wusste ja nicht, wie lange die Ringeldame zum Näschenpudern brauchte. Sie musste den Kutten-Klops irgendwie ablenken. Mist, wenn sie doch nur seine Handynummer wüsste! Dann könnte sie ihm schnell irgendetwas von einem Lackschaden an seinem Motorrad erzählen. Jede Wette, der würde springen! Natürlich konnte sie auch das Restaurant anrufen und ihn nach draußen bitten lassen. Umständlich, aber möglich. Wenn es vermutlich auch den entscheidenden Tick zu lange dauern würde, zumal gerade keine Bedienung in Sichtweite war. Da ihr aber nichts Besseres einfallen wollte, machte sie Anstalten, aufzustehen und den Raum zu verlassen.

Polternd schob der Rotblonde seinen Stuhl zurück, stand auf und schlenderte Richtung Toiletten. Klogänge wirkten ansteckend, dagegen war er anscheinend auch nicht gefeit. Den verlassenen Lederbeutel würdigte er keines Blickes.

Es dauerte zwei Sekunden, bis Lina Snuck das Glück, das ihr soeben widerfuhr, fassen konnte. Dann sprang sie auf, huschte zum anderen Tisch hinüber und öffnete mit vor Aufregung fliegenden Fingern den Lederbeutel. Das kleine Couvert ignorierte sie, widerstand auch der Versuchung, das große einfach zu nehmen und in ihren Minirucksack zu stopfen. Stattdessen schaute sie hinein. Es enthielt mehrere gleich dicke, zusammengeheftete Kopienstöße, wie vermutet. Sie zog einen heraus, faltete ihn und steckte ihn ein.

Länger als der Weg aus dem Restaurant heraus war ihr noch nie ein Weg vorgekommen. Auf dem Korridor schien ihr Rücken in Flammen zu stehen, so deutlich und schmerzhaft glaubte sie misstrauische Blicke darauf brennen zu spüren. Die Ausgangstür schien in dickflüssiger Melasse zu stecken, so schwer war sie zu bewegen, und als sie sich auf das geklaute Fahrrad schwang, war sie sicher, dass die Kette vom Ritzel rutschen und sich unlösbar verklemmen würde.

Als sie über dem Deich, wo vorher nur blauer Himmel mit weißen Linien gewesen war, auf einmal einen gigantischen, wohnblockähnlichen weißen Klotz aufragen sah, war sie für einen Moment vollkommen desorientiert. War es schon wieder passiert, hatte irgendetwas sie diesmal vom Dorf mitten in eine Großstadt hinein versetzt? Erst mit leichter Verspätung erkannte sie das neue Kreuzfahrtschiff, das gerade emsabwärts überführt wurde, bestaunt von zahlreichen Menschen, die die Deichkrone säumten und den Deichfuß mit ihren Autos zugeparkt hatten. Gleich, wenn das Schiff samt Eskorte Rorichum passiert hatte, würde es im Restaurant *Bei Cassi* wohl nicht mehr so ruhig zugehen.

Hastig sprang sie in den Sattel und trat mit aller Kraft in die Pedale. Erst nachdem sie die ersten hundert Meter zwischen sich und das Restaurant gebracht hatte – natürlich hinten herum, über die Wirtschaftswege, weit weg von der Bundesstraße mit all dem Trubel –, begann sie zu glauben, dass sie auch diesmal wieder davongekommen war.

Nein, dachte sie, eine kriminelle Karriere ist wirklich nichts für mich. Das halte ich nervlich nicht durch.

42.

Sie ist ein Traum, dachte Stahnke. Ein Traum, wirklich.

Obwohl: War das nicht ein Widerspruch in sich?

Er saß auf dem Sofa, eine bunte Decke um die Schultern, und schlürfte heißen Tee. Sina hatte darauf bestanden, ihn mit zu sich nach Hause zu nehmen und zu umsorgen, nachdem er plötzlich so blass geworden war und angefangen hatte zu zittern.

Was Wunder. Marian Godehau Bürgermeister! Na gut, schön, dass er wieder aufgetaucht war, wohlbehalten. Vielleicht war er auch niemals weg gewesen. Aber nun gleich Bürgermeister? Man konnte alles übertreiben, fand Stahnke.

Sinas Wohnzimmer war klein, bot gerade genügend Platz für zwei hölzerne Sofas mit dicken, leinenbezogenen Kissen, einen niedrigen Lacktisch und etwas, das wie eine Musikanlage aussah, eine mit ein paar Sonderfunktionen, die er nicht kannte, von denen jedoch offenbar keine einen Bildschirm erforderte. Lautsprecherboxen waren auch keine zu sehen, trotzdem perlte leise Musik durch den Raum. Ein alter Song von *Queen*, den er schon oft gehört hatte, ohne sich an den Titel erinnern zu können. *»Is this the real life, is this just fantasy?«*

Kleinformatige Bilder in wunderbar zarten Farben hingen an den Wänden, dort, wo zwischen den Bücherregalen noch etwas Platz war. Gerade betrat Sina den Raum, die aufgefüllte Tonkanne am bastumwickelten Henkel haltend, die geöffneten, glänzenden Haare über einen bunt gemusterten Poncho fließend. Ja, sie war wirklich ein Traum.

Ob sie hier wohl alleine wohnte? An der Tür stand kein Name, er hatte extra darauf geachtet. Am Briefkasten waren nur eine Nummer und ein Strichcode. Womöglich hatte man die Postzustellung automatisiert.

Aber warum kein Name? Musste man hier etwa vorher wissen, zu wem man wollte, um jemanden zu finden?

Na ja, vielleicht war es so. Interessant, dass er angefangen hatte, von Leer als einem anderen Ort zu denken.

Dies war ein Ort für Menschen.

Wenn er ehrlich war, dann lag seine Begesiterung natürlich auch oder vor allem an Sina. Dass sie überhaupt hier war. Dass ihre gemeinsame Vergangenheit ausgelöscht schien. Dass sie ihn freundlich, geradezu herzlich an- und aufgenommen hatte. Dass hier, nachdem doch eigentlich längst alles zwischen ihnen vergangen und vorüber war, plötzlich wieder Hoffnung bestand.

Aber halt, in diesem Punkt sollte er doch Realist bleiben, ganz egal, in was für einer Realität er sich hier befand. Sina war so zu ihm, weil sie eben so war – und weil es hier offenbar üblich war, dass Menschen so miteinander umgingen. Herzlich, offen, hilfsbereit. Geduldig außerdem. Nein, darauf sollte er sich lieber nichts einbilden. Erst einmal wenigstens. Sonst machte er nur wieder alles kaputt.

Er stellte fest, dass er das soeben Gedachte nicht etwa vermutete, sondern wusste. Woher, das wusste er nicht, aber die Sache an sich, die wusste er. Wie ging das? Färbte hier etwa etwas auf ihn ab?

Oder – anders herum: War dieses hier etwa seine eigene Realität, die Welt, in die er tatsächlich gehörte? Und wurde ihm das gerade eben so nach und nach wieder bewusst? War demnach alles andere nur Phantasie und Einbildung gewesen, die kleinen Gangster, die schnellen Autos, die riesigen Ratten, der rassistische Bürgermeister, die gigantische Düne, die mörderische Welle? Und nicht nur das: sein verschwundenes Dach, der Wolkenbruch, das Schiff auf dem Parkplatz, das versunkene Emssperrwerk? Alles nur Wahn, alles ein Produkt tückischer Psychopharmaka? Wenn er so darüber nachdachte, kam ihm das ganz vernünftig vor. Jede Erinnerung, die er an seine berufliche Tätigkeit zu haben glaubte, erschien ihm auf einmal vollkommen irreal. Das wäre sicher nicht das Schlechteste, fand er.

Die Erinnerung an den verschwundenen Marian war auf jeden Fall nur Einbildung. Denn der war ja überhaupt nicht weg, der war hier, und nicht nur irgendwie, sondern als Bürgermeister. Damit wäre das zumindest einmal geklärt. Und ausgehend davon …

Seine Gedanken stockten, versandeten, verschlickten. Ausgehend *wovon*? Das war doch der Punkt. Der Fixpunkt. Vielmehr, der Punkt war, dass dieser Fixpunkt nicht zu bestimmen war, wenn man nicht wusste, wovon man … ausgehen sollte … Halt, dachte er, da bin ich doch schon einmal gewesen.

Da? Wo, hier? Und wie gewesen? In Gedanken oder – wirklich? Aber was war das denn, Wirklichkeit, bitteschön?

Der Boden unter ihm schwankte, und vor seinen Augen begann es zu wabern und zu flimmern.

»Warum lachst du so merkwürdig?«, fragte Sina. Ihr Lächeln bekam einen zweifelnden Zug. »Bist du sicher, dass du bei deinem Unfall nicht doch etwas abbekommen hast?«

Das Flimmern und Wabern wurde stärker. Es konzentrierte sich auf die Zimmerecke, die von oben bis unten mit bücherbeladenen Regalen vollgestellt war. Je mehr sich das Wabern verdichtete, desto düsterer wurde es dort. Und desto bedrohlicher wirkte das dunkle Wallen, das vom Boden bis unter die Decke reichte und immer mehr zu schwellen begann, so als reichte die Höhe des Zimmers für seine Masse nicht aus.

Sina schien von all dem nichts zu bemerken. Sie schaute weiterhin auf Stahnke, der inzwischen verstummt war, stellte die Kanne ab, und ihr Ausdruck wurde immer besorgter. Ihr Gast hatte plötzlich Schweißtropfen auf der aschfahlen Stirn. Vielleicht waren heißer Tee und warme Wolldecke doch nicht die richtige Therapie?

Das Wallen war jetzt tiefschwarz und massiv geworden, ein lavaartiges Auf- und Abquellen ungleich großer, zähflüssiger Blasen entlang einer mehr vorstellbaren als vorhandenen Vertikalachse. Das Blubbern verlangsamte sich, das ganze Gebilde begann sich zu blähen. Jetzt greift es an, dachte Stahnke, unfähig sich zu rühren. Jetzt stürzt es sich auf mich. So wie die Woge. Oder die Ratte. Oder das Auto mit den Sehschlitzen. Und dann, was ist dann? Wieder eine neue Realität? Falls ja, dann bestimmt eine ohne Sina.

Und falls nein? Dann war es aus.

»Nein«, krächzte er.

»Nein?«, fragte Sina. »Kein Tee mehr? Und keine Decke?«

Aber er hatte sich geirrt. Das Gebilde stürzte sich nicht auf ihn. Vielmehr riss es ihn an sich, in sich hinein, an sich vorbei und durch sich hindurch, alles zur gleichen Zeit, ohne dass er sich spürbar bewegt hätte. Das Erstaunen, das er dabei empfand, schien nicht zur Gänze sein eigenes zu sein. Irgendwer staunte da mit ihm. Ehe er aber darüber nachdenken konnte, wie das angehen konnte, war es auch schon vorbei.

Sina schenkte den Teebecher voll, setzte sich auf das leinenbezogene Sofa und nahm nachdenklich einen Schluck. Da lag die bunte Decke, aufgetürmt und zerknautscht wie ein längst verlassenes Indianerzelt. Warum eigentlich? Gut sah das nicht aus. Irgendwie unordentlich, selbst für ihren Geschmack.

»Ich sollte doch öfter mal aufräumen«, murmelte sie vor sich hin.

43.

Es war nass, es schmeckte salzig und es roch nach verdorbenem Fisch. Genau genommen roch es nicht nur so. Exakt so hatte er sich das vorgestellt, ein Bad im trüben Emswasser. Ob die tödlichen Schiffsschrauben schon an ihm vorüber waren? Kramer zappelte und schnappte nach Luft.

»Na also, geht doch schon wieder.« Eine Männerstimme, rau, fast heiser, aber gut verständlich. Neptun war das ganz bestimmt nicht.

Kramer wischte sich mit der linken Hand die nassen Haare aus dem Gesicht. Dabei stellte er fest, dass seine Arme und Beine trocken waren, ebenso der Rest seines Körpers. Bis auf Kopf und Schultern.

»Kannst die Augen ruhig aufmachen.« Die raue Stimme klang amüsiert. »Da schwimmen dir schon keine Quallen rein. Hast Glück gehabt, dass wir rechtzeitig zur Stelle waren.«

Kramer tat, wie ihm geheißen, und fand sich an Deck der *Zobel* wieder. Also kein Ems-Bad, sondern eine gut gezielte Pütz Wasser hatte ihn aus seiner kurzen Ohnmacht zurück in den erfrischenden Seewind geholt. Die Ursache dieser Ohnmacht war immer noch präsent. In seiner rechten Schulter wütete ein bengalisches Feuer, und der dazugehörige Arm lag schwer und steif herum wie ein Stück Treibholz.

Neben ihm stand Backe, der Riese mit dem wettergegerbten Gesicht und dem zahnlückigen Grinsen. Breitbeinig vor, fast schon über Kramer stand Kevin Stutz, einen leeren Wassereimer in der Hand. Hinter ihm glitt gerade das Ende der Emder Hafenmole vorbei; allzu lange hatte die Ohnmacht also nicht gedauert.

Backe hatte auch etwas in der Hand. Eine Pistole. Automatik, glänzend und kantig und sicher nicht so klein, wie sie in seiner Pranke wirkte.

Kramer bemerkte, dass es seine eigene Pistole war.

Seine Hände zuckten, und das Feuer in seiner rechten Schulter nahm an Hitze zu. Er stöhnte.

»Hilft ja nichts, irgendwo dran musste ich ja ziehen«, sagte

Backe. Falls das ein Trost sein sollte, so brachte er ihn nicht sehr überzeugend rüber. Mit der Pistole in der Hand schon gar nicht.

»Als du ihn weit genug oben hattest, hab ich ja sein Bein gegriffen«, warf Kevin Stutz ein. Kramer kam sich vor wie ein sperriges Gepäckstück, von dem zwei erfolgreiche Packer Anerkennung erwarteten.

»Ja, und dann wolltest du ihn unter der Relingspersenning durchziehen und ich ihn drüber weg.« Backes Lachen übertönte die Schreie der Möwen, die sich abwechselnd ins Kielwasser der *Zobel* stürzten, um hochgewirbelte Leckerbissen zu ergattern. »Gut, dass ich's noch gemerkt habe, sonst hätten wir ihn mittendurch gerissen.«

Die Heiterkeit der beiden bebenden Kolosse ließ Kramer an vier Zentner ausgelassenen Speck denken. Dennoch sah er sich außerstande, in das Gelächter einzustimmen. Zumal er von der Pistole in Backes Pranke überwiegend das schwarze Mündungsloch zu sehen bekam. Die Frage, wie gut dieser Mann sich und seinen rechten Zeigefinger unter Kontrolle hatte, gewann zusehends an Relevanz.

»So, nun komm man hoch aus deiner Pfütze.« Backe schob Stutz beiseite und streckte Kramer einer seiner Pranken hin. Die linke. Was aus zweierlei Gründen rücksichtsvoll war. Kramer griff seinerseits mit der Linken zu und ließ sich hochhieven, ohne Backes Rechte aus den Augen zu lassen. Sie bewegte sich wie zufällig, aber die kleine, schwarze Öffnung war trotzdem ständig deutlich zu sehen.

Die *Zobel* hatte den Molenkopf nun hinter sich gelassen. Das Zittern des stählernen Achterdecks nahm an Intensität zu; offenbar drehten die Maschinen jetzt höhere Touren. Das Kielwasser schäumte stärker, die Heckwelle wurde höher und länger. Noch spielte das Schnellboot nur mit seinen Muskeln, aber man konnte schon ahnen, was drinsteckte.

Nach wie vor zeigte der Bug in Richtung Emsmündung. Achteraus war jetzt die Unterems bis hinauf nach Oldersum zu überblicken. Ein schlankes, dunkelblaues Schiff, vermutlich ein Kreuzer der Wasserschutzpolizei, und ein paar kleinere Fahrzeuge waren zu erkennen. Dahinter … da, da kam es, Heck voran.

Die hoch ragenden, überdimensioniert wirkenden Aufbauten, vom Dunst weichzeichnerisch verschleiert, ragten weit über das Deichniveau hinaus, und man hätte sie für ufernahe Wohnblöcke halten können, wenn sie sich nicht ganz langsam bewegt hätten. Das neugebaute Kreuzfahrtschiff *Italian Stardust* kam heran, allen mysteriösen Vorkommnissen der vergangenen Tage zum Trotz. Und wenn Kramers Vermutungen zutrafen, dann näherte sich damit auch eine weitere Katastrophe.

Die Pistole in Backes Hand jedenfalls sprach dafür.

Das Deck unter seinen Füßen hob sich plötzlich, die Vibrationen verebbten, die Frequenz der Maschinengeräusche sank schlagartig. Die Heckwelle holte ihren Verursacher ein, tauchte unter ihm weg und löste sich in nichts auf. Aus der kraftvollen, federnden Vorwärtsbewegung wurde ein träges, zielloses Dümpeln. Die *Zobel* hatte gestoppt, mitten im Emsstrom, direkt vor der Emder Hafeneinfahrt. Jetzt kommt's, dachte Kramer.

In Stutz' ausgebeulter Brusttasche begann es zu quäken. Ein Walkie-Talkie.

»Er soll auf die Brücke. Zum Kaleu.« Der Oberbootsmann zeigte erst auf Kramer, dann mit dem Daumen hinter sich. »Los, vorwärts.«

44.

Sie war außer Atem, und ihre sonnendurchglühte Haut roch nach getrocknetem Schweiß. Eine Menge Kalorien waren in der letzten Viertelstunde verbrannt worden. Etwas in ihr war froh darüber, lobte sie dafür. Die Bestie rumorte in ihrem Käfig.

Ihren Plan, nach Leer zu radeln, hatte Lina Snuck aufgegeben. Das dauerte jetzt zu lange, dafür war sie einfach zu neugierig auf das, was sie gerade erbeutet hatte. Ihr erster Gedanke war, gleich an der Paddel-und-Pedal-Station in

Rorichum am Kanal anzuhalten, sich in dem großen Tipi zu verstecken und die Papiere dort zu lesen. Aber die Vorstellung, irgendein lächerlicher Zufall könnte die Ringelpulli-Dame ausgerechnet dort hereinschneien und sie entdecken lassen, war einfach zu aufdringlich und drängte sie dazu, weiterzufahren. Außerdem verband sie inzwischen unangenehme Erinnerungen mit diesem Tipi, nachdem sie sich unlängst dort wiedergefunden hatte, ohne eine Ahnung, wie sie aus der Gasthaustoilette plötzlich dorthin gelangt war. Und warum ihre Haare auf einmal lang und grün gewesen waren.

Was, wenn sie nun zur Abwechslung einmal nicht in dem Tipi erschien, sondern daraus verschwand? Und an irgendeinem anderen Ort auftauchte, ohne zu wissen warum, diesmal vielleicht mit Haarschnecken wie Star-Wars-Prinzessin Leia, nur lila gefärbt?

Was sie brauchte, war ein Platz, wo sie die Papiere lesen konnte, ohne aufzufallen. Am besten ein Ort mit vielen Menschen, zwischen denen sie sich am einfachsten verbergen konnte. Viele Menschen – nun, die gab es derzeit an der Ems, dort, wo die *Italian Stardust* gerade Richtung Emden bugsiert wurde. Petkum fiel ihr ein, der Ort, den sie heute auf dem Weg nach Rorichum schon einmal durchquert hatte. Formal galt Petkum als Stadtteil von Emden, tatsächlich aber war es ein recht lauschiges Fischerdorf, das nur das Pech hatte, von einer Bundesstraße mittendurch gekappt zu werden. Der Sielhafen jenseits des Deiches aber war ein angenehmer Platz, heimelig, so richtig mit Fischkuttern, Yachten, Fähranleger und vollgerümpelten Ecken. Typisch Ostfriesland eben.

Die Endung »um« vieler ostfriesischer Ortnamen, erinnerte sie sich, stand ursprünglich mal für »Heim«. Das passte.

Schon auf dem Weg zum Petkumer Hafen wusste sie, dass sie mit ihrer Vermutung richtig gelegen hatte. Massen von Menschen schoben sich durch den sonst so idyllischen Ort, nur um als Zaungäste einen Blick auf das Multi-Millionen-Schiff werfen zu können. Wild und rücksichtslos geparkte Autos blockierten Straßen und Wege. Dank ihrer artistischen Geschicklichkeit auf dem Rad schaffte Lina Snuck es dennoch, bis zum Hafen durchzukommen, ohne absteigen zu müssen. Sie suchte sich ein

Plätzchen am Rand des großen Getümmels und kletterte auf einen verlassenen Bootstrailer, von dem aus sie die Umgebung einigermaßen überblicken konnte. Günstig, dass sie heute früh Turnschuhe statt ihrer schwarzen Stahlkappen-Treter angezogen hatte; damit war sie doch um einiges beweglicher.

Der weiße Stahlkoloss näherte sich gerade, Heck voran, umgeben von einem Pulk kleinerer Wasserfahrzeuge, und die Menge starrte ihm entgegen, plapperte und johlte, winkte und gestikulierte, knipste und filmte. Noch nie hatte Lina Snuck sich so unbeobachtet gefühlt.

Sie setzte sich auf die mit grobem Segeltuch gepolsterte Trailerstellage und faltete ihre Beine zum Schneidersitz. Das war mühsam, aber es ging. Sie wusste, dass sie jetzt winzig aussah, noch winziger als sonst schon. Aber das war ihr egal. Und der Bestie tief in ihr drin war es nur recht.

Sie faltete das dünne Blätterbündel auseinander.

Das oberste Blatt war eine Landkarte, vielmehr die Kopie eines Kartenausschnitts. Verschiedene Punkte waren bunt markiert. Lina Snuck blätterte um. Eine Zeichnung. Etwas Länglich-Ovales, auf der einen Seite abgeplattet, auf der anderen mit einer Art Kapsel versehen. Das Objekt erinnerte entfernt an eine Flasche, allerdings hatte sie solch eine Flasche noch nirgendwo gesehen. Vielleicht ein Projektil?

Seite drei war eine Namensliste. Sie überflog die Aufstellung. Namen, nicht nur deutsche, sondern aus aller Herren Länder, so wie das aussah, dahinter Telefonnummern, ausschließlich Handys, keine Adressen. Ganz rechts standen Buchstaben- und Ziffernfolgen, die keinen Sinn erkennen ließen. Abkürzungen möglicherweise. Die Anordnung ließ auf eine Art Hierarchie schließen. Gruppenmitglieder und Gruppenführer. Hm. Das erinnerte sie an etwas.

Das nächste Blatt war mit »Strategie« überschrieben. Darunter wieder kein lesbarer Text, sondern eine Liste aus Begriffen und Zahlen. Sie las, und was sie las, gab ihr einen Ruck. »Infiltration«, »Beginn Aggressionsphase«, »Expansion«, »Übernahme«, »Munitionierung«, »Eliminierung«. Auszüge aus dem Wörterbuch des Terroristen. Oder aus einem Militärhandbuch. Verdammt, hier war jemand auf Gewalt aus.

Sie ließ das Konvolut sinken. Innerlich leistete sie Marian Abbitte, wo immer er sich auch gerade befinden mochte, und schalt sich eine dumme, eifersüchtige Gans. Was für ein Gedanke, er könnte sie mit dieser Frau betrogen haben! Nein, das hier sah nicht nach Seitensprung, sondern nach Marians Arbeit aus, nach einem großen Thema, einem wirklich heißen Eisen. Eindeutig, unter welchem Stichwort es einzuordnen war.

Privatarmee.

Einen Anwerber für eine nichtstaatliche Kampftruppe hatte sie sich natürlich anders vorgestellt. Männlich selbstverständlich, am besten martialisch aussehend, ein Typ wie Birger Holm. Sie lachte bitter. Tja, Vor- und Pauschalurteile waren auf keine Schicht, auf keine politische Richtung und auf kein Geschlecht festgelegt. Wie sie, Angelina Snuck, soeben bewiesen hatte.

Logisch, für solch einen Job eine Frau einzusetzen. Eine von inneren Zwängen getriebene, von Pflichtbewusstsein beseelte, von Ehrgeiz zerfressene Frau wie diese ... wie mochte sie heißen? Na, diese Ringelpullover-Dame eben. Die fiel nicht weiter auf, weil die meisten Menschen schematisch dachten. Der traute man das nicht zu, weil sie so zerbrechlich und verwundbar daherkam. Dabei war sie eine, die nicht locker ließ, wenn ihre Fänge erst einmal zugepackt hatten. Die Art, wie sie den Kuttenträger bearbeitet hatte, hatte das gezeigt.

Lina Snuck schüttelte sich. Den Gedanken an Fleisch zwischen den Zähnen ertrug sie nicht einmal metaphorisch.

Sie blätterte weiter. Endlich ein zusammenhängender Text. Allerdings, stellte sie nach wenigen Zeilen fest, hätte er statt in Deutsch auch in Chinesisch verfasst gewesen sein können, so wenig erschloss sich ihr die Bedeutung. Das Wenige, was sie verstand, klang nach Medizin und Chemie. Offenbar ging es um die Beeinflussung von Menschen durch bestimmte Stoffe. Stimmung, Einstellung, Verhaltensdispositionen sollten durch ein bestimmtes Präparat verändert werden können.

Was war das hier? Ein neues Psychopharmakon? Oder etwa ...

Ein Name, der sich im Text wiederholte, stach ihr ins Auge: »*COLaPsi*«. Sie streckte die Hand aus und legte ihren Zeigefinger so auf das Papier, dass er die letzten beiden Buchstaben des Wortes verdeckte.

COLaP.

»Ein Kampfstoff«, murmelte sie. »Sie wollen einen neuen Kampfstoff produzieren. Einen, der auf die Psyche, das Unbewusste wirkt, daher die Endung *Psi*. Vermutlich in diesem neuen Werk an der Knock. Darum haben wir dort solche Prügel bezogen seinerzeit. Und sie wollen ihre eigene Privatarmee damit ausrüsten.«

Das Gebrabbel um sie herum verschluckte ihre Worte.

Auf einmal war alles sonnenklar. Ein Land infiltrieren, seine Strukturen eliminieren oder übernehmen, die eigenen Kräfte munitionieren, mit Projektilen der abgebildeten Art, gefüllt mit einem chemischen Kampfstoff, der jeden Widerstand in der Bevölkerung durch psychische Beeinflussung brach und in Wohlgefallen auflöste. Buchstäblich. Lina konnte sie direkt vor sich sehen, Massen von apathisch grinsenden Menschen, die ihrer eigenen Ausbeutung in debiler Passivität zuschauten. Ein ganzes Land voller Zwangskiffer. Konnte es eine leichtere Beute für multinationale Konzerne geben?

Potentielle Opfer gab es genug. Jedes afrikanische, südamerikanische oder asiatische Land mit Bodenschätzen oder Reichtümern anderer Art, das sich der Ausplünderung bisher halbwegs widersetzt hatte, kam in Frage.

Hatte man den Nazis nicht seinerzeit vorgeworfen, den tschechischen Unterhändler unter Drogen gesetzt zu haben, damit er die Abtretung des Sudetenlandes unterschrieb?

Der Gedanke war ihr unsympathisch, aber gegen das, was sich hier abzeichnete, nahmen sich die Nazis wie Waisenknaben aus.

Blieb die Frage, um welches Land es tatsächlich ging. Sie erinnerte sich der Landkartenkopie und blätterte zurück.

Wieder traf es sie wie ein Schock. Die blassgraue Kopie zeigte kein afrikanisches Land, auch keines in Südamerika oder Asien. Nein, das war Ostfriesland. Und die markierten Punkte waren ostfriesische Städte. Leer, Aurich und Emden waren dabei, aber auch Norden, Esens, Wittmund, Wiesmoor, ebenso die benachbarten Städte Papenburg und Jever. Sogar

Ortschaften wie Oldersum, Greetsiel, Rhauderfehn, Jemgum und Ditzum waren markiert. Entlang der Ems leuchteten die Punkte besonders dicht. Und dieser kleine Punkt da, das musste Petkum sein. Sie zuckte zusammen wie ertappt und musste sich festhalten, um nicht von ihrer Stellage zu fallen.

Was immer diese Privatarmee vorhatte, es sollte hier stattfinden.

Soviel zum Wo. Die nächste W-Frage: Wann?

Mechanisch blätterte sie den Reader noch einmal durch. Auf der Seite mit den militärischen Begriffen blieb sie hängen. Die Zifferngruppen hatte sie bis dato unbeachtet gelassen. Jetzt sah sie, dass es Datumsangaben waren, auf amerikanische Art geschrieben. Einige dieser Daten waren bereits verstrichen, etwa das neben »Infiltration«. Andere bezeichneten Tage in naher Zukunft. Auch das heutige Datum war vertreten.

Es stand neben »Beginn Aggressionsphase«.

Sie hob den Kopf, schaute blicklos auf die Masse Mensch, die ihr Rücken, Hinterteile und Hinterköpfe zuwandte. Keiner dieser Menschen wusste, was ihm bevorstand. Sie auch nicht. Und wenn sie es wüsste – würde es jemand von denen hören wollen?

Eine schmale Gestalt näherte sich von der Landseite her und begann sich zwischen den Menschen hindurchzudrängen. Eine Frau, hübsch und gertenschlank, mit weißen Hosen und schwarz-weiß gestreiftem Pullover.

Sie.

45.

Bilder zuckten vorbei, als liefe ein Diaprojektor Amok. Himmelhoch aufragende Gebäude mit leeren Fensterhöhlen. Eine kaktusbewachsene Felswüste, bevölkert von riesigen Eidechsen. Eine Steppenlandschaft, durch die sich Kolonnen zerlumpter, grauer Menschen bewegten, entkräftet und apathisch, eingehüllt von dichten Staubwolken. Erdspalten, aus denen etwas quoll, das an einen defekten Abtritt erinnerte. Und dazwischen, immer wieder, die Friesenstraße. Leer, seine Stadt, in unterschiedlichsten Zuständen, mal blühend, mal verkommen. Zuck, weg.

Er fragte sich, ob er fiel. Das entsprechende Gefühl aber fehlte. Mal glitt er, dann riss es ihn herum. Achterbahn, das war wohl die passendste Assoziation.

Dann wurde es kalt und nass. Wasser, wieder einmal. Er wartete auf den nächsten Ruck, das nächste Vorbeizucken, während er sich strampelnd an der Oberfläche zu halten versuchte. Aber da zuckte nichts. Anscheinend war er angekommen.

Erstaunlich, woran sich ein Mensch gewöhnen kann, dachte er, während er die Schuhe von den Füßen streifte und sich aus seiner engen Motorradjacke schälte. Sogar an Irrfahrten durch diverse Dimensionen. Ob real oder nicht, diese Frage war müßig. Erst einmal oben halten. Was passieren sollte, würde sowieso passieren.

So, so. Zum Fatalisten war er also auch geworden.

Er versuchte sich zu orientieren. Land war nirgendwo zu entdecken. Das Wasser, in dem er schwamm, war grau wie der Himmel darüber und schmeckte salzig. Ein frischer Wind verursachte Wellen, die immer wieder über seinen Kopf hinwegwuschen. Außerdem glaubte er eine sanfte Dünung zu spüren. Demnach befand er sich auf dem offenen Meer. Keine schöne Vorstellung. Nun, immerhin konnte er schwimmen, nicht schnell, aber ausdauernd. Eine Weile würde er schon oben bleiben.

Lange genug, um festen Boden unter die Füße zu bekommen?

Na ja, ein Schiff oder Boot reichte ja auch.
Nur war leider keins in Sicht.
Die Wellen, sicher gut einen Meter hoch, engten seinen Gesichtskreis erheblich ein. Jedenfalls solange er sich wie ein Brustschwimmer fortbewegte. Rückenlage aber brachte auch keinen Gewinn. Er musste höher hinaus mit dem Kopf, und zwar im richtigen Moment, genau dann, wenn eine Welle ihn hochzuheben begann. Und ehe ihm der Wellenkamm Gischt in die Augen spülte. Die Wasserballer hatten doch so eine Technik, eine Art Scherenschlag mit den Beinen. Einige schafften es auf diese Art bis zur Badehose aus dem Wasser, jedenfalls einen Augenblick lang, lange genug zum Wurf. Mal sehen, wie weit er kam.
Die ersten Versuche endeten kläglich, mit brennenden Augen und viel Salzwasserspuckerei. Dann aber bekam er den Bogen heraus, bewegte Arme und Beine im Gleichtakt, kickte und schlug. Das kostete viel Kraft, hob ihn aber bis zum Bauchansatz aus dem Wasser heraus.
Tatsächlich, da war etwas.
Stahnke ließ sich zurücksinken, keuchte, reduzierte seine Schwimmbewegungen auf ein hundeartiges Paddeln, um wieder zu Kräften zu kommen. Und das Gesehene zu verarbeiten.
Er hatte Türme gesehen. Mehrere Türme, in unterschiedlichen Abständen zueinander, etwas rechts von der Richtung, in die der Wind die Wellen trieb. Wenn er das berücksichtigte, hatte er eine gute Chance, diese Türme zu erreichen.
Oder vielmehr: die Turmspitzen. Denn die Türme, die er gesehen hatte, ragten nur zum Teil aus dem Wasser. Unterschiedlich weit – einige nur mit der Wetterfahne. Dies hier war also ein Überschwemmungsgebiet. Eine Stadt, deren Gebäude sämtlich überflutet waren, bis auf die höchsten Türme.
Er kannte diese Stadt, denn er kannte die Türme. Es war Leer.
Schlagartig wurde ihm bewusst, dass es immer Leer gewesen war, jedes Mal, jede einzelne Station dieser irrwitzigen Reise durch albtraumgeborene Pseudo-Realitäten. Die Wüste, die Ratten, die Verbrecher, die Sklavensteppe, das Paradies – immer Leer. Und hier, diese untergegangene Stadt, dieses Vineta,

dieses Rungholt, dieses ostfriesische Atlantis – das war ebenfalls Leer. Lauter unterschiedliche Realitäten seiner Heimat.

Welche davon lag seiner eigenen, seiner wahren Realität am nächsten?

Stahnke bemerkte, dass er die Turmspitzen jetzt schon ohne Beinschlag sehen konnte, sobald ihn eine Welle in die Höhe hob. Der Turm, auf den ihn Wind und Wellen fast direkt zutrieben, musste der Rathausturm sein. Den kannte er gut, der hatte eine Galerie, die anscheinend noch nicht überspült war. Dort konnte er aufs Trockene gelangen und sich ausruhen, jedenfalls für den Moment.

Er holte tief Luft und zog durch, langsam und gleichmäßig.

46.

Mit fließenden, schwerelos wirkenden Bewegungen glitt Lina Snuck von ihrem Hochsitz auf der Trailerstellage herunter. Eine der breiten Seitenstützen gab ihr Sichtschutz. Wenn es darauf ankam, funktionierte ihr hagerer Körper tadellos. Wenn sie auch kein Talent zur Kriminellen hatte, als Guerrilla war sie allemal geeignet. Vielleicht sollte sie in Erwägung ziehen, sich selber dieser ominösen Privatarmee anzuschließen.

Sie behielt die Ringelpullover-Dame im Auge. Anscheinend hatte die jemanden getroffen, jedenfalls schüttelte sie gerade die Hand eines untersetzten Mannes mit unglaublich breiten Schultern, dicken Oberarmen und breitem Haifischlächeln. Ein weiterer Mann trat hinzu, auch kräftig, aber deutlich jünger und höher gewachsen. Verflixt, dachte Lina, der Kuttenträger aus dem Restaurant! Was machten die beiden bloß hier? Wäre sie doch nur ihrer ersten Eingebung gefolgt und im Rorichumer Tipi untergekrochen!

Auf keinen Fall durften die beiden sie sehen. Beziehungsweise erkennen. Der Nachteil grell gefärbter Haare lag plötzlich deutlich auf der Hand. Momentan allerdings eine nutzlose Erkenntnis.

Der Zufall kam ihr zu Hilfe. Ihre Hand, mit der sie sich an der Trailerstütze festhielt, stieß auf Stoff. Kein grobes Segeltuch, irgendetwas Weiches steckte dort. Lina Snuck zog. Ein dunkelblaues Sweatshirt mit Kapuze und eine rote Base-Cap kamen zum Vorschein. Anscheinend hatte der Trailer-Besitzer für kühleres Wetter vorgesorgt. Oder für anstehende Drecksarbeit. So, wie sie rochen und aussahen, steckten die Kleidungsstücke schon eine ganze Weile hier. Das aber war das geringere Problem. Lina Snuck schlüpfte in das Kapuzenshirt hinein; es schlabberte ihr bis weit über den Hintern, und die Ärmel musste sie aufkrempeln. Die Mütze war zum Glück größenverstellbar. In dieser Verkleidung fühlte sie sich wie Siegfried unter der Tarnkappe.

Die Ringelpullover-Dame und ihre Begleiter waren noch in Sicht. Offenbar drängten sie sich langsam durch die aufgeregte Zuschauermenge in Richtung Yachtanleger vor. Erstaunt nahm Lina Snuck zur Kenntnis, dass immer noch weitere Hände geschüttelt wurden und die Gruppe, die sich da durchs Gedränge schob, immer weiter anwuchs. Ein weiterer Bekannter war dabei: Der Polizist, mit dem sie sich bei ihrer Festnahme in Emden herumgeprügelt hatte. Heute war er in Zivil. Irgendein höheres Tier, an dessen Namen sie sich nur noch ungefähr erinnerte. Konus? Nein, Coners.

Hatten diese Leute sich etwa alle hier verabredet?

Klar hatten sie das. Und das konnte durchaus auch ein Grund dafür sein, dass die schlanke Frau stets in ein und demselben Ringel-Outfit auftrat. So war sie auch in dichtem Gewühl gut zu erkennen.

Als sie den Anleger erreicht hatte, umfasste die Gruppe schon mehr als ein Dutzend Menschen. Männer überwiegend, aber nicht nur. Natürlich wusste Lina Snuck, dass längst auch Frauen in den verschiedensten Armeen der Welt kämpften, nicht nur in der israelischen, die in dieser Hinsicht den Vorreiter gespielt hatte. Trotzdem fand sie es merkwürdig, dass auch hier Frauen bereit waren, sich in den Dienst einer dubiosen Sache zu stellen und dabei Gewalt auszuüben. Für Geld. Genau wie die Kerle.

Hatte sie jemals an die prinzipielle weibliche Überlegenheit in Sachen Moral geglaubt? Na ja, wieder etwas dazugelernt, dachte sie, während sie der Gruppe auf den Steg folgte.

Ein weißes Motorboot lief soeben in den Petkumer Hafen ein und näherte sich dem Steg. Da die Ems eigentlich wegen der Überführung für jeglichen Schiffs- und Bootsverkehr gesperrt war, musste dieses Boot eine Sondergenehmigung haben. Schnittig sah es aus, aber nicht wie eine Yacht. Zu wenig Kajüte, zu viele Sitzplätze im Freien. Eine Barkasse? Aber warum dann weiß?

Das Boot stoppte ab und hielt in elegantem Bogen auf den Stegkopf zu, wo sich die Gruppe unter Führung der Ringelpullover-Dame gesammelt hatte. Der Name am Bug wurde lesbar. *Italian Stardust*. Das Fahrzeug gehörte also zu dem gigantischen Kreuzfahrtschiff, das sich inzwischen direkt vor der Hafeneinfahrt befand.

Lina Snuck sah sich nach einer passenden Deckung um, aber es gab keine. Sie stand mitten auf dem Schwimmsteg, von allen Seiten gut sichtbar. Und vor sich eine Gruppe mit allzu vielen Mitgliedern, von denen sie auf keinen Fall erkannt werden durfte. Sollte sie auf eins der festgemachten Boote klettern und sich dort verstecken? Das war riskant, in Yachthäfen wusste gewöhnlich jeder, wer auf welchem Boot etwas zu suchen hatte. Aber einfach stehen bleiben durfte sie auch nicht. Jede Unsicherheit konnte sie ebenfalls verraten.

Also ging sie einfach weiter, bis sie die Gruppe erreicht hatte, und schloss sich ihr an. Niemand beachtete sie. Damit das auch so blieb, hielt sie sich seitlich, am rechten Rand des Steges, möglichst weit weg von der Ringelpullover-Dame, dem Kuttenträger und dem Bullen in Zivil.

Das Boot glitt heran. Es war mit drei Mann besetzt, einer am Ruder, je einer an den Festmachern vorne und hinten. Der Vordere holte aus und warf; eine Leinenspirale torkelte durch die Luft genau auf Lina Snuck zu. Instinktiv streckte sie beide Hände aus und griff zu.

»Los, um den Poller da«, schnauzte der Mann herüber. Lina tat, wie ihr geheißen. Der Mann trug ein dunkelblaues Sweatshirt und hatte eine rote Kappe auf dem Kopf. Die beiden anderen Besatzungsmitglieder waren genauso angezogen wie er.

Und wie sie. Bloß sauberer.

Der Steuermann ließ den Propeller rückwärts drehen und nahm das letzte bisschen Fahrt aus dem Boot, die Festmacher wurden dichtgeholt, die Fender knarrten. Schon stiegen die Wartenden an Bord und verteilten sich über die Sitzbänke. Die meisten hatten kleine Rucksäcke dabei, einige Sporttaschen. Leichtes Gepäck. Ihre Ausrüstung wartete anscheinend anderswo auf sie.

Gesprochen wurde jetzt kaum noch. Jeder schien zu wissen, was er zu tun hatte und was ihn erwartete.

Schon war das Einschiffen beendet. Die Leinen wurden losgeworfen.

Der Bugmann winkte Lina Snuck ungeduldig zu: »Los, komm schon!«

Sie sprang, ohne zu zögern. Auf dem Vordeck kauerte sie sich hinter eine Winsch und hielt sich an einer Relingstütze fest. Der Motor brüllte auf, das Boot ruckte an und glitt vorwärts. Jetzt gab es kein Zurück mehr. Die Ahnung, dass sich die Sache irgendwann aufs Wasser verlagern würde, hatte sie ja sowieso schon länger gehabt.

Schnell brachte der Bootsführer die Hafenzufahrt hinter sich. Falls es hier eine Geschwindigkeitsbegrenzung gab, so galt sie offenbar nicht für ihn. Draußen auf der Ems hatte die *Italian Stardust* Petkum bereits passiert, aber das Beiboot holte den mit sieben Stundenkilometern dahinschleichenden Kreuzfahrer problemlos ein. Dicht über der Wasseroberfläche stand eine Luke offen – bei näherem Hinsehen entpuppte sie sich als richtige Tür im Rumpf des Riesenschiffs. Das Boot hielt genau darauf zu.

Während Lina Snuck den Festmacher für das Anlegemanöver klarierte, registrierte sie, wie viele Begleitfahrzeuge sich um die *Italian Stardust* scharten. Schlepper natürlich, aber auch viele Dienstfahrzeuge, Polizeiboote vor allem. Auch ein großer, blauer Polizeikreuzer war dabei.

Weiter voraus lag sogar ein richtiges Kriegsschiff quer im Emsfahrwasser. Zwischen den Raketenlafetten auf dem Achterdeck waren Matrosen emsig an der Arbeit. Himmel, war das nicht etwas übertrieben? Was sollte diesem Kreuzfahrtschiff denn hier, mitten auf der Ems, Schlimmes widerfahren? Oder war das etwa Birger Holms Schiff?

Sie schüttelte den Kopf und konzentrierte sich auf das bevorstehende Manöver.

47.

Die Brücke war eng, weit entfernt von jeder Traumschiff-Herrlichkeit, mehr wie ein stark bemannter Kampfstand. Kleine, eckige Fenster gaben den Blick nach vorne frei, über das Buggeschütz hinweg, dessen Rohr leicht angehoben war. Drohend. Kaliber sechsundsiebzig Millimeter. Wie viel Schaden konnte man damit anrichten?

Holm erwartete ihn, ein Kommandant wie aus dem Katalog, das Uniformhemd blütenweiß, die Bügelfalte messerscharf. Im gedämpften Licht der Brücke wirkten Haare, Bartschatten und Teint dunkler denn je. Die Arme hatte er in die Taille gestemmt. Sein Lächeln entblößte Zähne, die farblich mit seinem Hemd konkurrieren konnten und den Hell-Dunkel-Kontrast noch vergrößerten.

Kramer addierte die Eindrücke. In der Summe fand er sie bedrohlich. Ein Raubtier ließ die Fänge sehen.

»Seit wann wissen Sie davon?«, fragte Holm.

Kramer wollte die Achseln zucken, aber der Schmerz war zu stark. »Wissen kann man nicht sagen«, antwortete er. »Mehr eine Ahnung als ein Verdacht. Trotzdem wollte ich kein Risiko eingehen.«

Holm lachte auf, kurz und bellend. »Wenn Sie das, was Sie da in der Schleuse abgezogen haben, ›kein Risiko‹ nennen, dann möchte ich gerne mal wissen, was Sie wirklich riskant finden.« Er rieb sich das Kinn, wirkte unentschlossen. Aber nur eine Sekunde lang. »Na, vielleicht haben wir beide ja bald Gelegenheit, unsere Vorstellungen von Risiko zu vergleichen. Wenn Sie nämlich noch ein Weilchen an Bord bleiben.« Er fixierte Kramer: »Und das werden Sie.«

»Das wäre dann Freiheitsberaubung«, sagte Kramer so cool es ging, froh über sein gut trainiertes Pokerface. »Wenn Sie mich nämlich gegen meinen Willen festhalten.«

»Gegen Ihren Willen? Ich bitte Sie, das sah vorhin wirklich anders aus. Als wollten Sie unsere Unternehmung auf gar keinen Fall verpassen! Dafür gibt es Zeugen. War gar nicht so einfach, den Schleusenmeister zu beruhigen.« Er deutete auf das Sprechfunkgerät. »Aber wie auch immer, Sie sind jetzt hier, und Sie bleiben hier. Sehen Sie es als Chance. Ein Plätzchen in der ersten Reihe, da würde mancher etwas drum geben.«

Immer noch dümpelte das Schnellboot ohne Fahrt vor der Emder Hafeneinfahrt, mitten auf der Ems. Kramer lugte aus einem der seitlichen Fenster. Das Kreuzfahrtschiff, weiß wie ein schneebedecktes Stahlgebirge, war noch nicht sehr viel näher gekommen. Anders der blaue Polizeikreuzer. Er schien Kurs auf sie genommen zu haben, denn seine Silhouette war nicht nur höher, sondern auch schmäler geworden. Schaumflocken umsprühten seinen Bug.

Das Sprechfunkgerät begann zu quäken. Die *Zobel* wurde angerufen. Der Rudergänger blickte weiter stur geradeaus, aber der Signalmaat blickte Holm fragend an. Der Kapitänleutnant machte eine beschwichtigende Geste.

Der Polizei nicht zu antworten, war Aufsässigkeit, fand Kramer. Kein gutes Zeichen.

»Meine Ahnung hat mich also nicht getrogen«, sagte er. »Sie wollen es wirklich tun. Sie und Ihre Leute.« Er blickte sich um; Stutz stand immer noch hinter ihm, während Backe an Deck geblieben war, achtern, wo er von der Brücke aus nicht zu sehen war. Kramer stellte sich vor, wie der Riese gerade den Seeleuten half, die Exocet-Raketen gefechtsklar zu machen. »Das sind doch Ihre Leute?«, fuhr er fort. »Ich meine, sind alle einverstanden mit dem, was Sie vorhaben? Oder wird es für einige von denen ein böses Erwachen geben?«

»Wie Sie sich das vorstellen!« Holm schnaubte verächtlich. »Was glauben Sie, warum ich in Emden eingelaufen bin? Als die *Hermelin* ihre Havarie hatte, habe ich die gute Gelegenheit genutzt. Selbstverständlich war bei uns alles in Ordnung. Aber so konnte ich mir die Leute an Bord holen, die ich brauche.

Und vor allem die Leute zurück zum Stützpunkt schicken, die ich nicht dabei haben will. Glauben Sie mir, jeder, der momentan hier an Bord ist, steht voll hinter der Sache.« Er grinste: »Außer Ihnen natürlich.«

Das Funkgerät ertönte wieder. Die Stimme, die sich meldete, klang barsch und ungeduldig. Offenbar hatte sich die *Italian Stardust* inzwischen doch so weit genähert, dass die Kollegen vom Wasserschutz energisch auf Freigabe der Fahrrinne drängten.

Ob Birger Holm für Appelle zugänglich war? Kramer hielt es für unwahrscheinlich, versuchte es aber dennoch. »Was haben Sie denn zu gewinnen, wenn Sie Ihr Vorhaben jetzt durchziehen? Sie und Ihre Leute. Ich meine, wenn wir schon von Risiko reden: Ist denn das mögliche Resultat so viel Risiko überhaupt wert?«

»Ob es das wert ist?« Holm, der sich dem Radarschirm zuwenden wollte, wirbelte herum. »Ob es sich für uns lohnt, wollen Sie wissen? Ja, in welcher Welt leben Sie denn? Hier geht es um alles oder nichts! Ob es sich lohnt, ha! Na sicher. Entweder tut es das, oder es ist ohnehin alles zu spät.« Seine Augen funkelten. »Und zwar für uns alle.«

Kramer hatte das deutliche Gefühl, richtig vermutet, aber die falsche Frage gestellt zu haben. Aber wie auch immer, schweigen half ganz bestimmt auch nicht weiter. »Na schön«, sagte er. »Wenn Sie das Ding nun wirklich versenken, was haben Sie dann bewiesen? Dass Ihre Truppe ein schlagkräftiger Haufen ist, absolut einsatzfähig, und dass Sie wissen, wie man mit Großwaffen umgeht. Dass Ihnen allerhand zuzutrauen ist. Aber sonst – was hätten Sie erreicht? Mal abgesehen davon, dass Sie Probleme haben dürften, selber heil aus der Sache rauszukommen.«

»Machen Sie sich etwa Sorgen um uns? Oder doch mehr um sich selbst?« Holm hatte sich wieder im Griff, strahlte zähnefletschend Souveränität aus. Dennoch, der kurze Ausbruch hatte gezeigt, dass auch sein Panzer Risse hatte.

»Eins müssen Sie noch begreifen«, fuhr der Kapitänleutnant fort. »Es geht nicht immer nur darum, dass man etwas gewinnt. Es geht noch nicht einmal immer um einen selbst. Auch darum, das schon, aber nicht in erster Linie. Wir sind doch alle Teile eines großen Ganzen. Und darum geht es letztendlich. Nicht mehr und nicht weniger. Ja, es geht ums Ganze.« Er senkte die Lider, atmete auf einmal tief und schwer. Dann war der funkelnde Blick wieder voll da. »Und deshalb, mein Lieber, werden wir diesmal auch nicht auf Einzelne Rücksicht nehmen. Weil wir nämlich alle retten müssen.«

»Tja, da habe ich tatsächlich Verständnisprobleme.« Kramers Blick tauchte in den seines Gegenübers, tastete, sondierte. Suchte nach Anzeichen aufkeimenden Irrsinns. »Wen, bitteschön, retten Sie denn, wenn Sie die *Italian Stardust* versenken?«

Holms Blick veränderte sich tatsächlich. Wahnsinn aber vermochte Kramer darin nicht zu erkennen, nur Überraschung. Dann Belustigung. Und den gleichen Irrsinnsverdacht, den er selber gehegt hatte. Nur gegen ihn, den Frager, gerichtet.

»Wie kommen Sie denn darauf, dass wir diesen Pott versenken wollen?«, fragte Holm lachend. »Klar, das Ding ist sowohl ästhetisch mangelhaft als auch ökologisch eine Schande. Aber versenken, nein, wirklich nicht. Nicht, dass es eine vollkommen abwegige Idee wäre. Bloß nicht hier. Die Ems ist schon gebeutelt genug.« Er klopfte Kramer gönnerhaft auf die Schulter. »Und ich hatte schon gedacht, Sie wüssten wirklich etwas!«

Das Brückenschott öffnete sich. Backe zwängte sich hindurch, den Kopf gebeugt, und baute sich vor Holm auf. »So, alles so weit installiert«, sagte er. »Gesichert für Hochgeschwindigkeitsfahrt. Von mir aus können wir jetzt, Alter.«

»Na dann.« Der Kapitänleutnant gab Stutz, der ihn keinen Augenblick aus den Augen gelassen hatte, einen Wink. »Halbe Touren, solange wir im Emsfahrwasser sind. Und dann lass gehen.«

»Jawoll.« Der Oberbootsmann eilte zum Instrumentenpult. Während Kramer noch nach einem Maschinentelegraf Ausschau hielt, bäumte sich das Schiff auch schon unter ihm auf und machte einen regelrechten Satz nach vorne. Wenn Holm ihn nicht am Revers gepackt hätte, wäre er glatt hintenüber gefallen.

»Und du sag dem Wasserschutz, dass wir uns jetzt vom Acker machen«, wies Holm den Signalmaat an. »Die Kollegen sollen sich abregen.«

»Ich glaube, das haben sie nicht vor«, meldete der Unteroffizier. »Sie sagen, dass wir wieder stoppen und sie längsseits gehen lassen sollen. Sie wollen an Bord kommen. Kontrolle.«

»Tja.« Holm blieb absolut gelassen. »*Wasserschutzpolizei 3*, was für ein romantischer Name! Ich kenne das Boot. Dreißig Meter lang, schätzungsweise drei- bis viertausend PS, zweiundzwanzig Knoten. Ich fürchte, das wird nicht reichen gegen unsere siebenundfünfzig Meter, sechzehntausend PS und achtunddreißig Knoten.« Er grinste Kramer an. »Manchmal kommt es eben doch darauf an, wer den Größeren hat.«

48.

Das Problem war nicht die Entfernung, das Problem war die Kälte. Wie kalt das Wasser genau war, vermochte er nicht zu schätzen, jedenfalls so kalt, dass er freiwillig nicht hineingegangen wäre. »Sooo kalt« – diesen Spruch, begleitet von einer knappen Geste mit Daumen und Zeigefinger, hatte er nie besonders witzig gefunden. Derzeit machte ihm außerdem die Verhärtung seiner Muskeln und die zunehmende Erstarrung seiner Gelenke weit mehr Sorgen als die mögliche Optik seines Gliedes.

Aber immerhin, der Rathausturm kam näher. Dahinter war nichts, jedenfalls nichts Sichtbares, außer noch mehr Wasser, Dünung und Wellen. Wann mochte das geschehen sein, dieser Untergang Leers? Was war aus all den Menschen geworden, die früher hier gelebt hatten, hatten sie sich retten können? Und wohin? Wo verlief jetzt die Küste – irgendwo bei Diepholz? Er hatte wenig Ahnung von Geographie, was er bedauerte. Obwohl ihm mehr diesbezügliche Ahnung jetzt auch nicht weitergeholfen hätte.

Ach, was waren die Ostfriesen immer stolz gewesen auf ihre Deiche, ihre einzigen wirklich erwähnenswerten Bauwerke, mit denen sie einst ihr Land eigenhändig der See abgerungen und vor ihr in Sicherheit gebracht hatten. Diese See, nicht zu Unrecht *Mordsee* oder *Blanker Hans* genannt, hatte sich immer mal wieder drohend in Erinnerung gebracht, aber im Prinzip glaubte man ihre Gewalt doch im Griff gehabt zu haben.

Nur schade, dass die Ostfriesen auf ihre Autos mindestens genauso stolz gewesen waren wie auf ihre Deiche.

Schade auch, dass sie immer denen glaubten, die ihnen weismachten, dass Umwelt- und Klimaschutz nur etwas für Spinner, Großstädter und andere Weicheier war. Es war ja so bequem, denen zu glauben. Weil man dann nichts ändern musste, sondern einfach alles so weiterlaufen lassen konnte wie gehabt.

Tja, so gesehen, war dies alles hier den Ostfriesen ganz zu Recht geschehen.

Überrascht stellte Stahnke fest, dass er von den Ostfriesen in der Vergangenheitsform dachte. Als sei nicht nur die See, sondern auch die Zeit über ihr Land und sie selbst hinweggegangen. »He, ich bin auch noch da«, keuchte er, gurgelnd und spuckend, weil ihm eine querlaufende Welle über den Mund gefahren war.

Aber hatte *er* denn etwas getan? Irgendetwas anders gemacht, nachdem die sich anbahnende Katastrophe nicht mehr wegzuleugnen gewesen war?

Na ja, viel Fahrrad war er gefahren, ganz zuletzt. Wie es Klima-Prophet und Oscar-Gewinner Al Gore gefordert hatte. Aber natürlich aus ganz anderen Gründen. Gab es ein Gericht, das er mit solchen Erzählungen über seine wahren Beweggründe hinwegtäuschen konnte?

Das Weltgericht?

Wütend hieb er seine Arme ins Wasser. Nicht nur Muskeln und Gelenke, auch sein Gehirn schien mehr und mehr vor Kälte zu erstarren. Wie kam er denn überhaupt darauf, dass er sich hier in der Zukunft befand? Dass er hier seine eigenen ökologischen Versäumnisse buchstäblich ausbadete – und die seiner Zeitgenossen gleich mit? Blödsinn, Wahnsinn, völlig ausgeschlossen. Dies hier war eine Pseudorealität, die es nur in seinem drogenbenebelten Verstand gab und die zu seiner wahren Welt in keinerlei nachvollziehbarem Verhältnis stand. Schon gar nicht in einem kausalen. Von wegen Ursache und Wirkung! So etwas gab es nur in der realen Welt. Aber doch nicht hier. Das hier, das war Phantasie, das war Wahn, das war ein Alptraum.

Wieder verschluckte er sich am Salzwasser. Er hustete krampfhaft, kämpfte mühsam den Brechreiz nieder und schnappte nach Luft. Von seinem brennenden Rachen aus machte sich ein heftiges Verlangen nach einem Schluck Süßwasser breit.

Konnte man so träumen?

Wenigstens kam der Rathausturm immer näher. Hoffentlich war das kein Traum. Oder halt, innerhalb eines Traums musste der Turm natürlich ... na, eben ein Teil davon sein. Konnte man sich auf so etwas retten? Oder würde sich das so stabil aussehende rote Backsteinmauerwerk unter seinen Händen verflüchtigen?

Nun, er würde es merken. Eine Alternative gab es ohnehin nicht.

Die achteckige Turmspitze stand auf einer massiven viereckigen Basis. Darum herum verlief eine schmale Aussichtsplattform, die von einer steinernen, eng gefügten Balustrade mit hohen Eckpfosten umgeben war. Die Bodenplatten darunter standen einige Handbreit über, und die Wellen schwappten gerade hoch genug gegen die Mauern des Turms, dass Stahnke den Rand der Plattform packen und sich daran festhalten konnte. Seine Armmuskeln waren längst erlahmt und seine Beine fast schon gefühllos, aber mit Hilfe der Wellen, die ihm Auftrieb und Schwung mitgaben, schaffte er es doch, sich erst auf den steinernen Vorsprung und dann über die Balustrade hinwegzuziehen. Schwer plumpste sein entkräfteter Körper auf den nassen Untergrund, und minutenlang war er zu nichts anderem imstande, als zu keuchen und zu zittern.

Gischt übersprühte ihn, und der Wind fühlte sich eisig an. Hier auf der Luvseite der Aussichtsplattform würde er es nicht lange machen. Er konnte spüren, wie sein Körper mehr und mehr auskühlte. Als Erstes musste er auf die windgeschützte Seite, dort hatte er bessere Chancen, noch ein Weilchen zu überleben. Alles weitere würde man sehen. Er stemmte sich auf die Füße, sobald es ging, und stolperte los.

Auf der Leeseite der Plattform wartete etwas auf ihn. Es war groß, doppelt so groß wie er, pechschwarz, und es schien keine bestimmte Form zu haben. Seine Konturen waren ständig in Bewegung; unterschiedlich große Blasen einer undefinierbaren Materie blubberten entlang einer mehr gedachten als sichtbaren Senkrechten auf und ab. Am ehesten erinnerte das Ding Stahnke noch an das Innere einer Lava-Lampe, die seit mindestens zwei Stunden ununterbrochen gebrannt hatte. Nur dass dieses Ding hier weit bedrohlicher aussah.

Er hatte es schon einmal gesehen. Nämlich in Sinas Wohnzimmer, kurz vor seinem erneuten ... Realitätswechsel? Dort hatte das Ding gedrungener gewirkt, vermutlich, weil der Raum einfach nicht hoch genug gewesen war. Hier gab es keine Zimmerdecke, hier konnte sich das Ding zu voller Höhe aufrichten.

Anscheinend war es ihm gefolgt. Wie konnte es das? Steckte es auch mit drin in seinem, Stahnkes, Kopf? Oder – kannte es etwa den Weg?

War es überhaupt ein Ding? Oder womöglich ein Wesen?

»Ich würde es dir gerne sagen«, sagte das Ding. Das Wesen. »Aber glaub mir, dein Verstand ist auf diese Information nicht vorbereitet.« Es klang nachsichtig.

Dann sagte es: »Nun komm.«

Stahnke sah es auf sich zukommen, unfähig, sich zu rühren oder zu schreien, und spürte, wie es ihn umschlang und umhüllte.

49.

Das Schiff kam ihr vor wie eine einzige riesige Baustelle. Überall auf den Decks, in den Gängen und in den Kabinen und Funktionsräumen, an denen sie vorbeikam, wurde emsig gehämmert und gesägt, geschweißt und geklebt, eingepasst und lackiert. Nicht nur Werftpersonal und Seeleute, auch Angehörige zahlreicher Fremdfirmen schienen die Überführungsfahrt nach Emden zu nutzen, um den Segmenten des Gesamtprojekts, für die sie zuständig waren, den nötigen Schliff zu geben.

Dass dieser Schliff bisweilen sehr nach Hobeln aussah und allerorten noch mächtig Späne flogen, schien bei aller Hektik niemanden wirklich zu beunruhigen. Anscheinend machten die meisten Beteiligten so etwas nicht zum ersten Mal.

Lina Snuck spazierte vollkommen unbehelligt durch das geordnete Chaos, über wellige Teppichböden hinweg, unter hängenden Kabeln und Rohren entlang und zwischen flüchtig gehefteten Einrichtungsbestandteilen hindurch. Und natürlich Treppen hinauf, immer wieder Treppen hinauf, breite und schmale, bequeme und steile, Treppen, die mit dickem rotem Teppich bespannt waren und solche im metallenen Urzustand. Dieses Schiff war der reinste Kletterbaum für Wohlstandskatzen.

Nachdem sie mit der Vorderleine des Beiboots an Bord gesprungen war und den Tampen am nächstbesten Poller belegt hatte, war sie vom Strom der an Bord Kommenden einfach mitgespült worden. Niemandem war sie als nicht zugangsberechtigt aufgefallen, keiner hatte sie angesprochen. Perfekt.

Nur, dass sie an einer Gangkreuzung unverhofft zwischen eine Kolonne überbreiter Maler geraten und abgedrängt worden war, war nicht so perfekt. Dabei nämlich hatte sie die Gruppe mit der Ringelpullover-Dame, dem Kuttenträger, dem Zivilbullen und den anderen Rekruten aus den Augen verloren. Seitdem versuchte sie, wieder Anschluss zu gewinnen. Was sie sich auch nicht weiter schwierig vorgestellt hatte.

Was es aber war. Denn so viele Haken sie auch geschlagen

hatte, von der Rekrutengruppe hatte sie nichts und niemanden wieder zu Gesicht bekommen. Kein Wunder, denn das Schiff war gigantisch. Über die Anzahl der verschiedenen Decks, der Aufzügen und Treppen, die Länge der Gänge und die Menge ihrer Verzweigungen konnte Angelina Snuck nur Mutmaßungen anstellen. Sie hatte bisher nur Fähren kennen gelernt, na ja, nicht nur kleine und mittlere wie die zu den ostfriesischen Inseln, sondern auch große, solche, die im englischen Kanal und im Skandinaviendienst verkehrten. Auch die waren beeindruckend, aber mit der *Italian Stardust* waren sie nicht zu vergleichen.

Außerdem kannte Lina Snuck natürlich Schiffe von *Greenpeace* und den *Wächtern*. Näher, nicht nur von außen. Die aber repräsentierten nun wirklich eine andere Welt.

Unverhofft stand sie im Freien; einer der quer zum Schiff verlaufenden Gänge führte auf eins der oberen seitlichen Promenadendecks. Der Ausblick war phantastisch. Halb Ostfriesland schien ihr zu Füßen zu liegen, der Fluss war eine schmächtige Rinne, die Deiche nichts als zu lang geratene Bodenwellen. Kein Wunder, dass einen hier oben der Größenwahn packen kann, dachte Lina Snuck.

Der Emder Außenhafen war schon beinahe erreicht. Der letzte Fahrtabschnitt, das Wendemanöver, das Einfädeln in die Große Seeschleuse, der Schleusungsvorgang, das Schleppen durch den Binnenhafen und das Festmachen am ehemaligen Marinekai, war anspruchsvoll und kostete bestimmt noch einmal viel Zeit.

Weiter voraus hatten das Marineschiff und der Polizeikreuzer Fahrt aufgenommen, jagten davon in Richtung Nordsee, mächtige Schaumschleppen hinter sich her ziehend. Das Polizeifahrzeug blieb dabei deutlich hinter dem Kriegsschiff zurück. Ob doch irgendetwas passiert war? Es deutete aber nichts darauf hin. Wahrscheinlich machten sich da wieder nur ein paar Testosteronhengste wichtig. Die mussten doch immer austesten, wer den Größten hatte.

Hier oben ging es nicht so wuselig zu wie im Inneren des Schiffes. Lange durfte sie hier nicht untätig herumstehen, sonst würde sie todsicher auffallen. Schon glaubte sie kritisch musternde Blicke zu spüren. Forsch drehte sie den Mützenschirm nach hinten, strich sich über das schmuddelige, blaue Sweatshirt und steuerte den nächstgelegenen Niedergang an.

Diesmal orientierte sie sich mittschiffs und abwärts. Einen schmalen Niedergang hinab, links herum, ein Stückchen Gang entlang, der in eine Art Ladenpassage mündete. Rechts herum. Ein Restaurant, noch unfertig, aber bereits als piekfein und dermaßen plüschig erkennbar, dass es sie schauderte. Abermals links herum. Der Gang erweiterte sich. Eine Kreuzung? Ach was, eher ein Platz. Ein Platz auf einem Schiff, unter Deck. Wie viele Pferdestärken brauchte man wohl, um allein dieses zweckfreie Stück Luxus durch die Wellen zu schieben? Wie viel CO_2 wurde allein deshalb in die Luft gepustet?

Aber wen scherte das. Hier drinnen war doch alles klimatisiert, was kümmerte da der Klimawandel! Und was konnten schmelzende Pole einem Schiff anhaben, das ohnehin schwamm? Diejenigen, die hier Urlaub machten, verloren ja nicht ihre Heimat in überfluteten Küstenregionen. Die profitierten höchstens von anderswo steigenden Grundstückspreisen.

War die Klimaanlage falsch eingestellt, oder war es etwa ihr eigener Zynismus, der sie frösteln ließ?

Treppen mündeten auf dem Unterdecksplatz, breite Treppen, über die dicke Teppichlagen fluteten wie sanfte Wasserfälle. Wieder aufwärts? Sie entschied sich dagegen. Wenn alle den bequemen Weg gingen, dann konnte sie das auch.

Treppe, Absatz, Treppe. Hier war der Absatz breiter. Wohin jetzt?

Ein kleines Schild auf einem goldglänzenden Messingfuß nahm ihr die Entscheidung ab. Dezente weiße Buchstaben auf schwarzem Grund verkündeten: »Tagung *COLaP*«. Die Spitze des Schildes wies nach rechts.

50.

Ein grober Teppich aus Sisal, lange nicht gesaugt. Eine Wolldecke, grau, BW-Standard, ungelüftet. Drei Kojen, Format Sarg ohne Deckel, übereinander angeordnet, klappbar, die beiden oben mit Schlingerschutz gegen mögliches Herausfallen bei Seegang, ebenfalls klappbar. Ein Paar Handschellen, Normalausführung für den Polizeidienst, geschlossen. Die eine Schelle um den Schlingerschutz der Mittelkoje, die andere um das Handgelenk von Kriminaloberkommissar Kramer.

Was würde McGyver jetzt tun?

Der Schlafraum, in den sie ihn gesperrt hatten, wurde »Wohndeck« genannt, war aber nicht größer als eine Kammer, und die Einrichtung war mehr als spärlich. Die Klappkojen, fest eingebaute Spinde, ein ebenfalls mit Schrauben fixierter Tisch, ein paar Sitzgelegenheiten. Der Tisch war leer, und die Spinde waren mit Vorhängeschlössern gesichert. Offenbar gehörten die regulären Bewohner dieses Decks zu den Besatzungsmitgliedern, die Birger Holm von Emden aus nach Hause beziehungsweise zum Stützpunkt zurückgeschickt hatte. Unzuverlässige Leute demnach – aus seiner Sicht. In Wahrheit also richtige Marinesoldaten, die ihren Eid auf die Verfassung ernst nahmen. Keine Privatarmee-Gangster wie dieser Piratenkommandant und seine Halunken.

Was, zum Henker, würde McGyver jetzt tun?

Kevin Stutz hatte Kramer hierher gebracht, begleitet von einem schweigsamen Maat, dessen Schultern und Oberarme ähnlich überdimensioniert waren wie die des Oberbootsmanns. »Hauen Sie sich ruhig hin, es dauert noch ein Weilchen«, hatte er gesagt, als er die Handschellen zuratschen ließ. Kramers eigene, was für eine Schmach. Stutz hatte extra die Mittelkoje gewählt, des bequemeren Ein- und Aussteigens wegen. Und er hatte die Handschellen nicht zu eng angelegt. Ein Privatarmist mit menschlichen Anwandlungen! Allerdings waren die Handschellen auch wieder nicht so weit eingestellt, dass es eine Chance gegeben hätte, hinauszuschlüpfen.

Kramers Frage, was denn, bitteschön, noch eine Weile

dauern würde, hatte Stutz ignoriert. Stattdessen hatte er ihm sorgfältig die Taschen geleert und dann das Schott hinter sich zugemacht.

Aus lauter Wut auf Stutz, auf Holm, auf dieses ganze Schiff, vor allem aber auf sich selbst, auf sein unüberlegtes, stahnkehaftes Vorgehen, hatte sich Kramer nicht hingelegt, sondern auf den rauen Sisalteppich neben der Koje gesetzt. Im Schneidersitz. Ghandihaft. Mehr Widerstand ging nicht.

Gut zwei, fast zweieinhalb Stunden saß er dort nun schon. Im Dunkeln, denn das Wohndeck hatte kein Fenster, und die Leuchtstoffröhre an der Decke war aus. Nur durch die Lüftungsschlitze im Türschott fiel ein wenig Helligkeit vom Gang herein, gerade genug, dass Kramer die Einrichtung erahnen konnte, nachdem sich seine Augen an das Zwielicht gewöhnt hatten. Seine einzige Verbindung zur Außenwelt waren die Maschinengeräusche, die Vibrationen und die Schiffsbewegungen. Die *Zobel* war bereits hohe Fahrt gelaufen, als man ihn eingesperrt hatte. Seither hatten die Geräusche und das harte Stampfen des Schiffes noch zugenommen. Offenbar fuhr das Schnellboot mit äußerster Kraft, seit es das Emsfahrwasser verlassen hatte. Inzwischen musste es sich auf der Nordsee befinden. Fünfundfünfzig, sechzig Kilometer pro Stunde schaffte solch ein Schiff bestimmt. Wo aber ging die Reise hin?

Und was hätte McGyver in dieser Situation getan?

McGyver, dieser blonde Serienschönling mit Vokuhila-Haarschnitt, gegen den James Bonds Waffenmeister Q ein Einfaltspinsel war. Und Houdini ein Grobmotoriker mit zwei linken Händen. Der aus Blumenerde, Bindfaden und einem ausgelutschten Kaugummi eine Atombombe basteln konnte. Oder so ähnlich. Der sich aus jeder, aber auch jeder Zwangslage befreien konnte, weil es auf Gottes weiter Welt keinen einzigen Gegenstand gab, der ihm nicht als Werkzeug oder Rohstoff für die abenteuerlichsten Hilfsmittel dienen konnte. Wenn den jemand ins Wohndeck eines Schnellbootes gesperrt und mit Handschellen an einer Koje festgekettet hätte, dann hätte er nur müde gegrinst. Und dann hätte er …

Tja, verdammt. Was hätte McGyver gemacht? Kramer hätte vielleicht mit Schlüsselbund, Schweizer Taschenmesser und

Handy etwas anfangen können. Nichts davon aber hatte der umsichtige Oberbootsmann Stutz ihm gelassen. Und seine Wumme hatte Backe. Unter diesen Voraussetzungen kam ihm das Handschellenproblem ziemlich unlösbar vor.

Draußen auf dem Gang waren plötzlich Schritte zu hören. Und Stimmen. Tat sich endlich etwas?

Jemand rief. Kramer konnte es nicht verstehen, die Maschinen waren zu laut. Nur ein Wort drang durch den Lärm: »Doggerbank«. Was war das noch mal? Eine Art Untiefe, glaubte er sich zu erinnern, draußen in der Nordsee, irgendwo zwischen der deutschen und der englischen Küste. Waren sie etwa schon so weit?

Wieder Schritte, schwer, stampfend. Jemand schleppte etwas den Gang entlang, jemand anderes kam ihm schneller entgegen. Direkt vor Kramers Türschott trafen beide aufeinander.

»Sie haben die Richtung geändert«, rief einer der beiden. »Jetzt liegen sie direkt auf Gegenkurs.«

»Geil. Denn mal fix, viel Zeit haben wir nicht mehr.« Schnelle Schritte, die sich entfernten.

»Klugscheißer.« Auch die schwereren Schritte entfernten sich.

Ich hatte recht, dacht Kramer. Im Prinzip hatte ich recht. Sie wollen etwas versenken, etwas Großes, um auf sich aufmerksam zu machen. Um zu zeigen, wozu sie fähig sind. Um sich für Auftraggeber interessant zu machen. Nur eben nicht das *Leiner*-Kreuzfahrtschiff, sondern etwas anderes. Ein Schiff draußen auf dem Meer, eins mit voller Besatzung. Die Menschenopfer nehmen sie in Kauf. Oder vielleicht legen sie es sogar darauf an. Um zu demonstrieren, dass sie vor nichts zurückschrecken.

Vielleicht war es aber auch kein Schiff, worauf die Kerle es abgesehen hatten, sondern etwas anderes. Doggerbank. Untiefe, mitten in der Nordsee. Ob es da Bohrinseln gab? Er musste an die Meldung von der verschwundenen Bohrinsel vor Norwegen denken, eine sensationelle Meldung, die jedoch vom plötzlichen Verschwinden des Emssperrwerks und den anderen Sensationen vollkommen verdrängt worden war. Womöglich bestand diese terroristische Privatarmee aus mehreren verschiedenen Gruppen, und eine davon war für den Anschlag auf die Ölplattform verantwortlich.

Bohrinseln allerdings konnten weder die Richtung ändern noch auf Gegenkurs gehen, jedenfalls nicht ohne massive Schlepphilfe. Nein, das Ziel der *Zobel* war wohl doch eher ein Schiff.

Kramer hatte viel Zeit zum Nachdenken gehabt, und es war ihm längst eingefallen, woher er diese Idee mit dem Demonstrations-Anschlag hatte. Nicht aus seinen eigenen Hirnwindungen, sondern aus einem Buch. Einem Krimi. »Die Terroristen« von Maj Sjöwall und Per Wahlöö. Darin ging es um eine politisch ungebundene Terrororganisation, die sich mit blutigen Aktionen für den freien Markt empfehlen wollte. Ohne Schiff, nun gut, aber ansonsten waren die Parallelen deutlich.

Eine Krimi-Idee. Na und? Das waren zuweilen die besten. Wer weiß, dachte Kramer, vielleicht hat Birger Holm das Buch ja auch gelesen.

Dann wusste er auch, dass in diesem Buch die Terroristen am Ende von unerschrockenen Polizisten gestoppt und festgenommen worden waren. Den Gefährlichsten der Bande hatte Gunvald Larsson persönlich erledigt. Mit bloßen Händen. Ja, das war ein Kerl! Der hätte auch Backe geschafft.

Kramer seufzte. McGyver hätte es bestimmt auch hingekriegt. Aber ein gefesselter Oliver Kramer?

Er rüttelte an seinen Handschellen. Der metallene Bügel des Schlingerschutzes, an dem er festgekettet war, löste sich aus seiner Arretierung und klappte nach vorne. Die Verschraubung, die den Bügelmechanismus mit der Koje verband, wurde sichtbar. Massive Hutmuttern, fest angezogen. Da war weder mit Fingernägeln noch mit Zähnen etwas auszurichten.

Wie lange waren sie jetzt schon unterwegs? Er schaute auf seine Uhr. Leuchtziffern, Gott sei Dank. Fast schon drei Stunden. Er schüttelte sein Handgelenk, weil seine Haut schwitzig war und das stählerne Gliederarmband seiner Uhr daran klebte. Ein unangenehmes Gefühl.

Es dauerte noch zwei volle Minuten, ehe ihm endlich einfiel, was McGyver getan hätte.

51.

»Viel zu viele Dimensionen«, murmelte Stahnke.

Kein fester Boden unter den Füßen – nun gut. Mittlerweile war er ja einiges gewohnt. Dass es aber gar keinen Boden gab, nicht einmal ein Unten, das irritierte doch sehr. Und dann diese Vielzahl von Dimensionen! Ihm wurde schwindelig.

Wenigstens seine Füße waren noch da.

Was hatte dieses Blubberding noch einmal zu ihm gesagt, ehe es ihn absorbierte? »Dein Verstand ist auf diese Information nicht vorbereitet.« Eine Frechheit, hatte Stahnke denken wollen, war aber nicht mehr dazu gekommen. Jetzt sah er es anders. »Nicht vorbereitet« war eine glatte Untertreibung. Sein Verstand signalisierte Panik.

Wieso konnte das Blubberding überhaupt sprechen?

Er suchte nach Bekanntem, nach Vergleichbarem, überhaupt nach Dingen. Vergebens. Kein Boden, keine Decke, keine Wände. Statt Flächen, Ecken und Kanten gab es nur Linien, und statt Materie schien hier ausschließlich reine Energie zu existieren. Gebändigte, dienstbar gemachte Energie. So weit, so gut. Aber war es vorstellbar, aus solcher Energie Dinge zu formen? Dinge, die dann aber keine – Dinge waren?

Ach, verdammt.

Er versuchte, die energetischen Linien als Netz zu sehen. Tatsächlich bildeten sie Netze, unter anderem. Sie kreuzten und schnitten sich, auch wenn sie sich dabei nicht berührten. Beliebig viele von ihnen schien zur gleichen Zeit am selben Ort existieren zu können. Bestimmt hing das mit diesen vielen Dimensionen zusammen. Wie viele es wohl sein mochten?

Viel zu viele.

Aber wenn hier Dinge zur selben Zeit am selben Platz existieren konnten, dann konnten sie sich doch gegenseitig durchdringen. Dinge, Un-Dinge? Egal. Jedenfalls konnte eins das andere nicht festhalten. Überhaupt nicht halten.

Was aber hielt dann ihn?

Das Gefühl zu fallen, haltlos zu stürzen, die Angst davor, in die Tiefe zu taumeln und zu zerschellen, all das war augenblicklich da, und die Panik brach sich Bahn. Stahnke zappelte, strampelte und schrie. Seine Hände krallten und grabschten nach einem Halt, den es nicht gab. Die Vielfalt der Linien und Dimensionen schien sich noch zu vervielfachen.

Aber er fiel nicht. Zwar stand er auch nicht, aber er hielt seine Position. Etwas stabilisierte ihn. Wie auch immer.

Na schön. Er stürzte nicht, er konnte atmen, um ihn herum war es weder zu heiß noch zu kalt, sein Herz pochte heftig, er war also nicht tot und anscheinend auch nicht unmittelbar vom Tode bedroht. Die Panik konnte sich also gut noch etwas gedulden.

»Geduld ist eine wichtige Tugend.«

Stahnke nickte. Seine Großhirnrinde gab ihm also recht. Schön.

Er stellte fest, dass sich seine Wahrnehmung der Umgebung ein wenig verändert hatte. Offenbar setzte erneut die Gewöhnung ein, half ihm dabei, das Unbegreifliche zu begreifen. Er schien sich in einer Art Raum zu befinden. Einem Raum, der sogar über so etwas ähnliches wie eine Einrichtung verfügte. Wenn man bizarr geformte Un-Dinge, deren Funktion nicht zu erraten war, als Einrichtung bezeichnen wollte.

Dass dieser Raum ansonsten nichts von dem hatte, was nach herkömmlichem Verständnis einen Raum ausmachte, nämlich Boden, Decke und Wände, Eingang und Fenster, ersatzweise zumindest Lichtquellen – nun ja, das war eben so. Man stürzte nicht ab, es regnete nicht herein, und hell war es auch, irgendwie. Auch, dass es statt der üblichen drei räumlichen Dimensionen hier deren viel zu viele gab, war eine Tatsache, die, wenn man sie denn akzeptiert hatte, tolerabel war. War man erst einmal so weit …

»Toleranz ist ebenfalls eine wichtige Tugend.«

Unwillig runzelte Stahnke die Stirn. Was sollte das, dieses andauernde Dazwischenfunken seiner Großhirnrinde? Die sonderte doch auch sonst ungefragt keine Kommentare ab.

Er schloss die Augen. »*Toleranz ist ebenfalls eine wichtige Tugend.*« Tatsächlich, der Satz war noch wahrnehmbar. Nicht zu sehen, nicht zu hören, nein, das nicht – er war einfach da, geformt, aber nicht gegenständlich, zudem substanzlos, eher wie eine Projektion, aber wie eine ohne sichtbare Quelle, ein Lichtbild, das langsam verblasste. Die Annahme, seine Großhirnrinde bilde den Projektionshintergrund, schien Teil dieser Projektion zu sein.

Kam das von ihm? Oder woanders her? Was war das?

»Wir nennen es phanten.«

Da war sie wieder, die Panik. Hatte sich wohl versteckt und in Bereitschaft gehalten. Stahnke spürte Hitze in sich aufsteigen, während gleichzeitig Kälteschauer über seine Hautoberfläche rasten. Ein prickelndes Gefühl, irgendwie elektrisch. Passend hier inmitten all der geformten Energie.

Er war also nicht allein. Es war jemand hier, der mit ihm kommunizierte. Weder verbal noch optisch, aber eindeutig. War das Telepathie? Die hatte er sich immer anders vorgestellt, nicht so wie diese lichten Bedeutungsschatten auf seiner Großhirnrinde. Aber was hieß das schon. Vermutlich war sein armer, überforderter Verstand auch darauf nicht vorbereitet.

Wo aber war dieser kommunikative Jemand? Sehen konnte er ihn nicht. Außer ihm gab es hier kein Lebewesen, nur diese bizarren Einrichtungsgegenstände.

»Auch Höflichkeit ist eine Tugend.«

Da waren sie wieder, diese lichten Bedeutungsschatten. Diesmal flackerten sie ein wenig, und sie wurden von einem prickelnden Gefühl rund um seinen Bauchnabel untermalt. Diese Phanten-Symbole hatten mit nichts Ähnlichkeit, das er kannte, und waren doch in ihrer Bedeutung unzweifelhaft. Ein Übermittlungsvorgang, der sich direkt unter seinen wachen Sinnen abspielte, ohne dass er ihn verstand. Den er deuten konnte, ohne dass er ihn hätte erfassen können. Stahnke kam sich vor wie ein Primat beim Erstkontakt mit einem Mobiltelefon. Der fragte sich doch sicherlich auch, wie es angehen konnte, dass sein Gesprächspartner in solch ein kleines Kästchen passte.

»Auch Selbstkritik ist eine …«

»IST JA GUT JETZT!« Stahnke erschrak selber, so laut hatte er gebrüllt. Aber er hörte nicht damit auf. Es war genug. »Schluss jetzt mit dieser Klugscheißerei! Wo sind Sie, verdammt noch mal? Geben Sie sich endlich zu erkennen!«

»Ich bin hier. Unmittelbar vor Ihnen.«

Stahnke riss die Augen auf. Unmittelbar vor ihm stand niemand. Es sei denn, dieser Jemand befand sich in einer anderen Dimension, so dass er zwar hier, aber für Stahnkes Augen nicht sichtbar war.

Dann senkte er den Blick. Einer der bizarren Einrichtungsgegenstände hatte sich bewegt, stand jetzt dicht vor ihm. Dieses Ding war dunkelgrün, knapp einen Meter groß, hatte ungefähr die Form eines Tropfens, der auf seinem spitzen, von einem Kranz kurzer, tentakelartiger Auswüchse gesäumten Ende stand, und besaß an seiner Oberfläche eine Reihe dunkelroter Auswüchse, die andauernd ihre Gestalt und ihre Position veränderten. Nur einer dieser Auswüchse schien ortsfest und formstabil zu sein. Er hatte entfernt das Aussehen einer kleinen Trompete und war auf Stahnkes Nabel gerichtet.

Es ist verrückt, dachte der, vollkommen verrückt. Ein kleines grünes Männchen.

Aber das war noch nicht das Verrückteste.

Das Verrückteste war, dass Stahnke das deutliche Gefühl hatte, diesem Wesen schon früher einmal begegnet zu sein.

»Sie haben recht«, phantete das dunkelgrüne Wesen. »Auch wenn *früher* nicht ganz das richtige Wort ist.«

52.

Solch einen Saal hätte sie niemals auf einem Schiff vermutet. Hoch wie eine Kathedrale, mit ähnlich bunten Glasfenstern, meterhohen Bildern und Mosaiken geschmückt, von Kronleuchtern bestrahlt, die von der Decke hingen wie umgedrehte, vielstöckige Hochzeitstorten aus Kristall. Purer Pomp, des Thronsaals eines Märchenkönigs würdig. Architekten und Ausstatter hatten dafür gesorgt, dass es hier an nichts fehlte, außer vielleicht an gutem Geschmack. Eine großzügige Bühnenrampe und ein entsprechend großer, roter Samtvorhang dahinter ließen vermuten, dass dieser Saal als Theater oder Kino gedacht war. Vielleicht beides. Auf jeden Fall war er bereits fertig. Und er wurde genutzt. Auf dem Podium waren Tische und Stühle aufgestellt, und ein Teil der großzügig geschnittenen Polstersessel im Parkett war besetzt.

Angelina Snuck stand an einer der Seitentüren, dort, wo einer der roten Teppiche anfing, die strahlenförmig von den Eingängen zwischen den Sitzplatzblöcken hindurch bis zur Bühne führten. Jeder Passagier, der diesen Raum betrat und über einen dieser roten Teppiche schritt, konnte sich wie ein Star fühlen. Wie ein Star der italienischen Oper zum Beispiel. Hauptsache, er verfügte über genügend *Stardust*, um sich diesen Auftritt leisten zu können.

Sie trat zur Seite, als sie hinter sich Stimmen hörte. Trotzdem wurde sie angerempelt, denn die Dame, die hereinkam, war so ins Gespräch vertieft, dass sie überhaupt nicht auf die kleine Person im blauen Sweatshirt achtete. Empört drehte Lina Snuck sich zu ihr um.

Es war die Ringelpullover-Dame. Neben ihr ging der Typ mit den überbreiten Schultern, den dicken Oberarmen und dem Haifischlächeln. Er hing geradezu an ihren Lippen, und Lina Snuck wunderte sich, dass ihm kein Speichel aus dem Mundwinkel troff, so hingebungsvoll glotzte er sie an.

Lina schluckte den Fluch, den sie schon auf den Lippen hatte, herunter, trat beiseite und drehte schnell ihren Mützenschirm wieder nach vorn. Zum Glück würdigte die überschlanke Frau sie keines Blickes.

Sowohl die Pullover-Dame als auch der überbreite Haifisch hatten sich in der Zwischenzeit Namensschilder angesteckt. Auf seinem stand »Gesinus Biernoth«, auf ihrem »Annemarie Poppinga«. Diese Frau schien wirklich nicht die zu sein, für die Lina sie ursprünglich gehalten hatte.

Nein. Ganz offensichtlich war sie etwas weitaus Gefährlicheres.

Annemarie Poppinga beendete ihr Gespräch mit Biernoth und blickte sich um. Dann nahm sie Kurs auf die Bühne. Dort hatten sich bereits mehrere Männer versammelt, gestylte Anzugtypen zwischen seriös-gesetzt und jung-dynamisch.

Ekelhaft, sich scheinheilig hinter einer geleckten Fassade zu verstecken, während man mit dem Tod Geschäfte machte, fand Lina Snuck. Da war ihr dieser Biernoth noch lieber. Dem war die Brutalität wenigstens anzusehen.

Während sie noch überlegte, wo sie sich am besten hinsetzen sollte, um möglichst viel hören zu können, aber nicht gesehen zu werden, kam ein Mann auf sie zu, der ganz ähnlich ausstaffiert war wie sie: Dunkle Arbeitshosen, blaues Sweatshirt, rote Kappe. Ein Besatzungsmitglied offenbar.

»Los, zumachen«, knurrte er sie an. »Aber von außen. Und dann meldest du dich gefälligst auf dem Bootsdeck. Hier hast du nichts verloren, das weißt du ja wohl.«

Das Türblatt war aus dickem braunem Holz, und die Oberfläche war wunderschön geflammt. Lina konnte die Maserung deutlich sehen, als die Tür direkt vor ihrer Nase ins Schloss fiel.

53.

McGyver wäre stolz auf mich gewesen, dachte Kramer. Trotzdem schade um die Uhr.

Zwei Glieder des flexiblen Metallarmbands seiner Uhr hatte er um eine der Hutmuttern der Schlingerschutzbefestigung geklemmt, die dreiteilige Schließvorrichtung des teuren Armbands als Zwinge benutzt und die Uhr selbst als Hebel – es hatte funktioniert. Beide Hutmuttern hatte er auf diese Weise abgeschraubt und das eine Ende des Schlingerschutzes gelöst, so dass er die daran befestigte Schelle abstreifen konnte. Ein geniales Manöver, das seine Uhr leider nicht überlebt hatte.

Ob man solche Verluste steuerlich absetzen konnte? Aber unter welcher Rubrik? Werbungskosten? Kramer schüttelte den Kopf. Manchmal fand er sich selber etwas gewöhnungsbedürftig. Dabei hatte er schon über vierzig Jahre Zeit dazu gehabt.

So weit, so gut. Als Nächstes das Türschott. Dem Klang nach, als der Oberbootsmann es ins Schloss geworfen hatte, war es aus Stahl. Die Angeln waren mit Kreuzschrauben fixiert. Keine Chance für eine Neuauflage des Uhrentricks. Ohne große Hoffnung drückte er die blanke Klinke herunter.

Die Tür schwang ihm entgegen. Stutz hatte nicht abgeschlossen.

Ein Ruck fuhr durch das ganze Schiff. Kramer verlor das Gleichgewicht und wäre lang hingeschlagen, hätte er sich nicht am Türdrücker festgehalten. War die *Zobel* etwa auf Grund gelaufen? Doggerbank – Untiefe – Sandbank? Aber so ein Schnellboot war doch kein Supertanker.

Natürlich nicht. Das Schiff fuhr auch noch, nur mit stark reduzierter Geschwindigkeit. Er hatte die Maschinengeräusche lange genug gehört, um das zu erkennen. Die Kraft dieser Motoren musste wirklich gewaltig sein, wenn der fast sechzig Meter lange Rumpf derart sensibel darauf reagierte.

Der Gang war verlassen. Wie viele Menschen mochten sich wohl an Bord befinden? Ein gutes Dutzend vielleicht, schätzte Kramer. Mit weniger Leuten war das Schiff wohl kaum zu manövrieren, mehr wären ein zu großes Risiko für die Geheimhaltung der Piraten-Aktion gewesen.

Er wandte sich nach rechts, dort musste es nach achtern gehen. Jede Deckung nutzend, huschte er im trüben Schein der vergitterten Deckenlampen bis zur nächsten Ecke. Rechts oder links? Beiderseits endete der Gang an abgerundeten Druckschotten. Von hier aus ging es nur noch an Deck. Kramer entschied sich für die Backbordseite. Er griff in die Speichen des radförmigen Riegelsystems und drehte. Das Schott öffnete sich.

Die Szene, die sich ihm draußen bot, war spektakulär. Zwei Walfangschiffe pflügten querab durch die Nordseedünung, die hoch ragenden Vorschiffe umhüllt von Wolken aus Gischt. Vor ihren stählernen Steven kreuzten stark motorisierte Schlauchboote, die ihrerseits mit speziellen Vorrichtungen hohe Fontänen aus zerstäubtem Wasser erzeugten, wohl um den Steuerleuten der Fangschiffe die Sicht zu erschweren. Von den Backs der Walfänger aus wurde aus Hochdruckschläuchen gezielt zurückgespritzt. Helles Sonnenlicht brach sich in den glitzernden Wasserschleiern und ließ Regenbögen erstrahlen. Regenbögen, die für alles andere standen als für ein göttliches Friedensversprechen.

Ebenso wenig wie der Regenbogen auf dem Rumpf des großen *Greenpeace*-Schiffs, das soeben versuchte, den beiden Fangschiffen den Weg abzuschneiden. Eine Kollision war kaum noch vermeidbar. Beide Seiten schienen zu allem entschlossen zu sein.

Jetzt erst bemerkte Kramer die glänzenden, langgestreckten Rümpfe, die zwischen der tobenden Wasserschlacht und der *Zobel* die Nordseewellen durchschnitten. Hier und da krümmte sich ein Buckel, schlug eine mächtige Fluke. Sechs, sieben, acht Tiere waren gleichzeitig zu sehen. Die getauchten mitgerechnet, mochten das gut und gerne zwei Dutzend sein. Eine richtige Walherde! Oder nannte man das »Schule«? Egal. Das mussten jedenfalls die verirrten Buckelwale sein, von denen im Radio berichtet worden war. Und das dort hinten waren die norwegischen und isländischen Walfänger, die die großen Meeressäuger aus lauter Tierliebe töten wollten.

Weiter entfernt waren noch mehr Fangschiffe in Sicht. Klar, jedes Walfangmutterschiff verfügte ja über eine ganze Flottille von Jagdfahrzeugen. Die *Greenpeace*-Aktivisten waren hoffnungslos in der Unterzahl. Kramer graute vor dem Blutbad, das sich hier anbahnte.

Dann wurde er sich wieder der Tatsache bewusst, dass er sich an Bord der *Zobel* befand, eines mit modernsten Waffen bestückten Kriegsschiffs, das sich in der Hand einer Gruppe gefährlicher Terroristen befand. Dieses Schiff glitt ja nicht deshalb mit geringer Fahrt parallel zu Walen, Walfängern und *Greenpeace*-Aktivisten dahin, um Oberkommissar Kramer die bestmögliche Aussicht auf das Geschehen zu bieten. Aber weshalb dann? Welche Rolle hatte Kapitänleutnant Holm seinem Raketenschnellboot in dieser Auseinandersetzung zugedacht?

Er wusste es gleich, wollte es aber nicht wahrhaben. Suchte nach Alternativen. Es gab keine.

Holm war hier, um das *Greenpeace*-Schiff zu versenken.

Ein zweimotoriges Propellerflugzeug zog dicht über der Wasserschlacht um die Walfangschiffe dahin. Drehte eine

Schleife, kam zurück. Aha, das Fernsehen war auch schon zur Stelle. Egal, welcher Sender das war, heute Abend saßen die Zuschauer weltweit in der ersten Reihe. Und sie würden auf ihre Kosten kommen.

Sicher, die Versenkung eines *Greenpeace*-Schiffes war nicht gerade eine Premiere. Aber die *Rainbow Warrior* war seinerzeit, während der Proteste gegen die französischen Atombombenversuche, im Hafen von Auckland versenkt worden. Das Wrack war ein trauriger Anblick gewesen gewiss, jedoch kein spektakulärer.

Das hier würde anders aussehen. Raketeneinschläge, Explosionen, fliegende Trümmer, Qualmwolken. Das Ganze mehrfach wiederholbar, die Zobel hatte ja ausreichend Flugkörper an Bord. Zeit genug für das Filmteam, Aufnahmen in Superzeitlupe zu machen. Wenn das Schiff dann sank, reichte normale Aufnahmegeschwindigkeit. Fernsehzuschauer waren geil auf solche Bilder. Kaputtmachen schien viel mehr Vergnügen zu bereiten als Aufbauen. Die Menschen waren bescheuert. Sie hatten es nicht besser verdient.

Anschließend würde eine Welle der Empörung rund um den Erdball rasen, das war sicher. Aber sie würde verplätschern, wie so viele Empörungswellen zuvor. Zurückbleiben würde das Bewusstsein, dass man sich bestimmten Interessen nicht ungestraft entgegenstellen durfte. Dass Meinungsfreiheit nur so lange risikofrei war, wie man keinen Gebrauch davon machte. Dass man sich besser um seine privaten Angelegenheiten kümmerte. Und das Schicksal der Welt denen überließ, denen sie schließlich gehörte.

Ich muss das verhindern, dachte Kramer. Irgendwie. Ich muss diesen Holm ausschalten, ehe es zu spät ist. Also muss ich auf die Brücke.

Das Druckschott, in dessen Öffnung er immer noch stand, wurde ihm aus der Hand gerissen. Backe stand vor ihm, riesenhaft und breit. Ehe Kramer reagieren konnte, hatte ihn eine eiserne Faust gepackt.

»Hier bist du also«, knurrte Backe. »Wie das denn? Aber egal. Jetzt kommst du erst mal mit. Ich soll dich mal wieder auf die Brücke bringen.«

54.

»Ich heiße Schulz«, phantete das dunkelgrüne Wesen. »Hauptmulator Schulz, um genau zu sein. In gewisser Weise sind wir Kollegen.«

Das Symbol, dessen Bedeutungsschatten auf Stahnkes Großhirnrinde erschien, war vollkommen fremdartig. Trotzdem weckte es die Assoziation einer Polizeimarke.

Ein Außerirdischer?

Ein außerirdischer *Polizist*?

Und: *Schulz*?

»Nein, niemand will Sie auf den Arm nehmen«, phantete das tropfenförmige Wesen. »Wie Sie vielleicht sehen, besitze ich gar keine Arme. Falls ich es für nötig halten sollte, Sie emporzuheben, hätte ich dazu andere Möglichkeiten. Aber diese Notwendigkeit besteht momentan nicht. Also ist Ihre Sorge unbegründet. Und nein, mit Kot bestreichen will ich Sie auch nicht. Dazu besteht ebenfalls kein Anlass.«

»Verscheißern«, murmelte Stahnke vor sich hin. Schulz, Hauptmulator. Ha! Wann hörte diese verfluchte Psychodroge bloß endlich auf zu wirken?

»Ich kann Ihnen versichern, dass Sie derzeit unter keinerlei Drogeneinfluss stehen«, verkündeten die Symbole unter seiner Schädeldecke. »Hier, wenn Sie selber schauen möchten …«

Vor seinen Augen, in bequemer Leseentfernung, formten sich Zeichen, allem Anschein nach direkt aus dem Nichts und in der Luft. Wiederum fremdartige Symbole, die sich jedoch noch während ihrer Entstehung zu vertrauten Buchstaben, Wörtern und Sätzen umformten. Ein ärztliches Bulletin, die Resultate eines aktuellen Check-ups, derart umfassend, wie er es noch nie hatte machen lassen. Die Werte bei »Blutdruck« und »Leber« waren markiert, der Rest schien in Ordnung zu sein.

»Ja, aber wenn« – wie sollte er das in Worte fassen, was ihm da durch den Kopf schoss?

»Verstehe«, phantete Schulz. »Sie möchten einwenden, dass, falls ich doch nur die Ausgeburt eines Drogenrausches und also nicht real existent sein sollte, meine Versicherung, dass ein solcher Drogenrausch nicht vorliegt, irrelevant sein würde, da sie ja ebenfalls ein Teil eben dieses Rausches wäre. Ein schönes Paradoxon.«

Stahnke war sich nicht sicher, ob er so etwas Kompliziertes wirklich meinen konnte. Hilflos breitete er die Arme aus.

»Nun gut.« Schulz drehte sich zur Seite, was Stahnke nur daran erkennen konnte, dass die kleine, rote Kommunikations-Trompete ihre Zielrichtung änderte. »Am besten lassen Sie sich das von einem Angehörigen Ihrer eigenen Spezies erklären. Das wird Ihre Vorbehalte hoffentlich zerstreuen.«

Der multidimensionale Raum, in dem sie sich befanden, faltete sich um. Plötzlich war Stahnke nicht mehr der einzige Mensch weit und breit. Der Mann, der jetzt vor ihm stand, trug Jeans und ein kariertes Baumwollhemd, hatte gelocktes, braunes Haar, das dringend geschnitten gehörte, und einen struppigen, ebenfalls ungepflegt wirkenden Vollbart. Das Metallgestell seiner Brille war leicht verbogen.

Der Mann lächelte ihn etwas verlegen an und streckte die Hand aus. »Hallo, Stahnke«, sagte er.

»Hallo, Marian«, antwortete Stahnke.

Auch er streckte seine Hand zur Begrüßung aus. Sein Gegenüber aber griff nicht nach der Hand, sondern krallte seine Finger in Stahnkes Arm. Der Hauptkommissar schrie gellend auf.

55.

Sie hatte es an allen Türen probiert. Auch hinten herum, über die Bühne. Nichts zu machen, alles dicht. Nicht einmal die Garderoben waren zugänglich. Die *COLaP* hatte anscheinend an alles gedacht.

Warum die überhaupt hier und jetzt tagen konnten, auf einem Kreuzfahrtschiff-Neubau, der gerade überführt wurde und offiziell noch überhaupt nicht in Betrieb war – das war für Lina Snuck überhaupt keine Frage. Diese Großkapitalisten hingen doch alle irgendwie zusammen, steckten unter einer Decke, nicht erst seit dem Einsetzen der Globalisierung. War es nicht schon immer so gewesen, dass sich die Kapitalbesitzer verschiedener Nationen untereinander bestens verstanden, während sich gleichzeitig die jeweiligen Proletarier auf den Schlachtfeldern gegenseitig umbrachten? Dass die Kapitalisten dabei auch gerne beide Seiten mit Waffen, Munition und anderer Ausrüstung belieferten, wobei es überhaupt nicht auf die Farbe der Flaggen und Uniformen, wohl aber auf die des Geldes ankam? Kapital, das war eben eine eigene Nation, mehr noch: eine eigene Familie. *La famiglia*, ganz genau, so wie die Mafia. Und unter Mafiosi tat man sich eben hier und da einen kleinen Gefallen. Das gehörte zum Geschäft.

Offenbar war die *Leiner-Werft* der *COLaP* etwas schuldig. Oder anders herum, man wollte etwas von den Niederländern. Sowieso egal, wie herum der Deal lief.

Italian Stardust. Lina grinste. Wenn das nicht prächtig zur Mafia passte!

Geld oder kein Geld, Macht oder keine Macht – das waren die eigentlichen Grenzen. Wen interessierten denn in Wahrheit Herkunft, Sprache, selbst Hautfarbe? Doch nur die, die es nicht besser wussten, weil man es ihnen so eingebläut hatte. Um sie besser aufeinander hetzen zu können. Damit sie ja nicht erkannten, wer denn da wirklich der Herr ihrer eigenen Lage war. Damit sie sich bloß nicht zusammenschlossen. Denn dann würde es kein Halten mehr geben, Kapital hin oder her.

Ein paar Mal war es ja schon fast soweit gewesen. 1914 zum Beispiel, an der deutsch-englischen Front in Belgien. Zu Weihnachten hatten die Soldaten beider Seiten aufgehört, aufeinander zu schießen, hatten sich aufeinander zu bewegt, sich begrüßt, gegenseitig beschenkt, miteinander gefeiert. Wie mit ihresgleichen. Weil sie ja auch nichts anderes waren. Nicht auszudenken, wohin das geführt hätte, wenn dieser Funke Menschlichkeit nicht sofort wieder ausgetreten worden wäre! Ein vereintes Europa, aber ohne zwei jahrelange Mörderkriege vorweg. Eine gelebte Utopie.

»He, Kleiner, was stehst du denn hier rum? Hast du nichts zu tun? Los, steh uns nicht im Weg, fürs Rumlungern wird hier keiner bezahlt!«

Ein Schrank im Blaumann scheuchte sie von der Bühnentür weg. Sie trollte sich, den Kopf gesenkt, um ja nicht doch noch erkannt zu werden. Kapitalistenknechte gab es eben überall. Kein Wunder, dass das mit der gelebten Utopie einfach nicht klappen wollte.

Geld, Macht, Öl – all das fand man immer oben. Trotzig lief sie zur nächsten Treppe und machte sich an den Aufstieg. Der Theatersaal, in dem die *COLaP* ihre Strategiebesprechung abhielt, war hoch. Vielleicht gab es weiter oben noch einen Zugang. Versuchen konnte sie es ja; ehe der Dampfer nicht in Emden festgemacht hatte, kam sie ohnehin nicht von Bord.

56.

Eine scharfe, ohrenbetäubende Detonation warf Kramer fast von den Füßen. Als Polizist war er allerhand gewöhnt und kannte sich mit den verschiedensten Schusswaffen aus. Das aber war etwas Größeres gewesen, ein anderes Kaliber, buchstäblich. Zum Glück kam der Knall nicht vom Achterdeck, wo die Exocet-Lafetten und der RAM-Raketenwerfer standen, sondern vom Vorschiff. Von seinem Standort aus konnte er das dort installierte konventionelle Sechsundsiebzig-Millimeter-Geschütz nicht sehen, aber die langgestreckte Qualmwolke der Treibladung, die annähernd waagerecht jenseits der Kommandobrücke hervorquoll, verriet ihm auch so, wo der Schuss gefallen war.

Eine senkrechte, schaumig-weiße Wassersäule stieg aus der See, ziemlich genau dort, wo sich die Kurse des *Greenpeace*-Schiffs und der beiden Walfänger in Kürze kreuzen mussten. Holm hatte den Umweltschützern den klassischen Schuss vor den Bug verpasst.

»Vorwärts.« Wenn Backe schubste, war es schlechterdings nicht möglich, stehen zu bleiben. Mit immer noch schmerzender rechter Schulter schon gar nicht. Der Riese war nicht einmal zusammengezuckt. Entweder war er schussfest wie ein guter Jagdhund, oder er hatte gewusst, was der Kommandant vorhatte.

Als sie die Brücke betraten, hielt Holm den Hörer der UKW-Sprechfunkanlage in der Hand. Seine Stimme klang ruhig und bestimmt, aber man konnte die unterdrückte Anspannung hören. »Ich wiederhole: Stoppen Sie augenblicklich. Machen Sie Ihre Boote klar. Alle gehen von Bord. Stellen Sie sicher, dass kein Besatzungsmitglied zurückbleibt. Von diesem Augenblick an haben Sie genau zehn Minuten Zeit. Ich meine es ernst.«

Er wiederholte die Durchsage, diesmal auf Englisch. Dann legte er den Hörer in die Halterung. Sein Blick suchte Oberbootsmann Stutz, der Kramer gerade von der lose baumelnden Handschelle befreit hatte. »Achtern alles feuerbereit?«

»Jawoll, Herr Kaleu.« Der Kugelstoßer mit dem Strebergesicht antwortete mit gepresster Stimme. Anscheinend war der Ortungsfachmann jetzt auch für die Artillerie zuständig. Keine Frage, dass er jeden Befehl seines Kommandanten unverzüglich und ohne Fragen ausführen würde. Was hatte Holm bei ihrem ersten Zusammentreffen in Emden noch zu Stahnke gesagt? »Ich könnte das Boot jederzeit und ganz alleine mit den Unteroffizieren fahren, auch im Einsatz. Die Unteroffiziere sind das Rückgrat jeder Besatzung. Sie haben die Ausbildung und die Erfahrung.« Der Hauptkommissar hatte Kramer davon erzählt. So, wie es aussah, hatte Holm nicht übertrieben.

»Gut, Männer, dann haltet euch klar.« Holm blickte in die Runde, ein Muster an eiserner Entschlossenheit. Seine Leute pressten die Lippen zusammen und reckten die Kinne. Fanatiker, dachte Kramer. Kreuzzügler. Die waren damals auch für jedes Massaker gut.

»Was Sie vorhaben, ist Mord«, sagte der Oberkommissar. »Sie glauben doch nicht, dass die ihr Schiff wirklich verlassen. Und selbst wenn, die Zeit ist viel zu knapp bemessen. Wenn Sie feuern lassen, werden Menschen sterben, so viel steht fest. Wollen Sie das wirklich in Kauf nehmen?« Den Appell an Holms Gewissen, der ihm eigentlich auf der Zunge lag, schluckte er herunter.

Der Kapitänleutnant trat so blitzartig auf ihn zu, dass Kramer zusammenzuckte, und funkelte ihn wütend an. »Mich nennen Sie einen Mörder?«, herrschte er ihn an. »Wissen Sie überhaupt, wovon Sie reden? Das da, das sind die Mörder! Und die haben es nicht etwa nur auf ein paar Menschen abgesehen. Nein, die wollen uns allen ans Leben!«

Das ergibt keinen Sinn, dachte Kramer. Klar, längst nicht jeder war mit den Aktionen von *Greenpeace* einverstanden. Aber konnte man diesen Aktivisten wirklich ernsthaft vorwerfen, Menschenleben zu gefährden? Doch höchstens die eigenen. Nein, so kann er das nicht meinen.

Aber dann …

»Sie kapieren nichts«, rief Holm ärgerlich. »Klar, warum auch. Sie sind Staatsdiener, Sie tun, was die Obrigkeit, deren Diener Sie sind, Ihnen sagt. Das haben Sie sogar geschworen. Bestimmt sind Sie fest davon überzeugt, das Richtige zu tun, das glaube ich sofort. Und in gewissem Rahmen haben Sie vermutlich auch recht. Aber hier geht es um eine andere Dimension. Hier geht es um den Planeten, auf dem wir leben. Einen anderen haben wir nicht. Und damit geht es um unser aller Leben.«

Um den Planeten? Um das Leben aller Menschen? Verflucht, dachte Kramer. Haben diese Burschen etwa noch mehr in petto als ein gekapertes Raketenschnellboot?

Dass es solche Waffen gab, mit denen sich die ganze Erde verstrahlen, vergiften und entvölkern ließ, und zwar in mehr als ausreichender Menge, war nicht die Frage. Regierungen lagerten sie in riesigen Arsenalen, warfen sich gegenseitig deren Besitz vor und nahmen einander zum Vorwand, um diese Massenvernichtungsperversitäten nicht etwa abzuschaffen, sondern immer wieder zu modernisieren und die Vorräte aufzustocken. Ja, legitime Regierungen, einige davon sogar demokratisch gewählt, so wie seine eigene, die, von der er Befehle in Form von Gesetzen, Vorschriften und dienstlichen Anweisungen entgegennahm.

Moment. War sein Verstand etwa gerade drauf und dran, diesem Holm recht zu geben?

Der Kommandant wandte sich von Kramer ab. Draußen hatte das *Greenpeace*-Schiff abgestoppt und beigedreht, in weitem Bogen nach Steuerbord, und damit die drohende Kollision mit den Walfängern abgewendet. Auch die beiden Fangschiffe schienen ihre Fahrt verlangsamt zu haben, behielten jedoch ihren alten Kurs bei.

Aus dem UKW-Funkgerät brabbelte es, laut und erregt, aber bis zur Unverständlichkeit verzerrt. Kramer glaubte englische Wörter herauszuhören, gesprochen in einem starken Akzent, den er nicht einordnen konnte. Irgendetwas Skandinavisches vielleicht.

»Die glauben mir nicht«, knurrte Holm. »Wollen die Zeit verstreichen lassen und gucken, was wir machen, wenn wir unter Zugzwang geraten. Anscheinend denken die, wir machen hier nur Wind. Oberbootsmann Stutz, noch zwei Schuss vor den Bug! Jedem einen diesmal.«

Die Kanone auf dem Vordeck feuerte in kurzer Folge, so dass die zweite Wassersäule aufstieg, noch ehe die erste ganz wieder in sich zusammengefallen war.

Diesmal war kein Irrtum darüber möglich, an wessen Adresse die Warnung gerichtet war.

Jetzt ergaben Holms Worte über den bedrohten Planeten, ohne dessen Erhalt alles Leben verloren war, einen Sinn. »Die Walfänger also«, murmelte Kramer. »Und ich dachte schon, Sie hätten die *Greenpeace*-Leute aufs Korn genommen.«

»Was?« Holms ernste, angespannte Miene heiterte sich für einen Moment auf. »Diese Wohlfühl-Kollegen, die so gerne *Ocean-posing* betreiben? Sie liegen ja noch weiter neben der Spur, als ich dachte. Sagen Sie mal, wofür halten Sie uns denn? Für durchgeknallte Rambos?«

Kramer entschied sich, nicht zu antworten, obwohl er wusste, dass er mit sprachlos offenstehendem Mund ziemlich dämlich aussah.

»Willkommen bei den *Wächtern*«, sagte Holm.

57.

Als Kind hatte er oft mit Freunden im Hammrich gespielt, war über Gräben gesprungen, durch Wiesen gerannt und unter Weidezäunen hindurchgekrochen. Damals, als Kinder zum Spielen noch an die frische Luft gegangen und virtuelle Welten nur zwischen Buchdeckeln und hinter der eigenen Stirn zu finden gewesen waren. Irgendwann, das wusste er noch wie heute, hatte er sich unter einem dieser Elektrozäune nicht tief genug gebückt. Sein Rücken hatte gebrannt wie von einem Peitschenhieb, durchs Hemd hindurch. Damals hatte er sich geschworen, nie wieder in direkten Kontakt mit irgendwelcher Energie zu kommen.

Und jetzt saß er in einer Schale aus reiner Energie, einem Geflecht aus leuchtenden Linien, das sich exakt um seinen Körper schmiegte und sich jeder seiner Bewegungen anpasste, als kenne es sie im Voraus. Es fühlte sich weder heiß noch kalt an, weder zu hart noch zu weich, und selbstverständlich brannte es auch nicht auf seiner Haut. Wenn es überhaupt etwas Absolutes gab, dann das. Die absolute Bequemlichkeit.

Er zuckte zusammen, denn plötzlich begann seine Haut doch zu kribbeln. Aber nicht am Rücken oder gar an dessen Verlängerung, sondern rund um den Nabel, und das auch nur kurz. So, als hätte Schulz ihm etwas phanten wollen, es sich dann aber doch anders überlegt. Vermutlich etwas über Relativität und Absolutheit, das er sowieso nicht verstanden hätte.

Der Gedanke, dass dieses tropfenförmige grüne Wesen jenen Gedanken hatte hören oder lesen, auf jeden Fall aber verstehen können, ebenso wie diesen, den nächsten und jeden weiteren seiner Gedanken, bereitete ihm Unbehagen. Er fühlte sich bloßgestellt, geistig gesehen. Geradezu nackt.

Unwillkürlich faltete er seine Arme vor dem Körper zusammen. Die Sitzschale aus Energieliniengeflecht folgte seinen Bewegungen nicht, sie kam ihnen zuvor.

»Hoffentlich tut der Arm nicht mehr allzu sehr weh«, sagte Marian, der Stahnkes Bewegung missverstand.

»Geht so.« Die roten Flecken an seinem Unterarm waren

noch deutlich zu erkennen. »Was hast du dir eigentlich dabei gedacht, mich dermaßen zu kneifen?«

»Na ja.« Verlegen zuckte Marian die Achseln. »Als ich mich plötzlich in diesem Linienschiff wiederfand, da habe ich mich auch gezwickt. Von wegen Traum und so.«

»Linienschiff, so so. Demnach wären wir jetzt – wo?« Stahnke musterte das multidimensionale Liniengeflecht, Marian Godehaus Antwort vorausahnend, und fand es doch reichlich luftig. Obwohl das sicher nicht der richtige Ausdruck war, falls seine Vorausahnung zutraf.

»Wo? Im Weltraum.« Sein Schalensessel nahm Marians erneutes Schulterzucken vorweg. »Wegen der Atemluft brauchst du dir übrigens keine Sorgen zu machen. Dort, wo man hindurchgucken kann, da kann die Luft noch lange nicht hindurch. Strahlenpartikel und Gasmoleküle reagieren sehr unterschiedlich auf Formenergie«, dozierte er mit überlegener Miene.

Stahnke fixierte ihn mit seinen wasserblauen Augen. »Und das weißt du genau?«

Marian Godehau errötete und zupfte verlegen an seiner verbogenen Brille herum. »Ja – also, ich glaube jedenfalls, dass das so ist. Falls ich es richtig verstanden habe.«

Stahnke nickte. Er kannte Marian, und er schätzte ihn auch. Aber der Versuchung, sich ein bisschen aufzuplustern, hatte der Journalist noch nie widerstehen können.

»Kann es nicht auch mit den verschiedenen Dimensionen zusammenhängen?«, fragte er.

Marians Röte vertiefte sich. »Sicher. Ich meine, vielleicht auch das. Ja.«

Wieder kribbelte die Haut rund um Stahnkes Bauchnabel, und hinter seiner Stirn erschienen erneut die nun schon beinahe vertrauten Projektionen. »Die Überwachung der lebenserhaltenden Systeme ist eine Subfunktion der Navigation und obliegt unserer Zuchteinheit. Wir vermögen Gasmoleküle und Strahlenpartikel so zu beeinflussen, dass wir individuelle Bedingungen für die unterschiedlichsten Lebensformen schaffen können, selbst wenn sich diese in einem und demselben Raum befinden. Raum, wie Sie ihn definieren würden, selbstverständlich. Selbst kontaktbasierende Begrüßungsriten zwischen Wesen, deren gewohnte Umgebung für das jeweils andere tödlich wären, sind so möglich.«

Bildete er sich das nur ein, oder vibrierten die gephanteten Symbole vor unterdrücktem Stolz? Stahnke versuchte seinerseits, diesen Gedanken zu unterdrücken.

Das tropfenförmige, dunkelgrüne Wesen mit den merkwürdigen roten Auswüchsen, die permanent Zahl und Position veränderten, steckte in seiner Sitzschale wie in einem Eierbecher, der leicht auf und ab zu federn schien, als wollte er den Hauptmulator in den Schlaf wiegen. Klein und grün, so weit stimmt das Klischee, dachte Stahnke. Und die dünneren der Auswüchse konnte man sogar für Antennen halten. Aber Männchen? Und vom Mars kam dieser Schulz auch nicht.

Wie auch immer. Nach allem, was er bisher wusste, hatte er hier das mächtigste Wesen des bekannten Universums vor sich. Also …

»Nein.« Das Symbol flammte förmlich in seinem Kopf auf, und das Nabelkribbeln schien plötzlich von heißen, spitzen Nadeln zu kommen. »Und ja. Je nachdem, welchem Aspekt Ihrer Hypothese man mehr Gewicht beimisst. Ich tendiere zu nein.«

»Es gibt demnach also noch mächtigere Wesen als Sie«, stellte Stahnke fest. Ob er diese Schlussfolgerung beruhigend finden sollte, wusste er noch nicht.

»Sie definieren Macht als die Fähigkeit, das Leben der größtmöglichen Zahl anderer Wesen nachhaltig zu beeinflussen, zu steuern, zu verändern, bis hin zur Vernichtung?«

»Ja, ich glaube schon«, antwortete Stahnke. »Doch, das trifft es.«

»Dann«, phantete Schulz, »ist Ihre Schlussfolgerung falsch.«

58.

Keine richtige Bühne ohne rückwärtigen Zugang – kein Kino ohne Projektionsraum. Logisch. Der plüschige Saal an Bord der *Italian Stardust* war beides, Theater und Kino, unter anderem. Also musste es diesen Projektionsraum geben. Und sie hatte ihn gefunden. Ein bisschen stolz war sie schon auf ihre detektivische Findigkeit. Sherlock Snuck, das hatte doch Klang.

Der Raum wirkte recht groß, was vor allem daran lag, dass noch keine Filmprojektoren installiert waren. Überhaupt war hier noch fast gar nichts installiert. Vermutlich eine der Ausrüstungsmaßnahmen, derentwegen das Schiff noch einige Wochen in Emden zubringen würde. Alles in allem war es schon ein Wunder, dass eine schwimmende Stadt wie diese überhaupt einmal fertig wurde. Bei aller ökologisch bedingten Ablehnung konnte sie der technischen Leistung, die dieser Koloss repräsentierte, ihre Anerkennung nicht versagen.

Die Öffnungen, durch die die Objektive der Projektoren einmal strahlen sollten, waren mit Holz verschalt. Daneben befand sich ein kleines Fenster, vermutlich als Kontrollmöglichkeit für den Filmvorführer gedacht. Die doppelte Glasscheibe ließ sich nicht öffnen. So hatte Lina zwar einigermaßen gute Sicht auf das Geschehen im Saal, hören aber konnte sie wenig.

Die Veranstaltung lief bereits. Der Saal lag im Halbdunkel, das Podium im hellen Licht verdeckt angebrachter Strahler. Der Vorhang war geöffnet worden und hatte eine riesige Leinwand enthüllt, auf der sich das Lichtbild eines offenbar provisorisch installierten Beamers etwas verloren ausnahm. Das *COLaP*-Label in teurer aussehendem Schriftschnitt, Silber auf Dunkelblau. Offenbar befand man sich noch am Beginn der Tagesordnung.

Der würdig wirkende Herr mit den eisgrauen Schläfen und der unglaublich hohen Oberlippe, der in der Mitte des Podiums saß, sprach gerade. Seine elektronisch verstärkten Worte durchdrangen das Isolierglas des Guckfensterchens nur als dumpfer, unverständlicher Schallwellenbrei. Lina ballte die

Fäuste. Mist, so dicht dran und doch so abgeschnitten! Sie erwog, die Holzverschalung einer der Projektionsöffnungen aufzubrechen. Das aber würde sicher nicht ohne Lärm abgehen. Nein, lieber nicht.

Der Redner war ihr unbekannt. Ein ganz hohes Tier bestimmt, Leitender Geschäftsführer, Aufsichtsratsvorsitzender oder so, einer von den Leuten, deren Gesichter kein normaler Mensch kennt, bis sie dann plötzlich vor Gericht stehen, weil sie durch irgendein geschicktes Manöver am Rande der Legalität mal eben einen zwei- bis dreistelligen Millionenbetrag privat eingesackt haben. Woraufhin sie dann freche Sprüche und dreiste Gesten zum Besten geben und sich mit ein paar Milliönchen aus der Portokasse eine Verfahrenseinstellung erkaufen.

So sah es aus, das System. Nett und harmlos, mit hoher, steifer Oberlippe. Lina war sich nicht einmal sicher, ob sie es hassen konnte, wenn sie es so vor sich sah. Nein, Hass spürte sie nicht. Verachtung, ja, das schon eher. Vor allem aber ungläubige Verwunderung darüber, was ihre Mitmenschen sich alles gefallen ließen.

Alle Stühle auf dem Podium waren besetzt, überwiegend von Männern. Einige davon hatte sie vorhin schon gesehen, aber nicht alle. Zum Beispiel den, der zwei Plätze rechts neben dem Redner saß. Der musste erst im letzten Moment dazugestoßen sein, sonst wäre er ihr bestimmt nicht entgangen.

Und jetzt war er doch da, der Hass.

Schlachter. Dr. Gerhard Schlachter, Rechtsanwalt. Rechtsradikaler Rechtsanwalt. Rädelsführer. Überhaupt Möchtegern-Führer. Hier spielte er nicht die erste Geige, saß hübsch eingereiht, aber immerhin schon mit vorne. Auch wenn er hier nicht das große Wort führen durfte, sondern brav warten musste, bis er an der Reihe war.

Wenn sie bis jetzt noch Zweifel gehabt hätte, dass hier etwas Illegales im Gange war, dann wären die hiermit ausgeräumt gewesen. Aber eigentlich hatte sie solche Zweifel gar nicht gehabt.

59.

Kramer hatte seine Bewegungsfreiheit zurück, trotzdem stand er in dem allgemeinen Trubel an Deck wie angewachsen. Jeder hier an Bord hatte etwas zu tun, und jeder hatte es eilig. Immer wieder wurde der Oberkommissar angerempelt, so eng ging es zu auf diesem extrem schmalen Schnellboot.

Schließlich entschied er sich doch, aufs Achterdeck zu gehen, dorthin, wo zwischen Raketenrampen und anderem Gerät wenigstens etwas mehr Decksraum zur Verfügung stand. Er tappte vorwärts, langsam und tastend, wie in Trance. Holms Worte hallten noch in seinem Kopf wider.

Die beiden Walfänger hatten endlich gestoppt und beigedreht. Hektisch wurden Boote klargemacht und zur Wasseroberfläche hinabgefiert. Holms Zeitvorgabe war inzwischen verstrichen, aber noch war kein weiterer Schuss gefallen. So wild entschlossen der Kapitänleutnant auch war, sein Vorhaben wahr zu machen und die beiden Fangschiffe zu versenken – auf Blutvergießen schien er nicht aus zu sein, solange es sich vermeiden ließ.

Was passiert wäre, wenn die Walfänger nicht doch noch nachgegeben hätten, mochte Kramer sich aber lieber nicht ausmalen.

Birger Holm ein *Wächter*! Die gekaperte *Zobel* ein Werkzeug, eine Waffe der radikalen Umweltschützer! Das Bekennerschreiben zum versenkten Emssperrwerk nichts anderes als ein von Holm initiiertes Ablenkungsmanöver! Was für eine Story. Marian Godehau hätte sich alle Finger danach geleckt. Wenn er sie nur hätte erleben können.

Hätte er, Kramer, nicht viel eher etwas merken können, hätte er nicht früher reagieren müssen? Aber nichts hatte er gemerkt, nichts als das erkannt, was es war. Stets war er seiner falschen Theorie gefolgt, geleitet von seinen eigenen Vorurteilen. Jede einzelne Beobachtung hatte er in dieses Spekulationskorsett gezwängt, notfalls mit Gewalt, bis sie passte. Wie dumm.

Jetzt wusste er wenigstens, wie es Stahnke zuweilen ging.

Umweltschützer. Was für ein Bild hatte er von denen gehabt? Latzhosenträger, Rauschebärte, Frauen mit lila Walleröcken. Typen, die sich an morsche Bäume ketteten und jede Kröte einzeln über die Straße trugen. Oder hennagefärbte Krampfhennen wie diese Angelina Snuck, zickig und engstirnig, verbiestert in den eigenen, einzig wahren Glauben wie ein fanatischer Fundamentalist. Ja, die passten gut in das Raster seiner Voreingenommenheit. Aber eine geheimbündlerische Organisation wie diese *Wächter*, hocheffizient und in ihren Kommunikationsstrukturen so anonym, dass über kleine regionale Zirkel hinaus kaum einer den anderen kannte und verraten konnte?

Und ein Actionheld wie dieser Birger Holm?

Du sollst dir kein Bildnis machen, spricht der Herr. Bilder engen ein, lassen keinen Raum für Entwicklungen und neue Erfahrungen. Und am Ende fängt man dann an, Menschen und Götter diesen Bildnissen anzupassen. Statt umgekehrt.

Auf dem Achterdeck stand Kramer erst recht im Weg, aber wenigstens konnte er sehen, was da so eilig gewerkelt wurde. Aus den Kisten, die in Emden an Bord gebracht worden waren und in denen Kramer nicht zuletzt den bewusst- oder gar leblosen Stahnke vermutet hatte, kamen nicht nur lange Transparente zum Vorschein, sondern auch riesige Rollen aus gummiartigem Material, die mit Kompressoren aufgepumpt wurden und sich als lebensgroße Walpuppen entpuppten. Buckelwale, wie es aussah, vier oder fünf Stück. Offenbar sollte die *Zobel* sie ins Schlepptau nehmen wie eine Entenmutter ihre Jungen. Ein Bild für rührselige Gemüter. Die Transparente wurden beiderseits an der Reling befestigt. »Rettet die Wale – Rettet die Welt – Rettet uns!« stand darauf. Groß genug für die Kameraobjektive in dem Presseflugzeug, das am Himmel weiter seine Schleifen zog. Vermutlich würde es bald Gesellschaft bekommen.

Aber das war noch nicht alles. Auch zwei große Schlauchboote wurden ausgepackt, stabile Dinger mit festem Boden, hohem Spritzverdeck, überdachtem Steuerstand und je zwei fetten Außenbordmotoren. Offenbar wollte Holm sich nicht nur auf das *Greenpeace*-Schiff verlassen, wenn es darum ging, sich und seine Leute in Sicherheit …

Stopp. Wenn sich die *Wächter* absetzen wollten – was bedeutete das für die *Zobel*? Was hatte Holm mit seinem Schiff vor, wenn diese Aktion beendet war?

Und was hatte er mit ihm vor?

Kramer schreckte hoch, als plötzlich wieder Backe vor ihm stand, die Pistole in der Hand.

60.

Als er das Gefühl hatte, dass der Eisblock, in den sich sein Gehirn zwischenzeitlich verwandelt hatte, wieder ausreichend angetaut war, sagte Stahnke: »So. Wir sind unter uns. Reden wir also mal Tacheles."

Minuten vorher war etwas geschehen, das diese Vereisung zwar nicht verursacht, wohl aber verstärkt hatte. Vom einfachen Gefrieren zur Drei-Sterne-Schockfrostung, sozusagen.

Verursacht worden war die Vereisung durch die indirekte Behauptung dieses adventskranzgrünen Tropfenmulators mit Namen Schulz, das mächtigste Wesen der Welt zu sein. Wobei »Welt« eine vollkommen unzulässige Eingrenzung ... Genau, das war der Moment der Vereisung gewesen.

Die schockfrostige Steigerung war erfolgt, als plötzlich dieses Ding wieder da gewesen war, als es sich von eben auf jetzt mitten im Nicht-Raum materialisiert hatte, vier Meter hoch und tiefschwarz, ohne eine definitive Form, blasig und blubbernd wie das Innere einer Lavalampe, das sich entlang einer mehr gedachten als existenten Senkrechten permanent vertikal umwälzte. Schon für sich genommen ein schockierender Anblick, noch gesteigert vom Schreck und Stahnkes Angst, von diesem Ding wiederum auf die nächste, womöglich noch unglaublichere Realitätsebene mitgerissen zu werden.

Schulz aber hatte ihm auf seine deprimierend nachsichtige Art erläutert, dass dieses Ding keineswegs ein Ding war, sondern ein Matmet namens M'nuus, seines Zeichens Tronik.

Tronik M'nuus also. Offenbar ein Kollege von Schulz, einer untergeordneten Ranges, also eine Art Assistent.

Kramer?

Nach der Vorstellung hatte sich Tronik M'nuus ohne Vorwarnung von einem vier Meter hohen Blasengewaber in ein nur halb so hohes, aber massiv aussehendes Oval verwandelt, bullig wie die Faust eines Riesen, womöglich noch schwärzer als zuvor und trotzdem von innen heraus leuchtend. Ein unter Matmeten üblicher Gruß sei das, hatte Schulz hilfsbereit gephantet, und Stahnke hatte reflexartig zurückgenickt.

Dann hatte sich Schulz entschuldigt, etwas von »dringenden Angelegenheiten« und »baldiger Rückkehr« gephantet und war verschwunden, zusammen mit seinem Tronik. Einfach so, plopp.

»Ich würde nicht sagen, dass wir unter uns sind«, antwortete Marian.

»Wieso? Dieser Schulz ist doch weg. Und sein Assi auch, dieser … Manus?«

»M'nuus«, korrigierte Marian. »Nicht leicht auszusprechen. Deshalb nennen wir ihn auch immer nur *Der Schwarze*. Er hat nichts dagegen. Ist ohnehin ein sehr geduldiger, äh, Matmet.«

Stahnke runzelte die Stirn. Wie konnte Schulz Probleme mit der Aussprache des Namens seines Assistenten haben? Zumal er doch gar nicht wirklich sprach?

»Wer, wir?«, fragte er.

»Er und ich«, lautete die Antwort.

Allerdings hatte Marian kein Wort gesagt. Er lächelte nur verlegen. Schuldbewusst. Tat er das nicht schon die ganze Zeit? Die Worte aber waren hinter Stahnkes Stirn entstanden, genau wie die von Schulz.

»Das ist JoJo«, sagte Marian. Diesmal war es wirklich er, der sprach. »Natürlich heißt er in Wirklichkeit anders, aber – na ja, so ist es einfacher für Leute wie uns. Ihm macht es nichts aus. Ist doch so, JoJo, oder?«

»Logo«, flammten die Wortsymbole. »Kein Problem, MaGo, Alter.« Daneben erschien ein weiteres Symbol, aber diesmal kein Wort, sondern ein Bild. Ein junger Mann, nein, eher ein Teenager. Ein Halbstarker, genauer gesagt, so wie er aussah mit seiner abgeschabten Nietenjacke, den Ohr- und Augenbrauenpiercings und der grünlich eingefärbten Kammfrisur.

JoJo?

»Moin«, sagte Stahnke und schluckte hart: »Alter.«

»Ey, was geht?«, kam es lässig zurückgephantet.

»JoJo, darf ich dich bitten, auf Lautsprechen umzuschalten?«, fragte Marian. »Außerdem würde sich unser Gast sicherlich wohler fühlen, wenn die Umgebung ein wenig mehr Handfestigkeit simulieren würde. Und dann wäre es schön, wenn du dich zu uns gesellen würdest.« Er lehnte sich in seiner eilfertigen Sitzschale zurück, als gäbe es nichts Selbstverständlicheres für einen Kleinstadtjournalisten, als in einem nichtirdischen Raumschiff Anordnungen zu erteilen.

Der Raum, in dem sie saßen, veränderte sich tatsächlich, schien zu schrumpfen, verlor an Durchsichtigkeit, bildete Wände, Decke und Fußboden aus. Mit den Ecken klappte es zwar nicht so ganz, immerhin aber reduzierte sich die Zahl der visuell wahrnehmbaren Dimensionen auf ein erträgliches Maß. Und es erschien eine dritte Sitzschale. Darin saß JoJo, noch legerer hingefläzt als Marian, und hob grüßend zwei Finger. »Peace.«

Es klang so respektlos, dass Stahnke breit grinsen musste.

»Ein Hologramm«, erklärte Marian. »Tatsächlich sieht JoJo ganz anders aus. Ein bisschen wie ein Heuhaufen. Das, was wir jetzt sehen, ist die Erscheinungsform, die er sich selber ausgesucht hat. Jung und alternativ, das passt zu ihm, meint er. Dabei ist er wesentlich älter als wir beide zusammen. Aber Alter ist eben auch etwas Relatives. Stimmt's, JoJo?«

»Jo, Alter«, sagte JoJo.

Jung und alternativ? Na ja, so konnte man es auch ausdrücken, dachte Stahnke. Für ihn sah das eher nach einem rotzfrechen, kleinen Punker aus. Erschrocken musterte er die Projektion. Deren Gesichtsausdruck aber blieb unverändert. Anscheinend hatte er mit der Umstellung auf »Lautsprechen«, wie Marian das genannt hatte, das Gedankenlesen eingestellt.

»Also ein weiterer Assistent des Herrn Hauptmulators«, sagte Stahnke. Er war sich nicht sicher, ob er nun Marian oder den Punker ansprechen sollte, und blieb daher vage.

»Eigentlich nicht«, sagte Marian. »Genau genommen ist JoJo

der Bordcomputer. Aber andererseits auch wieder viel mehr. Kein Gerät, sondern eine Züchtung. Und wirklich intelligent, selbst nach ulrikischen Maßstäben. Deshalb führt er auch das Kommando, wenn Schulz nicht da ist.«

»Ulrikisch?«

»Ja. Kommt von Ulriker. So nennt sich das Volk, dem Schulz angehört.« Marian zuckte die Schultern. »Frag mich nicht, warum. Vielleicht liegt's an der Übersetzung. Oder daran, dass die Sache mit Ursache und Wirkung nicht ganz so funktioniert, wie wir uns das vorstellen.«

Stahnke öffnete den Mund. Schloss ihn wieder. Wedelte mit der Hand vor seinem Gesicht herum, als wollte er einen Schleier zerknüllen. »Ist ja alles unglaublich interessant, aber so kommen wir nicht weiter. Beantworte mir erst einmal eine Frage: Wie komme ich hierher? Und wie kommst du hierher?«

»Das wären zwei Fragen«, sagte Marian. Und hob schnell die Handflächen, weil Stahnkes Gesicht sich rötete. »Okay, okay, ich versuche es ja.« Er zeigte auf Stahnke: »Du bist hier, weil der Schwarze dich aus einer parallelen Realität geholt hat. Auf Anordnung von Schulz. Was erst im zweiten Anlauf gelang, aus Gründen, auf die wir noch kommen werden. Und ich bin hier, weil ... Na ja, das ist noch etwas komplizierter. Letztlich hergebracht hat mich JoJo. Der hatte zum fraglichen Zeitpunkt hier das Kommando. So haben wir uns kennen gelernt. Wir waren uns gleich sympathisch. Haben beide eine eher kritische Einstellung zu Hierarchie und Autorität, was, Alter?«

»Und ob, Mann«, sagte JoJo.

Stahnke verstand kein Wort. Und das gefiel ihm nicht.

»Jetzt passt mal auf, Ihr beiden Unangepassten«, knurrte er. »Ich will euch mal was sagen. Irgendetwas hat mich von einem Motorrad heruntergerissen, ob vor Tagen, vor Stunden oder vor Minuten, ich weiß es nicht, und hat mich in eine Wüste geschleudert. Da bin ich dann fast ersoffen. Anschließend bin ich in einer Stadt gelandet, vermutlich der Stadt, in der ich wohne, aber es war doch eine andere Stadt, mit anderen Menschen. Und nicht nur Menschen.« Er dachte an die Riesenratte und erschauderte. Dann fiel ihm Sina ein. »Und nicht alle Menschen waren anders, jedenfalls nicht überall, aber dafür war dieses Überall … anders … denn es war eigentlich … ja nicht überall … « Er schnaufte. »Am Ende lag ich dann wieder im Wasser, im eiskalten Wasser, bin um mein Leben geschwommen, und nun sitze ich hier. Und was ich wissen will, was ich jetzt verdammt noch mal endlich wissen will, das ist: Wer hat mir das angetan?«

Die letzten Worte hatte er gebrüllt. Die Stille, die danach eintrat, dröhnte regelrecht.

Marian sagte nichts. Er schaute Stahnke nicht einmal an. Lider und Wimpern maskierten seinen Blick.

»Tja, Mann.« Das war JoJo. »Ich schätze, die das gemacht haben, das waren wir. Wir beide hier.«

61.

Was der Beamer auf die Leinwand warf, war Lina Snuck weitgehend bekannt. Die Karte mit den markierten Orten, der Ablauf- und Organisationsplan, das Projektil, das mehr denn je wie eine Flasche aussah. Und immer wieder dieser Name: *COLaPsi*.

Inzwischen hatte der mit der hohen Oberlippe seinen Vortrag beendet. Rauschender Beifall war gedämpft bis in den abgeschotteten Projektorraum gedrungen. Verschiedene Mitglieder der Podiumsbesetzung hatten seither das Wort ergriffen. Lina verstand nach wie vor nichts von dem, was da geredet wurde. Sie musste sich aufs Gucken beschränken.

Trotz der schummerigen Beleuchtung im Saal konnte sie einige der Hinterköpfe erkennen. Den der überschlanken Dame im geringelten Pullover natürlich, Annemarie Poppinga, die jeden Wortbeitrag mit eifrigem Nicken begleitete und Beifall grundsätzlich mit exaltiert erhobenen Händen spendete. Auch den von Coners, dem Bullen in Zivil. Er saß isoliert, und die Position seiner Schultern ließ erkennen, dass er die Arme über der Brust verschränkt hielt. Passte ihm etwa nicht, was da gesprochen wurde?

Der Überbreite mit dem Haifischgrinsen war andauernd im Profil zu sehen, weil er sich ständig mit seinen Nachbarn zur Rechten und zur Linken unterhielt. Nervig, solche Leute im Publikum zu haben! Aber vom Podium aus schien es keinerlei Zurechtweisung zu geben. Wahrscheinlich hatte man die Verstärkeranlage einfach weit genug aufgedreht.

Die Podiumsmannschaft schien es ihrerseits mit der Tagungsdisziplin auch nicht allzu ernst zu nehmen. Lina registrierte, dass einer der Plätze auf einmal leer war. Während ihrer Saal-Beobachtung war ihr ganz entgangen, wer sich da verdrückt hatte. Zwei Plätze rechts neben dem mit der hohen Oberlippe… Schlachter. Wo war der Nazianwalt hin?

Eine Bewegung im Saal erregte ihre Aufmerksamkeit. Jemand schob sich durch eine spärlich besetzte Stuhlreihe und nahm neben einem hochgewachsenen Mann mit rötlichen Haaren Platz. Der kahle Schädel sah sehr nach Schlachter aus. Jetzt wandte er sich seinem Nachbarn zu. Ja, Schlachter, eindeutig.

Und sein Nachbar war der junge Typ mit der Jeanskutte.

Schlachter reichte ihm etwas hinüber. Einen Umschlag, genau wie die Pulloverdame zuvor im Restaurant. Der Rothaarige öffnete das Couvert und schaute hinein. Geldscheine, ein dickes Bündel, das war auch von oben und aus größerer Entfernung eindeutig zu erkennen.

Jetzt reichte der Jüngere etwas zurück. Einen Schlüssel, Lina sah ihn blitzen. Einen Schlüssel mit einem Anhänger dran. Schlachter steckte ihn ein.

Lina Snuck hatte das Gefühl, ein Stück im Stück zu betrachten, eine Geschichte innerhalb einer anderen. Eine große Verschwörung fand hier statt, die Aufstellung einer Privatarmee, die Planung ihrer Ausrüstung und die Vorbereitung ihrer Einsätze – und innerhalb dieser großen Verschwörung fand noch eine kleine statt. Jemand kochte in der großen Feldküche sein privates Süppchen. *COLaP*-Kollaborateure auf der einen Seite, *COLaPsi*-Dissidenten auf der anderen.

Wieder rauschte Beifall auf. Das Licht im Saal wurde heller, alles erhob sich von seinen Plätzen. War etwa schon Schluss?

Lag die *Italian Stardust* womöglich bereits fest vertäut an ihrem Liegeplatz am Emder Marinekai?

Aber die Leute strömten nicht aus dem Saal heraus, sondern nur zu den Seiten, wo Getränke auf weiß gedeckten Tischen bereitstanden. Also noch nicht Schluss, nur Pause.

Wie konnte sie es nur anstellen, nicht nur zuzuschauen, sondern auch mitzuhören, wovon genau gesprochen wurde?

Jemand öffnete eine der Seitentüren. Ein paar Raucher anscheinend, die die Gelegenheit nutzen wollten.

Lina verließ eilig den Projektorraum und rannte zum nächsten Niedergang.

62.

»Sie waren hinter mir her«, berichtete Marian, nachdem Stahnke sich wieder ein bisschen beruhigt hatte. »Die *Erzengel*. Natürlich wegen der Sache mit Schlachters Bürohaus. Haben mich in Gandersum abgepasst, beim Sperrwerk, sechs oder acht Mann auf Motorrädern. Ich bin extra nachts dahin, etwas überprüfen, ohne gesehen zu werden. Hatte Setzrisse markiert, wollte nachmessen. Ich hab da nämlich gerade eine Recherche laufen ...«

»Ich weiß«, unterbrach Stahnke. »Weiter.«

»Tja, die *Erzengel* wussten das anscheinend auch«, fuhr Marian irritiert fort. »Fast wäre ich gar nicht mehr bis in meinen Dienstwagen gekommen. Einer von denen konnte mir vorher noch seine Kette durchs Gesicht ziehen. Hab geblutet wie ein Schwein. Ich war voll in Panik, bin einfach immer geradeaus gefahren, Richtung Emden. Dachte, dass ich in der belebten Innenstadt wohl sicher sein müsste. Aber in Borssum haben einige von denen schon auf mich gewartet, wahrscheinlich per Handy benachrichtigt. Mit zwei Jeeps. Ich konnte nur noch ins Hafengebiet ausweichen. Aber da waren sie auch schon. Beim Containerterminal haben sie mich dann endgültig eingekeilt.«

»Deinem Wagen war aber nichts anzusehen«, sagte Stahnke. »Außer Blutspuren natürlich.«

»Weil ich gerade noch rechtzeitig gebremst habe«, erwiderte Marian. »Rammen hatte keinen Zweck, deren Autos waren viel schwerer als meins. Aber dem einen habe ich beide Seitentüren blockiert, was mir gerade genügend Vorsprung eingebracht hat, um mich zwischen die Container zu flüchten. Dachte, da finden sie mich vielleicht nicht. War aber keine gute Idee, denn das Terminal ist natürlich eine Sackgasse, und die *Erzengel* haben den Sack dichtgemacht und das Gelände systematisch nach mir durchkämmt. Und sie hätten mich auch mit tödlicher Sicherheit gekriegt, wenn JoJo nicht gewesen wäre.«

Der Punker fläzte sich noch etwas selbstzufriedener in seinen Energiesessel und faltete die Hände auf seinem Bauch.

»Nach unseren Ermittlungen müsstest du eigentlich ins Wasser gesprungen sein«, warf Stahnke ein. »Beziehungsweise gefallen oder geworfen worden. Auch ein Boot haben wir in Erwägung gezogen. Was war es denn nun wirklich?«

»Nichts davon.« Marian schüttelte versonnen lächelnd den Kopf. »Das heißt, gesprungen bin ich, das schon. Aber gelandet bin ich hier.«

»Liniengestützte Materietransmission«, sagte JoJo. »In Nullzeit. Null Problemo.«

»Tja, und das stimmt tatsächlich«, sagte Marian. »Gemessen an den technologischen Möglichkeiten der Ulriker ist solch ein Eingriff ins Raum-Zeit-Kontinuum wirklich ein Klacks.«

»Das heißt, sie können … beamen? So wie in *Beam me up, Scotty*?«

»Ja, das können sie", erwiderte Marian. »Und zwar mit solcher Selbstverständlichkeit, dass sie nicht einmal einen eigenen Begriff dafür haben. Für sie fällt das einfach unter *holen* und *bringen*.« Dann grinste er und hob besserwisserisch den Zeigefinger: »Außerdem hat Captain Kirk das mit dem Beamen praktisch nie so gesagt. Der Spruch geht so: *Scotty, energy*!«

Ärgerlich wischte Stahnke den Einwand beiseite. »Na toll. Masse ohne Zeitverlust und ohne ein herkömmliches Transportmittel über große Entfernungen zu bewegen, ist also keiner Erwähnung wert. Dann erzähl mir doch mal, was sie sonst noch so alles können, diese Superhelden!«

Stahnkes Sarkasmus glitt an Marian spur- und wirkungslos ab. »Die Ulriker können«, sagte er mit ernster Miene und in geradezu pastoralem Tonfall, »jeden beliebigen Punkt des Universums zu jedem gewünschten Zeitpunkt erreichen und dort praktisch alles tun, was sie wollen. Das heißt, ich muss mich korrigieren: Jeden Punkt jedes beliebigen Universums.«

Der Punker grinste überbreit: »He, MaGo, jetzt glaubt er, du spinnst.«

»Aber JoJo!« Jetzt wirkte Marian wie ein alternativer Lehrer, dem schmerzlich bewusst wird, dass es ganz ohne repressive Autorität nicht geht – zumindest gelegentlich. »Du solltest dich doch aufs Lautsprechen beschränken!« Und, zu Stahnke gewandt: »Das Problem bei diesen bionisch gezüchteten Supercomputern ist, dass sie auch so etwas wie eine Pubertät haben. Genau in dieser Phase ist JoJo jetzt. Ein widerborstiges, hochbegabtes, pubertierendes Gör eben.«

JoJo verdrehte die Augen und streckte die Zunge heraus.

Stahnke hatte nur mit einem Ohr zugehört. »Wenn ich dich richtig verstanden habe«, sagte er, »und wenn du nicht spinnst – *falls* du nicht spinnst –, dann hast du soeben Allmacht definiert, richtig? Da drängt sich mir eine Frage auf. Dieser Schulz, ist er etwa – Gott?«

Die Frage schien Marian nicht zu überraschen. »Theoretisch ja«, antwortete er, »praktisch aber eher das Gegenteil.«

JoJo prustete los. Er legte beide Hände an seine Schläfen, die Zeigefinger nach oben gestreckt.

»Du sollst doch nicht espern«, tadelte Marian ihn milde. »Aber nein, ich meine nicht den Teufel. Mit Gegenteil meine ich, dass Schulz einer derjenigen ist, die dafür sorgen, dass es keinen Gott gibt.«

»Ich bin Atheist«, sagte Stahnke. »Ich glaube eh an keinen Gott. Von mir aus muss keiner dafür sorgen.«

»Moment.« Marian hob abwehrend die Hände. »Ich rede hier nicht von spirituellen Dingen, sondern von praktischen. Schau dir doch mal die Götter an, die auf der Erde so verehrt wurden oder werden. Allesamt mächtige Geschöpfe, den Menschen an Kraft, Verstand und Möglichkeiten weit überlegen. Und diese Fähigkeiten haben sie eingesetzt, um die Menschen zu beeinflussen, zu beherrschen, sie sich zu unterwerfen und sich von ihnen verehren zu lassen. So heißt es doch in den diversen heiligen Büchern und Überlieferungen. Richtig?«

»Nur teilweise«, sagte Stahnke. »Manche Götter wollen doch auch nur das Beste für die Menschen. Sie vor sich selber und ihresgleichen schützen, zum Beispiel.« Was für ein Witz, dass ausgerechnet er als Atheist hier den Advocatus Diaboli spielte – oder Advocatus Dei? –, denn eigentlich war er ja vollkommen Marians Meinung.

»Tja, das sagen sie!«, trumpfte der auf. »Aber was sie dann tun, steht doch auf einem völlig anderen Blatt. Auf Religionen bezogen meine ich natürlich: was irgendwelche selbstgerechten Menschen in Gottes Namen tun. Ist dir noch nicht aufgefallen, dass es da ganz große Parallelen zum Kolonialismus gibt? Andere Menschen, andere Völker beherrschen, von sich abhängig machen, sie ausplündern und für sich arbeiten lassen – und am Ende dann auch noch verlangen, dafür von ihnen verehrt zu werden! Das trifft doch auf materialistischen Kolonialismus und religiöse Missionierung gleichermaßen zu, oder etwa nicht? Deswegen traten beide doch meist auch zusammen auf.«

Gerne hätte Stahnke etwas dagegen eingewandt, aber es fiel ihm nichts ein. Also nickte er bloß.

»Siehst du!«, triumphierte Marian. »Was glaubst du wohl, wie viele Rassen und Völker es im Universum gibt, die uns Menschen überlegen sind? Und wie viele davon keinerlei Skrupel hätten, genau das mit der Erde zu machen, was die Europäer früher mit ihren Kolonien in Afrika, Südamerika und Asien gemacht haben?«

»Keine Ahnung«, sagte Stahnke.

»Ich auch nicht«, gab Marian zu.

»Eine Million dreihunderttausendfünfhundertfünfundsiebzig«, sagte JoJo. »Das heißt – jetzt minus eins. Eine der betreffenden Zivilisationen wurde ausgelöscht. Diese Information wurde soeben in den Wissenspool eingespeist.«

»Atomkrieg?«, fragte Marian mit vor Schreck geweiteten Augen.

»Nein, Klimakatastrophe.« JoJo zuckte die Schultern. »Manche lernen's eben nicht.«

»Bleiben wir bei den über eine Million anderen«, sagte Stahnke. »Die wären also technisch und moralisch in der Lage, die Menschheit zu unterwerfen und auszubeuten? Warum tun sie das dann nicht?«

»Och, in der Vergangenheit wurden durchaus Vorstöße in diese Richtung gemacht«, erklärte Marian. »Überall auf der Erde finden sich doch Hinweise auf solche Versuche. Diese Pyramiden überall sind nur einige Beispiele. So etwas baut doch keiner zum Spaß! Eine Menge davon steht übrigens in Erich von Dänikens Büchern. *Waren die Götter Astronauten?* und so. Glaubst du, der hat sich das alles nur ausgedacht?«

»Ja, genau davon bin ich eigentlich ausgegangen«, erwiderte Stahnke.

»Ist auch so«, warf JoJo ein. »Trotzdem stimmt so einiges, jedenfalls halbwegs. Manches zufällig, manches war einfach unübersehbar.«

»Du kennst die Bücher?«, fragte Stahnke ungläubig.

»Klar«, antwortete JoJo. »Jede Zeile.«

»Von Dänikens Büchern?«

»Von sämtlichen Büchern.«

»Von *sämtlichen Büchern der Erde*?« Stahnke schrie es fast heraus.

»Ja«, sagte JoJo. »Unter anderem.«

»Wie auch immer.« Stahnke rieb sich die Schläfen. Sein Kopf fühlte sich an, als befände sich bereits ein Großteil der irdischen Literatur darin und drängte vehement auf Expansion. »Diese intergalaktischen Kolonialisten. Wenn sie früher hier auf der Erde gewesen sind – warum kommen sie denn heute nicht mehr?«

»Weil heute die Ulriker das gesamte universelle Liniensystem beherrschen«, sagte Marian. »Und nicht nur das, sondern auch den Schlüssel dazu.«

»*Die* Schlüssel«, warf JoJo ein. »Früher war es einmal *der* Große Schlüssel, aber dann wurde er aufgeteilt. Aus Sicherheitsgründen. Jetzt gibt es sieben.«

63.

Backe guckte nicht unfreundlich, aber das tat er eigentlich nie, egal, was er gerade vorhatte. Auch das schwarze Auge der Pistolenöffnung sah eigentlich immer gleich aus, wenn man hineinblickte. Nämlich niemals freundlich.

Spuren verwischen, dachte Kramer. Na klar. Nützen wird euch das nichts, man wird euch trotzdem kriegen. Aber was habe ich dann davon?

Backes Hand zuckte. Kramer kniff die Augen zusammen.

Als er sie wieder öffnete, hatte der Riese die Waffe um seinen Zeigefinger wirbeln lassen und hielt sie ihm hin, Griff nach vorne. »Hier«, sagte er. »Birger sagt, ich soll sie dir wiedergeben.«

Zögernd griff Kramer zu. Erst, als Backe den Lauf losgelassen hatte, glaubte er wirklich daran, seine Dienstwaffe wieder in seinem Besitz zu haben.

Backe wandte sich ab. Das schwarze Auge zeigte jetzt auf seinen breiten Rücken. Was hatte das zu bedeuten? Warum hielt man ihn, Kramer, jetzt plötzlich für ungefährlich? Glaubte dieser Holm etwa, ihn durch seine schlichte Behauptung, die Welt retten zu wollen, so mir nichts, dir nichts zum Verbündeten gewonnen zu haben?

Da drehte sich Backe noch einmal um. Wieder streckte er ihm etwas hin, wieder einen Gegenstand aus Metall. »Hätte ich fast vergessen«, knurrte er dazu.

Das Magazin. Kramer spürte, wie ihm das Blut in die Wangen schoss. Wütend grabschte er nach dem Ding, steckte es in die Aussparung des Pistolengriffs, hieb mit der flachen Hand drauf und hob erneut das schwarze Auge. Sollte er?

Ein infernalisches Heulen zerriss ihm fast die Trommelfelle. Etwas donnerte über ihn hinweg, so laut und so schnell, dass sein instinktives Ducken viel zu spät kam und absolut lächerlich wirkte. Ein schneller Rundblick zeigte ihm, dass niemand an Deck diesen Reflex hatte unterdrücken können, auch Backe nicht.

Das war kein Kanonenschuss gewesen. Aber auch keine

Rakete.

»Tornados«, rief Backe, ebenso wie Kramer immer noch halb taub von der unglaublichen Lärmschleppe, die die beiden Tiefflieger über sie hinweggezogen hatten. »Düsenjäger der Luftwaffe. Scheiße, jetzt wird es ernst.« Er drehte sich um und formte mit beiden Händen einen Trichter um seinen Mund: »Los, die Boote klar! Alles andere liegen lassen!«

»Glauben Sie, die feuern auf uns?« Kramer spürte, wie die Angst nach seinem Magen und seinen Hoden griff. Fest, sehr fest. »Werden die uns versenken?«

»Vielleicht«, sagte Backe. »Ich meine, vielleicht jetzt gleich. Aber wenn wir erst die beiden Walfänger ausgeknockt haben, dann bestimmt.«

Kramer starrte auf die Pistole in seiner Hand. Wie lächerlich die plötzlich aussah! Er steckte sie in seinen Hosenbund.

»Wird Holm verhandeln?«, fragte er.

Backe lachte kurz und spöttisch auf. »Nie. Das hat er doch vorher gewusst, dass das passieren würde, nur vielleicht nicht, wie schnell. Verhandelt wird nicht, das war uns allen von Anfang an klar.« Er zog seine abgeschabte Lederjacke zurecht. Eine Geste, die für ihn ungewöhnlich war und seine Entschlossenheit ganz anschaulich unterstrich. »Jetzt kommt es nur noch darauf an, als Erster zu schießen. Und dann nichts wie von Bord.«

Drüben stießen die Walfänger-Beiboote gerade von den Bordwänden der ohne Fahrt in der Nordseedünung dümpelnden Schiffe ab. Offenbar war man Holms Aufforderung nachgekommen.

Ein paar Meter Sicherheitsabstand noch, dann hatte die *Zobel* freies Schussfeld.

»Ach ja.« Noch einmal streckte Backe Kramer die Hand hin. »Das hier gehört auch noch dir.«

Es klingelte metallen in Kramer Handfläche, und es schimmerte golden. Es waren die Patronen, die Backe aus seinem Magazin entfernt hatte.

64.

»Sieben Schlüssel, richtig«, sagte Marian. »Natürlich darf man sich diese Schlüssel nicht als Schlüssel vorstellen, wie wir sie kennen. Das sind sie nicht. Genau genommen sind sie nicht einmal Dinge, sondern eher … na, sagen wir mal eigenwillige Nuancen im Wechselverhältnis energetischer Rhythmen. So hat Schulz mir das jedenfalls erklärt. Wahrscheinlich, weil er wusste, dass ich auf gar keinen Fall etwas damit anfangen kann.«

»Schön.« Stahnke hatte sich vorgenommen, ausschließlich auf Praktisches abzuheben. Alles andere drohte ihn das letzte bisschen Verstand zu kosten. »Und was können sie nun, diese sieben Schlüssel?«

»Sie kontrollieren das gesamte System der intergalaktischen Kraftlinien«, sagte Marian. »Und damit unter anderem auch die überlichtschnelle Kommunikation, Kraftschöpfung und Fortbewegung im Universum. Oder, wie manche letzteres bezeichnen, die interstellare Linienschifferei.«

»Das heißt also, wenn die Ulriker nicht wollen, kann keiner von einem Sonnensystem zum anderen reisen? Dann sitzt jede Zivilisation auf ihrem Heimatplaneten fest, isoliert von allen anderen?«

»So sieht's aus«, bestätigte JoJo.

»Eine gewaltige Machtposition«, sagte Stahnke.

Marian nickte. »Und das Schöne daran ist, dass sie die gar nicht wollen.«

»Wie bitte? Wie kann man so viel Macht nicht wollen? Damit kann man doch – na, alles Mögliche anfangen!«

»Das ist es ja eben«, sagte Marian. »Bei dermaßen viel Macht ist Missbrauch doch praktisch programmiert. Es sei denn, diese Macht liegt in den Händen von Wesen, die keinerlei Interesse daran haben.«

»Die nicht einmal Hände haben!«, prustete JoJo los.

Marian ignorierte ihn. »Wesen, die andererseits aber pflichtbewusst genug sind, diese Macht entsprechend den festgesetzten Regeln auszuüben und zu überwachen. Und denen die Schlüsselgewalt zu entziehen, die sie missbrauchen. Oder Missbrauch auch nur planen.«

»Tja, planen reicht schon.« JoJo feixte schon wieder. »Schulz ist da völlig humorfrei, und der Linien-Infopool ist unerbittlich. Er funktioniert in alle Richtungen und in allen Dimensionen. Vorwärts, rückwärts, seitwärts – ach, den Rest kennt ihr ja gar nicht. Paralleldimensionen, Möglichkeitsuniversen, Konsequenzräume, Entscheidungsweichen. Da wird's doch erst richtig interessant.«

»Immerhin kennen wir noch die Zeit«, sagte Marian gekränkt.

»Ja, das glaubt ihr!«

»Ruhe!!« Stahnke platzte der Kragen. »So so, also humorfrei und regelkonform ist er, dieser Herr Schulz. Ach was! War das etwa regelkonform, was da mit mir gemacht wurde? Diese Realitätsverzerrungen, diese Sprünge, diese Stürze, dieses … dieses ganze Affentheater? Ertränkt, versengt, überfahren, überfallen und fast gefressen werden, Leute, das ist kein Spaß!«

»Humorfrei, genau«, sagte JoJo.

»Moment«, sagte Marian. »Damit hatte Schulz ja überhaupt nichts zu tun. Das alles passierte – na ja, hinter seinem Rücken, sozusagen.«

»Wo immer der auch sein mag«, ergänzte JoJo.

»Gut.« Stahnke verschränkte seine Finger und ließ die Gelenke krachen. »Hinter dem Rücken, also ohne Wissen eines Allwissenden und Allmächtigen. Welchen Teil dieser widersprüchlichen Behauptung soll ich denn, bitteschön, glauben?«

»Ich würd's ja nicht behaupten, wenn es nicht so wäre«, druckste Marian. »Weißt du … du kennst doch das Gedicht vom Zauberlehrling, nicht wahr? Von Goethe?«

JoJo richtete seinen Blick zur Decke und deklamierte: »Hat der alte Hexenmeister / Sich doch einmal wegbegeben / Und jetzt sollen seine Geister / Auch nach meinem Willen leben.«

Jetzt endlich schwante Stahnke etwas. Reichlich spät, fand er selber, denn immerhin hatte Marian es schon zweimal zugegeben. »Du willst sagen, ihr beide, also JoJo und du, habt euch dieser Macht bedient?«

Marian nickte nur. JoJo schwieg verstockt.

Stahnke vergrub sein Gesicht in den Handflächen.

»Wie gesagt, die Versuchung, die von dieser unglaublichen Machtfülle ausgeht, ist gewaltig«, sagte Marian dann. »Du weißt doch selbst, was da unten bei uns auf der Erde so alles schief läuft. Hast du dir nicht auch schon oft gewünscht, du hättest die Macht, einiges davon zum Besseren zu wenden? Oder am besten gleich alles?«

»Ich bin Polizist«, antwortete Stahnke. »Ich übe Macht aus. In kleinem Rahmen und nach festen Regeln, aber immerhin, ein bisschen was verbessern kann ich schon. Und du bist Journalist. Nennt man euch nicht sogar *Die vierte Gewalt*? Erzähl mir nicht, du hättest keinen Einfluss.«

»Ach, das meine ich doch nicht. Du nimmst Verbrecher fest, ich verbreite Informationen und eine kleine Prise Meinung. Was ist das schon? Hast du etwa das Gefühl, wir können irgendwas Wesentliches verändern?«

Nein, dachte Stahnke und schwieg.

»Als mir bewusst wurde, was die Macht der Ulriker alles vermag, war der Wunsch sofort da, sie zu benutzen. Und der Wunsch wurde übermächtig, als JoJo mir erzählte, dass er in Abwesenheit des Hauptmulators hier das Kommando hat. Und nicht nur das. In seiner Doppelfunktion als bionisches Wesen und Schiffscomputer kann er nicht nur selbstständig handeln, sondern dieses Handeln auch gegenüber Schulz und der Info-Pool-Sensorik kaschieren. Jedenfalls eine Zeit lang.«

»Ja! Wenn ihr so von Zeit redet …« JoJo schien sich köstlich zu amüsieren.

»Und das bedeutet?« Stahnke war nicht bereit, sich ablenken zu lassen.

»JoJo und ich, wir haben uns angefreundet. Er hat mir erzählt, dass er in Wirklichkeit von der offiziellen Ulriker-Politik der strikten Nichteinmischung in innerplanetarische Angelegenheiten gar nichts hält. Er würde auch lieber eingreifen und Missstände verbessern, genau wie ich.«

»Meine Züchter nennen das *mentalpubertäre Überreaktionen* und meinen, das würde sich von alleine verwachsen«, warf JoJo ein. »Deshalb haben sie es mir nicht wegprogrammiert. Tja, ihr Pech.«

»Verstehe«, sagte Stahnke. »Und so seid ihr beide also los und habt mal eben ein bisschen Gott gespielt.«

»Wieso los?«, fragte JoJo. »Das ging doch alles bequem von hier aus.«

»Angefangen haben wir mit dem Emssperrwerk«, berichtete Marian. »Quasi als Test. Eigentlich wollte ich's zuerst ja nur ein bisschen absacken lassen, einen halben Meter oder so. Aber als ich dann sah, wie einfach das geht …«

»Und warum? Oder soll ich das etwa als Rückfall in jugendliche Zerstörungswut werten?«

»Auf gar keinen Fall!« Marian sah richtig empört aus. »Dieses Sperrwerk ist für mich ein Symbol all dessen, was bei uns falsch läuft. Es wurde mit Steuergeldern bezahlt, dient aber ausschließlich der Industrie. Dass dabei ein ganzer Fluss in Mitleidenschaft gezogen wird, interessiert nicht. Typisch, Kapitalinteressen und Arbeitsplätze gehen vor natürlichen Lebensgrundlagen. Und die Industrie muss nicht einmal eine echte Gegenleistung erbringen! Keiner der Arbeitsplätze, mit denen sich die Politik hat erpressen lassen, ist im Gegenzug garantiert worden! Und dann wird das Ganze auch noch als Küstenschutzmaßnahme angepriesen. Dabei ist, wie sich bereits erwiesen hat, der Schaden mindestens ebenso groß wie der Nutzen! Leer bleibt trocken, dafür läuft das Wasser in Emden umso schneller auf. Wo ist denn da der Sinn?«

Stahnke verschränkte die Arme. »Es hat vor dem Bau Entscheidungsprozesse gegeben, erinnerst du dich? Politische, juristische, öffentliche. Die Mehrheit war letztlich dafür, und zwar deutlich. Das nennt sich Demokratie, erinnerst du dich?«

Marian antwortete nicht. Sein Gesicht rötete sich.

»Aber wenn man die Macht hat, was kümmern einen dann noch Mehrheiten, richtig?«

Marians Wangen schienen in Flammen zu stehen.

»Na schön«, sagte Stahnke. »Weiter.«

»Am besten fand ich das mit der Bohrinsel«, schaltete sich JoJo ein. »Simple Desintegration auf molekularer Ebene – und zack! Weg war das Ding. Wenn's nach mir gegangen wäre, hätten wir das gleich flächendeckend machen können. Aber Marian meinte ja, wir müssten erst klarstellen, dass die Leute auf diesen Bohrinseln auch mit Sicherheit gerettet werden. Dabei hat das doch geklappt beim ersten Versuch.«

»Stimmt, aber es war viel Glück dabei. War mir vorher nicht richtig bewusst, in welche Gefahr wir die Menschen bringen würden«, sagte Marian ziemlich kleinlaut. »Deshalb haben wir anschließend erst einmal die Netze von einigen Hochseetrawlern verschwinden lassen. Gammelfischer, weißt du, so nennt man solche Typen, die mit engmaschigen Riesennetzen alles einsacken, was herumschwimmt, und damit die Brut ganzer Arten vernichten, nur damit nachher Fischmehl für Tierfutter draus gemacht wird. Solche Leute sind schuld, wenn die Meere demnächst leergefischt sind! Die haben schön blöd geguckt, als sie ihre kilometerlangen Netze plötzlich nicht mehr finden konnten. Das war gut, das würde ich jederzeit wieder machen! Und dann haben wir diese veralteten Tanker sabotiert. Einfach die Kolben aus den Maschinen verschwinden lassen! Na, da war vielleicht Panik angesagt.« Jetzt klang Marian schon wieder lebhafter.

»Und England hat darauf gleich mit Säbelrasseln reagiert«, sagte Stahnke. »Stand ein kleiner Anti-Terror-Krieg auch mit auf der Agenda?«

Marian schlug die Augen nieder.

»Und was sollte das eigentlich mit diesem Kümo?«, hakte Stahnke nach. »Dieser kleine Tanker, der immer noch in Emden auf dem Parkplatz steht? Das wart ihr doch auch, oder etwa nicht?«

»Klar waren wir das«, brüstete sich JoJo. »Cool, was?«

»Ach, das.« Marians Verlegenheit steigerte sich immer weiter. »Na ja, das war – wie soll ich sagen? Schadensbegrenzung. Wenn auch eine etwas missglückte. Es ist nämlich so, dass dieser Tanker extrem giftige Chemikalien für die *COLaP* an Bord hatte. Beziehungsweise immer noch hat, nehme ich an. Und weil dieses Schiff von diesem plötzlichen Sturm überrascht wurde und im Begriff war zu sinken, drohte eine Umweltkatastrophe unglaublichen Ausmaßes. Die gesamte holländische und große Teile der deutschen Nordseeküste wären auf einen Schlag biologisch tot gewesen. Und genau das wollten wir ja verhindern, also mussten wir etwas unternehmen. Als ich JoJo dann bat, das Schiff in Sicherheit zu bringen, muss ich mich wohl etwas undeutlich ausgedrückt haben. Tja. Als ich merkte, was passiert war, war's zu spät, noch etwas daran zu ändern.«

»Du hast an Emden gedacht, eindeutig«, sagte JoJo. »Also habe ich das Schiffchen dorthin gebracht.«

»Aber bestimmt habe ich nicht an den Parkplatz gedacht, du ...!«

»He, ja? Ein bisschen Spaß sollte die Sache doch auch machen. Hast du jedenfalls immer behauptet. Damit ich mitmache, logo. Und jetzt willst du's plötzlich nicht wahrhaben. Typisch Erwachsener!«

»Na hör mal, was heißt das denn? Du bist doch mindestens fünfhundert Jahre älter als ich.«

»Stopp.« Stahnke hob die Hand. »Da ist mir gerade ein Detail aufgefallen, das noch einmal verdeutlicht werden sollte. Du sagtest, Marian, ihr hättet eingreifen *müssen*. Da höre ich Verantwortung heraus. Und vermute mal, dass dieser Sturm, der so plötzlich und heftig kam, ohne dass die Meteorologen ihn vorhergesagt hätten, auch auf euer Konto ging. Richtig?«

Marian öffnete kopfschüttelnd den Mund, aber JoJo kam ihm zuvor. »Na klar. Darauf war er doch ganz besonders erpicht, unser Erwachsener. Ich musste sogar M'nuus einspannen, weil der sich am besten mit der Wolkentrapuzieranlage auskennt. Willst du das jetzt etwa auch abstreiten? Oder mir in die Schuhe schieben?« Plötzlich lachte er wieder: »Ha, Schuhe!«

Marian klappte den Mund auf und zu und rang die Hände.

»Weil ihr ja von hier oben angeblich alles sehen könnt«, sagte Stahnke langsam und drohend, »gehe ich mal davon aus, dass ihr genau wusstet, dass ich zu diesem Zeitpunkt gerade kein Dach auf dem Haus hatte. Also, was sollte das?«

»Wegen Lina«, platzte Marian heraus. »Weil du sie doch so unter Druck gesetzt hast. Und ihr keine Frist gewähren wolltest.«

»So. Dann hast du mir also einen Denkzettel erteilen wollen?« In Stahnke konkurrierten Wut und tiefgreifende Verständnislosigkeit. »Dass Lina Snuck nach diesem Gespräch bei *Cassi* spurlos aus dem Damenklo verschwunden ist, das wart ihr natürlich auch. Mann, habt ihr uns blöd aussehen lassen!«

»Ich habe sie in dieses Indianerzelt gebracht. Zweimal. Wenigstens das war unserem Herrn Erwachsenen hier genehm. Vermutlich, weil er eine sehr erwachsene Erinnerung an diesen Ort hat.« JoJos Pikiertheit hörte sich zunehmend gespielt an.

»Und sonst? Die Geisterwolke, der große Stromausfall? Was habt ihr euch denn dabei gedacht?«

»Die Geisterwolke war vor meiner Zeit hier«, wehrte Marian ab. »Und der Stromausfall kam zustande, als wir bei einer unserer Aktionen eine kosmische Energielinie aktiviert haben, die zufällig gerade zu nah an der Erdumlaufbahn lag. Kleiner Berechnungsfehler, hat JoJo gemeint.«

»Na ja, so'n ganz kleiner auch wieder nicht«, sagte der holografische Punker. »Ist mir sogar fast peinlich. Aber was soll's, ist gelaufen. Und die Geisterwolke, die geht ausnahmsweise mal nicht auf meine Kappe. Das war der große Meister Schulz persönlich. Hat bei einer routinemäßigen Schlüsselinspektion geschlampt.«

»Schlüsselinspektion?«, fragte Stahnke.

»Genau«, antwortete JoJo. »Unter dem Emder Hafen liegt doch der Siebte Schlüssel verborgen. Wisst ihr natürlich nicht, für euch ist das Ding auch nicht wahrnehmbar. Früher, vor der Teilung des Schlüssels, war das ganze Ding sogar eine Weile in Ostfriesland versteckt. In so einem kleinen Hügel in Leer, glaube ich. Gab dann irgendwie Probleme. Aber auch jetzt ist einer der sieben Schlüssel noch hier. Genau da, wo jetzt das Containerterminal ist.«

»Und deshalb bin ich jetzt auch hier auf dem Linienschiff«, sagte Marian. »Weil ich in dem Moment, als ich dachte, jetzt ist alles aus, so intensiv an den siebten Schlüssel gedacht habe. Allerdings nicht an *den* Schlüssel, sondern an meinen eigenen. Den siebten an meinem Bund. Den, der zu dem Vorhängeschloss gehört, das Lina um den Hals trägt. Schlüssel und Schloss, Symbole unserer Verbundenheit.« Er räusperte sich. »Natürlich habe ich eigentlich nur ihretwegen an diesen Schlüssel gedacht.«

»Der siebte Schlüssel!« Plötzlich fiel es Stahnke wieder ein. »Ich habe auch intensiv an das Ding gedacht, als ich gerade am Terminal war. Nämlich an *deinen* siebten Schlüssel. Äh – deinetwegen. Mit deiner Angelina hatte das nichts zu tun, nur dass du's weißt.«

»Wenn das an dieser Stelle passiert, werden wir immer hellhörig«, sagte JoJo. »Allerdings hätte es wohl ausgereicht, dich zu beobachten, muss ich zugeben. Die Transporteraktion war natürlich ein bisschen voreilig. Und weil M'nuus etwas gemerkt hat und Schulz auch gerade zurückkehrte, haben wir versucht, die Sache ein wenig zu vertuschen. Daher deine Reise durch die diversen Realitäten. War doch interessant, nicht? Vor allem gegen Ende. Da war M'nuus uns schon auf den Fersen, aber einen Sprung haben wir trotzdem noch geschafft.«

JoJos Lächeln war entwaffnend, und das war auch nötig, denn in Stahnke brodelte es mal wieder.

»Was du gesehen und erlebt hast, waren Alternativen«, fuhr JoJo fort. »Möglichkeiten, materialisiert in Paralleldimensionen. Wie deine Heimat heute aussehen könnte, wenn bestimmte Entscheidungen anders getroffen worden wären.«

»Meine Heimat? Es war also wirklich immer Leer?«, fragte Stahnke. »Und immer heute?«

JoJo nickte. »Und? War's schlimm?«

»Furchtbar«, sagte Stahnke. Dann fiel ihm Sina ein. »Überwiegend. Aber nicht alles. Es gab auch ...«

»Klar«, sagte JoJo. »Es gibt auch gute Entscheidungen. Bloß sind das nicht immer die angenehmsten. Darum sind schlechte Entscheidungen häufiger. Mehrheitlich getroffen oder nicht.«

»Wer sagt das?«

»Die Statistik.«

Marian schaltete sich wieder ein. »Wir haben lange nicht nach Lina geschaut. Was macht sie gerade?«

Plötzlich hing ein transparenter Kubus im Raum, scheinbar substanzlos, ohne Ecken und Kanten mit vermutlich viel zu vielen Dimensionen. Das Bild, das er zeigte, hatte deren drei, so viel war sicher. Ein großes, weißes Schiff mit einem Haifischmaul am Bug war zu sehen, die *Italian Stardust*, die gerade im Emder Hafen vertäut wurde. Im nächsten Moment war der Kreuzfahrtriese verschwunden, dafür sah man Lina Snuck durch einen palisandergetäfelten Gang huschen.

»Immer noch an Bord, Detektiv spielen«, sagte JoJo. »Kein Grund zur Panik, Loverboy.«

»Hey, ja? Etwas mehr Respekt bitte!«

JoJo schnaubte verächtlich durch die Nase. »Erwachsener!«

»Zeig uns lieber mal, was Birger Holm so treibt«, sagte Marian.

Das Panorama, das der Kubus jetzt zeigte, war grandios, vor allem, weil sämtliche Einzelheiten in gleicher, gestochen scharfer Deutlichkeit und Dimension zu sehen waren, ganz egal, ob sie dem Betrachter näher oder ferner waren. Ein strahlend blaues, sanft bewegtes Meer, eine große Herde majestätischer Wale – teils aufgetaucht schwimmend, teils weit unterhalb des Meeresspiegels, ausnahmslos detailliert zu erkennen –, drei Schiffe, die sich ohne Fahrt in der langen Dünung wiegten, Boote, die von zweien der Schiffe fortstrebten. Und ein Kriegsschiff, das die Szenerie langsam und lauernd umkreiste wie ein Raubtier den Pferch, niedrig, schlank und grau wie ein geduckter Wolf. Lediglich die aufgeblasenen Wal-Attrappen, die die *Zobel* im Schlepp hatte, passten nichts ins Bild. Wer hatte bloß diese blödsinnige Idee gehabt?

Auf dem Achterdeck des Schnellboots war Betrieb. Stahnke konnte Backe erkennen und seltsamerweise auch Kramer. Was hatte der denn da verloren? Und er konnte sehen, was die Besatzungsmitglieder gerade taten.

»Sie machen die Raketen scharf«, stöhnte Stahnke. »Teufel, was haben die vor?«

»Die Walfänger versenken«, sagte Marian dumpf.

»Wie bitte? Wusstest du davon?«

»Wir haben bei den *Wächtern* solche und ähnliche Vorhaben diskutiert«, sagte Marian leise. »Weil gewaltlose Demos auf Dauer ja doch nichts bringen. Da lachen die Typen doch drüber. Viele von uns sind schon lange dafür, rücksichtsloser zuzuschlagen. Verdammt, was tun die anderen denn? Für die ist Rücksicht doch überhaupt ein Fremdwort!«

Das Kubus-Panorama dehnte sich aus, ohne dass die bisher gezeigten Details an Größe und Klarheit eingebüßt hätten. Multidimensionalität oder Hexerei, das war Stahnke jetzt egal. Mehr und mehr Schiffe kamen in Sicht, die meisten davon

von gleicher oder ähnlicher Bauart wie die beiden verlassenen Walfänger. Zwei der Schiffe waren ungleich größer und plumper. Militärflugzeuge donnerten über die Szene hinweg. Stahnke zählte sechs Maschinen.

»Das Kriegsschiff hat soeben die Besatzungen sämtlicher Walfang- und Fabrikschiffe im Bereich der Doggerbank zum Stoppen und Ausschiffen aufgefordert«, meldete JoJo. »Die Norweger wollen Folge leisten, die Isländer weigern sich. Und die *Zobel* wird gleich feuern.«

»Auf die beiden Gestoppten?«, fragte Stahnke.

»Auf die auch«, sagte JoJo. »Holm will sämtliche Raketen abschießen, die er hat. Unter anderem auf beide Fabrikschiffe. Er denkt, dass er sich beeilen muss, wegen der Kampfflugzeuge. Und damit hat er auch vollkommen recht.«

»Da wird Blut fließen«, sagte Stahnke. »Viel Blut. Und danach werden sich Umweltschützer auf Jahre hinaus nirgendwo mehr blicken lassen können, jedenfalls nicht bei uns an der Küste. Ist dir klar, was *das* für unseren Planeten bedeutet?«

Marian nickte. »Was sollen wir tun?«

65.

Die Pause war kurz gewesen, gerade mal eine Zigarettenlänge. Als Lina an der offen stehenden Seitentür eintraf, strebte alles bereits wieder den Sitzen zu. Schnell schlüpfte sie in den Saal, ehe die Türen wieder geschlossen wurden.

Mütze und Schlabbershirt hatte sie unterwegs abgelegt und in einer vollgerümpelten Ecke entsorgt. Damit war ihre Tarnung zwar futsch, aber in diesem nach körperlicher Arbeit aussehenden Aufzug wäre sie in dieser Umgebung eindeutig zu sehr aufgefallen. Ihr eigenes Outfit war zwar auch etwas zu sportlich-leger für den Anlass, aber jungen Frauen ließ man in dieser Hinsicht einiges durchgehen, das wusste sie aus Erfahrung. Hauptsache, sie lief jetzt niemandem in die

Arme, der sie identifizieren konnte. Den Kuttenträger hatte sie im Blick, ebenso die Dame im Ringelpullover. Beide hatte ihre Aufmerksamkeit bereits wieder dem Podium zugewandt. Fehlte nur noch ...

Eine breite Hand legte sich schwer auf ihre linke Schulter. Eine zweite Hand umklammerte ihren rechten Ellbogen wie ein Schraubstock.

»Sie können es sich aussuchen«, ertönte eine tiefe Stimme ziemlich hoch über ihrem Hinterkopf. »Mit Aufsehen oder ohne. Aber eins steht fest, noch einmal gehen Sie mir nicht durch die Lappen.«

Coners, natürlich. Verdammt. Wofür hielt der sich denn, für den großen bösen Wolf?

Aber es war etwas dran an dem, was er sagte. Seine Position war gut, er hatte sie buchstäblich fest im Griff, und ohne Bewegungsfreiheit und das wichtige Überraschungsmoment konnte sie trotz all ihrer Nahkampfkünste gegen diesen Kraftbolzen herzlich wenig ausrichten. Vielleicht sollte sie in dieser Situation doch lieber kooperieren, wie es im Bullendeutsch so schön hieß.

Aber was hieß hier Bulle? Dieser Coners war ein Abtrünniger, ein Verräter, ein militanter Söldner, sonst hätte er sich ja wohl nicht hier bei diesem Verschwörermeeting aufgehalten.

Die Kronleuchter im Saal wurden bis auf einen leichten Schimmer heruntergedimmt, gleichzeitig tauchten Scheinwerfer das Podium wieder in gleißendes Licht. »So, meine Damen und Herren, lassen Sie uns jetzt also fortfahren mit unserem Meeting, welches bisher, das muss ich sagen, zu meiner vollsten Zufriedenheit verlaufen ist«, ließ sich der Herr mit der hohen Oberlippe vernehmen. Er klang bestens gelaunt. Na, der hatte Nerven! *Meeting* war als Bezeichnung für diese Zusammenrottung doch eine krasse Verniedlichung.

Coners begann Lina Richtung Ausgang zu zerren. Sie leistete verhalten Gegenwehr. Wenigstens die nächsten Sätze wollte sie noch mitbekommen.

»Und jetzt gehen wir ans Eingemachte«, verkündete der Wortführer. »Punkt für Punkt gehen wir nunmehr die nächsten Schritte unserer bereits angelaufenen Kampagne durch, die, nicht zuletzt dank Ihrer wichtigen Mitarbeit, meine Damen und Herren, mit größter Sicherheit ein überwältigender Erfolg werden wird. Die Markteinführung unseres revolutionär neuen, wohlschmeckenden, stimmungsaufhellenden, belebenden Erfrischungsgetränks *COLaPsi*, das in kürzester Zeit nicht nur die Herzen, sondern auch – gestatten Sie mir diese kleine Schelmerei – die Kehlen und Mägen der Verbraucher aller Altersgruppen und sozialen Schichten erobert haben wird!«

Die letzten Schritte bis zum Ausgang folgte Lina Snuck fast widerstandslos. Erst als die Tür hinter ihnen ins Schloss klappte, fiel die Lähmung von ihr ab.

»Erfrischungsgetränk??«

»Ja, sicher. Was dachten Sie denn?«

»Aber – die *COLaP*, das ist doch …«

»Na klar, Chemie und Nahrungs- und Genussmittel, das passt imagemäßig nicht so recht zusammen.« Coners lachte bollernd. »Obwohl das meiste von dem Futter, das wir jeden Tag auf den Tisch bekommen, mehr mit Chemie zu tun hat, als wir uns eingestehen möchten. Aber genau wegen solcher Imageprobleme möchte die *COLaP* ja gerade diese Kampagne starten. Die Chemie-Konkurrenz aus Leverkusen steht ja auch besser da, seit sie vor allem mit Aspirin wirbt. Der Rest, der da produziert wird, geht keinen etwas an – jedenfalls keinen Verbraucher!«

Lina Snuck schnappte immer noch nach Luft. Eine Markteinführungskampagne für ein neues Erfrischungsgetränk! Darum also sah dieses vermeintliche Projektil wie eine Flasche aus. Weil es nämlich eine war. Himmel, wie blind und blöd war sie gewesen!

Coners klimperte mit einem Paar Handschellen, die er offenbar auch in Zivil immer bei sich trug. »*COLaPsi*! Ein alberner Name, wenn Sie mich fragen. Aber die *COLaP* will sich darin ja nicht nur selber spiegeln, und zwar geschönt, nein, der Name soll zugleich an die beiden größten Konkurrenzprodukte erinnern. Soll klingen wie eine Zusammenziehung beider Namen, die dem Käufer das Gefühl gibt, gleich zwei zum Preis von einem zu erwerben. Verstehen Sie?« Er lachte wieder. »Ich nämlich nicht, ehrlich gesagt. Ist aber auch egal. Immerhin zahlen die Leute gut.«

»Wofür?«, stieß Lina hervor. »Wofür bezahlen die Sie?«

Coners drehte sie um wie ein Spielzeug, ohne sie auch nur eine Sekunde ganz aus seinen Pranken zu entlassen, und schaute sie mit großen Augen an. »Na, dafür, dass wir alle bei der Markteinführung mitwirken! Haben Sie denn gar nichts mitgekriegt? Die haben Headhunter ausschwärmen lassen, darunter diese nette Frau Poppinga, und sie typische Vertreter möglichst vieler gesellschaftlicher Gruppierungen aussuchen lassen. Die ersten Prämien gibt es immer gleich in bar, das verlockt natürlich. Diese Leute sollen dann im Rahmen einer riesigen Werbeaktion dafür sorgen, dass alle diese Schichten und Gruppen *COLaPsi* sozusagen als zu ihnen gehörig ansehen. Nach dem Prinzip ›Einer für alle‹, nicht wahr? Ich zum Beispiel vertrete die Touren-Motorradfahrer. Und außerdem«, er räusperte sich, »vertrete ich auch noch die Schwulen. Als *COLaPsi*-Mehrzweckwaffe, sozusagen.«

Aha, dachte Lina, alte Schwulenschule. Hat immer noch Probleme mit seinem Coming-out.

Über sich selbst dachte sie im Moment weniger nachsichtig. »Blind« und »blöd« waren keineswegs die härtesten Ausdrücke, die sie sich – sozusagen von innen – an den Schädel warf. Am meisten wurmte es sie natürlich, dass sie wegen ihrer eigenen Dummheit jetzt in den Knast wandern würde.

Aber halt. In einer Hinsicht war sie vielleicht doch nicht völlig blind und blöd gewesen.

»Herr Coners, Sie kennen doch diesen Dr. Schlachter, oder?«

Coners' Kiefermuskulatur verhärtete sich. Aus seinem Blick sprach pure Abscheu. Klar, als überzeugter Rechtsradikaler war dieser Schlachter natürlich auch ein Schwulenhasser ersten Ranges. Für Nazis war Schwulsein etwas Widernatürliches, ganz egal, wie viele Schwule sie in den eigenen Reihen hatten. Einer wie Coners, der seine sexuelle Ausrichtung zwar mutig, aber offenbar noch mit großer Verunsicherung vertrat, musste zwangsläufig unter solchen Typen leiden. Wahrscheinlich schon unter der Tatsache, dass es sie gab.

»Kenne ich«, sagte Coners. »Hab auch gesehen, dass er hier ist. Fast wäre ich deswegen gleich wieder gegangen. Aber dann habe ich mir gedacht, wo kommen wir hin, wenn wir diesen Leuten immer einfach so das Feld überlassen? Also bin ich geblieben.«

Rührend, fand Lina. Und ausgesprochen praktisch.

»Da läuft etwas Illegales zwischen ihm und einem der Teilnehmer«, sagte sie. »Was genau, weiß ich auch nicht. Aber ich habe eine heimliche Geldübergabe beobachtet. Vor ein paar Minuten erst.«

»Geldübergabe? Hier im Saal?«

»Ja. Geld gegen Schlüssel.«

Lina konnte spüren, wie Coners' Griff sich lockerte.

Hinter ihr wurde die Saaltür geöffnet. Wer da heraustrat, konnte sie zwar nicht sehen. Aber Coners' Miene verriet es ihr auch so.

Der Polizist schob sie beiseite. »Halt, meine Herren«, sagte er mit lauter, befehlsgewohnter Stimme und hob die Hand, in der er den stählernen Armschmuck hielt. »Ich muss Sie bitten …«

Eine hochgewachsene, rothaarige Gestalt in Jeanskutte flog förmlich an ihr vorbei und stürzte sich auf Coners. Der nur wenig kleinere, breitschultrige Mann wankte unter dem Anprall, fiel aber nicht. Geschickt parierte er die Schläge, die Keno Biernoth mit mehr Verzweiflung als Präzision auf ihn einprasseln ließ, und hatte ihm schon im nächsten Moment einen Arm auf den Rücken gedreht. Die Handschellen klickten.

Schlachter stand da wie angewurzelt. Offensichtlich wusste er nicht, wie er sich verhalten sollte. Angesichts der Staatsgewalt wäre eigentlich anwaltsgemäße Souveränität angebracht gewesen. Andererseits trug er den verräterischen Schlüssel bei sich. Schlachter schwankte sichtlich.

Dann begann er zu laufen.

»Aufhalten«, schrie Coners, der immer noch mit Biernoth juniors freiem Arm zu ringen hatte. »Los, stoppen Sie den Mann!«

Das ließ Lina sich nicht zweimal sagen. Mit wenigen Sätzen hatte sie den Mann, der nicht mehr der Schnellste auf den Beinen war, eingeholt. Noch ein letzter Sprung, dann warf sie sich hin, Füße voran, rutschte über den luxuriös weichen Teppich und kickte dem rennenden Rechtsanwalt die Beine seitlich unter dem Körper weg. Schlachter schrie auf und stürzte. Dort, wo sein Kopf aufschlug, hatten die Teppichleger ihr Werk noch nicht vollendet. Der Stahl des Decks klang wie ein dumpfer Gong. Der Mann blieb bewegungslos liegen.

Der Schlüssel befand sich in seiner rechten Jackentasche. Der Anhänger verriet, dass er zu einer Garagenanlage in der Leeraner Weststadt gehörte.

Genauer gesagt zur Garage mit der Nummer sieben.

66.

Diesmal waren es wirklich Exocet-Raketen der *Zobel,* die da dröhnten, und es klang wie der Weltuntergang. Kramer kauerte sich zusammen, obwohl er sich doch im Schutz der Brücke befand, wohin Holm ihn beordert und Backe ihn eskortiert hatte, unwiderstehlich wie immer. Sogar einen Stahlhelm trug er auf dem Kopf, wie es die Zentrale Dienstvorschrift der Marine verlangte. Birger Holm schien Preuße zu sein, einer von der Sorte, die selbst in der Rebellion noch linientreu war. Linientreu bis zuletzt.

Ja, dachte Kramer, das ist es wohl. Das Letzte. Das Ende.

Die Flugkörper gewannen rasend schnell an Höhe, auf seltsam geschraubten Kursen, die von bauschigen Qualmschwänzen markiert wurden. Anders als herkömmliche Projektile, die mehr oder weniger genau dorthin flogen, wohin Rohrrichtung, -neigung und Mündungsgeschwindigkeit sie schickten, suchten sich Exocets ihre Ziele selbst, gemäß ihrer Programmierung. Das sah in der Phase nach dem Start höchst unsicher aus, zufällig, irgendwie tölpelhaft. Man konnte beinahe den Eindruck gewinnen, als hielten sie mitten in der Luft an, um sich erst einmal umzuschauen. Lächerlich, wie im Zeichentrick. Aber Kramer wusste es besser. Diese Dinger waren weit tödlicher, als dieses Schauspiel vermuten ließ.

»Was zum ...« Holm schob sich den Helm in den Nacken. Polternd fiel der stählerne Kopfschutz zu Boden. Der Kapitänleutnant schien es nicht zu bemerken. Bewegungslos starrte er hinauf zu seinen Raketen. Kramer folgte seinem Blick.

Die Raketen flogen nicht mehr. Sie standen in der Luft. Oder schwebten. Vielleicht hingen sie auch dort. Auf jeden Fall bewegungslos.

Verstohlen kniff Kramer sich in den Unterarm. Es tat weh.

Kevin Stutz schrie auf. Er hatte als einziger nicht nach oben geschaut, sondern auf die beiden verlassenen Walfänger, die nächstgelegenen der programmierten Ziele. Sein ausgestreckter Arm zitterte.

Die beiden Fangschiffe hatten keine Backs mehr. Dort, wo sich eben noch die hoch aufragenden Vordecks mit den Harpunenkanonen befunden hatten, war – nichts. Senkrechte, wie mit dem Messer geschnittene Metallkanten bildeten jetzt die vorderen Begrenzungen beider Schiffe. Man konnte in sie hineinschauen wie in die Halbmodelle neu entwickelter Werftkonstruktionen. Nur in Lebensgröße.

»Es geht noch weiter«, stieß Holm hervor. »Schaut doch!«

Tatsächlich, die glatten, senkrechten Kanten wanderten achteraus. Die Schiffe wurden kürzer, verloren an Materie und Substanz, wie dahinschmelzende Eisberge. Stahl, Farbschichten, sämtliche Ausrüstung, alles verschwand spurlos, von vorne nach achtern, langsam und gleichmäßig, ohne dass die Schiffe dabei an Stabilität verloren. Selbst, als die Rümpfe an ihren breitesten Stellen klaffend offen standen wie die Scheunentore, machten sie keinerlei Anstalten zu sinken. Erst, als sich auch die Heckflaggen in nichts aufgelöst hatten, verschwanden die Vertiefungen dort, wo die Schiffe das Wasser verdrängt hatten, als sie noch existierten.

»Jetzt sind sie weg«, stellte Kevin Stutz fest. Überflüssigerweise. Aber keiner fand die Bemerkung unpassend. Es war schließlich schwer genug, das Geschehene in Worte zu fassen.

Hätten sich Kramer und die *Zobel*-Besatzung in einem der Presse-Flugzeuge befunden – drei waren es inzwischen –, hätten sie gesehen, dass zur selben Zeit genau das Gleiche mit allen Schiffen der beiden Fangflottillen geschah. Nur mit dem Unterschied, das auf den isländischen Schiffen, deren Besatzungen sich geweigert hatten, von Bord zu gehen, die

Seeleute nach und nach den Stahlboden unter ihren Füßen verloren und ins Wasser stürzten. Die Rettungsinseln dieser Schiffe lösten sich nicht auf, sondern entfalteten sich noch in der Luft und schwebten gelben Seerosenblättern gleich zur Wasseroberfläche hinab. Rein statistisch hätte das eine oder andere davon verkehrt herum landen müssen, aber das geschah nicht. Fluchend und Salzwasser spuckend brachten sich die Walfänger in Sicherheit.

Den Kameras der fliegenden Journalisten entging davon nichts.

Nur mit Mühe konnte sich Kramer von dem Schauspiel, soweit es in Sichtweite passierte, losreißen. Über ihnen standen immer noch die abgefeuerten Raketen in der Luft. Sie schienen um sich selbst zu rotieren. Kein vertrauenerweckender Anblick, fand der Kommissar. Er stieß Holm mit dem Ellbogen in die Seite.

Der Kommandant reagierte schnell. »In die Boote! Wir gehen von Bord. Los, schnell. Keiner bleibt zurück.«

Als die starken Außenborder aufbrummten und die Schlauchboote Fahrt aufnahmen, fühlte sich Kramer schon etwas sicherer, auch wenn er nicht wusste, warum eigentlich. Überhaupt war er reichlich verwirrt und hatte dennoch das Gefühl, dass ihm die eigentliche Verwirrung erst noch bevorstand. Sobald er eine Minute Zeit fände, in Ruhe über alles nachzudenken, würde sie über ihn herfallen, garantiert.

Über ihnen detonierten die Raketen.

Zu früh gefreut, dachte Kramer. Aber als er sich wieder nach oben zu schauen traute, standen bunte Feuerwerksblumen am Himmel, strahlend schön und so hell, dass sie sich problemlos gegen die Leuchtkraft der Sonne behaupteten. Minutenlang standen sie, ehe sie langsam verblassten, als sei die zerstörerische Energie, die den Raketen innegewohnt hatte, erst jetzt und vollkommen friedlich aufgezehrt.

Dann erhob sich die von ihrer Besatzung verlassene *Zobel* in die Luft, die Wal-Attrappen auf dem Wasser zurücklassend, schwebte so hoch empor, dass die erneut heranrasenden Kampfflugzeuge hektische Ausweichmanöver einleiten mussten, wirbelte ein paar Mal um die eigene Achse und stürzte dann senkrecht, den scharfen Bug voran, wie ein von der Sehne geschnellter Pfeil Richtung Wasseroberfläche. Das erwartete Donnern und Schäumen beim Eintauchen aber blieb aus, denn unmittelbar über dem Wasserspiegel löste sich auch das graue Kriegsschiff in nichts auf und war verschwunden, als hätte es nie existiert.

Die Boote nahmen Kurs auf das *Greenpeace*-Schiff, das einzige größere Wasserfahrzeug, das in weitem Umkreis noch existierte. Die Umweltschützer trafen alle Vorbereitungen, sämtliche Schiffbrüchigen an Bord zu nehmen, was angesichts deren Anzahl keine kleine Aufgabe war. Dass *Greenpeace* allen, auch den Walfängern, unterschiedslos Hilfe leistete, wurde weltweit wohlwollend registriert und trug zum deutlich verbesserten Image der Organisation bei.

Natürlich mochte dieser Großmut auch in der Anwesenheit der TV-Kameras seine Ursache gehabt haben. Aber danach fragte später niemand mehr.

67.

»Und wie geht es jetzt weiter?«, fragte Stahnke beklommen.

Der Raum, in dem er saß, war immer noch »das Schiff«, wie Marian und auch JoJo es ausdrückten, nicht etwa eine Kammer darin oder ein Teil davon, sondern tatsächlich das ganze Linienschiff. Er sah aber ganz anders aus als zuvor, viel kleiner, enger, abgeschiedener. Und vor allem war außer ihm und Schulz niemand anderer drin.

Obwohl sich die anderen, JoJo, Marian und selbst der riesenhafte M'nuus, immer noch an Bord befanden. Nur eben nicht – hier. Obwohl dieser Raum doch angeblich das gesamte Schiffsinnere war.

Viel zu viele Dimensionen, dachte Stahnke. Er zählte längst nicht mehr mit, wie oft er das schon gedacht hatte.

»Wir werden alles auf null stellen«, antwortete Schulz.

In seinem selbstanpassenden Energielinienschalensitz erinnerte der dunkelgrüne Ulriker an ein Osterei, fand Stahnke. Eigentlich ein Widerspruch zu dieser adventskranzmäßigen Farbe. Ein despektierlicher Gedanke. Natürlich war ihm klar, dass Schulz jeden seiner Gedanken mitlas, oder vielmehr esperte oder phantete, selbst die unbewussten. Aber er wusste inzwischen auch, dass dieses uralte, dieses unvorstellbar mächtige und ebenso unvorstellbar intelligente und weise Wesen himmelweit über solchen Dingen stand.

»Was bedeutet das?«, fragte Stahnke. »Wird etwa alles, was in den letzten Tagen passiert ist, nachträglich ausgelöscht?«

»Nein«, sagte Schulz, »so kann man das nicht sehen. Es wird nichts gelöscht, es wird einfach niemals geschehen sein. Und damit eben auch nicht nachträglich, sondern der ursprünglichen Zeit entsprechend. Nur eben auf der Negationsebene.«

»Und wir – und alle anderen Menschen? Werden wir alles, was sich ereignet hat, einfach so vergessen?« Schnell korrigierte er sich selbst: »Natürlich ist das der falsche Ausdruck, denn vergessen kann man nur, was man vorher gewusst hat. Also: Werden wir von all diesen Dingen nichts mehr wissen?«

»Ja«, bestätigte Schulz. »Wir kehren zurück bis zu der Entscheidungsweiche, die mein Bordcomputer unzulässigerweise variiert hat, indem er Marian Godehau an Bord holte. Ab dann wird auf Ihrem Planeten alles so verlaufen sein, wie es entsprechend der gegebenen Entscheidungslage verlaufen wäre. Im Großen und Ganzen wird also alles beim Alten bleiben. Nur die ... nun, für viele Menschen recht aufregenden und nicht erklärlichen Phänomene der jüngsten Zeit wird es nie gegeben haben. Und demzufolge werden die Menschen auch nichts davon wissen und dadurch weder beunruhigt noch belastet werden.«

Stahnke fixierte Schulz scharf. Ein Gefühl, das ihn schon häufiger beschlichen hatte, war plötzlich wieder da. »Das haben Sie schon einmal gemacht, stimmt's? Mit uns? Und auch mit mir?«

Wenn Schulz zögerte, dann nur für den Bruchteil einer Sekunde. »Ja«, bestätigte er, »das stimmt.«

»Und warum weiß ich dann davon? Gerade sagten, äh,

phanteten Sie doch, man hätte keine Erinnerung an solche, äh, gelöschten Vorgänge? Warum habe ich die denn dann doch?«

»Haben Sie nicht«, korrigierte Schulz. »Rein faktisch, also auf der Ebene des Verstandes, der Tatsachen, haben Sie keinerlei Erinnerung. Da bleibt nichts zurück, weil ja nie etwas da gewesen ist, nicht wahr? Alles, was bleibt, ist ein gewisses Gefühl. Eine kleine emotionale Konnotation, sozusagen. Die eigene Einstellung gegenüber manchen Dingen oder Vorgängen verändert sich, abhängig davon, wie die jeweilige Person die aus der Realität getilgten Sachverhalte empfunden hat.«

»Und warum ist das so?«

Hätte Schulz Schultern gehabt, er hätte jetzt bestimmt damit gezuckt. »Emotionen folgen eigenen Gesetzen. Völlig zu kontrollieren sind sie nie, auch nicht für uns. Das ist aber ohne jede Bedeutung.«

»Die Ulriker sehen sich selbst eher als rationale Wesen, richtig?«

»Absolut. Warum fragen Sie?«

»Weil ich den Eindruck habe, dass wir Menschen unseren Gefühlen mehr Bedeutung beimessen.«

»Zweifellos«, sagte Schulz. »Trotzdem bleiben die Auswirkungen dieses Phänomens, das wir ›Emotionalreflex‹ nennen, im Allgemeinen unterhalb der Relevanzschwelle.«

Stahnke glaubte ein Kribbeln unterhalb seiner Schädeldecke zu verspüren. Dann leuchteten wieder die bereits so vertrauten Symbole auf: »Bei Ihnen scheint der Emotionalreflex ungewöhnlich ausgeprägt zu sein. Anscheinend sind Sie ein eher instinktorientierter Mensch.«

Stahnke nickte versonnen. »Ja, so etwas Ähnliches wurde mir bereits vorgeworfen.« Er stemmte seine Hände auf die Oberschenkel. »Dann heißt das also ganz praktisch: Wenn Sie alles ›auf null gestellt‹ haben werden, wird das Emssperrwerk wieder genau dort stehen, wo es vorher gestanden hat, und niemand wird mehr wissen, dass es einmal versunken war?«

»Es wird niemals versunken gewesen sein«, sagte Schulz.

»Nur einige wenige Menschen werden eine etwas negativere Einstellung gegenüber diesem Sperrwerk haben als zuvor?«

»Davon ist auszugehen.«

»Gleiches gilt für Bohrinseln, vorsintflutliche Supertanker ohne Doppelschalenrümpfe, Walfänger und Küstenmotorschiffe mit hochgiftiger Ladung?«

»Ich sehe, was Sie meinen«, sagte Schulz. »Ja. So wird es sein.«

»Und Dr. Schlachter? In der Garage mit dem Schlüssel Nummer sieben lagern Kanister voller hochgiftiger Materialien, die dieser Keno Biernoth, seines Zeichens Angehöriger des *COLaP*-Werkschutzes, bei seinem Arbeitgeber für ihn unterschlagen hat. Gegen Bezahlung natürlich. Noch hat Schlachter nicht zugegeben, was er mit dem Zeug vorhatte, aber ich wette, er wollte sie an irgendwelche Terrorgruppen verhökern. Rechtsradikale oder islamistische, ganz egal, Hauptsache menschenverachtend. Und mit Gewinn. Liege ich da richtig?«

»Möglicherweise«, sagte Schulz. »Aber das sind, sozusagen, interne Angelegenheiten der Menschheit. Wir mischen uns in so etwas prinzipiell nicht ein.«

»Nicht einmal, wenn Sie feststellen, dass eine Zivilisation im Begriff ist, ihre eigenen Lebensgrundlagen zu zerstören?«

»Nein. Nicht einmal dann.« Die leuchtenden Symbole in Stahnkes Kopf sahen plötzlich ein wenig vertraulicher aus: »Wissen Sie, vom Standpunkt eines relativ Unsterblichen wie mir aus betrachtet wirken die ganzen Lebens-, Gedanken- und Reproduktionsprozesse von Wesen wie Ihnen sehr verwirrend. Kaum hat man mit einem von Ihnen mal ein wirklich tiefes Gespräch begonnen, schon stirbt er weg, und ein Neuer steht an seiner Stelle, der nichts kennt und nichts weiß und mit dem man noch einmal ganz von vorn beginnen müsste. Das ist so unglaublich mühsam und frustrierend! Und überhaupt, dieses ganze hektische Getue um Bildung und Partnerwahl, Wohnstätten, Mobilität und Jungenaufzucht – geradezu mikrobenhaft. Nichts, womit wir uns gerne befassen.«

Mikroben. Ich hätte ein Recht, beleidigt zu sein, dachte Stahnke. So habe ich uns noch nie gesehen, und so will ich uns auch nicht sehen. Andererseits, von seinem Standpunkt aus ... Immerhin zieht er den Schluss, uns Mikroben in Ruhe zu lassen. Das ist doch schon mal etwas.

Allerdings nicht genug.

»Also gut«, sagte Stahnke. »Reden wir über zwei dieser Mikroben. Über Marian Godehau und seine Freundin, Angelina Snuck. Sie werden auch in dieser, na sagen wir mal: korrigierten Realität straffällig werden. Sie werden Schlachters Bürohaus anzünden und vielleicht auch das Vereinsheim der *Erzengel*, obwohl das nicht sicher ist, denn Marian verschwindet nun ja nicht. Vermutlich wird er von den *Erzengel*n erwischt und totgeschlagen. Andernfalls wird die Polizei ihn und Lina ausfindig machen und verhaften, und man wird sie wegen Brandstiftung verurteilen. Dann sind sie vorbestraft. Sie wissen, was das bedeutet.«

»Ich kann es nicht ändern«, sagte Schulz.

»Gelogen«, erwiderte Stahnke. »Sie können es schon. Sie wollen es bloß nicht.«

»Ich darf es nicht.« Tatsächlich, Schulz verbesserte sich.

»Wer will es Ihnen verbieten?«

»Die Regeln. Jede Benutzung der sieben Schlüssel unterliegt strengen Auflagen, gegen die nicht verstoßen werden darf.«

»Aber das haben Sie doch früher schon getan! Allen Regeln zum Trotz!« Stahnke musste sich beherrschen, um nicht den Zeigefinger auszustrecken und »Ha!« zu rufen. Aber Schulz bekam das natürlich auch so mit.

Sein Gegenüber fühlte sich unbehaglich, Stahnke spürte das deutlich. Färbten die überirdischen Fähigkeiten des Hauptmulators etwa schon auf ihn ab?

»Nein«, sagte Schulz. »Sie sind eben ein ungewöhnlich emotions- und instinktorientierter Mensch.«

»Möglich. Färbt das denn nicht vielleicht ein bisschen auf Sie ab?«

Diesmal war die Pause, die Schulz machte, deutlich wahrnehmbar. »Passen Sie auf«, phantete der Ulriker dann. »Das hier könnte ein Kompromiss sein. Was halten Sie davon?«

Der leuchtende Kubus war plötzlich wieder da. Ein Film lief ab, so rasend schnell, dass Stahnke das Gefühl hatte, alle Szenen zur gleichen Zeit zu betrachten. Unglaublich, dass er trotzdem alles glasklar erkannte und begriff.

»Einverstanden«, sagte Stahnke. »Sehr gut. Wenn ich Sie darüber hinaus vielleicht noch um einen klitzekleinen Gefallen bitten dürfte?«

»Geht es um das Individuum Beene Pottebakker? Den Mann, der mit verbotenen Psychopharmaka handelt? Ihre Sympathie für ihn ist groß, auffallend groß, wenn man bedenkt, dass er andauernd gegen Regeln verstößt, deren Einhaltung zu überwachen doch eigentlich Ihre Aufgabe ist.«

»Backe?« Himmel, den und sein Drogenbuchpaket hatte er ganz vergessen. Dieses schöne Beweismittel war natürlich futsch, wenn alles auf null gestellt wurde. Wusste ja keiner, ob der Nachbar wieder bei ihm klingeln würde.

Aber war das wichtig?

»Nein«, sagte Stahnke. »Darum geht es nicht. Sondern um etwas anderes. Etwas Persönliches.« Er stutzte. »Eigentlich müssten Sie das doch längst wissen, oder? Hier geht es um etwas, das ich tun will, nicht darum, was ich tun muss. Haben Sie das vielleicht verwechselt?«

Erst wollte er es nicht glauben. Aber es war nicht zu missdeuten: Schulz hatte geseufzt. Irgendetwas schien hier doch abzufärben.

»Na schön«, sagte Schulz dann. »Darauf kommt es auch nicht mehr an.«

»Danke«, sagte Stahnke.

68.

Vorsichtig lugte Stahnke um die Hecke. Die beiden waren vor ihrem Haus, polierten an ihren Harleys herum. Die Fenster im Dachgeschoss standen offen, und laute Technoklänge hackten und hämmerten durch die gesamte Nachbarschaft. Trotz des herrlichen Sonnenscheins ließ sich kein anderer Bewohner der Straße draußen blicken. Keine Frage, warum.

Ausgezeichnet.

Jetzt, dachte Stahnke. Er sprach das Wort nicht aus. Das war nicht nötig.

Etwas Dunkles, Langgestrecktes materialisierte in der Luft

über der Straße, hoch über dem Asphalt. Langsam, ganz langsam sank das Objekt tiefer, näherte sich dem Haus, vor dem Keno Biernoth und seine Lebensgefährtin Schüsselpflege betrieben. Nannte man es nicht so, wenn sich Motorradfreaks der Wartung ihrer geliebten »Schüsseln« hingaben?

Egal. Hauptsache, die beiden waren abgelenkt. Und das waren sie. Stahnke rieb sich die Hände.

Das langgestreckte, dunkle Ding hatte jetzt Firsthöhe erreicht und schwebte lautlos weiter herab. Es war ein Tieflader, so viel konnte man jetzt erkennen, ein Truck. Aber kein gewöhnlicher. Er war über und über mit neonfarbenen Ornamenten bepinselt und mit knallbuntem Dekoschmuck behängt. Seine Ladung bestand aus riesenhaften Boxen, der dazugehörigen Verstärkertechnik und einer hochbeinigen Bühne, auf der eine Menge junger, spärlich bekleideter, schweißglänzender Leiber zappelten und zuckten. Die aufgeputschten Tänzer schienen ihre Umgebung überhaupt nicht wahrzunehmen, wähnten sich vermutlich auf der Love-Parade in Berlin.

Lautlos näherte sich der Truck der Fahrbahndecke. Biernoth und Freundin, völlig vertieft in ihre Poliertätigkeit, hatten ihn noch immer nicht bemerkt.

Ausgezeichnet, ganz ausgezeichnet.

Der Truck setzte auf.

Und jetzt, dachte Stahnke.

Mit der Urgewalt eines Orkans brach der Schall aus den Boxen, hämmerte und hackte den Lärm, der aus den Biernothschen Fenstern quoll, mit Leichtigkeit hinweg, übertönte ihn spielend, überbot ihn lässig um ein Vielfaches. Biernoth und seine Partnerin sprangen entsetzt auf, die Frau stieß dabei ihre Maschine vom Seitenständer, so dass sie polternd umkippte und sich den polierten, bemalten Tank eindellte. Beide schrien panisch aus Leibeskräften.

Nicht, dass man durch das düsenjägerhafte Technogeplärre hindurch irgendetwas anderes gehört hätte. Aber Stahnke hatte ja Augen im Kopf. Und Phantasie.

Der Schall schien sich überwiegend in eine Richtung auszubreiten. Während es in Stahnkes Garten und dem Rest der Straße nicht lauter war als gewöhnlich, wenn Keno Biernoth zu Hause war, stand dessen Haus in einem regelrechten Schallkorridor. Und dieser Schall tobte dort wie entfesselt.

Im Obergeschoss flogen die Fensterflügel unter dem Druck der niederfrequenten Schallwellen zu, die Scheiben zersplitterten. Zerstäubter Mörtel rieselte aus Backsteinfugen, und auf dem Dach begannen sich die ersten mürben Pfannen zu lösen und die Schräge hinunterzuschlittern. Ein unsichtbarer DJ drehte den Sound noch weiter auf. Jetzt kippte auch das zweite Motorrad um, und die Fensterscheiben im Erdgeschoss platzten weg, verflüchtigten sich einfach. Das Mauerwerk bekam Risse.

Keno Biernoth und seine Freundin rannten davon. Die Münder geöffnet, die Handflächen auf die Ohren gepresst, verschwanden sie hinter ihrem Haus.

Das reicht, dachte Stahnke.

Schlagartig war es ruhig. Himmlisch ruhig.

Schade, dass das alles nie passiert sein wird, dachte er. Keine Erinnerung. Aber der Emotionalreflex reicht ja hoffentlich auch.

›Jetzt können Sie alles auf null stellen, Schulz‹, dachte Stahnke und schloss die Augen.

69.

Keuchend leckte Marian sich das Blut von den Lippen. Es schmeckte metallisch. Na toll, dachte er und verzog sein Gesicht. An Eisenmangel sterben werde ich also schon mal nicht.

Sterben aber würde er, und das ziemlich bald. Jedenfalls sah alles danach aus. Soweit von sehen überhaupt die Rede sein konnte, denn es war Nacht und entsprechend dunkel, abgesehen vom grauen Schimmer der tief hängenden Wolken, hinter denen sich ein Dreiviertelmond verborgen halten musste. Womit der Schimmer erklärt war, nicht aber die sattgelben Blitze, die in unregelmäßigen Abständen zuckten und ihm bizarre Schatten vor die stolpernden Füße warfen.

Mündungsfeuer? Schalldämpfer?

Er ließ das Schlüsselbund fallen und versuchte schneller zu rennen, aber es war ihm klar, dass das nicht ging. Laufen war einfach nicht sein Ding, und aus seinem Körper hatte er sowieso schon das Letzte herausgeholt. Selbst die adrenalingespeiste Panikreserve ging bereits zur Neige. Lange würde seine Flucht nicht mehr dauern.

Mit voller Wucht knallte er gegen eine Wand aus Stahl. Es dröhnte hohl. Seine Brille flog in hohem Bogen davon, und die Blitze, die jetzt über seine Netzhäute zuckten, waren weiß und rot. Der metallische Blutgeschmack verstärkte sich, ergänzt um Noten von Bleimennige und Rost. Offenbar ein älterer Container, aber allemal härter als sein Schädel.

Er hörte Schritte. Sie waren nah, bald würden sie ihn haben. Verdammt, warum hetzten sie ihn bloß mit dieser unmenschlichen Ausdauer? Klar, dieser Brandanschlag auf Dr. Schlachters Bürohaus war eine Dummheit gewesen, aber er war ja schief gegangen, die beiden Molotowcocktails hatten nicht gezündet, waren mit erloschenen Lunten harmlos am Boden zerschellt. Schaden war doch überhaupt nicht angerichtet worden.

Offenbar aber hatte man ihn bei seiner Aktion beobachtet. Und Schlachter und diesen *Erzengeln* war die Schadenshöhe offenbar vollkommen egal. Er hatte sich als Feind zu erkennen gegeben, also würden sie ihn auch so behandeln. Und dieses Wort hatte einen Beiklang von Endgültigkeit.

Ein gleißender Lichtstrahl traf ihn mitten ins Gesicht. Geblendet kniff er die Augen zusammen, zu keinem weiteren Fluchtversuch mehr fähig. War es das jetzt?

Die Gestalt mit der lichtstarken, überlangen Stablampe näherte sich. Eine ausladende Gestalt, groß, breit und bullig. Ein Kugelstoßer mit dem Gesicht eines Strebers.

»Hallo, kann ich helfen?« Der Muskelprotz war herangekommen und beugte sich über ihn. »Sind Sie verletzt? Hat man Sie angegriffen? Äh – Marian, bist du das etwa?«

Marian glotzte den Kugelstoßer ungläubig an. »Ja«, stieß er hervor. »Schläger. Da hinter mir. Polizei!«

Der Bullige richtete den Lichtkegel an Marian vorbei. Keuchend drehte der sich um. Zwei seiner Verfolger, deren kleine

Taschenlampen gegen Stutz' Mobilscheinwerfer blass aussahen, waren bis auf wenige Schritte herangekommen. Jetzt stoppten sie zögernd ab. Die anderen hielten sich weit im Hintergrund. Offenbar wollte keiner von ihnen erkannt werden.

Mit überraschender Behändigkeit machte der Kugelstoßer ein paar Schritte auf die zögernden *Erzengel* zu. Die beiden zuckten zusammen, stolperten rückwärts. Einer von ihnen fiel sogar hin, ein hochgewachsener Rothaariger mit Jeanskutte. Der andere riss ihn an der Schulter wieder hoch. »Los, komm«, zischte er ihm zu. »Keine Zeugen. Den Spinner schnappen wir uns ein anderes Mal.«

Die beiden zogen sich zurück. Auch weiter hinten entfernten sich Schritte.

»Danke«, keuchte Marian. Dann erkannte er seinen Retter. »Mensch, Kevin! Kevin Stutz, alter Sailor. Wie kommst du denn hierher?«

»Soziale Kontakte«, sagte der Kugelstoßer grinsend. »Mussten leider unterbrochen werden. Aber was soll's, wer weiß, wozu das gut ist.«

»Danke«, wiederholte Marian, ohne etwas zu begreifen. »Das war echt mutig von dir, dass du es mit all denen aufnehmen wolltest.«

»Nein«, sagte der Kugelstoßer, »das wäre schwachsinnig gewesen. Deshalb habe ich auch als Allerserstes die Polizei verständigt, noch ehe ich dich angesprochen habe.« Er zeigte Marian das Handy, das in seiner gewaltigen Pranke fast verschwand. Die Notruf-Verbindung war aktiviert.

Aus Richtung Emden waren Sirenen zu hören. Auch von Borssum her blitzten Blaulichter. Motoren heulten auf, Bremsen kreischten.

»Irre«, sagte Marian anerkennend. »Aber nun sag mal, wie kommt es denn nun wirklich, dass du hier in Emden bist? Ich dachte, euer Hochseemanöver läuft noch länger.«

»Sollte es eigentlich auch. Aber dann hatten wir etwas Pech.« Stutz zwinkerte Marian zu. »Unser Tender hatte wohl Navigationsprobleme. Ist oben in der Nordsee mit einem norwegischen Walfang-Fabrikschiff kollidiert. Hat allerhand Havarie gegeben.«

»Sag bloß.« Marian zwinkerte ebenfalls. Irgendetwas war ihm ins Auge getropft.

»Ja, nicht? Und damit nicht genug. Fast gleichzeitig hatten *Zobel* und *Gepard* Pech bei einer Minenübung. Dabei wurde ebenfalls ein Fabrikschiff außer Gefecht gesetzt, nur diesmal ein isländisches. Beide manövrierunfähig. Mussten sich von ihren eigenen Fangschiffen nach Hause schleppen lassen. Und wir haben unseren eingedellten Tender nach Emden eskortiert.« Er rieb sich die Hände, so dass sich Marian Sorgen um das verdienstvolle Handy machte. »In nächster Zeit möchte man direkt ein Wal in der Nordsee sein. Die ganze Zeit im Tran, richtig viel Kraft im Schwanz – und keine Harpune weit und breit!«

Aufatmend gab Marian der Schwäche in seinen Beinen nach und ließ sich zu Boden sinken, den Rücken an die Blechwand eines Containers gelehnt. Jetzt wusste er auch, was ihm da ins Auge getropft war: Blut lief ihm übers Gesicht. Achtlos wischte er es weg.

Wo mochte nur seine Brille sein? Suchend blickte er sich um. Keine Brille weit und breit. Dafür aber etwas anderes, etwas Dunkles, dort, wo vorhin der rothaarige *Erzengel* ausgerutscht war. Mit seinen kurzsichtigen Augen konnte er es nicht richtig erkennen. Stöhnend robbte er hinüber.

Ein Portemonnaie. He, das war gut. Mit etwas Glück …

Volltreffer. Ein Personalausweis. Keno Biernoth, aha, ein Leeraner. Und eine Chipkarte. *COLaP*-Werksausweis, Werkschutz, na, das passte ja. Über diesen Typen müsste man doch an die ganze Bande herankommen können. Hintermänner inclusive.

Apropos: Da klemmte noch eine Visitenkarte. Eine von Schlachter! Klar, dass die alle unter einer Decke steckten.

Hinten drauf stand etwas notiert. »Do., 22.30, Garage.« Donnerstag, das war morgen, beziehungsweise heute Abend. Ein Termin, ein Treffen, offenbar mit Schlachter, womöglich ein konspiratives. Das war doch ein gefundenes Fressen für die Polizei!

Nur: Welche Garage war gemeint?

Das Kleingeldfach fühlte sich prall und bucklig an. Er überwand seine Skrupel und öffnete es. Ein paar Münzen. Und ein Schlüssel. Mit einem Anhänger. Die Sorte kannte er. Der Schlüssel gehörte zu einer Garagenanlage in der Weststadt.

Die Nummer sieben.

Wieder näherten sich Schritte. Der Kugelstoßer kam zurück, zusammen mit zwei Uniformierten und einem Polizisten in Zivil, der womöglich noch praller und bulliger aussah als er.

Der Zivilbeamte hielt eine halb leere Tüte Lakritz in der Hand. Er kaute mit vollen Backen.

»Schmitz«, sagte er schmatzend. »Die Kerle, die Sie verfolgt haben, sind leider entkommen. Aber die Kollegen leiten schon die Fahndung ein. Krankenwagen ist auch unterwegs. Sind Sie schwer verletzt?«

»Es geht«, sagte Marian. Mühsam rappelte er sich auf. »Schauen Sie mal, was ich gefunden habe.«

Schmatzend nahm Schmitz das Portemonnaie samt Inhalt entgegen und musterte die Fundstücke. Dann pfiff er durch die Zähne. Schwarzbraune Speicheltropfen sprühten durch die Nacht.

»Sehr schön«, sagte er. »Danke. Das sollte reichen.«

Ende

Gerdes verlässt immer wieder das gewohnte Krimi-Terrain und wandelt auf den Spuren von Douglas Adams und Terry Pratchett. Das ist absurd, komisch und verdammt witzig.
Ostfriesen-Zeitung

Peter Gerdes hat mit »Der siebte Schlüssel« einen wirklich einzigartigen ostfriesischen Krimi verfasst, der gelegentlich sogar zum Nachdenken über Umwelt, Mitwelt und Politik anregt.
Matthias Groeneveld

Wo das Verbrechen wächst, wachsen auch Typen wie Stahnke. Nicht einer der handelsüblichen, um alle Illusionen gebrachten Privatdetektive, keiner aus dem literarisierten Heer der revolvertragenden Vorstadtalkoholiker, sondern ein Mann in den klassisch »besten Jahren«, ein Melancholiker, ein »Bauchdenker«, der seine kriminalistischen Fähigkeiten im Rang eines Hauptkommissars noch dem Staat zu leihen bereit ist und lieber zweimal nachdenkt, bevor er schweigt. Peter Gerdes präsentiert seinen Ermittler mit einem spröden Charme, einer glaubwürdigen Kantigkeit, die nicht in das seichte Wasser des Klischees abdriftet. Und mit einem eleganten Augenzwinkern. (…) eine kaum genug zu lobende Qualität.
Anja Knocke, Lesart

Gerdes schreibt einfach gut.
Dorothea Puschmann, Capricorn

Gerdes schreibt Krimis, wie man sie sich schöner nicht wünschen kann. Sehr spannend, schlüssig, wunderbar formuliert und immer lustig, dabei geprägt von Liebe zu Land und Leuten – wunderbar. Mehr davon!
Dorothea Baumm, Lübecker Nachrichten

Peter Gerdes

1955 in Emden geboren, lebt in Leer (Ostfriesland). Verheiratet, drei erwachsene Töchter.

Studium der Germanistik und Anglistik, anschließend als Journalist und Lehrer tätig. Literarische Anfänge Ende der 70er Jahre; schreibt seit 1995 vor allem Kriminalliteratur und betätigt sich als Herausgeber. Mitglied im *Verband deutscher Schriftsteller (VS)* und im *Syndikat*, Leiter der *Ost-Friesischen Krimitage*. Liebt Fahrräder, Motorräder und fast alles, was schwimmt.

Kriminalromane: Ein anderes Blatt (1997); *Thors Hammer* (1997, beide NA als Doppelband 2008); *Ebbe und Blut* (1999, NA 2006); *Der Etappenmörder* (2001); TB unter dem Titel *Der Tod läuft mit* (2007);. *Fürchte die Dunkelheit* (2004); *Solo für Sopran* (2005, NA und Hörbuch 2006) *Der siebte Schlüssel* (2007); *Sand und Asche* (2009); *Wut und Wellen* (2010).

Kriminalgeschichten: *Stahnke und der Spökenkieker* (2003).

Anthologieherausgaben (Auswahl): *Mordkompott – Kriminelles zwischen Klütje und Kluntje* (2000); *Mordlichter* (2001); Gemeinsam mit Heike Gerdes: *Unsere Ems – Ein Lesebuch vom Leben am und im Fluss*; *Friesisches Mordkompott – Herber Nachschlag*, 2009); *Friesisches Mordkompott – Süßer Nachschlag* (2010).

Peter Gerdes
Ein anderes Blatt
Thors Hammer
2 Oldenburgkrimis
978-3-939689-11-9
352 S.; 9,90 Euro

Peter Gerdes
Ebbe und Blut
Ostfrieslandkrimi
978-3-934927-56-8
224 Seiten
8,90 Euro

Peter Gerdes
Der Tod
läuft mit
Ostfrieslandkrimi
978-3-934927-86-5
192 Seiten; 8,90 Euro

Peter Gerdes
Solo für Sopran
Inselkrimi
Langeoog
978-3-934927-63-6
208 S.; 9,90 Euro

Peter Gerdes
Sand und Asche
Inselkrimi
Langeoog
978-3-939689-15-7
320 S.; 9,90 Euro

Peter Gerdes
Wut und Wellen
Inselkrimi
Langeoog
978-3-939689-34-8
ca 256 S.; 9,90 Euro

Peter Gerdes
Fürchte die Dunkelheit
Kriminalroman
978-3-934927-60-5
272 S.; 11,90 Euro

Peter Gerdes
Solo für Sopran
Hörbuch
978-3-934927-81-0
3 CDs im Jewelcase
9,90 Euro

Wolke de Witt
Sturm im Zollhaus Ostfrieslandkrimi – Leer
978-3-934927-77-3
8,90 Euro

Regula Venske
Bankraub mit Möwenschiss
Inselkrimi – Juist
978-939689-18-8
208 S.; 8,90 Euro

Tatjana Kruse
Nur ein toter Maler ist ein guter Maler
Inselkrimi – Norderney
978-3-939689-26-3
208 Seiten; 8,90 Euro

Ulrike Barow
Baltrumer Bärlauch
Inselkrimi – Baltrum
978-3-939689-31-7
256 Seiten
9,90 Euro